주체들을 위한 문학을 재인식하기 위해 한국문학사에 있어 여성의 글쓰기가 이룬 진지한 성취들을 일별해 보았다. 민족, 젠더, 계급, 세대, 남성중심주의 이데올로기를 교차하고 횡단하면서 여성의 경험, 여성적 글쓰기, 여성성이 어떻게 변화해 왔는지 조망하는 것은 세분화된 영역으로서의 여성문학을 확정하는 편협한 행위가 아니다. 누락되고 배제된 작품을 발굴함으로써 보편적인 문학으로서의 여성문학을 재건하는 일은 권위적인 역사에 가하는 예술사의 복수이자 잠자는 '정전' 논쟁을 깨우는 의미 있는 사이렌이다.

한국 근현대 여성문학사 기술을 목표로 공부해 온 '한국여성문학학회' 학자들이 필자로 참여했다. 식민지기에서부터 역사적 평가가 가능하다고 여겨지는 1990년대까지로 시간을 특정하고, 역사적 전환기를 기준으로 우리가 기억해야 할 작품을 선별했다. «크릿터»에 소개되는 것은 방대한 연구 내용의 일부에 불과하다. '여성문학의 정전'을 구축하고자 하는 이들의 목표가 실현되기까지는 그리 긴 시간이 걸리지 않을 것이다.

열두 권의 소설 중 한 권인 『연년세세』 서평은 필자의 사정으로 수록하지 못했다. '연년세세(年年歲歲)'는 '해마다'를 강조하는 말이다. 우리는 각자에게 주어진 삶을 "울고 실망하고 환멸하고 분노하면서, 다시 말해 사랑하면서" 계속해 나간다. '연년세세'야말로 생의 주어이며 문학의 동사라는 사실을 되새기는 것으로 불발된 다시 읽기에 대한 아쉬움을 대신한다. 우리는 우리의 문학을, 그리고 삶을, 연년세세 계속해 나갈 것이다.

—박혜진

차례

기획: 위대한 유산들–여성문학의 계보

리뷰: 소설

리뷰: 시

리뷰: 에세이

작가론

'우리'라는 호명–글쓰는 여자의 탄생과 근대 여성문학의 형성

여류문학의 죽음–해방부터 1960년대까지

히스테리와 노동–1970, 1980년대 여성 전업 작가의 등장과 여성 글쓰기 주체의 신체성

성적 주체로서 개인의 발견과 여성적 글쓰기의 실험–1990년대 여성문학의 네 전선

작품을 중심으로 개관한 한국 근현대 여성시사

기획
위대한 유산들
— 여성문학의 계보

'우리'라는 호명
—글쓰는 여자의 탄생과 근대 여성문학의 형성

김양선 국문학자·한림대학교 일송자유교양대학 교수

'다시' 소환되는 근대 여성 작가와 문학, 그러나 덜 쓰인 계보학

『82년생 김지영』에서 출발한 문학 출판 분야의 페미니즘 리부트 이후 여성문학 관련 서적 출간이 이어지고 있다. 유례없는 열기와 함께 한국문학 독자들이 현재의 페미니즘 리부트를 가능케 한 전사(前史)에 관심을 갖게 되면서, 근대 초기, 식민지기 여성문학 선집이 잇달아 발간되고 있다.[1] 2000년대 초반 문학사보다는 문화사와 탈정전이 주류를 이루면서 여성문학사, 그리고 이를 실증적으로 뒷받침할 작품 선집(anthology) 발간 붐은 반길 만한 일이다. 그런데 이 새로 발간된 선집들은 제목이나 부제에 붙여진 '신여성'이라는 단어에서 짐작할 수 있듯이 근대여성문학(사)의 출발을 '신여성' 작가로부터 보는 듯하다. 하지만 '여성'의 '문학(성)'과 '작가성'의 범주를 확장하면 근대 여성문학의 계보는 더 거슬러 올라가, 다시 쓰일 필요가 있다. 이 글은 문학사가 다루어야 할 문학적 글쓰기의 범위를 독자 투고, 연설, 평론, 기서 등으로 확장하고, 유사한 성향과 지향점을 지닌 글쓰기 집단의 출현을 기준으로 삼아 근대 여성문학의 탄생과 형성의 계보학을 좀 더 촘촘하게 서술하고자 한다.

여성문학의 탄생, 조선의 배운 여자들과 개인의 등장

일반적으로 국문학사에서는 갑오개혁(1894)을 근대(문학)의 기점으로 설정해 왔다. 이 시기 공적 담론의 장은 신문, 잡지와 같은 인쇄 매체였고, 이와 같은 공론장에 글 쓰는 여자가 출현한 것은 여성문학사의 기원을 이루는 중요한 장면이다. 특히 1898년 독립협회가 개최한 만민공동회, 이어진 독립협회의 해산령을 계기로 대중들이 광장에서 연설의 장을 열었던 사건은 집 안의 여성들에게 '소문'이나 '신문'이라는 간접화된 통로로나마 공론장의 열기를 경험하고 광장의 목소리를 내도록 촉발했다.

이 글은 여성이 읽기의 주체(독자)에서 쓰기의 주체(작가)로의 전환을 보여 주는 장이 《제국신문》, 《독립신문》, 《대한매일신보》, 《만세보》 등 애국계몽기 매체의 독자 투고라고 보고, 여성문학사 서술의 첫 장을 여성들의 독자 투고로 시작하려고 한다. 이 매체들을 기반으로 한 여성들의 글쓰기는 '문학성'이라는 좌표와는 떨어져 있지만 정론적, 계몽적 글쓰기를 통해 근대-민족-젠더의 교차성[2]을 분명하게 드러냈다. '남녀동등권', 그리고 그 전제 조건으로서 교육받을 권리는 근대 초기 선언문, 독자 투고, 사설을 통해 집중적으로 발화된다. 요컨대 애국

계몽기 여성의 글쓰기는 차이보다는 평등의 원리, 계몽과 개화라는 민족국가 담론의 주요 의제를 수용하는 양상을 보인다.

「여학교설시통문」, 일명 「여권통문」(1898)은 페미니스트 집합 의식을 최초로 신문이라는 근대 매체를 통해 공적 담론인 '선언문'의 형식으로 발표한 글이다. 「여권통문」은 서양의 여성권리선언[3]과 마찬가지로 여성의 천부인권, 직업권, 교육권 등 근대 인간의 보편적 권리를 강조한다. 그런데 이런 주장을 발화하는 방식이 사뭇 격정적이다. "우리 여인들은 일양 귀먹고 눈 어두운 병신 모양으로 구습에만 빠져 잇ᄂᆞ뇨. 이거시 한심한 일이로다. 혹쟈 이목구비와 ᄉᆞ지오관 륙톄가 남녀가 다름이 잇ᄂᆞᆫ가. 엇지하야 병신 모양으로 사나희의 버러 쥬ᄂᆞᆫ 것만 안져 먹고"와 같은 구절을 보면 '우리 여인'들을 귀먹고 눈 어두운 병신과 같은 존재, 사내가 벌어다 주는 것만 받아먹는 존재로 지칭하여 비체화한다. '한심', '슬프다'와 같은 '비(悲)'와 '분(憤)'의 정서적 어휘를 가져와서 여성이 미몽 상태에서 벗어날 것을 촉구하기도 한다. 이런 주장은 "옛 풍속을 모두 폐지"하는 급진적인 단절, '개명 진보'를 위한 여학교 설립의 필요성을 정당화하기 위한 것이다. 이 시기 여성들은 학교설립운동이나 국채보상운동 같은 집단적인 근대 체험에 동참하면서 자신의 존재성을 확인하고, 공론장에서 일종의 집단 지성의 힘을 발휘하였다.[4] 「여권통문」은 당대 지식장의 계몽적 글쓰기의 젠더적 전유이자, 당시 3퍼센트에도 미치지 못했던 글을 읽고 쓸 수 있는 상류 계층의 여성들[5]이 여성 동성 사회의 의제를 대표해 말했다는 점에서 상징적 의미가 있다.

여성이 자기 목소리를 내면서 독자적인 지식/지성의 장을 주조해 가는 다음 장면은 《여자계》(1917), 국내 발간 첫 여성잡지인 《신여자》(1920. 3)의 발간사, 논설, 잡감 등의 글이다. 잡지의 발간 주체이자 필자는 제1기 여성 작가로 일컬어지는 김일엽, 나혜석 등 신여성, 즉 '배운 여자'들이었다. 김일엽은 「우리 신여자의 요구와 주장」(《신여자》 2호, 1920. 4)에서 "남녀의 성별에 제한되는 일이 없이 평등의 자유, 평등의 권리, 평등의 의무, 평등의 노작, 평등의 향락 중에서 자기 발전을 수행하여 최선한 생활을 영(營)코저" 해야 한다고 주장한다.[6] '평등'이라는 어휘의 반복은 그 테제가 무엇보다 중요함을 수사적으로 부각한다. 애국계몽기 독자 투고에서 '우리 동포들', '우리 여인들', 김일엽의 논설에서 '우리 여자', '우리 신여자'는 '우리'라는 발신자와 수신자를 하나로 묶는 호명법을 반복 사용함으로써 집단적 정체성을 확보하고, 확산하는 효과를 자아낸다.

나혜석과 김일엽은 논설, 시평, 잡감과 같은 계몽적 글쓰기에서 시작했지만, 소설과 시를 통해 여성의 '자각'과 '해방', '계몽', '교육'의 필요성을 '문학적'으로 형상화했다. 김일엽의 「자각」(《동아일보》 1926. 6. 19~26), 나혜석의 「경희」는 신여성의 글쓰기가 사회가 강요하는 모성성, 여성성의 역할과 결별하는 데서 비롯됐음을 보여 준다. 「경희」(1918)는 동경 유학생 신여성의 이름을 소설의 제목으로 삼음으로써, 작가가 생각하는 이상적인 신여성상을 제시하였다. '경희'는 동경 유학생, 신여성에 대한 당시 부정적 인식을 해체하는데, 그 방식이 '계몽'적이면서도 통상 (구)여성의 영역이라 알려진 바느질, 청소와 빨래와 같은 가사 노동을 합리화하는 '과학'적 지식을 통해서이다. 계몽-과학-지식이라는 남성의 것으로 전유되었던 것을 가져와서 여성의 영역을 효율적으로 관리, 분배하고, 거기서 즐거움을 얻는 신여성을 통해 가십이나 소문, 왜곡의 대상이었던 신여성상을 교정한 것이다. 그 유명한 "경희도 사람이다. 그다음에는 여자다. 그러면 여자라는 것보다 먼저 사람이다. 또 조선 사회의 여자보다 먼저 우주 안 전 인류의 여성이다."[7]라는 구절을 보자. 여자라는 성별 특수성을 의식하면서도 여자 이전에 사람을 강조하는 것, 조선이라는 국지적 관점을 넘어 우주 안 전 인류로 지리적 경계를 확장하는 것은 나혜석의 시대, '경희'의 시대가 차이보다는 평등이, 계몽을 통한 확장성, '사람-여자'라는 여성 시민권 확보가 무엇보다 중요했음을 시사한다.

특이하게도 소설인 「경희」가 3인칭 시점의 서술 방식을 택해서 여성-계몽의 목소리를 담은 반면 《삼천리》라는 정론지, 즉 공적 담론의 장에 발표된 「이혼고백장」(1934. 8~9)은 '청구' 씨에게 보내는 서간체 양식이지만 사실상 1인칭 서술자의 고백적, 폭로적 목소리가 지배적이다. 그렇다고 「이혼고백장」의 내용이 사적인 데 그치는 것은 아니다. 「이혼고백장」은 자신의 연애사와 결혼과 이혼에 이르는 전 과정을 보여 주는 자기 고백의 서사이면서, 시집살이와 C(최린)와의 연애사를 노출하는 폭로의 서사이다. 재산 분할권, 친권 행사와 같은 근대 법체계의 가부장성을 비판하는 분노의 목소리, 서양 여성의 지위에 대한 객관적인 소개('구미만유' 장), 조선의 남성 지식인 그룹이 공적 영역에서 조선의 피식민지인으로 겪는 어려움, 신여성의 사회적 지위에 대한 고찰('조선 사회의 인심' 장) 등 사회평론 유의 분석적 문체가 한 텍스트에 공존한다. 즉 「이혼고백장」은 1인칭과 3인칭, 사적·개인적 영역과 조선 사회의 식민 상황을 통찰하는 공적 영역의 서사가 공존하는 혼종적 텍스트이자, 장르 내지 양식의 경계를 심문하는 실험적 텍스트라 할 수 있다.

김일엽과 나혜석의 소설에서 보이는 계몽의 수사학은 조선 사회의 가부장적 이데올로기, 여성의 미몽(迷夢) 상태 등을 문제 삼으면서 이를 해결할 대안으로 개인의 자각을 강조한다. 이들의 계몽(啓蒙)은 '근대-민족-국가'로 수렴되지 않는다. 오히려 식민지 조선에서 근대-남성성, 가부장제 이데올로기에 포섭되지 않는 여성-개인의 주체성을 강조하는 페미니즘 텍스트로서 의미가 있다.

김명순은 『생명의 과실』(1925), 『애인의 선물』(1928) 두 권의 작품집을 발간하여 '문사'가 아닌 '작가'로서 존재 증명을 했다는 점에서 김일엽, 나혜석과 구별된다. 자신의 사생활을 둘러싼 소문에 항변하기 위한 알리바이로서의 소설 쓰기에 해당하는 「탄실이와 주영이」, 자전적 성격이 강한 「칠면조」가 미완인 데 반해, 「도라다볼 때」(《조선일보》 1924. 3. 31~4. 19)는 완성작이자 현실의 제약을 딛고 이를 아름다움과 문학 교양으로 승화하는 여성의 형상을 제시했다는 점에서 의미가 있다.[8] 「도라다볼 때」에서 고모 '류애덕'의 경계를 받으며 청교도적 삶을 살던 류소련은 과학자이자 독일 작가 하웁트만의 희곡 『외로운 사람들』을 두고 해석과 대화가 가능한 효순과 정서적 교감을 한다. 하지만 현실에서는 그가 이미 아내가 있는 사람이고, 후처였던 소련 어머니의 '혈통'을 이유로 고모가 반대하면서 이들의 사랑은 무산된다. 그러나 사랑의 좌절, 속물적이고 방탕한 부르주아 최병서와의 불행한 결혼이라는 표면적 이야기 이면에 있는 것은 소련의 자유의지와 근대적 지식, 그리고 아름다움에 대한 열망이다. 『외로운 사람들』에 대한 분석적 대화, 롱펠로의 시 「화살과 노래」, 로댕의 그림은 "자유를 안타깝게 바라는 소련"의 취미로 서사에 배치된다. 근대적 지식 및 교양 습득에서 문학이 특화된 위치를 차지하게 되었고, 그것이 여성의 주체적 선택에 영향을 끼쳤음을 이 작품은 보여 준다.

이처럼 근대 초기 여성 작가-지식인, 즉 '배운 여자들'은 문학과 비문학의 경계를 허물고, 정론적,

계몽적 글쓰기와 문학적 글쓰기의 경계를 횡단하는 글쓰기 실천을 했다. 이들은 근대 매체와 계몽적 목소리라는 그간 남성이 점유한 지식 장을 모방, 전유하여 자신들의 이념과 욕망을 씀으로써 남성 중심의 근대 지식 질서에 균열을 내고자 했다. 특히 이들의 글쓰기는 선언문의 격정적 목소리, '우리'라는 여성-공동체를 호명하는 청유형의 문법을 구사하면서 여성-집단 지성의 범례를 제시한 한편, 식민지 조선에서 신여성이 처한 구속적 상황을 고백과 폭로, 미학적 글쓰기로 드러냄으로써 공론장에 글 쓰는 여성의 존재를 뚜렷하게 각인시켰다.

여성과 식민 현실이 교차하는 두 모습, 사회주의자 여성과 성찰적 지식인 여성의 등장

식민지 시기 여성 작가의 등단과 작품들을 살펴보면, 1930년대 들어 작가군과 작품 경향에서 의미심장한 변화가 있음을 알 수 있다. 1930년을 즈음하여 등단한 박화성, 김말봉, 최정희, 강경애, 백신애[9]의 작품 경향은 이전 시기와 뚜렷이 다르다. 근대 초기부터 1920년대까지 개인의 자유와 자각, 그리고 이런 가치를 획득하기 위한 계몽의 정신이라는 주제에서 식민 현실에 대한 비판, 사회주의(자)의 부상과 리얼리즘으로 작품 경향이 이동한다. 필자는 1931년, 1932년 초반 즈음을 이런 경향의 출발점으로 보고자 한다.

1930년대 들어서 본격적으로 '여류문학'이라는 말이 대중적으로 널리 쓰이게 된다.[10] '여류'가 성차에 기반한 하나의 집단으로 묶이면서, 남성 중심의 문학 장은 박화성이나 강경애를 '여성성을 소실한 남성적인 작가', 최정희와 노천명, 모윤숙을 '여성성을 구현한 작가'로 구분하였다. 리얼리즘적인 경향을 탈여성적인 것으로, 사적 체험에 기반을 둔 소설이나 수필을 여성적인 경향으로 규정하는 등 여성성을 본질적이고 고정된 것으로 치부하면서 문학 장과 양식의 특정 영역을 여성문학과 여성 작가에게 할당하는 전략을 구사한 것이다. 하지만 실제 여성 작가들의 작품을 놓고 보면 1930년대 여성문학이 식민 현실과 대면하면서 하나로 환원되지 않는, 즉 민족, 계급, 지역, 이데올로기와 경합하면서 다양한 의미로 맥락화될 수 있는, 소위 과정 중인 여성성과 여성적인 글쓰기를 생산했다는 점을 알 수 있다.

강경애의 「소금」(«신가정» 1934. 5~10), 『인간문제』(«동아일보» 1934. 8. 1~12. 22), 백신애의 「꺼래이」(«신여성» 1934. 1~2)는 계급, 민족, 여성의 교차성을 심문하는 1930년대 전반기 여성문학의 특징을 대표하는 작품들이다. '빈곤의 여성화'를 주제로 하층 계급 여성, 구여성의 삶의 궤적을 사실적으로 형상화하였다는 점, 개인의 각성과 계몽이 아닌, 사회주의에서 변혁의 가능성을 모색했다는 점에서 이전 시기와 구별된다. 강경애의 「소금」과 백신애의 「꺼래이」는 간도로 이주하거나 시베리아를 유랑하는 식민지 조선인의 처지를 리얼리즘적으로 형상화하였다. 가난 때문에 이주나 유랑을 하는 이 여성들은 국민국가의 부재로 인해 보호받지 못하는 '난민'이자 '유민(流民)'이며, 여성이기 때문에 가부장적 폭력, 성폭력에 노출된다. 계급 모순, 민족 모순은 성모순과 이중, 삼중으로 중첩되어 표출된다. 「소금」의 봉염 어머니는 조선에서 간도로, 다시 용정의 지주 팡둥의 집으로 이동과 전락을 거듭하며, 아이들이 죽은 후에는 소금 밀수를 하러 또다시 유랑의 길을 떠난다. 거듭되는 유랑, 농토의 빼앗김, 남편의 죽음, 지주의 성적 유린, 아이들의 죽음 같은 중첩된 개인적 수난은 '국민-국가'의 빼앗김에 기인한다. 수난받는 구여성에서 계급의식을 지닌 항일 전사로의 의식적 비약이 결함으로 지적받기는 했지만 「소금」에서 봉염 어머니는 자신의 체험에 기반해 '주의자 여성'으로 존재 전환을 한다. 사회주의 이념의 세례를 받은 '주의자' 여성, 노동자 여성의 형상은 식민지 시기 최고의 노동소설로 일컬어지는 『인간문제』에서 좀 더 확장된다.

『인간문제』는 식민지 시대 하층 계급 여성의 삶의 이력, 가령 농촌에서 도시로의 이동, 여성 노동자로의 존재 이전, 공장과 기숙사에 갇힌 여성 노동자에게 가해지는 일상적인 노동 통제, 성희롱과 성폭력의 실상을 핍진하게 형상화하였다. 소설에서 선비의 각성은 방직공장에서 동료 여성 노동자들과 억압의 경험을 공유하고, 간난과 자매애적 연대를 맺으면서 체득한 것이다. 자신이 생산한 생산물에 대한 애착이 소외감, 박탈감으로 전이되면서 느끼는 감정, 고된 노동의 상징인 자신의 손등을 여성 노동자 집단의 '죽은' 손가락으로 확장해 인식하는 감정은 여성 특유의 공감과 체험의 윤리에서 나온다. 선비의 계급의식 획득이나 각성에 젠더 의식을 매개로 한 노동 체험이 기여하고 있다는 것이다. "빨갛게 익은 손등! 물에 풀려서 허옇게 된 다섯 손가락! 산 손등에 죽은 손가락이 달릴 것 같았다. 그는 전신에 소름이 오싹 끼치며, 이 공장 안에 죽은 손가락이 얼마든지 쌓인 것을 그는 깨달았다."[11]라는 그로테스크하지만 사실적인 묘사는 1980년대 노동시인 박노해의 「손무덤」을 떠올리게 할 정도로 생생하고 전투적이다. 작가는 여성의 개인적 경험을 넘어 선비, 간난 등 식민지 시대 노동의 한 축을 담당했던 여성 노동자들의 집단적 경험에 주목함으로써 식민 시기 노동소설의 젠더적 전유라는 뚜렷한 문학사적 성과를 이룰 수 있었다.

1930년대 중반 이후 문학 장에서는 1934년 카프 해산, 정치적 국면에서는 1937년 7월 중일전쟁, 1938년 4월 국가총동원령 시행, 1941년 12월 태평양전쟁 돌입으로 소위 암흑기, 전형기에 접어든다. 여성문학 장에서도 모종의 변화가 일어난다. 1920년대 신여성의 귀환으로 볼 수 있는 이 경향을 '성찰적 여성 지식인의 등장'이라 명명하고자 한다. 사랑과 결혼 제도를 성찰적 지성으로 해부하는 지식인 여성, 민족이나 계급, 사회주의라는 거대 담론과 거리를 취하면서 여성성, 모성성의 경험이나 윤리를 보여 주는 작품들, 여성(성)에 순응하고, 가정성의 역할을 안정적으로 수행하는 듯 가장(假裝)하면서 남성(성)의 권위를 비판하거나 희화화하는 작품들이 이 유형에 해당한다. 최정희의 「지맥(地脈)」(《문장》 1939. 9), 지하련의 「산길」(《춘추》 1942. 3), 임옥인의 「후처기」(《문장》 1940.11)는 지식인 여성의 내면을 섬세하게 포착하고 있다. 1920년대에 자유연애를 꿈꾸고 남녀동등의 사상을 향유하는 '신여성'이었을 이 여성들은 결혼을 했지만 사별 혹은 이혼을 하였거나 남편이 아닌 다른 남성에게 사랑의 감정을 느낀다. 그런데 이 남성들에게는 이미 법적인 결혼 제도로 묶인 아내가 있다.(「지맥」, 「산길」) 때문에 당시 결혼 제도를 위반하는 이들은 제도와 욕망 사이에서 내적 갈등을 겪거나 사회적 통념으로 인해 고통받는다.

지하련의 「산길」에는 한때 친구였으나 남편을 사이에 두고 갈등하는(혹은 갈등해야 할) 두 여성이 주 초점 인물로 등장한다. 자신의 남편을 사랑하는 연희를 대하는 순재의 태도, 사회 통념상 부도덕한 연애를 하는 연희가 순재를 대하는 태도는 일반 독자의 기대 지평을 벗어난다. 연애나 불륜을 통속적으로 그리거나 한 남자를 두고 두 여성이 대립하지 않는다. 오히려 이런 '제도 밖'의 연애 내지 사랑에서 빚어진 문제를 윤리적으로 숙고하는 주체가 바로 여성이다. 소설의 마지막에서 순재가 연적인 연희를 총명하고 아름답다고 칭할 수 있는 이유는 남편과 달리 연희는 사랑이라는 감정에 충실하고, 이 감정을 드러내기를 꺼리지 않았기 때문이다. 두 여자가 증오나 질투로 연결되지 않고, 상대방의 감정과 주체적인 판단을 인정하고 거기에서 아름다움을 발견하는 것은 이들이 제도가 강제하는 윤리, 사적인 욕망과 감정을 두고 깊이 있는 성찰을 한 데 기인한다.

최정희의 '삼맥' 연작의 첫 번째 작품인 「지맥」에서 은영은 동경 유학까지 했던 지식인 여성으로 사회주의라는 이상을 함께할 남자를 선택한다. 그런데 사회주의자 남편에게는 법적인 아내가 있었으며, 남편이 죽자 그녀는 정실이 아니라는 이유로 아무런 법적, 제도적 보호를 받지 못하는 '제2부인', "등록 없는 아내요, 어머니"가 된다. 소설은 근대 법체계-남성 중심 제도에서 여성에게만 법적 제약과 도덕적 비난을 가하는 현실을 냉엄하게 그린다. 하지만 소설은 이 문제를 공론화하기보다 모성애와 이성애 사이에서 갈등하는 여성이 어떤 행로를 택하는가에 초점이 맞춰져 있다. 사랑을 갈구하고, 아이를 입적시키겠다는 상훈의 제안을 은영은 거절하고, "괴로우면서도 그대루 제 앞에 던져진 운명과 싸와 가며 사는" 길을 택한다. 그녀는 "그들(형주와 설주)을 잘 성장시키는 것이 내게 던져진 운명이요, 내가 벗어나지 못할 지상의 궤도"라고 말한다. 소설 제목과도 관련이 있는 '지상의 궤도'는 모성의 길을 가겠다는 다짐이다. 하지만 선행 연구에서도 지적하듯이[12] 「지맥」의 결말만 놓고 모성의 윤리가 여성의 이성애적 욕망을 압도하는 것으로 해석할 수는 없다. 서사 진행 과정에서 보이는 은영의 갈등, 가령 욕망을 버리고 종교에 의탁하겠다 결심했으면서도 불안과 자신에 대한 환멸의 감정을 가지거나, 상훈의 편지를 받고 느끼는 기쁨이나 섹슈얼리티의 감각은 모성애의 윤리로 환수되지 않는 잉여로서의 여성적 욕망을 의미한다. 모성애와 이성애, 윤리와 욕망 사이의 갈등은 「지맥」 전체를 추동하는 서사적 동력으로서 은영이 제2부인인 기생 부용이처럼 체념하거나 하순이처럼 열정과 사랑을 좇는 인물이 아닌, 자신의 존재 조건의 심연을 끊임없이 응시하는 지적인 존재이기 때문에 가능했다. '지상의 길'이라는 그녀의 선택을 주어진 모성성에 순응한 것으로 비판하거나 "여류다운 여류"의 글쓰기로 특화하는 것을 경계해야 하는 이유이다.

1930년대 신여성-지식인 여성들은 지배 담론이 규정하는 여성성의 정의, 예컨대 보살핌과 배려, 타자를 위한 윤리, 모성성과 같은 범주를 배반하며, 신여성에 대한 1930년대 중후반의 부정적 인식과 담론에도 저항한다. 임옥인의 「후처기」에서 여학교 교원이자 전문학교를 나온 '나'는 '피아노'를 갖춘 '신가정', 즉 현대 여성이 욕망하는 스위트홈을 갖기 위해 후처 자리를 마다하지 않는다. 재취 자리, 전실 자식이라는 결함 있는 조건을 물질이나 외모가 부족한 이 신여성은 스위트홈이라는 자신의 이상과 욕망을 충족하기 위해 교환한다. 아직도 전처를 잊지 못하는 남편의 냉담함, 아이와 전처 가족의 배척은 나의 자존감과 욕망을 꺾지 못한다. 유일한 '내 것'이라고 여기는 아이를 임신하면서 오히려 자신의 내면을 단단하게 다지게 된 이 자기 충족적인 자아는 목표를 이루기 위해 '현모양처'라는 역할을 연기하는 가면 쓰기 전략을 택하는 것이다.

남성 중심의 질서에 균열을 내거나 질서를 비판하는 지식인 여성, 성찰 혹은 연기(演技)하는 여성이라는 1930년대 중후반 작가들의 글쓰기 경향에 대해 사회주의자 여성 평론가였던 임순득은 '여류문학/작가'와 '부인문학/작가'를 구별하면서 비판하였다. 임순득은 남성 평론가들이 명명한 '여류' 작가라는 말 대신에 '부인작가'라는 용어를 사용한다. 「여류작가의 지위—특히 작가 이전에 대하여」에서 "부인작가들은 여류작가에로 전락하였을 뿐만 아니라 여류작가인 것에 안주지를 발견한 듯" 보인다고 하면서 1937년 출간된 『현대조선여류작가선집』에 실린 작품들이 "미미한 것, 조그마한 것, 너무나 도도한 사회의 물결로부터 벗어난 강변의 어여쁜 조약돌만이 취재되어" 있다고 말한다. 남성 중심의 문학 장이 여성 작가의 '고유한' 자질로 범주화하고 승인한 '여성성', '여성적 글쓰기'를 소환하여 사회 현실이 탈각되었다고 비판하는 것이다. 하지만 사회주의와 여성주의의 결합을 꾀했던 임순득의 비판을 전면 수용할 수는 없다. 앞서 서술했듯이 지식인 여성의 연애나 결혼 제도에 대한 성찰과 같은 사적 영역에 대한 탐구는 자유연애, 근대-여성 주체의 욕망과 제도 간의 갈등이라는 1920년대 여성 작가들의 핵심 주제와 계보적으로 연결되는 것으로 보고, 재평가해야 한다.

여성문학의 탄생과 형성을 맥락화·현재화하기

여성문학의 탄생과 형성 과정을 계보적으로 총람하는 이 글에서는 근대 초기와 식민지기 여성들이 다양한 글쓰기 실천을 하였고, 여성문학이 끊임없이 저항과 균열의 틈새를 만들어 내면서, 여성의 목소리를 광장으로 이끌어 낸 데 주목했다. '여성도 국민'이라는 선언을 경유하여 「여권통문」과 「경희」의 '여성도 사람'이라는 선언, 즉 '여성-시민'의 자리에 이른 근대-초기 여성들의 글쓰기는 계몽적 글쓰기를 젠더화함으로써 남성의 담론을 모방하면서도 이들과는 다른 여성의 퍼스펙티브와 전망을 제시했다. 김명순은 나혜석과 김일엽의 '신여성' 담론, 자유연애라는 이상을 본격적으로 문학적 글쓰기에 녹여 냈다. 가부장제와 남성 중심의 공론장의 소문과 평가에 저항하면서 미완의 소설 쓰기를 반복하고, 문학과 지식-교양을 열망하는 여성을 창조한 김명순의 여정은 '작가성'과 '문학성'을 끊임없이 의심받으면서도 이를 뚫고 나가려 한 여성문학 탄생기의 현실을 의미심장하게 보여 준다.

1930년대 들어서 여성문학은 본격적으로 식민 현실을 젠더 프리즘으로 톺아 내고, '난민' 혹은 '유민(流民)'이 된 여성의 삶과 고통을 공감과 연대의 윤리로 포착하는가 하면, 남성 중심의 가족 로망스와 윤리를 내파하였다. '여성 작가만이 그릴 수 있는'이라는 단서 조항에 동의하면서 남성 중심의 문학 장에 진입한 이 여성 작가들, 반대로 임순득 같은 비평가에게는 '감상적'인 여류작가로 혹평을 받은 이들의 글쓰기는 '여성성', '여성적 글쓰기'가 실은 고정된 어떤 것이 아니라 해석자, 가치 부여자에 따라 유동적이고 정치적으로 해석될 수 있음을 보여 준다.

근대 여성문학의 탄생과 형성기의 이런 쟁점과 시각들은 이후 우리 여성문학과 여성 작가가 문학 장에서 부상할 때마다 반복해서 소환된다. 그런 이유에서도 여성문학 초기의 다양한 성과들을 계보화하고, 의미를 부여하고, 현재 여성문학과 함께 사유하고 맥락화하는 시도는 계속되어야 한다.

1　허윤 엮음, 『신여성, 운명과 선택—한국 근대 페미니즘 문학 작품선』(2019); 심진경 엮음, 『경희, 순애 그리고 탄실이—신여성의 탄생, 나혜석 김일엽 김명순 작품선』(2018)을 대표적인 예로 들 수 있다.

2　교차성은 정체성의 범주를 역사적이며, 맥락에 따라 특수성을 띠는 역동적인 것이자, 주체의 위치에 따라 달리 이해될 수 있는 '다의적' 사회 구성물로 이해한다. 여성 공통의 경험이 있다는 단일한 본질주의적 시각보다는 젠더, 인종(민족), 계급, 섹슈얼리티, 나이, 시민권 등이 복잡하게 얽혀 있는 양상을 포착하는 것이 교차성 페미니즘이다.

3 올랭프 드 구주의 「여성과 여성 시민의 권리 선언」 제1조는 "여성은 자유롭게 그리고 권리에서 남성과 평등하게 태어나며 그렇게 존속한다."로 시작한다. "신체와 수족과 이목이 남자와 다름없는 한 가지 사람"이라는 「여권통문」의 주장은 이 근대적 남녀동등권을 언설화한 것이다.

4 홍인숙, 「근대계몽기 여성 글쓰기의 양상과 "여성 주체"의 형성 과정—1908년 《대한매일신보》, 《여자지남》, 《자선부인회잡지》를 중심으로」, 《한국고전연구》 14호, 한국고전연구학회, 2006, 126쪽.

5 서울 북촌의 양반 여성들인 이소사(李召史), 김소사(金召史)가 투고하여, 《독립신문》과 《황성신문》에 게재되었다.

6 김일엽, 김우영 엮음, 『김일엽 선집』(현대문학, 2012), 243~244쪽.

7 나혜석, 이상경 엮음, 『나혜석 전집』(태학사, 103쪽)

8 「도라다볼 때」는 《조선일보》 연재본(1924. 3. 31~4. 19. 20회 연재)과 『생명의 과실』(1925)에 실린 개작본 사이에 결말을 비롯하여 차이가 많다. 연재본에서는 류소련이 부모로부터 물려받은 더러운 피를 비관하면서 자살하는 데 반해, 개작본에서는 "샘물이 흐르듯이 신선하게 사라나"겠다고 다짐하는 것으로 끝난다. 이 글에서는 작가의 '개작'이 지닌 문학(사)적 의미를 고려하여 개작본을 저본으로 했다. 두 판본 사이의 낙차와 '돌아다봄'의 의미를 분석한 연구로 김명훈, 「두 개의 신화와 두 번의 돌아봄, 그리고 하나이지 않은 X」(《한국현대문학연구》 56호, 한국현대문학연구회, 2018)가 있다.

9 등단작과 등단 시기는 다음과 같다. 박화성((「추석전야」, 1925), 김말봉(「망명녀」, 1932), 최정희(「정당한 스파이」, 1931), 강경애(「파금」, 『어머니와 딸』, 1931), 백신애(「나의 어머니」, 1929)

10 박정애는 여성이 공적 매체에서 자기 이름으로 글을 발표하는 빈도가 급격히 증가하고 여성 작가의 숫자가 두 자리를 넘기면서 파생한 문화 현상들 중 하나라고 본다.(박정애, 「창조된 '여류'와 그들의'이원적 착란」, 《현대문학의 연구》 20호, 한국문학연구학회, 2003, 77쪽)

11 강경애, 이상경 엮음, 『강경애 전집』(소명출판, 2002), 407쪽.

12 심진경은 모성의 윤리와 여성적 욕망이 결코 분리되지 않으며, 오히려 가부장제 내에서 금기시되는 여성적 욕망이 우울증적 내면화 전략을 통해 모성적 정체성의 일부를 구성한다고 주장한다.(심진경, 「'모성'의 탄생—최정희의 「지맥」, 「인맥」, 「천맥」을 중심으로」, 《한국학연구》, 인하대 한국학연구소, 2015)

여류문학의 죽음
—해방부터 1960년대까지

김은하 국문학자·경희대학교 후마니타스칼리지 교수

여성 글쓰기의 유산을 찾아서

'정전(canon)'은 "학교 교과과정 속에서 공인된 텍스트나 해석 혹은 모방할 만한 가치가 있다고 인정받은"[1] '위대한 작품'으로 인간성이 풍부하며 책임감이 높은 시민을 기르기 위한 '교양'의 목록으로 제시된다. 그러나 '정전'은 객관성이라는 날조된 신화를 내세워 지배계급의 이익을 대변하는 제도로 사실상 소수 집단에 대한 '부드러운 폭력'이라는 비판에 직면해 왔다. '정전' 논쟁은 서구에서 시작되었지만 한국문학사 정전 역시 계급·성별·지역 등 인간의 권리와 존엄을 결정짓는 차별적 경계들로부터 자유롭지 못하다. 한국문학사는 학력 자본을 소유한 중산층 계급의 '리그(league)'이자, '저자성'이 남성으로 여겨질 만큼 남성 작가들의 명예 전당이다. 또한 한국문학사는 '지역'의 문학 장(場)과 작가들을 부재 처리해 온 서울 중심의 문학사이다. 문학 정전의 이념 혹은 정신적 측면을 비판적으로 분석해 본다면 문학이 '타자(他者)'에 대한 공감을 유도하고 반성적 사유를 증진시킨다는 믿음은 덧없는 환상으로 전락할 가능성도 높다. 한국문학 '정전'은 많은 논쟁을 필요로 하고 있는 것이다.

정전이 사회와 소수자에게 주는 부담을 극복하기 위해서는 정전이 지녀야 할 내적, 외적 조건을 뜻하는 '정전성'은 시대와 맥락에 따라 그 내용과 기준이 변화한다고 보는 열린 관점을 도입하고 정전에 대한 해체와 재구성 작업에 착수해야 한다. 소수자의 문화적 유산을 발굴하고 계보화하는 것은 '정전'의 권위주의를 극복하는 문화적 실천이 될 수 있다. 한국 여성문학사 정전은 여성 독자가 여성으로서 정체성을 찾아 갈 수 있는 '참고문헌'이 될 것이다. 한국문학사는 여성 작가를 배제 혹은 주변화함으로써 여성의 글쓰기를 열등화하고 여성 독자가 여성으로서 자신의 목소리를 잃어버리도록 유도해 왔기 때문이다. 이러한 문제의식으로 이 글은 한국문학의 저변에서 면면히 이어져 온 여성 글쓰기의 위대한 유산들을 찾아 1945년

부터 1960년대까지 한국 여성문학사를 서술하고자 한다.

한국 여성문학사에서 1945년부터 1960년대까지는 식민지기 여성문학이 역사 속으로 퇴장하고 분단 체제 하에서 새롭게 남한 여성문학이 출발했던 또 다른 기원에 해당하는 시간이었다. 그러나 남한 여성문학의 출범은 감격적이었다고 하기 어렵다. 우익 문학인들을 중심으로 한 남한문학의 제도화 과정에서 여성 작가들은 "여류문학"이라는 게토화된 지정석에 위치지어졌기 때문이다. 나혜석이 "우리 조선 여자도 인제는 그만 사람같이 좀 돼 봐야만 할 것 아니오?" "믿건대 먼저 밟으시는 언니들이여! 푹푹 디디어서 뚜렷이 발자취를 내어 주시오."[2]라고 동시대 여성들을 향해 선각자가 되자고 부르짖었던 시절에 비하면 "여류"들의 문학은 정치성을 잃어버린 것처럼 보였기 때문이다. 그러나 "여류문학"이라는 낙인을 떼고 다시 읽기를 시도해 보면 사회성 결여, 여성 의식의 후퇴로 남한 여성문학 형성기를 정의할 수 없을 것이다.

해방기: 유예된 여성해방과 이데올로기를 심문하는 글쓰기

1945년 해방은 조선 사람이 식민지하에서 억눌린 자유를 실현하기 위해 분투하기 시작했던 민족적 사건이었다. '해방'은 식민지와 가부장제라는 이중적 구속 상태의 여성들에게 감격적인 기회로 다가왔다. 좌익 부녀운동가 고명자는 "설혹 남성은 해방이 되엇다 하더라도 여성이 해방이 되지 못한 국가와 민족은 맛치 발은 풀렷다 허다라도 팔은 여전히 묵구워 논 것이니까 결국은 해방은 아닐 것입니다."[3]라며 여성해방은 민족해방의 필수 조건이라고 주장했다. 남북한 양측에서 남녀평등법이 발표되고 '부녀국'이 설치되는 등 여성해방이 국가의 이상으로 떠오른 시대는 여성 작가들에게 식민의 잔재를 청산하고 반(反)봉건의 과제를 해결해야 할 책임을 일깨웠다. 문단의 중진이었던 김말봉은 9년의 긴 침묵을 깨고 '공창제 폐지 운동'을 여론화할 목적으로 『가인의 시장』(《부인신보》 1947~1948 연재)을 발표했다. 또한 박화성은 「광풍(狂風) 속에서」(1948)를 통해 미친 여자의 목소리를 빌려 축첩제 폐지 법률안을 비판했다. 여성의 경제적 자립이 이루어지지 않은 사회에서 축첩을 금하는 법률은 여성해방의 근본적 대안이 될 수 없다고 보았기 때문이다. 법률과 정책이 '첩'이 되어서라도 생존하고자 하는 여성들의 처지를 외면하고 이들의 삶을 불법과 파행으로 도덕화해 낙인 효과를 발휘할 수 있다고 본 것이다. 작가 활동에 박차를 가하며 '공창제 폐지', '축첩제 폐지'라는 당대 여성계의 이슈를 채택했을 만큼 두 작가 모두 해방을 여성사의 전환 국면으로 인식하고 글쓰기의 여성적 정체성을 모색했던 것이다.

그러나 해방된 조국이 좌익과 우익으로 나뉘어 이데올로기 격론이 벌어지면서 여성 해방의 이슈는 점차 뒷전으로 밀려났다. 1945년 8·15 해방부터 1948년에 남한 단독 정부가 수립되기까지 약 4년에 해당하는 시간은 "상반되는 문학 이념 간의 혼재와 대결의 사건사이며, 운동사적 성격이 우세한 시기"[4]였다. 여성 작가들은 좌/우익의 문학 단체에 들어가 활동하거나 집합적 이념이나 정체성을 의식하며 창작 활동을 할 수밖에 없었다. 이데올로기의 시대적 긴급성으로 인해 여성 작가들은 '여성 문제'를 다룬 성과작을 내놓지 못했다. 그러나 여성 작가들은 당대의 정치적 현안에 대한 예리한 분석을 통해 문학적 시민권을 쟁취하고자 했다. 이선희와 최정희는 각각 북한과 남한의 토지개혁을 소재로 한 「창(窓)」(1946)과 「풍류(風流)잡히는 마을」(1947)을 발표했다. 조선문학가동맹에 가입해 좌익 작가로서의 정체성을 모색했던 지하련은 한 남성 지식인이 사회주의 당에 가입하기까지의 번민을 그린 「도정」(1946)을 발표했다.

여성 작가들은 정치혁명의 목적과 방향을 둘러싸고 좌우익의 격론이 벌어지는 시대의 한가운데에서 정계의 뜨거운 이슈를 다루었다. 그러나 여성 작가들은 이데올로기 진영론에 힘을 실어 주는 대신에 경계인 혹은 주변인의 위치에 섬으로써 남성들이 주도하는 정치혁명을 비판했다. 이선희는 「창(窓)」에서 '무상몰수 무상분배(無上沒收 無上分配)' 원칙하에 북한의 '토지개혁'이 예고되자 불구의 몸으로 어렵게 소지주가 된 형과 토지개혁을 주도하는 동생의 갈등을 극화했다. 그러나 이선희는 특정 이데올로기를 지지하기보다, 땅을 빼앗기는 게 두려워 자살한 형을 중심에 두고 실질적인 동등성을 추구하면서도 개별적 특이성을 수용하는 정치 공동체의 필요성을 제안했다. 또한 최정희는 해방이 되었지만 농민은 더욱 가난해진 부조리한 현실을 이야기함으로써 이데올로기의 무능력을 폭로하고 '농민의 정치 세력화'라는 급진적 대안을 제시했다. 다른 한편으로 지하련은 「도정」에서 자신의 소시민성을 부끄러워하는 감상적인 남자, 즉 여성화된 인물을 옹호하며 '자기 진정성 윤리'를 외면하고 이권만을 좇는 남성 혁명가들의 속악함을 비판했다.

한국의 사회문화사에서 자주 되풀이되는 장면이지만 해방기는 이념 논쟁이 사회와 문단을 휩쓸면서 여성해방의 의제가 뒷전이 된 시대였다. 식민지기 신여성 작가들의 유산에도 불구하고 해방기를 대표할 만한 페미니스트 각성의 서사는 쓰이지 못했다. 그러나 해방기 여성 작가들은 시대의 모순에 천착한 작품 활동을 통해 여성의 글쓰기를 사회성의 결여나 미달로 규정해 온 세간의 편견에 맞섰다. 그러나 해방기 여성문학의 성취가 다음 시대로까지 이어질 수는 없었다. 남한에서 공산당 활동이 금지되고 작가들의 생애 전부를 건 탈주와 편입이 이루어지면서 이선희, 지하련, 비평가 임순득 등이 월북함에 따라 불온한 신여성과 "맑스껄"들이 주도했던 식민지기 여성문학 장은 역사 속으로 사라져 버렸기 때문이다. 1950년대라는 새로운 10년을 앞두고 남한 여성 문단은 식민지기부터 활동했던 김말봉, 장덕조, 최정희 등 기성 작가, 월남한 임옥인과 만주에서 귀환선을 타고 온 손소희 등 월경(越境) 작가, 1948년에 재등단한 한무숙과 1949년에 데뷔한 강신재 등 신진 작가를 중심으로 새롭게 재편되기 시작했다.

"여류문학"을 배반하는 여성 작가의 글쓰기

앞서도 말했지만 1950, 1960년대는 여성문학사의 암흑기처럼 여겨져 왔다. 진보적 페미니스트 연구자들은 이 시기의 여성 작가들을 "상당한 재력과 품위를 가진 가정, 전후 문단의 보수적 헤게모니와 상충하지 않는 계급적 성향"의 "부르주아 여성작가군"[5]으로 칭하며 여성 문단이 사회성과 민중성을 외면하고 "여류작가"라는 차별적 명칭에 복종했다고 비판했다. 모윤숙, 손소희, 장덕조, 최정희 등 남한 여성문학의 기원이 된 여성 작가들은 한국전쟁이 발발하자 종군작가단의 일원이 되어 전쟁의 치어리더를 자처하고 전쟁이 끝난 후에는 냉전(冷戰) 권력을 연성화해 주는 "여류명사"로 활동했다. 또한 이들은 김동리, 조연현으로 대표되는 우익 문학 권력의 일원이자 이들을 포장해 주는 존재였다. 이들이 쓴 상당수의 글과 강연은 여성에게 가부장제에 대한 복종을 교시하는 것이었다. 여성 작가는 체제 순응주의적 여류명사, 우익 문학 권력의 들러리, 가부장제가 만들어 낸 여성성 신화의 유포자였다.

그러나 체제 순응적인 부르주아 "여류"의 특권적 문화로 1950, 60년대 여성문학을 설명해서는 안 된다. 첫째, 여성 문단에는 기성 작가만이 아니라 강신재, 구혜영, 박경리, 박순녀, 손장순, 송원희, 이정호, 전병순, 정연희, 한말숙, 한무숙, 최미나 등 신진 작가와 수필가 전혜린과 언론인 정충량까지 글 쓰는 여자들의 층이 두터웠고 그 특징이나 성격이 단일하지 않다. 둘째, 여성 작가들은 본격문학 장에서 활동했을 뿐 아니라 일간지나 여성지에서 '저자성'을 발휘하며 전업 작가로서 입지를 다지는 등 남성 중심적인 문단과 출판 시장을 위협했다. 버지니아 울프는 영국에서 18세기 말에 조야한 대중소설 혹은 잡문을 써 돈을 벌기 시작한 여성들이 출현한 것을 십자군전쟁보다 더 중요한 사건이라고 했다. 고정된 수입이 보장될 때 여성이 독립적인 정치적, 경제적 주체가 되어 '집안의 천사'라는 유령에서 벗어날 수 있다고 보았기 때문이다.[6] 전업 여성 작가의 등장은 여성이 가부장제에 기대지 않고 혼자서 설 수 있음을 보여 주는 증거이자 가능성이었다. 셋째, 여성 작가들의 '여성성과 성별'을 위시로 한 글쓰기는 남성 중심적인 문단에 의해 사회성이 부족한 "여류문학"으로 비하되었지만 가부장제 사회에서 억눌린 여성의 목소리나 욕망이 표출되는 '여성 서사'였다.

남한 여성문학의 형성기를 온전히 이해하고 평가하기 위해서는 체제 순응적인 "여류"를 여성 작가가 문단에서 소외되지 않기 위해 쓴 '가면'으로 보고 작품을 통해 여성 글쓰기의 저항성을 채굴해야 한다. 한국문학사에서 전후는 손창섭의 문학에서 잘 나타나듯이 거세된 남자들의 전시장으로 비유되곤 한다. 남성 작가들은 전쟁이 끝났지만 이렇다 할 비전을 확보하지 못하고 여전히 참호 속에 갇힌 채 살아 있음의 굴욕을 견디는 남성들의 초상을 그려 냈다. 그러나 여성 작가들은 재난의 흔적이 가득한 비극적 세계에서도 생명력을 내뿜는 불온한 신여성들과, 의식의 끈을 팽팽히 조이며 인간과 사회의 의미를 찾는 이지적인 여성 인물들에 의해 활기를 띠었다. 전후에 새로운 문학의 이념을 갈구하는 신세대 작가들에게 가장 큰 관심을 받은 것은 프랑스로부터 건너온 실존주의였다. 여성 작가들은 '한계 상황', '자유', '책임' 같은 실존주의의 개념들을 전유함으로써 전후(戰後)의 여성 혐오적 재건 문화에 맞서는 한편으로 역사와 현실의 부조리에 맞설 글쓰기의 비전을 획득하고자 했다.

여성 서사의 주요한 흐름은 매혹과 혐오, 경이와 추문 사이를 넘나들며 젠더의 경계를 넘고 지배적인 섹슈얼리티를 위반하는 '불온한 신여성'들에 대한 것이었다. 전후에는 '헤게모니적 남성성'의 정치가 본격화되면서 여성 혐오적인 화제로서 '아프레걸(après-girl)' 담론이 공론장을 주도했다. '아프레걸'은 제2차 세계대전 후에 프랑스에서 등장한 허무주의적 세대를 뜻하는 '아프레게르'라는 말에 '아메리카니즘'에 노출되면서 한국 여성이 전통적 미덕을 상실했다는 의미가 덧붙여져, 여성의 방종과 타락을 뜻하는 말로 통용되었다. 아프레 걸은 "양공주", "전쟁미망인" 여대생 등 지시 대상이 분명할 때도 있었지만 전통으로부터 이탈한 불특정 여성다수를 부정적으로 지시하는 기호였다. 전방에서 돌아온 남자들이 사회와 가정에서 다시 주도권을 잡기 위해 여성을 순치시키는 과정이 필요했던 것이다. 이렇듯 반동적인 시대를 맞아 여성 작가들은 '아프레걸'을 여성의 비뚤어짐이나 타락으로 비유하는 대신에 능동적인 삶의 주체이자 부조리한 사회와 현실을 심문하는 존재로 그렸다.

강신재는 「해방촌 가는 길」(1957)에서 양반의 딸이었지만 전쟁으로 "양공주"가 된 기애의 이야기를 통해 여성 혐오 문화에 맞섰다. 기애는 가난으로부터 가족을 지키고 남동생을 교육시키기 위해 양공주가 되지만 맨몸의 숭고를 보여 주는 성모형 인물과 거리가 멀다. 강신재는 양공주의 에로스 경제에 의지해 가족과 민족이 먹고살았으면서도 기애들은 혐오 대상이 된다는 점을 폭로한다. 기애의 어머니인 '장 씨'는 고결함을 추구하는 기독교도로 딸을 수치스럽게 여기지만 딸이 성을 매매해 들고 온 미제 물품을 믿지 않고 팔 방법을 궁리할 만큼 위선적이다. 강신재는 기애의 시선과 목소리를 빌려 여성들이 겪은 전쟁에 대한 공감을 유도한다.

미군의 아이를 낙태하고 자신의 집, 즉 민족 공동체로 돌아가면서 극심한 수치심과 두려움에 사로잡혔던 기애는 이야기의 끝에 이르면 젊고 아름다운 몸을 밑천 삼아 억세게 살아갈 것을 결심하는 당당한 "양공주"가 된다. 그러나 기애의 당찬 태도는 물질과 성에 대한 속물적 추구를 보여 주는 것이 아니라 위악적 포즈로 해석되어야 한다. 사랑과 이별, 임신과 낙태, 공동체의 조롱과 자기소외 등 그녀가 전쟁의 상처로부터 자기를 방어하려면 맹견처럼 사납고 단순해질 수밖에 없었기 때문이다.

여성 작가들은 신연애론, 신정조론이 부상하며 가부장제가 재편되는 시대에 제동을 걸고자 했다. 한말숙은 「신화의 단애」(1957)에서 한 끼의 밥과 하룻밤의 잠자리를 얻기 위해 자신의 몸을 거래하지만 죄의식에 사로잡히기 거부하는 여대생 진영을 통해 사회를 도발했다. 진영은 자신이 "사육을 파먹고 산다는 날짐승" 같다는 자괴감이 들자 죄의식에 파먹히기를 거부하듯이 도발적으로 불룩한 가슴을 흔들며 살아 있음을 확인한다. 도전장에 대해 응답하듯이 신진 평론가 이어령은 「신화의 단애」가 실존주의와 관련이 전혀 없는 싸구려 에로문학이라고 비판하며 한말숙을 문단에 추천한 김동리를 공격했다. 다른 한편으로 한무숙은 「감정이 있는 심연」에서 위 세대와 달리 온전한 인간이 되기 위해 성애의 금기를 넘어서려는 명문가 여대생 전아의 내적 투쟁을 그려 냈다. 일찍이 과부가 된 전아의 이모들은 유수한 가문, 즉 딸들에게 강요된 트로피적 삶으로 인해 자연스러운 인간적 본성을 억눌린 희생자들이다. 아버지, 즉 가문의 이름을 대리하며 금욕주의적인 광신도가 된 큰 이모와 스캔들로 법정형을 받아 수감된 후 웃음을 잃고 살아가는 둘째 이모는 전후 풍기문란의 재건 정치, 즉 성녀/마녀의 이분법을 패러디적으로 비트는 조울증적 캐릭터라고 할 수 있다.

한국전쟁 이후 근대화가 시작되지만 여성은 남성과 동등하게 시민권을 쟁취하지 못한 채 봉건적 공동체를 떠나 여성 혐오적인 남성 가장이 봉건 영주처럼 아내와 자녀를 통치하는 가부장적 가족 제도 속으로 이동했다. 여성 작가들은 좌절된 평등 기획과 근대성의 부조리를 착한 여자의 역할을 수행하느라 미쳐 가는 성녀('미친 여자')와 가족 제도 바깥에서 가부장제를 조롱하는 마녀('나쁜 여자')의 이야기를 빌려 고발했다. 대표적으로 강신재는 중산층 가정에서 착실히 여성성을 수행하지만 언캐니한 여자와, 자신의 성적 매력을 과시하며 친구의 남편이나 남편의 형제마저 유혹하는 색정적인 여성 편집증자들을 통해 "여류"나 "규수"로 환원되기 어려운 여성 작가의 불온성을 보여 주었다. 전자의 계열과 관련해 「안개」(1950)는 "남편을 반역한 아내"[7]가 되고 싶지 않아 굴종을 선택해 온 성혜가 "우열(愚劣)한 피에로"(61쪽)로 비유된 남편의 실체적 진실을 마주하면서 작가로서의 자기 정체성을 획득하는 이야기를 그린 수작이다. 이 작품은 성혜가 자기 내부에서 감지한 "노오란 그 빛"(61쪽)처럼 여성의 글쓰기가 '집안의 천사'를 해방시키는 폭발적 에너지가 될 것임을 상징적으로 보여 주었다.

전후 여성문학의 또 다른 흐름으로 시대의 부조리에 맞서는 이지적인 여성들의 서사를 들 수 있다. 박경리의 「불신시대」(1957)는 의사마저도 생명을 경시하는 속악한 풍토로 인해 치료조차 제대로 못 받고 아들 문수가 죽자 슬픔을 애도하지 못한 어머니의 이야기이다. 죽은 아들을 비워 내지 못해 우울증에 빠진 진영은 여러 종교 기관들의 문을 두드린 끝에 부처의 품에 문수를 안치시키는 듯 보였다. 그러나 진영은 '애도'마저 상업화되는 현실과 부딪히면서 "있는지도 없는지도 모르는 신"에게 기대기보다는 "반항을 해야겠다. 모든 약탈적인 살인자를 저주해야겠다."[8] 라고 결심한다. 불신의 시대에 신을 발명해 내야 할 책임이 살아남은 자의 몫임을 자각한 것이다. 박경리는 '플래시백(Flashback)'처럼 되돌아오는 문수의 주검을 한국전쟁기에 "내장이 터져서 파리가 엉켜붙은 소년병"(8쪽) 이미지와 오버랩시킴으로써 '애도의 윤리'를 중심에 두고 전쟁의 상처를 추스르고자 했다. 지식인 여성으로 암시된 진영은 생명의 가치를 옹호하며 대항적 여성 문화와 미학을 창출하고자 했던 박경리의 분신이라고 할 수 있다.

한무숙의 「허물어진 환상」(1953)은 해방기를 배경으로 여성을 부조리한 현실에 응전하는 비판적 역사 주체로 그려 낸 수작이다. 다방을 경영하는 중년 여성 영희는 해방된 조국에서 우연히 독립운동가 혁구와 조우한다. 언뜻 한무숙은 조국이 해방되었지만 한낱 백치로 전락한 혁구를 통해 꽃도 명예도 없이 잊힌 혁명가들을 기억하고 추모하고자 하는 듯 보인다. 그러나 작가가 드러내고자 한 것은 독립운동가의 익숙한 표상으로서 혁구, 즉 남성이 아니라 역사적 진보를 외면하지 않고 자기희생을 감수한 '영희', 즉 여성이라는 점을 주목해야 할 것이다. 식민지기에 제대 출신 사법관의 부인이었던 영희는 혁구에게 남편 몰래 자신의 부하가 분실한 서류를 빼내 돌려 달라는 은밀한 요구를 받는다. 비록 영희는 문제가 된 서류를 혁구에게 돌려주지 않았지만 남편 몰래 서류를 폐기해 버림으로써 혁구의 부탁을 저버리지 않고 그 대가로 마음고생 끝에 태중의 아이를 잃어버린 숨은 혁명가였던 것이다. 소설 속에서 영희는 혁구에게 은밀한 반감을 품는데 그 이유는 혁구가 영희를 혁명에 끌어들이면서도 "죽이 끓는지 밥이 끓는지"[9] 모르는 '부인', 즉 역사에 대한 제 나름의 판단과 선택이 불가능한 비역사적, 비지성적인 존재로 규정했기 때문이라고 할 수 있다. 그래서 영희는 혁구에게 "그의 의지를 갖지 않고, 남의 의지에 끌리어 움직이고 있는"(69쪽) 수동적 존재로서의 혐의를 두는 것이다. 이렇듯 마음속의 비판과 항의를 거쳐 영희는 비로소 오랜 시간이 지나 다시 만난 혁구를 용서하고 동지로 끌어안을 수 있었던 것이다. 한무숙은 영희를 단순한 선악 이분법을 넘어서 복잡한 사유를 감당하는 지성적 존재로 그려 내는 한편으로 이름 없는 혁명가들의 존재를 이야기함으로써 비판적 사유나 주체성이 남성 젠더의 전유물로 화하는 것에 반대했던 것이다.

4·19 혁명과 "여류작가"의 죽음

고정희는 1980년대 중반에 「여성주의 문학 어디까지 왔나」에서 여성문학사를 회고하며 1960년대 여성 문단은 "질적, 양적으로 눈부신 발전을 이룩하였음에도 불구하고 문단의 주도적 흐름에서 상당히 고립되어 있었다."[10]라고 쓴 바 있다. 4·19 혁명 이후 신구 세대의 교체가 이루어지고 '순수/참여' 논쟁 등을 통해 새로운 시대의 이상을 담보할 문학에 대한 구상이 본격화되지만, 여성 작가들은 새로운 문단의 이슈나 열기와 무관한 자리에서 지극히 개인적인 활동에 머물렀다는 것이다. "여류○○이니 하는 명칭은 인간의 보편화된 휴머니즘에 참여하는 작가 정신을 암시하기보다는 매우 특정한 신분 집단(다분히 귀족적인)을 지칭하는 프리미엄으로 통용되기도 하였으며 평범한 여성들에게는 여류명사 신화를 조장하기도 했다."(66쪽)라는 비판은 여성 작가가 특권을 얻는 대가로 "여성 문단"이라는 다분히 '게토화'된 성의 지정석을 수락했다는 비판을 담고 있었다. 고정희는 1980년대 민주화 운동과 변혁으로서의 글쓰기 운동을 의식하며 여성 작가와 여성문학의 위상을 높이는 차원에서도 여성 글쓰기의 사회참여적인 성격이 강화되어야 한다는 점을 강조하고자 했다.

고정희가 암시한 바처럼 "여류작가" "규수작가"라는 호명은 식민지기부터 문단이 여성 작가를 출판/독서 시장의 희소한 상품으로 만드는가 하면 남성 중심적인 문단으로부터 배제 혹은 분리시키고 여성의 글쓰기를 이류화하기 위해 발명해 낸 낙인(烙印)의 언어였다. 따라서 1965년에 "여류문인들의 친목과 권익을 도모하며 여류 공통의 과제를 연구하기 위한 문학 단체"라는 명분을 내걸어 '한국여류문학인회'가 발족된 것은 여성문학사에서 다분히 퇴행적인 사건으로 볼 수 있다. '한국여류문학인회'의 초대 회장인 박화성이 식민지기 문단에서부터 "여류"라는 남성 문단의 호명에 반감을 드러냈던 것을 보면 여류문학인회의 발족은 의문이지 않을 수 없다. 여류문학인회의 발족은 1960년대 문단의 시대적, 세대적 전환 국면 속에서 여성 작가들이 이미 수세에 몰려 있었음을 보여 주는 증거로 해석되어야 할 것이다. 여성 작가들은 위기를 감지하고 자신들을 수식해 왔던 "여류문학"이라는 구태의연한 이름을 내걸어 인정 투쟁을 시도했던 것이다.

한국문학사에서 1960년대는 한국전쟁의 트라우마에 쫓기고 반공과 반북 이데올로기에 의해 납작하게 눌려 있었던 1950년대와 달리 한국문학이 일취월장하게 진보한 시간으로 평가된다. 한국문학의 성숙이라는 사건은 4·19 혁명과 함께 출현한 비판적 시민 주체인 청년이 스스로 영원한 권력 혹은 신화가 되고자 했던 죄 많은 아버지, 즉 구세대를 살해하고 축출한 '가족 로망스'에 의해 가능할 수 있었다. 그러나 성난 청년들이 부당하게 권력을 독점한 아버지들을 제거하고 참여문학파와 순수문학파로 나뉘어 우애 섞인 경쟁을 펼칠 때 여성과 여성문학은 시대적 전환과 문단 교체의 들러리로 전락했다. 문단 내 세대교체의 과정에서 여성 작가들의 작품은 비판의 도마 위에 자주 올랐다. 신진 평론가들은 여성 작가를 비판하면서 자신들의 문학적 입지를 다지며 인정 투쟁을 시도했던 것이다. 그러나 신진 여성 작가들의 움직임을 중심에 두고 살펴보면 여성들이 아무런 반격을 하지 않은 것이 아니라 여류문학의 죽음을 재촉하는 내부의 혁명가처럼 활동했다는 것을 알 수 있다.

4·19 혁명을 전후로 한 문단의 세대적 전환 국면 속에서 신진 여성 작가들은 시대정신으로 떠오른 양심이나 참여 같은 혁명의 언어를 전유하면서 "여류문학"에서 이탈해 남성 중심적인 문학 장에 끼어들기를 시도했다. 월남 여성 작가들의 등장은 "여류문학"의 죽음을 재촉한 사건이었다고 할 수 있다. 사회학자 조은은 "냉전의 덫에 걸린 일상"[11]이라는 표현을 통해 "냉전 사고가 여성의 종속을 강화하고 섹슈얼리티를 억압"(82쪽)한다고 비판한 바 있다. '군사주의'는 집단의 이익을 도모한다는 명분하에 갈등의 해결을 위하여 집단적 폭력을 사용하고 그것을 정당화하는 이념이다. 이런 집단적 폭력을 가능케 하는 집단이 유지되기 위해서는 전사로서의 남성성과 그런 남자다움을 보조해 주는 여자다움의 형성이 요구되기 때문이다. 그럼에도 불구하고 남성 작가들이 전쟁을 기억하고 사유화(私有化)하기 위해 노력해 온 데 반해 여성 작가들은 전쟁 기억을 함구하거나 억압해 왔다. 이러한 맥락에서 이정호의 함흥 철수에 대한 작가 자신의 경험을 바탕으로 한 작품인 「잔양(殘陽)」은 전쟁을 군사주의적 남성성의 여성에 대한 폭력으로 은유하고 있어 주목된다. 이렇다 할 백이 없어 월남선에 탈 수 없는 소녀는 국군에게 성을 유린당하는 대가로 북한을 떠나지만 남한에서 미군 전속 쇼 단원의 무희가 되어 제국/식민, 남한/북한 사이에서 유통되며 성을 착취당하기 때문이다.

월남 작가 박순녀는 비판적 판단 능력을 가진 여성 지식인의 자기 형성기를 그려 냈다는 점에서 1960년대 여성문학 장을 대표할 수 있는 작가이다. 그녀는 「외인촌가는길」, 「아이 러브 유」, 「임금님의 귀」 등 여러 작품에서 아메리카니즘, 속물주의, 파시즘으로 남한 사회를 조망하며 비판적 지성을 획득하는 월남 여성의 이야기를 들려준다. 「어떤 파리(巴理)」는 예술가 남편과 함께 파리에 거주하는 진영이 간첩단 사건에 연루되어 압송되어 오자, 진영의 친구들인 중년 여성 '나'와 시인 홍재가

'증언' 여부를 두고 갈등하는 이야기이다. 정치적 검열의 시대에 1960년대 대표적인 공안 사건인 '동백림 사건'을 다루어 '감시 과잉 사회'의 폭력성을 비판했다는 점에서 이 소설의 시대적 의의는 크다. 그러나 이러한 표층 서사만이 아니라 '비판적 지성'과 '양심'을 대표하는 남성 지식인 홍재에 대한 '나'의 대항적 시선에 주목해야 한다. 국제적 시인으로 유명한 홍재는 지연의 결백을 증언하자는 '나'의 제안을 한낱 '여성적 감상'으로 비하하며 자신의 안위를 지키고자 한다. '나'는 진영이 남편과 함께 오랏줄에 묶이기를 자처하며 사랑을 보여 주었다는 점에 감격해한다. 그러나 홍재로 상징되는 지식인 남성은 여전히 여성을 감상적으로 사고하는 존재, 즉 비판적 이성이 결여된 존재로 취급한다는 점에 실망한다. 홍재가 시인 김수영을 실존 모델로 해서 형상화된 점 등을 미루어 볼 때 박순녀는 1960년대 진보적 공론 장의 남성 중심성에 대한 비판을 시도했다고 해석할 수 있다.

지성과 자유가 남성 엘리트 지식인의 전유물처럼 여겨지는 데 대한 비판과 대항 의식을 보여 주는 일련의 작품도 주목해야 할 것이다. 손장순의 「깍뚜기씨」(1965)는 병원의 레지던트인 여의사가 "비대한 욕망과 초라한 자의식"의 속물인 약혼자에게 이별을 고하는 이야기이다. 작가는 형의 "빽"에 의지해 정부 요직에 진출하고 결혼마저도 출세의 수단으로 여기는 남성 인물을 풍자적으로 그림으로써 여성성=속물성의 통념에 저항한다. 손장순은 출세작 『한국인』(1966)에서도 개발과 성장의 시대를 배경으로 당대 초엘리트 계급인 미국 유학파 남성들의 속물주의와 권력욕을 상당히 구체적으로 그려 냈다. 엘리트 남성들은 미국 유학파라는 이력을 내세워 사회 주류층으로 편입되고자 하지만 이렇다 할 일자리를 얻지 못하고 국내파들 간의 협잡 속에서 소외를 겪으며 점차 인격의 붕괴와 윤리적 타락을 향해 간다. 여성 엘리트가 가까운 자리에서 남성들을 관찰하고 이들의 타락한 욕망에 실망하고 환멸하면서 역으로 비판적 지성과 개인의식을 획득하고 있다는 점은 주목을 요한다.

1950, 1960년대 에세이 분야에서 여성문학이 이룩한 성취도 간과되어서는 안 될 것이다. 중산층 문화에서 글쓰기는 여성이 도달할 수 있는 최고의 취미와 교양으로 여겨진다. 1960년대에 전국적 규모로 시행되었던 '주부백일장대회'는 한국여류문학인회가 주관하는 가장 큰 사업이자 대통령 부인 육영수가 참석해 축사를 할 만큼 위상이 높은 행사였다는 점이 이러한 사실을 잘 보여 준다. 그러나 글쓰기는 가부장제를 초과하는 여성의 욕망에 대한 검열의 기능을 수행해 왔다고 할 수 있다. 오늘날 '에세이'는 문학 장르의 위계에서 시나 소설보다 더 지위가 낮은 것으로 여겨진다. 이는 에세이가 고통스러운 문학적 숙련을 요하지 않고 까다로운 등단 제도를 통과하지 않고도 누구나 쓸 수 있다는 점과 무관하지 않다. 그러나 에세이

장르의 낮은 지위는 에세이가 "여류작가"나 여성 독자의 전유물로 여겨져 온 것과 도 관련이 높다. 인생에 대한 소박한 성찰, 즉 대상에 대한 범박한 관찰과 감상적 미화를 클리셰처럼 반복하면서 에세이는 "여류명사"의 한가한 취미로 여겨져 온 것이다.

이러한 맥락에서 여성 에세이의 상투성을 깬 최고의 작가와 작품으로 전혜린의 『목마른 계절』(1963)을 기억해야 할 것이다. 여학교 교정에 선 챙 넓은 모자의 소녀상이 보여 주듯이 독서는 "무질서"한 여성을 문명화된 인간, 즉 교양인으로 만들어 줄 바람직한 취미로 여겨졌다. 그러나 여성들은 제도 교육에서 권장하는 고전들을 통해 성차화(性差化)된 몸을 가진 자신의 삶을 겹쳐 볼 수 없었고, '여성'을 표 나게 내세운 시대의 흥행작들은 대개 규범적 여성성 수행을 독려하고 있어서 상투적이고 진부하기만 했다. 이렇게 볼 때 전혜린은 여성에게 글쓰기가 순치되지 않은 자기를 찾아 가는 통로임을 보여 준 작가였다. 『목마른 계절』은 한국 여성들에게 가족적 존재로서 여성에게 주어진 성의 역할로 환원되지 않는 본래의 '나', 즉 고유한 자아를 발견하고 추구해야 한다는 사실을 강렬하게 일깨우고 있다. 수상쩍은 포용과 화해로 일관한 "여류문학"의 상투성을 깨고 글쓰기가 사회에 대한 비판적 숙고의 장이자 자기 발견의 창구라는 점을 일깨웠던 것이다.

'페미니즘 리부트' 이후를 준비하며

시간이 지나 세세한 내용은 잊었지만 최은영의 단편 「먼 곳에서 온 노래」의 한 장면만은 비교적 생생하게 기억한다. 홈커밍데이를 맞아 자신의 모교를 찾은 '운동권' 여자 선배가 여자 후배들의 옷차림과 말투가 지나치게 여성답다고 비판하자 여자 후배가 '여자들은 감정적이고 조직에서 분란이나 일으키고 여자의 적은 여자이고 그런 것이 당신이 말하는 건강함'이냐며 되레 선배의 이름을 부르며 "김연숙 씨 정신 차리세요!"라고 호통 치는 대목이었다. 이 장면이 유독 기억에 남았던 것은 조신함을 거부하고 남성과 마찬가지로 역사의 동등한 책임을 짊으로써 평등과 자유를 얻고자 했던 민주화 세대 여성들의 해방 전략이 유효하기는커녕 냉소조차 된다는 점을 새삼 확인했기 때문이었다. 속된 말로 '쉴드를 쳐 주고' 싶은 마음은 없지만 김연숙은 분명히 자기 시대의 여성 전위로 편협한 성적 규범들과 불화했을 것이다. 그런데 그녀는 왜 시대를 돌고 돌아 결국 여성 혐오주의적인 "꼰대"로 귀착되었을까? 그녀 역시 '참고문헌' 없이 남성중심적인 문화 속에 노출되었던 것은 아닐까.

돌이켜 보면 역사의 주요한 전환 국면마다 여성들의 봉기가 이루어졌다. 그러나 페미니즘은 여성이 처한 현실을 실질적으로 변화시킬 만큼 강력한 정치 언어나 일상의 무기가 되지 못했다. 한국문학사를 보아도 여성들은 매 시기마다 성실했고 또 봉기했지만 여성의 글쓰기는 문단의 이류를 벗어난 적이 없었다. 지금으로부터 우주처럼 아득히 멀지도 않은 1980년대 중반에 한국문학 정전 비판과 함께 페미니스트 비평이 시작되고 1990년대에 들어서면 주류 문단과 출판계의 전례가 없는 관용 속에서 여성 작가의 약진이 이루어져 페미니즘 문학의 시대가 열렸다. 그러나 1997년 국가 부도의 위기를 통과하면서 그 많던 페미니즘 소설은 사라지고 여성 작가는 매혹적이기는커녕 진부하고 특권의 기호처럼 여겨지는 착시 효과조차 발생한다. 이렇게 된 데에는 많은 이유가 있겠지만 여성의 글쓰기가 한국문학사에서 패션처럼 취급되었을 뿐 진지한 성취로 거론되지 못했던 것과도 관련이 높다. 오늘날 『82년생 김지영』으로 대표되는 페미니즘 문학 운동이 그저 일시적인 유행에 그치지 않기 위해서는 한국 여성문학사 정전화 작업이 이루어져 할 것이다. 여성문학사 정전은 '페미니즘 리부트' 이후를 준비하기 위한 중요한 한 걸음이 될 수 있을 것이다.

1 하루오 시라네·스즈키 토미 엮음, 왕숙영 옮김, 『창조된 고전』(소명출판, 2002), 18쪽.

2 나혜석, 「잡감(雜感)」, 《학지광》 1917. 3. 이상경 편집교열, 『나혜석 전집』(태학사, 2000), 187~188쪽 참조.

3 고명자, 「자주독립과 부녀의 길」, 《신천지》 제5집, 서울신문사, 1946, 11쪽.

4 김병익, 『한국문단사 1908~1970』(문학과지성사, 2001), 250쪽 참조.

5 박정애, 「'여류'의 기원과 정체성: 50~60년대 여성문학을 중심으로」, 인하대학교 국어국문학과 박사학위논문, 2003, 52쪽 참조.

6 버지니아 울프, 이미애 옮김, 『자기만의 방』(민음사, 2006), 100쪽 참조.

7 강신재, 김은하 엮음, 『강신재 소설 전집』(현대문학, 2013), 42쪽. 이하 인용 쪽수를 본문에 표기.

8 박경리, 「불신시대」, 『불신시대』(지식산업사, 1987), 78쪽.

9 한무숙, 「허물어진 환상」, 『월인』(정음사, 1956), 74쪽.

10 고정희, 「여성주의 문학 어디까지 왔나」, 『여성해방의 문학』(또하나의 문화), 1987, 57쪽.

11 조은, 「냉전문화 속 여성의 침묵과 기억의 정치화」, 《여성과 평화》 제3집, 2003, 72쪽.

히스테리와 노동
—1970, 1980년대 여성 전업 작가의 등장과 여성 글쓰기 주체의 신체성

이선옥 국문학자·숙명여자대학교 기초교양대학 교수

페미니즘 이론의 번역과 여성 글쓰기 주체의 성장

1970, 1980년대는 개발독재의 시기이면서 민주화의 시기이다. 억압과 웅전이 거리의 화염이 되던 격렬했던 시기이기도 하다. 정치적 측면에서도 경제적 측면에서도 열광의 시기라고 보아야 할 것이다. 그러나 이 시기를 여성문학의 한 범주로 구분하는 것이 적절할 것인가는 논의가 필요한 부분이다. 박정희 통치하의 개발독재기를 개발 레짐(development regime)으로 본다면 1960, 1970년대를 하나의 구분으로 보는 것도 의미가 있다. 1962년 경제개발5개년계획을 시작으로 20년의 시간이 보여 준 정치적 압력과 급속한 근대화를 경험한 세대들의 문화적 특성을 압축적 근대화라는 성격으로 묶어서 보자는 것이다. 그러나 웅전의 측면에서 여성 주체의 성장과 저항적 글쓰기 주체의 등장을 중심으로 본다면 1970, 1980년대 여성문학을 하나의 시기 구분으로 삼는 것이 타당해 보인다. 1968년 오정희, 서영은의 데뷔와 1970년 박완서의 등장으로 시작된 1970년대 여성문학은 전업 작가로서 중산층 여성 작가가 등장했다는 점이 이전과 뚜렷하게 구분되는 특징이다. 강신재, 박경리, 한말숙, 손장순 등 굵직한 여성 작가가 활동했지만 1950, 1960년대 전후 여성 작가들의 특성은 엘리트 지식인의 자기실현으로서의 글쓰기 성격이 강했다. 1970년대 들어서면서 중산층 여성의 직업으로서의 글쓰기가 정착되었고, 여성 잡지 등 다양한 매체들은 여성 작가들이 활동할 수 있는 장이 되었다. 여성 의식의 측면에서도 페미니즘 서적의 번역과 이론의 소개가 활발하게 이루어지면서 젠더 의식이 급속하게 성장하게 된다. 이처럼 주체, 매체, 지식장 이 세 측면을 살펴보면 문화 주체로서의 여성 글쓰기가 어떻게 변화되고 있는가를 알 수 있을 것이라 생각한다.

1970, 1980년대는 정치권력의 독재화와 경제적 부의 축적, 중산층적 속물성과

소외된 노동자에 대한 각성이 공존하면서 성장했던 때라 볼 수 있다. 당시의 지식장에 대한 이해는 협력과 비판, 통치와 저항 어느 한쪽으로만 해석하기 어려운 것이 사실이다. 국가독점개발의 생산성 담론만으로도 시민들의 저항 담론만으로도 해석하기 어려운 개발독재기에 대한 해석은 물론 문학장에 대한 해석 역시도 복합적이게 한다. 여기에 젠더문학사를 논의하기 위해서는 더 복잡한 논의들이 얽히게 된다. 당시 엘리트 여성 지식인들의 글쓰기는 젠더적 정의에서는 일정 정도 성과를 거두고 있지만 계급적 한계를 드러낸다는 측면에서 민중문학사를 중심에 두었던 여성문학사에서는 거의 제외되었다. 그 반면에 미학에 중심을 두는 문학주의의 관점에서 여성 노동자의 수기는 자기 몫을 가지지 못한 자들의 미숙한 도전일 뿐이었다. 여성문학사를 새롭게 쓰기 위해서는 그간의 이분법적 사유를 벗어나 보수와 진보라는 외부적 프레임을 일단 거두고 여성문학의 모습이 어떻게 다양성을 만들어 가고 있었는지를 살펴보는 일이 필요하다. 여성 글쓰기 주체의 성장이라는 측면에서 바라보면 그 스펙트럼이 어떻게 형성되고 그것이 어떻게 문학의 위계로 재편되어 가는가를 살펴볼 수 있기 때문이다. 특히 페미니즘 이론의 영향과 여성운동의 등장을 배경으로 여성 글쓰기 주체도 본격적으로 성장하는 시기여서 여성 글쓰기의 작가적 특성과 장르적 특성이 구체적으로 형성되는 과정을 볼 수 있을 것이다. 이 글에서는 여성 작가라는 용어보다는 여성 글쓰기 주체라는 용어를 더 자주 사용할 것이다. 여성 작가라는 용어가 작가의 생물학적 여성성으로 작가성을 환원시켜 해석할 우려가 있고, 또한 문학 제도 내에서 작가라는 호명을 받을 수 있는 글쓰기 장르에 한정할 가능성이 있기 때문이다.[1] 정체성의 문제로 환원하는 것이 아니라 글쓰기 행위의 문제로 관점을 옮겨 보자는 뜻으로 여성 글쓰기 주체라는 용어를 함께 쓰고자 한다.

크게 이 시기 여성문학의 특성을 구분해 보면, 1970년대는 히스테리적 글쓰기와 여성 노동자의 체험적 글쓰기로 나누어 볼 수 있다. 이는 개발독재기 대안적 여성 주체의 등장과 글쓰기를 대표적으로 보여 주는 것이라 할 수 있다. 1980년대는 역사의 증언자로서 글쓰기와 광장에 선 여성 주체의 글쓰기, 페미니즘 글쓰기로 특징지어 볼 수 있다. 1980년 광주항쟁 이후 여성문학도 민족민중문학과의 관계 속에서 규정되었고, 여성 주체의 글쓰기도 광장에서 어떤 주체로 목소리를 낼 것인가가 주요한 과제가 되었던 것이다. 이러한 시대적 변화 과정에서 여성 글쓰기 주체는 어떻게 대응해 나가고 있는지 살펴보는 것이 이 글의 과제가 될 것이다. 1970년대 여성 글쓰기 주체의 성장을 중심으로 살피고, 이것이 다시 민족민중문학이라는 단일성 담론으로 흡수될 때 어떤 응전력을 보여 주는가를 살피는 정도로 1980년대는 변화의 지점만을 살펴보기로 하겠다.

히스테리적 글쓰기와 글쓰는 여성 노동자

1970년대 여성문학을 한마디로 정의한다면 여성문학이라는 범주와 육체가 구성된 시기라 할 수 있다. 일종의 지도 그리기가 이루어진 것이다. 아직 성격적 특성이나 정체성이 확립되기 이전이지만 여성 전업 작가가 등장하고, 중산층 여성을 중심으로 한 여성 경험의 문학화가 가능해졌으며, 여성적 장르와 매체가 형성된 것으로 보인다. 박정희 정부의 국가주의적 개발독재는 전후 훼손된 남성성의 급속한 회복을 추구했고, 노동 전사라 불리는 기계신체 상상력이 헤게모니 남성성으로 구성된다. '로봇태권V'는 지금도 남성성의 향수를 불러일으키는 인공의 국민적 신체(national body)[2]가 되었다. 히스테리적 글쓰기와 여성 노동자의 체험적 글쓰기로 여성문학이 정립되기 시작한 것은 이러한 국가주의적 가부장제의 급속한 강화와 관련이 있다고 판단된다. 인공의 국민적 신체를 만드는 과정은 1970년대의 문화 텍스트들이 구성하는 젠더의 극단적인 이분법과 여성 섹슈얼리티에 대한 처벌의 서사에서 잘 나타난다. 매매춘 여성을 다룬 에로영화만이 아니라 소설이면서 영화화되어 큰 인기를 끌었던 『겨울여자』, 『영자의 전성시대』 등의 사회 비판적 작품 역시도 예외는 아니었다. 당시 《여원》, 《여성동아》, 《여학생》 등의 잡지에서 '몸을 버린 여성'들에 대한 수기나 '불량소녀' 수기 등을 통해 여성의 섹슈얼리티를 처벌하고 통제하는 담론을 끊임없이 생산했던 것도 인간적인 몸, 동물적인 몸에 대한 부정과 통제의 한 방식으로 볼 수 있다. 마사 너스바움이 분석한 독일의 남성성 구성의 예를 보면 우리 역사의 젠더 구성법에 대한 이해에도 어느 정도 도움이 될 것이다. 너스바움은 나치의 남성성 구성에 대해 강철신체와 수치심신체로 대비시켜 설명하고 있다. 1차 대전 패배 후 파괴된 독일 남성성을 급속하게 회복하기 위해 구성해 낸 남성성이 강철신체에 대한 상상력이었다는 것이다. 남성성이 강철과 금속 이미지에 집착하는 반면에 불안전하고 취약성을 드러내는 인간의 동물적 육체성은 여성성으로 투사되는데, 이를 수치심 신체로 구성해서 부정하고 처벌함으로써 사회적 수치심이 형성되었다는 설명이다.[3] 이 분석은 우리의 1970년대를 설명하는 데도 유용하다고 생각하는데, 이러한 이분법적 젠더 구성과 여성의 수치심신체에 대한 저항을 드러내는 문학적 전략이 히스테리적 글쓰기라고 볼 수 있다.

첫째, 히스테리적 글쓰기를 보여 주는 작품으로는 서영은의 「타인」, 「살과 뼈의 축제」(1980년대 작품「먼 그대」까지)와, 오정희 단편집 『불의 강』(문학과지성사, 1977)에 수록된 「직녀」, 「목련초」, 『유년의 뜰』(문학과지성사, 1981)에 수록된 단편 「유년의 뜰」, 「중국인 거리」 등을 들 수 있다. 박완서의 『나목』(1970, 여성동아 여류 장편소설 공모에서 당선) 외에 단편집 『부끄러움을 가르칩니다』(일지사, 1976), 『배반의 여름』(창작과비평, 1979)에 실린 「지렁이 울음소리」, 「닮은 방들」 등도 히스테리적 신체를 특징으로 하고 있다. 물론 이 세 작가가 그려 내는 히스테리적 글쓰기는 각각 다른 특징을 보여 준다. 서영은이 신체의 수치심을 지우고 남성적인 초월적 강철신체를 상상하고 있다면, 오정희의 광기는 찢어진 신체, 버려진 비체의 피 흘림을 드러내고 껴안는 방식으로 대조된다. 서영은의 여성 인물들은 남성에게 짓밟히고 버려진 몸이거나, 불임의 몸이 되어 버린 신체를 지우고 그 자리에 '낙타', '뿔' 등의 상징물을 내세운다. 수치심신체를 초월하는 방법으로 상상의 견고함을 택하는 것이다. 그 때문에 여성 섹슈얼리티의 문제를 과감하게 드러냈음에도 불구하고 남성 모방이 느껴지기도 한다. 그에 비해 오정희의 히스테리적 신체는 비체가 되어 버려지는 여성성 자체를 끌어안는다. 육체적 취약성, 동물적 부패성 그 자체로 존재하기 때문에 오정희 작품의 여성 인물들은 더 비극적으로 느껴진다.[4] 비체와 타자는 구분해서 보아야 하는데, 비체는 주체의 일부분이지만 부정되고 버려지는 주체라면, 타자는 주체가 정립되기 위한 카운터파트로 젠더 이분법의 대립 쌍을 구성하게 된다. 예를 들어 1970년대 여성성 구성에서 피 흘리는 취약한 여성 신체는 비체로 부정되고 사라지지만 현모양처형 여성성은 헤게모니 여성성으로 구성된다. 「유년의 뜰」, 「중국인 거리」의 소녀 주인공 '노랑눈이'는 부정적인 비체로서의 여성 신체를 인지하지만 거부하는 상태의 반성장을 보여 주고 있으며, 다른 여성 주인공들도 불임, 낙태 등의 불구적 신체성으로 구성된다. 이러한 수치심 신체에 대한 자각과 끌어안음 때문에 오정희 작품이 가지는 가부장제에 대한 저항성의 의미는 크다고 볼 수 있다. 그 사이의 박완서는 비체와 주체 사이의 현실 주체 만들기에 위치하고 있다. 딸꾹질, 구토, 끓어오름, 답답증, 알코올중독 등으로 드러나는 중산층 주부의 고립감을 부정하거나 초월하지 않는 주체로 경계에 서 있다. 이러한 경계에 선 글쓰기 주체의 성격 때문에 1980년대 박완서의 작품은 역사적 사건과 여성의 신체성을 결합해 내는 결과를 이끌어 낼 수 있었다고 판단된다. 조금씩 다른 결을 지니지만 이 작품들의 공통된 특징은 여성의 경험을 병리적 신체로 문학화하고 있다는 점이다. 이 작품들은 자기 언어를 가지지 못한 여성 경험을 히스테리적 신체로 드러내 가부장적 사회를 거부하는 것이다. 리타 펠스키는 광기는 여성이 된다는 것이 불가능한 상황에 대한 논리적인 대응이며, 가부장제 법이 지닌 비합리성에 대한 논리적인 반응이라고 말한다. 그리하여 여성의 질병은 남성이 주인이 된 문화가 초래한 병리학을 폭로하는 것이 된다는 설명이다. 특히 1970년대 여성문학에서 광기와 섬망, 구토 등 여성적 경험을 병리적 신체에 기록하는 방식이 두드러지는 이유는 남성성의 기계신체 상상력에 대한 저항의 의미로 읽을 수 있다. 인간적 불안정성과 취약성을 드러내고 인정한다는 측면에서 개발 국가 가부장제의 노동기계에 대한 저항의 의미를 가지게 되는 것이다.

문학 제도 내에서 여성들의 글쓰기가 중산층 여성의 히스테리 신체로 드러나고 있었다면 문학 제도 밖에서 새롭게 등장한 여성 글쓰기로는 여성 노동 수기를 들 수 있다. 여성 노동자 수기는 1976년 《대화》에 연재된 석정남의 「어느 여공의 일기」를 비롯해서 1980년대 발간된 장남수의 『빼앗긴 일터』, 송효순의 『서울로 가는 길』 등이 대표적이다. 잡지 《대화》에 실린 석정남의 「어느 여공의 일기」는 「인간답게 살고 싶다」(1976. 11)와 「불타는 눈물」(1976. 12) 두 편으로 나누어 연재된 여성 노동 수기이다. 일기 형식으로 쓰인 이 작품은 동일방직 입사 전후로 내용을 나누어 연재되었다. 이후 『공장의 불빛』(일월서각, 1984)으로 개작되어 단행본으로 재출간되었는데 1980년대 여성 노동 수기[5] 발간을 이끈 대표적인 작품이다. 김양선은 이 여성 수기가 1900년대 초기 서구의 여성문학이 팸플릿, 연설, 선언문, 자서전 등의 다양한 글쓰기들의 형태로 생산되었던 것처럼 우리 문학사에서 하층 여성들에게 거부되었던 쓰기와 말하기를 전유했던 한 방식을 보여 주는 장르라 분석하였다.[6] 문학사에서 몫 없는 자들의 목소리를 드러낼 수 있는 다양한 글쓰기 장르 중에서도 여성 노동자의 수기는 여성 노동자의 경험이 응집될 수 있는 일종의 플랫폼이 되었다는 점에서 중요하게 보인다. 이 시기에는 잡지의 수기 공모나 특집 기사, 연재의 방식으로 다양한 수기가 실렸으며, 글쓰기 장르로 유행했다. 국책 문학으로 진행된 새마을운동 절약 수기, 성공 수기, 생산 수기 등이 발표되었고, 여성 잡지를 통한 생활 수기나 알뜰 주부 수기, 직업 수기, 사랑의 체험 수기 등 다양한 수기류가 발표되었다. 특히 국책 문학으로서의 수기류는 노동생산성을 제고하기 위한 방책으로 사용된 생산성 담론이었고 1970년대 수기류의 붐은 이러한 국가정책과 무관하지 않다. 여성 노동 수기 역시 생산성 담론의 노동 의식, 부지런함, 숙련성, 생산성이라는 가치를 추구한다는 점에서는 생산성 담론의 노동 의식과 겹치는 부분이 있을 수밖에 없어서[7] 이 글쓰기가 가부장적 자본주의의 대안적 글쓰기가 될 수 있는가에 대해서는 의문점이 있다. 그러나 여성 노동자가 글쓰기 주체로 등장했다는 점만으로도 이 작품들을 좀 더 적극적으로 읽어 볼 필요가 있을 것 같다. 젠더 단일성 관점의 문제점을 지적하면서 계급, 인종, 성 정체성 등 다양한 요소를 교차해서 읽어 내야 한다는 교차성 이론의 당위적인 제안을 인정하면서도 실상 여성문학사가 이러한 복합성을 읽어 내고 문학사의 영역으로 포괄해 내기는 쉽지 않다. 그런 점에서 여성 노동자가 공공 담론의 영역에서 자신의 목소리를 내기 시작했다는 점은 매우 중요하다. 물론 대필의 가능성이나 잡지 편집자의 가필 가능성, 잡지에 연재될 때와는 다른 완결된 텍스트로 출간되는 텍스트 개작의 문제[8] 등은 이 장르의 글쓰기를 평가하기 어렵게 만들기도 한다. 그러나 경공업 중심의 근대화에서 중심 노동자로 등장한 여성 노동자들의 현실과 노동 주체로 성장하는 여성들의 경험이 공적 담론의 영역에서 발화될 수 있었다는 점은 중요하게 보인다. 그런데 여성 경험이 신체에 각인된다는 신체성의 특징에서 보면 이 작품들의 특징도 새롭게 보이는 측면이 있다. 노동자로서 여성의 경험을 재현할 때 눈물과 분노를 매개로 소통하는 감정 서사적 특징을 보여 준다는 점이다. 노조 탄압에 대해 그저 엉엉 소리 내어 통곡하는 대목은 주목해서 보아야 할 지점이다. 당시의 생산성 담론과 구분될 수 있었던 이유도 이 작품이 이념적 강조보다는 이런 여성들 간의 감정적 공감에 더 중심을 두었기 때문이라 판단된다.

> 「우리가 사람이니? 우리는 인간도 아니야.」 누군가가 겨우 이 말을 내뱉고는 털썩 주저앉아 울기 시작했다. 여기저기서 다 큰 처녀들이 부끄러운 것도 잊고 마구 소리 내어 울기 시작했다.(1976. 7. 23. 일기)

여성 노동자 글쓰기 주체가 만들어 내는 공감의 방식이 거대한 압력에 거부하는 울음이라는 점은 주목해서 보아야 할 것이다. "슬퍼서 흘리는 눈물도 아니었고, 벅찬 기쁨의 눈물도 아닌 너무도 비참한 자신의 처지를 새삼 발견하였으므로 서러움에 복받쳐 우는 눈물"(1976. 7. 23. 일기)이라는 것이다. 서러움의 울음은 여성적 공감의 방식이라 볼 수 있다. 여성 수기가 언어화되기 어려운 억압된 경험을 공유하는 탈출구로서의 역할을 해 왔다는 점을 고려해 보면, 여성 노동자 수기 역시도 이념적 공감보다 감정의 공감이 더 큰 장르라는 점에서 여성적 글쓰기의 한 방식으로 볼 수 있을 것이다.[9] 여성 수기의 감정적 공감은 생산성 소설로 전유되지 않는 잉여의 형태로 볼 수 있어서 중요한 여성문학적 특성이라 볼 수 있다. 여성 작가들의 글쓰기 특성을 생물학적 정체성과 연관하여 설명할 수는 없겠지만 가부장적 문학 제도 하에서 여성들이 경험한 말 걸기의 어려움을 뚫어 내는 방식으로 감정적 소통의 방식을 선택하고 있는 것은 분명해 보인다. 히스테리적 주체의 신체성도 여성 노동자 글쓰기의 감정적 소통도 글쓰기 주체가 선택하는 저항의 전략으로 볼 수 있다.

광장에 선 여성 주체, 역사와 대면한 보편 주체를 꿈꾸다

1980년대 여성문학의 특징은 광장에 선 여성 주체와 역사의 증언자로서의 글쓰기, 페미니즘 글쓰기로 나누어 볼 수 있다. 홍희담의 「깃발」(《창작과비평》 1988년 봄호)과 김향숙의 「그물 사이로 1~4」(단편집 『겨울의 빛』, 창비, 1986), 윤정모의 『고삐 1』(풀빛, 1988) 등은 광주항쟁과 분단 문제, 위안부 문제까지 민족의 거대 서사를 다루는 작품들이다. 1970년대 작품들과의 확연한 차이는 여성의 히스테리적 신체성이 사라지고 여성도 보편 주체로 역사적 사건과 대면하고 있다는 점이다. 그러나 모든 문제를 민족으로 환원하고 젠더적 차이가 지워진다는 점에서 여성문학적 한계를 지적할 수밖에 없다. 「깃발」은 5·18광주민주항쟁 당시 남아 있던 사람들의 이야기이다. 죽은 사람들과 살아남은 사람들에 대한 증언이면서 애도의 글쓰기라 할 수 있다. 김향숙의 「그물 사이로」 연작은 일본에 남아 조총련 활동을 하는 아들과 그 아들의 이야기를 한 번도 입에 담을 수 없었던 가족들의 이야기이다. 일본에 있는 아들을 한 번도 만나지 못하고 비극적인 생을 마감하는 언양댁의 가족사가 민주화의 바람과 함께 소설화되었던 것이다. 사실 이런 소재들이 언급조차 될 수 없었던 엄혹한 시절을 떠올려 보면 이들의 증언으로서의 가치는 충분히 소중하다. 그럼에도 아쉬운 점은 민족 문제를 다루는 작품들이 보여 주는 남성에 대한 관대함과 사라진 여성의 신체성이다. 윤정모의 『고삐 1』은 특히 문제적인 작품이다. 이 작품은 정신대부터 양색시까지 여성의 섹슈얼리티에 대한 폭력과 수탈을 외세의 침략과 수탈로 풀어 내는 민족민중문학의 대표작으로 꼽혔고 대중적으로도 상당한 인기를 끌었다. 자전적 소설로도 주목을 받았던 이 작품의 주인공 정인과 여동생 해인은 미군 부대 주변에서 준매춘 상태로 살아온 자매들이다. 정인은 사회운동가인 남편 한상우를 만나 여성에 대한 성적 수탈이 일제에서 미군으로 이어진 민족 수탈이라는 사실을 깨닫고 남편의 사회운동을 이해하게 된다. 반면 미군과 결혼한 동생 해인이 제국주의의 관점으로 민족의 저열함을 비난하자 정인은 자매의 연을 끊고 새로운 삶으로 나아간다. 물론 이 작품에는 하층 여성들의 섹슈얼리티 경험이나 여성 신체에 대한 생생한 재현들이 등장하고 억압된 여성 섹슈얼리티에 대한 해석을 위해 작가는 『고삐2』를 다시 쓰기도 한다. 그러나 이런 여성 신체의 경험에 민족적 피해자라는 이름을 붙이는 순간 가부장제 속에서 그녀들이 겪었던 수치심의 경험은 사라지고 만다. 민족민중문학의 하위 범주로 여성문학이 위계화될 때 젠더가 억압되는 문제점을 드러내는 작품들이라 볼 수 있다.

강석경 「밤과 요람」, 김채원 「겨울의 환」, 양귀자 「원미동 시인」 등 대표적인 1980년대 여성 작가군의 작품들은 앞의 작품들과는 결이 다른 중산층 삶이나 소시민의 삶을 다루면서 여성적 신체의 경험을 일정 정도 글쓰기로 반영하고 있다. 그러나 이 시기 여성의 신체성과 역사적 사건을 결합시키는 작품으로는 단연 박완서의 「엄마의 말뚝 1~3」을 들어야 할 것 같다. 전쟁 증언자로서의 글쓰기를 이어 가면서도 여성의 히스테리적 신체성으로 전쟁이 기억되고 기록되고 있다는 점에서 젠더와 민족의 교차성에 좀 더 접근하고 있는 것으로 볼 수 있다. 전쟁과 오빠의 죽음을 불러내는 늙은 어머니의 섬망이라든가, 짐승 같은 전쟁을 기억하는 방식이 맛이나 색으로 기록되고 있다는 점에서 이 작품은 여성의 신체에 각인되는 전쟁의 기억을 불러내고 있다. 죽은 오빠를 묻고 와서 짐승처럼 팥죽을 먹어 대는 가족의 모습은 역사가 일상과 신체로 해석되어 들어오는 과정을 정확하게 보여 주고 있다. 이런 점 때문에 박완서의 작품은 역사적 글쓰기이면서 히스테리적 글쓰기라고 부를 수 있을 것이다.

1980년대는 페미니즘 잡지 《여성》과 《또하나의문화》가 여성문학 운동을 활발하게 이끌었다는 점도 중요하다. 박완서 『서 있는 여자』(학원사, 1985), 『그대 아직도 꿈꾸고 있는가』(삼진기획, 1989), 이경자 『절반의 실패』(동광출판사, 1988) 등 페미니즘 소설이 대중적인 센세이션을 일으켰다는 점도 특기할 만하다. 그런데 왜 페미니즘 소설은 늘 대중소설로 존재하는가. 여성문학사에서 이 작품들은 어떤 평가를 받아야 하는가. 정치적 올바름과 미학성 사이에서 이 작품들의 평가는 가장 고민되는 질문이다. 아직은 가설이지만 여성들 간의 분노나 슬픔, 연민을 공유하는 감정 서사로 분석해 보면 이러한 페미니즘 소설이 문학 제도에서 밀려난 여성의 신체 경험을 공유하는 글쓰기의 공간이라 볼 수 있을 것이다. 이를 분노, 슬픔, 연민을 소통하는 감정 서사의 측면에서 해석한다면 전형적인 메시지나 플롯의 대중 장르적 단순성을 넘어서는 여성문학적 특성으로 재평가할 수 있을 것이라 생각한다. 1980년대가 민족민중문학이라는 단일성 주체에 대한 과잉 상상력으로 다양한 소수자들의 목소리가 오히려 억압되었다는 사실을 상기해 보면 특히 그러하다. 여성문학이 민족민중문학의 하위 범주로 존재할 때 미끄러지는 여성의 육체와 감정이 문학 제도의 외곽에서 분리돼서 존재할 수밖에 없었던 것은 아닐까 생각한다.

히스테리적 글쓰기 주체에서 변화된 공적 주체의 여성 신체성 결락이 의미하는 것

신체 기관에서 원인을 찾을 수 없는 질병으로서의 히스테리는 가부장적 사회에서 여성이 경험하는 분열과 그 분열을 통해 드러나는 무의식적 욕망을 몸으로 표현하는 것이다. 이 여성들은 가부장적 현실 속에서 아버지가 정해 준 법을 따르면서도 법의 균열을 통해 완전히 삭제되지 않은 자신들의 욕망을 병리적 증상으로 드러내는 여성들로,[10] 가부장제와 불화하고 아버지의 법을 거부[11]하는 무의식적 주체이다. 히스테리적 주체의 글쓰기는 가부장제 문화 속에서 여성들이 말로 할 수 없는 자신의 경험을 신체로 드러내는 문학적 전략이다. 여성문학사는 이러한 여성적 글쓰기의 특징이 부상되었다가 다시 침묵하게 되고 혹은 현실의 다양한 문제들과 교차하면서 드러나게 된다. 이러한 관점에서 보면 1970년대에 등장한 여성 글쓰기의 다양한 목소리가 민족민중문학이라는 단일성에 대한 과잉 상상력으로 다시 억압되는 과정이 1980대 여성문학에서 나타난다고 볼 수 있다. 이 시기 페미니즘 소설이 상업적 대중소설로 존재할 수밖에 없었던 현상은 억압된 여성 신체성의 징후로 읽어 낼 수 있을 것이다.

1 리타 펠스키는 여성 작가의 저자성, 즉 여성적인 창조성에 대한 여성 비평가들의 연구와 고민이 저자의 죽음을 선언한 바르트나 푸코의 후기구조주의에 의해 쉽게 무산되는 것에 대해서는 경계를 하고 있다. 여성 작가가 작가가 되기 위해 받았던 수많은 멸시를 생각해 보면 저자성을 무시하고 텍스트의 알레고리로만 읽는 것도 타당하지 않다는 것이다. 여성의 글쓰기에서 모든 것을 젠더로 설명할 수 있다는 "과잉 여성화"의 믿음을 피해야 하지만 "과소 여성화" 또한 피해야 한다는 것이다. 즉 여성의 텍스트에서 젠더의 신호를 완전히 무시하는 것 역시 피해야 한다는 뜻이다.(리타 펠스키, 이은경 옮김, 『페미니즘 이후의 문학』(도서출판여이연, 2010), 148쪽.)

2 김준양은 『이미지의 제국』(한나래, 2006)에서 「우주소년 아톰」을 분석하면서 전쟁의 패배와 상처받은 일본의 자존심을 회복하기 위한 아톰은 새로운 인공의 국민적 신체(national body)로 구성되었으며, 이러한 국민적 영웅 서사를 통해 과거와 단절할 수 있었다고 설명하고 있다. 특히 기계신체는 전쟁으로 처참해진 일본 남성성이 열망하는 유기체의 불완전함과 단절하는 완벽함을 상징하는 것이었다고 분석하였다.(298쪽)

3 마사 너스바움은 혐오는 동물적 취약성과 수치심의 경험과 밀접하게 연관되어 있어서 남성이 강철과 금속의 이미지에 강박적일 정도로 집착을 보이는 것은 인간의 유한성은 수치스러운 것이고, 숨겨야 하는 것이며, 나아가 초월할 필요가 있다는 인식이 바탕에 깔려 있기 때문이라고 설명하였다.(마사 너스바움, 조계원 옮김, 『혐오와 수치심』(민음사, 2015), 205쪽, 378~384쪽.)

4 같은 책, 219~220쪽. 사회적 수치심이 여성 신체에 투사되는 이유에 대해 출산과 성교의 피 흘리는 몸, 찢어진 몸이 동물적 취약성, 부패의 징후와 점액성을 드러내는 것으로 인식되고 남성의 완벽한 기계신체적 상상력을 위해 버려지는 비체, 즉 수치심 신체가 되었음을 설명하고 있다.

5 장남수의 『빼앗긴 일터』(창작과비평사, 1984), 송효순의 『서울로 가는 길』(형성사, 1988).

6 김양선, 「70년대 노동현실을 여성의 목소리로 기억/기록하기—여성문학(사)의 외연 확장과 70년대 여성노동자 수기」, «여성문학연구» 37호, 2016, 9~10쪽.

7 김성환, 「1970년대 노동수기와 노동의 의미」, «현대문학연구» 36, 2012, 357쪽.

8 김양선은 «대화»에 실린 석정남의 「어느 여공의 일기」와 단행본 『공장의 불빛』에서 글쓰기 주체의 목소리가 다르다고 지적하고 있다. 단행본은 자기 체험보다는 민주노조 결성이 강조된 복합성이 사라진 정형화된 플롯으로 수렴된다고 보았다.(김양선, 앞의 논문, 13쪽.)

9 이선옥, 「페미니즘소설의 감정지도 그리기」, «창작과비평», 2018. 12, 342~343쪽. 이 글에서는 감정이 윤리적 판단의 기준이 된다는 점에서 감정 서사는 단순히 센티멘털리즘이 아니라 윤리적 저항의 의미를 지닌다는 점을 분석하였다. 마사 누스바움, 조형준 옮김, 『감정의 격동 1: 인정과 욕망』(새물결, 2015), 26~30쪽, 64~65쪽 참조.

10 이명호, 「히스테리적 육체, 몸으로 글쓰기」, «여성과사회» 15호, 2004, 12쪽.

11 크리스티나 폰 브라운, 엄양선·윤명숙 옮김, 『히스테리: 논리 거짓말 리비도』(도서출판여이연, 2003), 30~31쪽. 히스테리는 정상과 비정상을 구분하는 규범적 가치에 순응하지 못하는 억압된 기억의 신체적 반응으로 근본적으로 거부 기제라 볼 수 있다.

성적 주체로서 개인의 발견과 여성적 글쓰기의 실험
— 1990년대 여성문학의 네 전선

이명호 영문학자·경희대학교 글로벌커뮤니케이션 교수

1990년대 여성문학은 진보와 젠더 사이의 자명한 연결 고리를 끊어 내면서 여성주의적 시각의 급진화를 도모했던 문학으로 평가할 수 있다. 사회주의권의 몰락과 함께 거대 서사의 전체주의적 억압성이 비판적 도마에 오르고 모든 '억압된 것들의 복귀'가 일어나는 새로운 시대적 변화에 맞춰 여성 문제 역시 본격적으로 공론화되기 시작했다. 페미니즘의 고전적 슬로건이라 할 수 있는 '개인적인 것은 정치적이다'란 표어에 함축되어 있는 급진적 의미를 여성주의적 시각에서 탐색한 것은 1990년대 여성문학이 한국문학에 기여한 중요한 공헌이다. 특히 성, 사랑, 욕망, 가족관계 등 흔히 사적인 것으로 치부되어 비판적 심문에서 면제되어 있던 일상의 영역이 가부장적 이데올로기에 철저하게 침윤되어 있음을 밝혀 내고 한 개인으로서 여성이 자율적인 성적 주체로 산다는 것의 의미를 천착한 것은 이들의 결정적 공로이다. 1987년의 형식적 민주화 이후부터 한국 사회의 민주주의가 가파르게 퇴행하고 신자유주의적 체제로 재편되기 전까지의 시대에 일어났던 '심화된' 민주주의 실험, 이른바 '민주화 이후의 민주주의'에 대한 실험이 활발하게 일어났던 영역이 여성운동, 그리고 그와 연동되어 폭발적으로 분출되었던 여성적 글쓰기이다. '광장의 민주주의'가 '방의 민주주의'로 이동하면서 그 '방'을 '외딴 방'으로 고립시키지 않고 '광장'과 '방'을 연결시키면서, 양자를 동시에 혁신하려는 것이 이 시기 여성문학의 지향점이었다고 할 수 있다.

민중 해방을 위해 투쟁했던 1980년대 변혁 운동의 열기 속에서도 여성들이 외딴 방에 고립되어 사라져 갔다면, 그녀들을 고립과 침묵에 이르게 했던 것이 무엇인지 드러내고 그녀들의 말해지지 않은 욕망과 가치를 복원함으로써 광장과 방의 부당한 분리에 맞서는 것이 1990년대 여성문학의 핵심 과제였다. 이 작업은 한편에서는 1980년대 운동권 문학에 대한 여성주의적 개입과 성찰을 통해 성 평등이 병행되지 않은 민주화는 여성을 주변화시키는 가부장적 기획의 연장이라는 점을 밝히고, 다른 한편으로는 사회적 금기와 제도적 억압에 가로막혀 있는 여성들의 욕망과 열정을 드러냄으로써 여성의 자유를 실험하는 것이었다. 특히 젠더화된 개인으로서 여성의 자유의 실험은 사회 이데올로기 층위에 머물러 있던 정치성 범위를 심리적, 육체적 층위로까지 확대하도록 요구했고, 재현의 틀을 넘어 무의식적 충동과 육체가 글쓰기 속으로 들어오는 체현된(embodied) 글쓰기의 가능성을 탐색하도록 했다. 이런 문제의식은 페미니스트적 문제의식

이 공적 영역만이 아니라 삶의 전 영역으로 확산되어 개인적인 것이 정치적인 것이고, 성적인 것이 텍스트적인 것이고, 페미니스트는 이 모든 것들을 혁신하는 문화혁명이라는 각성으로 이어졌다. 그 중심에 한 개인으로서 여성인 나의 발견, 그리고 그것을 가로막는 제도와 습속으로 우리의 신체와 정신에 자리잡고 있는 성차별적 이데올로기에 대한 저항과 반란이 놓여 있다.

1990년대 민중운동의 거점 단위였던 집단에서 개인으로 관심이 이동하기 시작한 것은 1990년대 한국 사회운동과 문화계 일반에서 광범하게 일어난 현상이다. 특히 문화계에서 개인의 일상과 내면에 대한 탐구는 1990년대 문학을 특징짓는 중요한 특성이다. 평론가 황종연은 개인의 자율성에 대한 자유주의적 존중이 현대 한국 민주주의에서 핵심적인 요소임을 주장하며 내면의 자율성과 진정성에 토대를 둔 개인의 문학을 1990년대 한국문학의 중요한 특징으로 평가한다.[1] 문제는 그가 말한 개인이 고전적 자유주의에서 전제하는 추상적 개인이 아니라 사회적 맥락 속에서 특정한 위치를 점유하고 있는 구체적 개인이라는 점이다. 성별 기제가 작용하고 있는 한국사회에서 여성은 남성과 다른 방식으로 개인의 자율성을 확보하거나 혹은 확보하는 데 실패한다.

1990년대는 진정한 의미에서의 '여성적 글쓰기'가 본격적으로 개화되었던 시기, 그리하여 여성문학이 더 이상 한국문학의 주변에 게토화되어 있는 것이 아니라 중심부로 진입하면서 한국문학을 견인했던 시기로 평가할 수 있을 것이다. 1990년대 여성 작가들이 여성들의 사적 세계에 보인 관심, 가부장적 문학 제도 속에서 폐기되었던 여성들의 생활 체험과 내적 투쟁을 복원하기 위해 기울인 노력, 그리고 이를 여성적 언어와 문체로 표현하기 위해 시도한 형식 실험은 한국 여성문학사에서 중대한 진전이다. 1990년대 여성문학의 주요 모티프 가운데 하나인 불륜과 가출 이야기도 되풀이하면서 일종의 클리셰로 굳어진 감이 없지 않지만, 가부장적 가족 제도와 여성들의 내적 욕망이 충돌하는 지점을 담아낸 것이었다는 점에서 여성들의 주체화 작업과 맞닿아 있다. 우리가 신경숙 소설에서 애절한 형태로 만나는 상처 입은 여성들의 내면 여행 역시 사적 진정성 추구와 떼려야 뗄 수 없다. 낭만적 사랑에 냉소적 거리를 유지하며 '보여지는 나'와 '바라보는 나'의 분리를 통해 연기로서의 삶을 천착해 온 은희경의 소설도 심층적 차원에서는 자신에 대한 배려와 연결된다. 은희경이 냉소적 거리를 통해 보존하려고 했던 여성적 주체성은 삶의 푸르른 색채를 잃지 않으려고 가출했던 배수아의 여성 인물에게도 나타난다. 섹슈얼리티의 해방을 전면에 내세운 전경린의 소설 또한 이 흐름 안에 있다. 그녀의 소설에서 기혼 여성들의 불륜은 남성의 성숙에 대응할 만한 자기 자신을 의지하고 실현하는 주체 추구의 형태이다. 폭력적 삶에 대한 도저한 저항으로 나타나는 이런 모습은, 한강의 소설에서는 식물적 존재로의 변신으로 표현된다. 주제나 스타일에서 상당한 차이를 보여 주는 1990년대 여성 작가들을 묶어 주는 공통된 정신 구조를 찾자면 자율적 여성 주체에 대한 탐색을 들 수 있다.

문제는 자율적인 성적 자아로서 나에 대한 탐색이 나를 위협하는 조건에 맞서는 투쟁과 괴리될 경우 자아의 고립화에 떨어질 수 있다는 사실이다. 한국 사회에서 자율적 자아의 필요성을 역설하는 황종연의 주장에서 문제적인 것은, 그가 자신의 주장을 뒷받침하기 위해 제시하는 1990년대 문학에서 자아의 존엄성을 가로막는 힘들에 대한 투쟁이 충분히 이루어졌는가에 대한 의심 때문이다. 김영찬은 1990년대 문학이 "고립된 상상적 자기의식을 절대화함으로써 스스로 거부했던 이전 시기의 자명한 환상을" 되풀이하고 있다고 진단한다.[2] 그러나 1990년대적인 것을 상상적 자아의 프레임에 가두는 이런 시도는 개발독재기의 파시즘 체제뿐 아니라 민주와 민중을 주장했던 진보 운동 안에서도 '타자화되었던' 여성들이 가부장적 상징 질서와 대결하고 내외부의 균열을 마주하면서 새롭게 구성하는 주체화 작업을 외면하는 것으로 보인다. 1990년대 문학에 일정 정도 나타나는 '나르시시즘적 위험'으로부터 1990년대 여성문학이 완전히 자유롭다고 말할 수는 없겠지만, 한국 여성문학의 역사적 전개 과정에서 볼 때나 1990년대 문학 전체와의 관계에서 볼 때, 1990년대 여성문학은 공적 민주주의를 사적 민주주의와 접속시킴으로써 여성의 주체성 획득을 위한 전투를 최전선에서 치러 냈다고 평가할 수 있다. 여기서 주체성은 자아의 수위에서 형성되는 정체성 차원에 국한되지 않는다. 그것은 제도화된 젠더 정체성을 무너뜨리고 교란시키는 부정성으로, 가부장적 논리가 지배하는 상징 질서에서 지워졌지만 잔여이자 잉여로 그 모습을 드러내는 부정성으로 나타난다. 부정성은 고착된 젠더 규범을 가로지르고 위반하며 미지의 영역으로 열려 있다.

1990년대 여성문학이 수행한 이 전투는 크게 네 전선에서 전개되었던 것으로 판단된다. 1990년대 여성문학이라는 문제 설정은 10년 단위의 동질적 시간을 상정하는 듯 보이지만 이 시기 문학을 하나의 시간성으로만 규정할 수는 없다. 레이먼드 윌리엄스는 특정 시대는 지배적 시간을 중심으로 지나간 시간과 다가올 시간이 중층 결정되어 있다고 말한 적이 있다. 잔존의 시간성과 부상하는 시간성은 지배적 시간성 옆에서 혹은 아래에서 존재하면서 현재를 과거와 미래로 열어 놓는다. 현재 속에는 지나간 과거와 다가올 미래가 불연속적으로 공존하고 있다. 나는 1980년대 민중운동에 대한 젠더화된 기억과 애도의 글쓰기, 모성적 경험에 대한 여성주의적 재해석, 여성적 욕망의 추구와 사랑의 탈낭만화, 탈젠더화된 포스트 개인의 흔적을 선취하고 있는 글쓰기가 1990년대 여성문학이 치러냈던 전투의 네 전선이라고 본다. 이 네 전선의 중층적 결합을 통해 1990년대 여성문학의 지형도가 그려질 수 있을 것이다.

애도의 글쓰기: 사라진 여성들의 복원과 1980년대 민중운동에 대한 젠더화된 사후적 기억

최윤의 「회색 눈사람」(1992)과 공지영의 「무엇을 할 것인가」(1993)는 여성 후일담 소설에 작동하고 있는 두 가지 문제의식을 특징적으로 보여 준다. 1990년대 후일담 문학은 역사의 저편으로 사라진 1980년대 민주화 운동에 대한 환멸적 청산이거나 과거 혁명적 자아에 대한 회고적 향수로 받아들여져서 호의적 평가를 받지 못했다. 주체의 기억에 작동하는 '청산'과 '향수'의 움직임은 과거와 대면하는 길이 아니다. 동구권 사회주의와 소비에트 체제의 몰락이라는 시대적 변화 앞에서 혁명의 현실성과 정당성에 노출되었던 운동권 세대는 자본주의적 현실에 투항하면서 과거를 폐기하거나, 새로운 상황에 맞춰 진보의 좌표를 설정하지 못하고 향수에 빠지곤 했다. 이 두 방향이 후일담 문학의 전부라면, 그것은 시대 부적응자의 지체된 담론에 지나지 않을 것이다. 그러나 386세대 여성 후일담 소설은 사적 영역을 넘어 정치의 광장에 운동 주체로 참여했으면서도 주변화되지 않을 수 없었던 '여성'들의 시선을 소환함으로써 진보 운동의 젠더 모순을 드러내고, 운동의 역사에서 공백으로 남겨진 여성

들의 활동을 복원하는 증언 서사로 기능한다.[3]

공지영의 「무엇을 할 것인가」는 1980년대 진보운동이 억압했던 것이 무엇인지 드러낸다. 작중 여주인공은 사복 경찰이 여학생을 성폭행했다는 소문이 흉흉하던 1983년 가을 교내 시위에서 여자 선배가 경찰에 쫓기다 건물 아래로 추락하는 장면을 목격한다. 그녀는 부르주아적 안락감을 누리고 있다는 죄책감을 이기지 못해 가출하고 운동 조직에 가담한다. 그곳에서 그녀는 노동운동가가 되기 위한 학습에 매진한다. 남성 활동가의 지도하에 다수의 여성들이 학습을 받는 기이한 환경에서, 그녀는 대학 선배이자 활동가인 남성을 사랑하지만 운동의 대의를 위해 욕망과 감정을 억눌러야 한다. 운동에 참여했던 여성들은 정치적 존재가 되기 위해 성적 욕망과 사랑은 부르주아적이고 여성적인 것으로 매도당한 채 중성적 존재가 되기를 강요당한다. 그녀는 여성성에 대한 감시와 훈육을 통해 민중적 주체로 재탄생할 것을 요구받지만, 그 주체 속에 여성은 없다. 남성과 다른 몸을 갖고 있고 남성과 다른 감정과 인격을 지닌 성차화된 존재로서 여성의 자리가 없는 운동이 지속될 수는 없다.

최윤의 「회색 눈사람」은 민중운동에 참여했지만 역사에서 기록되지 못했던 여성들의 목소리를 복원한다. 소설은 여주인공이 '강하원'이라는 이름의 한국인 여성이 뉴욕의 한 공원에서 아사했다는 신문 기사를 읽으면서 시작된다. 강하원이라는 이름은 실은 여주인공의 이름이었고, 부고란에 등장한 여성은 비밀 운동 단체에서 함께 일했던 '김희진'이라는 이름의 여성이었다. 강하원은 인쇄소로 위장된 문화혁명위원회에서 남성들과 함께 비밀 조직원으로 일하다가 김희진을 만난다. 김희진이 검거의 위험에 처하자 강하원은 자신의 여권을 빌려주어서 그녀를 미국으로 도피시킨다. 20년의 시간이 흐른 뒤 강하원은 자신의 이름으로 난 김희진의 부고를 접한다. 김희진은 혁명의 과업에 헌신했지만 흔적도 없이 사라져 간 수많은 여성들 중 한 사람이다. 김희진의 이야기는 강하원 자신의 이야기이기도 하다. 희진과 하원, 서로의 이름을 빌리고 있는 그녀들은 운동에 참여했지만 "우리"라는 혁명적 주체 속에 들지 못한 채 문 밖에 남는다. 새로운 시대가 열린 후 비밀 조직에 가담했던 남성은 과거의 이력을 훈장 삼아 역사의 전면에 등장하지만, 그녀는 지역에서 이름 없는 활동가로 살아간다. 그녀는 공적 역사에서 자신의 기여를 인정하고 기억해 줄 사람 없는 유령적 존재로 남아 있다. 「회색 눈사람」은 그 유령적 여성들에 대한 문학적 인정과 복원의 서사이다.

신경숙은 기억과 복원의 작업을 글쓰기의 과제이자 윤리로 확장하고 있다. 초기작인 단편 「멀리, 끝없는 길 위에」에서부터 그녀의 대표작이라 할 수 있는 『외딴방』에 이르기까지 신경숙 문학의 동력은 역사의 후미진 곳에서 사라져 간 여성들에 대한 애도이다. 「멀리, 끝없는 길 위에」가 1987년 광장에 불어닥친 변혁의 열풍에 모두 들떠 있을 때 우울증과 거식증으로 죽어 간 친구 이숙을 기억한다면, 『외딴방』은 유신 체제에서 전두환 군부 정권으로 옮겨 가던 1979년에서 1981년 사이 구로공단 근처의 외딴 방에서 홀로 생을 마감한 희재 언니의 죽음을 애도한다. 자전적 요소가 짙게 밴 후자의 작품에서 작가는 그녀와 이웃해 살았던 동료이자 선배인 희재 언니의 죽음이라는 트라우마적 사건으로 돌아가 그녀를 글쓰기 속으로 불러들이려고 한다. 서른일곱 개의 방들이 다닥다닥 붙어 있는 낡은 집의 후미진 방에 살던 희재 언니는 가난과 강도 높은 노동, 가족 부양의 책임, 억압적인 성문화 등 겹겹의 사회적 고통 하에 놓여 있던 당시 여공들의 삶을 응축하고 있다. 화자는 용케 그곳에서 빠져나와 대학생이 되고 작가가 되었지만 희재 언니는 끝내 그곳을 벗어나지 못하고 죽음을 선택한다. 처절한 고통에 시달렸을 그녀에게 도움이 되지 못했다는 미안함, 그녀의 죽음에 자신이 개입했다는 죄책감은 화자의 입을 다물게 만들었다. 10년의 세월이 흐른 뒤 화자는 자신이 희재 언니가 죽어 간 방의 열쇠를 채웠다는 사실을 글 속에 집어넣는다. 회상과 고백이 결합된 작품에서 화자는 잊고자 하는 욕망과 말해야 한다는 강박 사이를 맴돈다. 소설은 사건이 일어난 과거와 작품을 쓰는 현재를 교차시키면서 화자의 삶에 검은 우물로 작용하는 비극적 사건을 의미화하고자 한다. 그러나 희재 언니가 죽어 간 외딴 방은 세상의 의미 질서가 뚫고 들어갈 수 없는 공간이자 의미를 집어삼키는 유령적 공간이다. 화자는 어린 시절 가지고 놀던 어머니의 반짇고리에서 기억과 망각이 교차하는 트라우마적 글쓰기의 가능성을 발견한다. "앞 문장을 따라 반짇고리 속을 빠져나오다가 멈추고서 마음의 심층 속으로 더 깊이 숨어 버리는 색실이나 깨진 단추들도 있다. 자라가 제 목을 제 몸 속 깊이 숨겨 버리듯, 끝끝내 숨어 버리는 것들을 억지로 끌어낼 수 없었다. …… 쉽게 끌려 나오지 않고 숨어 버리는 것들의 진실이 언젠가는 삶을 다른 각도로 바라볼 수 있는 심미안이 되어 돌아올 거라고 나는 생각한다."[4] 작가가 어머니의 반짇고리에서 발견한 여성적 글쓰기 형식은 억압적 자본주의와 폭압적 정치체제 하에서 억눌리고 사라져 간 여성들의 진실을 복원하는 문학적 장치가 된다.

모성에 대한 여성주의적 재해석: 세계의 바닥에서 글 쓰는 어머니

가족을 지탱하는 돌봄 제공자로 이상화하면서 욕망을 박탈하는 가부장적 억압에 맞서 어머니의 경험을 표현하는 일은 여성문학이 피해 갈 수 없는 숙제이다. 어머니가 된다는 것은 한 개체적 존재로서 자유의 실현에 대한 도전이지만, 그것은 또한 자기 안의 타자에게 열리면서 자신의 자유를 스스로 제한하는 윤리적 가능성을 담고 있다. 모성의 경험에 내장된 이 양가적 측면을 드러내고 주체로서 모성의 경험을 재현한 것은 1990년대 여성문학이 이룩한 성과 중 하나이다.

공선옥은 가부장적 모성의 지배에 맞서 싸우는 욕망하는 어머니들을 인상적으로 그리고 있다. 이른바 중산층 정상 가족의 표본에서 벗어나 홀로 아이를 키우는 가난한 어머니들이 공선옥이 관심을 기울이는 존재들이다. 「목마른 여성」의 여주인공은 허름한 임대 아파트에서 두 아이를 홀로 키우며 글을 쓰는 싱글맘이다. 시끄러운 자동차 소음과 아래층에서 들려오는 물소리는 가난한 싱글맘에게 안정된 삶의 불가능성을 환기시키는 소리이다. 그러나 이 소음은 고립된 아파트 공간 너머에서 살아가는 타자들을 소환하는 소리이기도 하다. 그녀는 맞은편 아파트에 살고 있는 현순 씨로 불리는 이혼녀의 아이를 돌봐 주며 그녀와 신산한 삶의 고통을 나눈다. 현순 씨는 배다른 두 아이의 엄마이면서 생계를 위해 카페에서 술을 판다. 이른바 '정상' 가족에서 튕겨 나온 두 어머니가 나누는 우정과 연대는 가부장적 규범을 뛰어넘으며 역사에서 상처받은 이들을 품어 안는다. 두 여자는 아비 없는 딸을 엄마의 성으로 주민등록을 시키고, "역사의 귀신"에 잡아먹힌 미스 조의 죽음을 애도한다. 한쪽 다리가 인공 플라스틱으로 되어 있는 미스 조는 현순 씨가 운영하는 카페 여종업원이다. 미스 조의 애인은 5·18 때 시민군으로 활동했다가 감옥에서 나와 10년을 앓고, 그 애인이 죽자 미스 조는 아파트에서 투신한다. 누군가는 문민 시대의 위대한 신한국이 열렸다고 선언하지만 누군가는 역사의 귀신에 잡아먹히는 시대에 어머니들은 서로를 돌보며 역사의 바다를 건너고 있다. 자신의 주체적 삶을 포기하지 않으면서 타자를 품어 안는 어머니의 경험이 공선옥 소설을 통해 리얼리티를 얻고 있다.

욕망의 탐구와 자기에 대한 배려: 모반적 열정의 추구와 사랑의 탈낭만화

은희경과 전경린과 한강은 1990년대 여성문학의 주요 경향이었던 여성 욕망 탐구의 대표 주자이지만, 세 사람이 각각 걸어간 행로는 다르다. 전경린은 여성들의 성애적 욕망과 열정적 사랑을 억누르는 가족으로부터 탈주를 시도하고 있으며, 한강은 '식물 되기'라는 급진적 상상력을 통해 여성의 자유를 옥죄는 현대적 삶의 억압성을 뚫고 나가려고 한다. 은희경은 여성을 포획하는 낭만적 사랑의 환상으로부터 냉소적 거리를 유지함으로써 주체성을 지켜 내고자 한다. 이 세 작가가 보여 주는 욕망의 추구와 자아에 대한 배려는 자율적 여성 주체의 탐색이라는 1990년대 여성문학의 핵심 기획에 닿아 있다.

전경린의 「염소를 모는 여자」의 여주인공 윤미소는 "자아주의"를 꿈꾸는 30대 가정주부이다. 그녀는 끝까지 나로 살고 싶지만, 가사와 양육에 결박당한 가정주부로서의 삶이 그녀 앞에 놓여 있는 현실이다. 그녀는 결혼이라는 제도 속에서 자신이 그토록 갖고 싶어 했던 '나'를 스스로 방치해 왔음을 깨닫는다. "나의 손가락들, 나의 무릎, 나의 등, 나의 귀, 나의 가슴, 나의 겨드랑이…… 그것이 왜 남편을 통하지 않고서는 내게 아무 의미도 없었다는 말인가. …… 그것은 무엇보다 먼저 나의 것이 아닌가."이다[5]. 내 몸의 주인은 '나'라는 깨달음은 그녀가 한 남자의 부탁으로 까만 염소를 돌보게 되고, 검은 우산을 쓰고 다니는 미친 청년을 알게 되면서 새로운 단계로 접어든다. 아파트 단지라는 인공적 세계와는 어긋나 보이는 염소는 문명화된 세계에서 밀려난 낯선 자연이자 영혼의 성소를 상징한다. 그것은 미친 청년이 검은 우산에 대한 강박을 통해 표출하고 있는 소원인 '숲'과 연결되어 야생적인 삶에 대한 갈구로 이어진다. 야생의 삶을 산다는 것은 내면의 어두운 자연, 반복적 일상을 삶의 후경으로 밀어낼 수 있는 "자기 속의 격정"을 해방시키는 것이다. 작품의 끝에서 윤미소는 우산을 쓰고 염소를 몰며 아파트 단지를 빠져나간다. 가출 뒤 그녀가 갈 곳이 어디인지 알 수는 없지만, 그녀는 내면의 열정이 가리키는 심연을 향해 뛰어내린다.

한강은 전경린 소설의 여성 인물이 보여 주는 원초적 열정의 추구라는 문제의식을 '식물 되기'의 상상력을 통해 더 극단으로 밀고 나간다. 한강의 「내 여자의 열매」는 신혼의 아파트에서 시름시름 앓고 있는 젊은 아내를 바라보는 남편의 이야기로 시작한다. 결혼 전 아내는 "혈관 구석구석에 낭종처럼 뭉쳐 있는 낡은 피를 갈아 내고" "자유로운 공기로 낡은 폐를 씻고 싶어 했던 여자"이다.[6] 그러나 결혼과 함께 답답한 아파트 공간에 갇히자 그녀의 몸에 멍이 들기 시작한다. 한밤중 아내는 "보이지 않는 사슬과 묵직한 철구가 발과 다리를 옴쭉 달싹하지 못하게 하고 있는 것처럼," 숨도 크게 내쉬지 못하고 베란다에 홀로 서 있었다." 그러다 마침내 그녀는 진초록 식물로 변한다. 한강이 들려주는 기괴한 변신 이야기는 식물성에 대한 우리의 통념을 배반한다. 식물은 한곳에 뿌리박은 채 이동과 변화가 불가능한 존재이자 동물적 욕망이 거세된 존재로 우리의 상상 속에 등재되어 있다. 그러나 작품에서 식물은 자유롭고자 하는 여성적 욕망이 발현된 존재 양태로 표상된다. 작품 후반부 어머니에게 보내는 편지에서 아내는 자신의 몸이 자라나 "베란다 천장을 뚫고 (……) 옥상 위까지 콘크리트와 철근을 뚫고 막 뻗어 올라가" 마침내 "이 집을 떠나는" 꿈에 대해서 쓴다. 어머니처럼 살기 싫어 고향을 떠나왔지만 이제 그녀는 자신의 근원인 어머니에게로 돌아간다. "바람과 햇빛과 물만으로 살 수 있는" 식물로의 변신은 여성적 섹슈얼리티를 실현하려는 의지의 표현이다. 한강이 「내 여자의 열매」에서 식물적 상상력을 통해 선보였던 여성 섹슈얼리티의 발현은 채식주의자 연작으로 이어진다.

은희경의 「그녀의 세 번째 남자」는 자신의 사랑이 남자의 이기적 집착을 지탱하는 환상임을 깨달은 한 여자의 사랑 탈출기이다. 기업체 홍보실에서 일하는 30대 여성인 주인공은 동거하던 남자를 버리고 엉뚱한 남자와 결혼하겠다며 청첩장을 들고 온 친구를 만난 뒤, 돌연 직장을 그만두고 영추사를 찾아간다. 영추사는 그녀가 8년 전 한 남자로부터 사랑의 서약과 함께 반지를 받았던 곳이다. 그 남자는 사랑을 약속한 지 9개월 만에 다른 여자와 결혼하고, 결혼 후에는 수시로 찾아와 연애 감정과 섹스를 인출해 간다. 그녀는 낯선 절간에 머물며 자신이 그의 단란한 가정에 끼어든 "초라한 틈입자"에 불과하며, 연애라는 이름으로 지속되었던 그들의 관계가 기만이라는 것을 깨닫는다. 그녀는 그 남자의 이름을 영가의 명부에 올리고 그가 준 반지를 시주함에 던져 넣음으로써 그를 떠나보내는 이별식을 완수한다. 이제 그녀는 "사랑이란 천상의 약속"[7] 임을 알아차리고 더 이상 사랑의 미혹에 속지 않는 여자가 되어 서울로 돌아온다. 그녀는 다시 만나자는 그 남자의 제안을 수락하지만, 그는 그녀의 "세 번째 남자"로 그 위상이 격하된다. 이제 그녀는 사랑 없는 세계를 외롭게 유랑한다. 그러나 우리는 그녀가 얻은 지혜가 상처받은 자아를 지키려는 방어적 욕구에서 비롯되었음을 알고 있다. 속지 않는 자가 되기 위해 절간에서 목공 일을 하는 남자에게 몸을 내어 주는 자기 포기의 과정을 거치는 것도 문제적이다. 성폭력을 연상시키는 비천한 상황에 스스로를 놓는 이런 자기 폐기 과정을 통해서만 천상에서 지상으로 내려올 수 있다면, 그녀가 획득한 지상의 자유가 해방적일 수는 없을 것 같다. 차라리 그것은 허무주의자의 자기 배려에 가깝다.

탈젠더화된 포스트 개인의 등장과 길들여지지 않은 욕망의 빛

배수아의 소설에 등장하는 신세대 여성들은 은희경의 냉정한 여성들보다 더 불행한 의식에 사로잡혀 있다. 가족은 무너졌고, 사랑은 존재하지 않으며, 가난이 자신들의 길동무가 되리라는 것을 그녀들은 알고 있다. 그녀들이 사귀는 남자들도 자본주의의 외곽에서 위태로운 삶을 살아가는 미미한 존재들이다. 싸워야 할 대타적 존재가 사라지고 쟁취해야 할 미래가 보이지 않는 시대에 자본주의적 상품 질서가 주는 가상적 쾌락을 향유하는 포스트모던 걸들이 배수아 소설이 그려 낸 청춘의 모습이다.

「푸른 사과가 있는 국도」의 여주인공은 사랑하는 사람이 생겼다는 메모를 남긴 뒤 집을 나와 백화점의 종업원으로 일한다. 그러나 그녀가 가출한 것은 사랑을 지키기 위해서가 아니다. 집을 떠나기 전 남자친구와는 이미 헤어졌다. 다른 남자를 만나지만 정서적 교류를 나누지 못하며, 직장 상사와 불륜 비슷한 관계를 갖지만 섹스의 기쁨도 사랑의 감동도 느끼지 못한다. 이런 무감정 상태는 또래 친구들도 다르지 않다. 생은 변경될 수 없는 것들로 가득 차 있고 어떤 결정적인 사건도 일어나지 않다는 것을 알아 버린 젊은 영혼들은 자동차를 몰고 국도를 달리거나 도시의 뒷골목을 몰려다니다가 누군가의 아내로 혹은 남편으로 기존 질서에 투항한다.

그러나 주변부적 삶이 자신들의 운명이 될 것을 예감하는 이 도시의 젊은 여성에게도 갈증은 남아 있다. 여주인공은 남자친구와 국도를 달리다가 만난 푸른 사과를 파는 여인에게서 초라하게 늙어갈 자신의 미래의 모습을 발견한다. 그녀가 스케치북에 그리는 푸른 사과는 너무 파래서 섬뜩해 보인다. 이 섬뜩한 푸르른 빛은 그녀를 그녀 자신으로 만들어 주는 격렬한 생명의 색채, 세상이 순치시키려고 하지만 끝내 길들일 수 없는 욕망의 빛깔이다. 배수아는 젠더 대립이 희미해진 세계에서 도시를 유랑하는 신세대 여성들의 욕망을 그려 보임으로써 2000년대 한국 사회에 등장할 포스트 개인을 예견하고 있다. 이 포스트 개인들은 젠더를 넘고 국경을 넘는다.

2000년대 한국문학에 등장하는 이 새로운 존재들이 90년대 여성문학이 구축한 여성 주체를 허물어뜨렸는지, 아니면 그 주체를 내외부의 타자에게로 열어 놓았는지는 2000년대 문학에 대한 평가를 통해 드러날 것이다.[8] 그러나 2010년대 중반 이후 미투 운동과 함께 한국 사회에 불어닥친 '페미니즘 리부트' 현상은 90년대 여성문학의 유효성을 입증해 주는 것으로 보인다. 1990년대 여성문학이 시도했지만 충분히 밀고 나가지 못한 지점, 여성들이 자유로운 성적 주체로 살아가는 것을 가로막는 억압 기제에 맞서 1990년대 여성문학이 치러낸 전투는 다음 세대 여성문학이 이어받는다. 탈젠더를 말하기에는 한국 사회에서 젠더는 여전히, 너무, 무겁다. 아니, 젠더는 불타는 화두이다. 젠더의 불길이 꺼지지 않는 한 1990년대 여성문학은 계속해서 소환되면서 더 크고 날카롭게 계승될 것이다.

1 황종연, 「민주화 이후의 정치와 문학」, 《문학동네》(2004년 겨울호), 398~401쪽.

2 김영찬, 「1990년대 문학의 종언, 그리고 그 이후」, 『비평극장의 유령들』(창비, 2006), 50쪽.

3 김은하, 「살아남은 자의 드라마: 여성후일담의 이중적 자아 기획」, 『문학을 부수는 문학들』(민음사, 2018), 310~336쪽 참조.

4 신경숙, 『외딴방』(문학동네, 1995), 265~266쪽.

5 전경린, 『염소를 모든 여자』(문학동네, 1996), 57~58쪽.

6 한강, 「내 여자의 열매」, 『황석영의 한국 명단편 101』(문학동네, 2015), 131쪽.

7 은희경, 「그녀의 세 번째 남자」, 『타인에게 말걸기』(문학동네, 1996), 70쪽.

8 2000년대 여성문학에 대한 필자의 견해는 이명호, 「2000년대 한국여성의 위상과 여성문학의 향방」, 《문학수첩》(2006년 봄호) 참조.

작품을 중심으로 개관한 한국 근현대 여성시사

이경수 국문학자·중앙대학교 국어문학과 교수

한국 근현대 여성시사 서술과 여성시 앤솔러지 구축의 문제

한국 현대문학사에서 아직 제대로 서술된 적이 없었고 아직도 쓰일 필요가 있다고 판단되는 문학사가 있다면 그중 하나가 한국 근현대 여성시문학사일 것이다. 정전의 반열에 오른 한국문학사에서도 여성시에 대한 서술은 대체로 빈약했다. 강은교, 고정희의 등장 전까지 한국 근현대 시사에 이름을 올린 시인은 모윤숙, 노천명, 김남조 정도였고 그나마도 주변적 서술에 그쳤다. 한국문학사에서 여성 시인들의 시가 해당 시대 문학사의 주변의 자리가 아닌 시대 문학의 중심을 관통하며 의미 있게 서술된 것은 1990년대 시사에 와서의 일이라고 할 수 있는데, 그나마도 2000년대에 들어서자마자 1990년대의 여성시가 오히려 여성시를 게토화했다는 비판과 함께 그 의미를 부정당하기에 이른다.

이렇게 한국 근현대문학사에 등재되지 못한 여성 시인들의 상당수는 잊혔고 관련 자료들을 찾아보는 데도 많은 제약이 따르게 되었다. 더 늦기 전에 여성시 앤솔러지가 필요하다는 데 동의하면서 시기별 여성시 작품을 중심으로 여성시문학사를 개관하는 데 도전해 보고자 한다. 이 글에서는 최근에 「여성시문학사 서술 방법론 고찰」[1]에서 제기한 문제의식을 계승하며 각론의 여성시문학사가 온전히 쓰이기 위한 전 단계로 여성시 앤솔러지 구축이 필요하다는 판단에 동의한다. 이에 따라 근대 초기에서 1990년대에 이르는 여성시 앤솔러지를 구축하는 작업을 1차 완료했는데, 사실상 이 글은 이에 대한 정리의 성격을 지닌다. 목록을 더 보충하고 수정하는 작업은 앞으로도 계속되어야 하며 그에 따라 한국 근현대 여성시사도 새롭게 다시 쓰여야 할 것이다.

이 글은 여성시 앤솔러지를 중심으로 여성시사를 개관하는 글이므로, 여러 시기에 걸쳐서 의미 있게 활동한 여성 시인들의 경우에는 각 시기별로 해당 작품에 대해 논의했다. 지면의 한계상 해당 시기별 대표 시만 언급했음을 덧붙여 둔다.

근대 초기 여성 주체의 선언과 좌절

근대 초기에 출현한 신여성들이 '읽는 독자'에서 신문, 잡지 등의 매체를 통해 공론장에 글을 쓰는 '여성-저자'로 성장해 갔다는 사실은 각별히 기억되어야 한다. 이 시기를 대표하는 시인으로는 김명순, 김일엽, 나혜석이 있다.

김명순은 «조선일보» 1924년 5월 28일과 29일에 발표되고 이듬해 한성도서주식회사에서 출간된 첫 시집 『생명의 과실』에 나란히 실린 「저주」와 「유언」에서 근대 초기 글 쓰는 여성 주체로서 어떤 자의식을 가지고 있었고 시대와의 불화로 인해 어떤 시련과 좌절을 겪었는지 선언적으로 말한다. 「저주」에서 '사랑'은 더 이상 낭만적이거나 이상적인 마음이나 이념과는 거리가 멀다. 사랑은 '길바닥에, 구르는 사랑', '처녀의 가슴에서 피를 뽑는 아귀', '속이고 또 속이는 단순한 거짓말'로 형상화된다. 사람들에게 상처 입고 세상에 속임을 당한 여성 주체가 체득한 관점이 아닐 수 없다. 「유언」에서는 더 나아가 그렇게 자신을 학대한 조선을 향해 비정한 유언을 남긴다. 이미 조선으로부터 버림받았다고 느끼는 시의 주체는 "죽은시체에게라도 더학대해" 달라고, "이다음에 나갓튼 사람이 나드래도" 할 수 있는 대로 또 학대해 보라고 핏발 선 목소리로 외친다. 시의 주체에게 조선은 영영 작별하고 싶은 '이 사나운 곳'에 지나지 않는다. 자유로운 개인으로 서고자 했던 한 재능 있는 글 쓰는 여성 주체는 상처투성이 마음이 되어 이 땅을 향해 이토록 지독한 저주와 자학의 말을 퍼붓게 된다.

«신여자»라는 매체를 창간해 주도적으로 이끌어 나갔던 김일엽의 이 시기 시는 «신여자»에 주로 발표되었다. 그중에서도 1920년 3월, «신여자»에 실린 「«신여자» 창간호 서시」는 눈여겨볼 만하다. 2행 1연의 단아한 형태로 구성된 4연의 시에서 "쌀쌀히 쏟아지는 찬 눈 속에서/ 그대로 꽃이라고 피었"다고 노래되는 대상은 잡지 «신여자»이다. 김일엽이 편집을 맡은 «신여자»는 이화학당에서 자금을 댄 국내 최초의 여성 잡지로 알려져 있다. 「«신여자» 창간호 서시」에서는 여성 잡지 «신여자»의 출범을 기리면서, "공연히 어둠 속에 우는 닭 소리"에서 "새벽이 오는 줄" 아는 것처럼 «신여자»가 여성해방이라는 새벽을 열어 줄 것임을 암시한다.

나혜석은 «매일신보» 1921년 4월 3일 자에 발표한 시 「人形의 家」에서 입센의 「인형의 집」에 나오는 노라를 호명하며 인형의 집에서 뛰쳐나와 '사람'이 될 것임을 노래한다. 여성 주체로서 '나'의 각성을 노래하고 있는 이 시는 마지막 연에서 "사랑ᄒᆞᆫ 少女들"을 호명하면서 여성 주체의 각성과 여성해방이라는 계몽의 주제를 선명히 드러낸다. 시, 소설, 희곡, 평론, 수필, 일기, 여행기 등 다양한 장르의 글쓰기를 동시에 시도했던 나혜석은 상대적으로 많은 시를 남기지는 않았지만 여성 주체의 각성과 여성해방이라는 주제의식을 통해 계몽적인 성격을 가장 강하게 표방한다.

식민 현실과 국가주의 페미니즘의 도래

식민지 시기인 1930년대는 모윤숙과 노천명으로 대표되는 2세대 여성 시인들이 본격적으로 활동하며 문학사에 이름을 올린 시기이다. 1세대 여성 시인 중에 김일엽은 이 시기에도 불교에 귀의해 창작을 지속하지만 나머지 시인들은 그럴 수 없었다. 1세대 여성 시인들의 여성 주체 선언과 비극적 말로를 목격한 2세대 여성 시인들은 여성 시인으로서의 목소리를 내되, 기성 시단과 타협의 길을 선택한다. 여성으로서 경험하고 감각하는 정서를 표현하고자 했다는 점에서 근대 초기 여성 시인들이 일군 자리와 차별화되는 자리를 만들어 내는 데 성공하지만 여성성을 모성과의 관련 속에서 이해하거나 서정성과의 결합 속에서 여성성의 표현 방식을 찾아냄으로써 결과적으로 여성성의 의미를 축소하는 데 기여했다는 한계를 지닌다. 특히 식민지 말기를 통과하면서 이 시기 대표적인 여성 시인이라고 할 수 있는 모윤숙과 노천명은 친일의 혐의에서 벗어나지 못하는 오점을 남기고 만다.

1930년대를 대표하는 여성 시인으로 이미 문학사에 이름을 올린 모윤숙과 노천명은 여성시사에서도 빼놓을 수 없는 시인들이다. 1970년대에 강은교, 고정희라는 걸출한 여성 시인을 만나기 전까지 한국 여성시사는 모윤숙과 노천명이 일군 터전에 뿌리를 내리고 있었다고 해도 과언이 아니다. 모윤숙은 첫 시집 『빛나는 지역』에 실린 「조선의 딸」에서 자신의 시적 정체성을 드러낸다. 시의 주체는 고요하지 못한 마음이거나 피곤한 상태일 때, 그리고 간난을 슬퍼하거나 그리운 사람 있어 눈물지을 때 자신에게 다가와 영혼의 귓가를 흔들고 속삭이는 '그'의 목소리에 대해 말한다. 그의 목소리는 대개 시의 주체를 각성시키는 목소리이다. 특히 "너는 조선의 딸이 아니냐고" 묻고 "인생의 전부는 사랑이 아니라"고 말하는 목소리에서는 모윤숙 시의 주체가 개인의 감정에 충실한 주체이기 이전에 바깥에서 요구되는 계몽의 목소리에 각성된 주체임을 알 수 있다. 한 사람의 '나'에 앞서 '조선의 딸'이 먼저였던 모윤숙 시의 주체는 한때는 항일 의식을 드러내기도 했지만 결국 친일의 선봉에 서는 오점을 남긴다. 바깥의 이념에 경도된 목소리는 늘 개인으로서의 나보다 조선의 딸로서의 나가 우선이었고, 내면의 목소리에 귀 기울이는 성찰의 시간을 충분히 거치지 않은 모윤숙의 시는 결과적으로 바깥의 목소리에 이끌려 친일 행위에 가담함으로써 국가주의 페미니즘의 한계를 노정하게 된다.

노천명의 시는 시적 완성도에서 모윤숙 시보다 높은 평가를 받는다. 노천명의 시적 주체가 모윤숙의 시적 주체보다는 흔들리고 갈등하는 여성 주체의 복잡한 내면을 드러냈다는 점에서 여성시사에서도 좀 더 의미를 지닌다고 평가할 수 있다. 노천명 역시 식민지 말기 친일 행위에 가담했다는 점에서는 모윤숙과 유사한 행보를 보인다. 첫 시집 『산호림』 수록 시 「자화상」은 시의 화자가 자신의 신체를 키, 얼굴, 인상, 눈썹, 눈, 머릿결, 몸, 입 등을 따라가며 상세히 묘사하면서, 예민하고 까탈스럽고 타협하기 싫어하면서도 소심하고 비겁하고 자신을 괴롭히는 성격을 드러내 보여 주고 있다. 여성 주체의 목소리로 자화상을 외모와 성격을 중심으로 그려 내고 있다는 점에서 과잉된 자의식을 읽을 수 있지만 여성시의 주체가 쓴 자화상의 성격을 지니는 시라는 점에서 의미를 지닌다. 모윤숙과는 기질적으로나 시적 성향으로나 달랐음에도 노천명의 일제 말 행보는 크게 다르지 않았다. 대표작 「사슴」에서 "모가지가 길어서 슬픈 짐승" 사슴은 점잖고 말이 없고 관이 향기롭고 고고한 존재로 그려지는데, 이는 사실상 시적 주체의 모습에 대한 비유이다. 앞서의 「자화상」이 실재하는 시인을 구체적으로 그린 시였다면 「사슴」은 노천명의 시적 주체가 있어야 할 대상으로 모방한 이상적인 시인의 모습이라고 볼 수 있다. 고고한 사슴이기를 꿈꾸었지만 시대의 격랑 속에서 초라하고 비겁한 시인으로 남고 말았다는 것은 한국 현대 여성시사에서도 안타까운 일이 아닐 수 없다.

해방과 전쟁, 생명에 대한 인식과 성에 대한 자각

해방 후 새로운 국가 건설의 열망은 좌우 이념의 대립과 분열, 남북한의 단독정부 수립에 이은 분단으로 이어지면서 온전히 실현되지 못하고, 결국 좌우 이념의 충돌은 한국전쟁으로 이어진다. 많은 상흔을 남긴 전쟁이 끝난 후 이 땅에서는 근대 시민국가를 향한 열망이 다시 끓어올랐으나 분단 체제가 자리잡으면서 반공주의가 강화되고 개발 담론과 결합해 사회 통제의 수단으로 활용되었으며, 문학에도 그 흔적이 드리우곤 했다. 이 시기 한국 사회에서는 여성을 성녀/창녀, 또는 아내와 어머니로 대표되는 가족 구성원으로서의 여성/거리의 여성들로 분할해 통치했다. 소설에 비해 시에서는 상대적으로 남성 중심 사회가 요구하는 성녀로 상징되는 낭만적 여성상이 주로 나타났는데, 특히 1950년대의 시에서 생명의 표상이자 성스러움의 표상으로서의 여성 상징이 두드러졌다.

1953년에 출간된 김남조의 첫 시집 『목숨』의 표제시 「목숨」에는 전쟁의 상흔이 "불붙은 서울"의 모습으로 그려진다. 전쟁을 겪은 이들만이 알 수 있는 "누구 가랑잎 아닌 사람이 없고/ 누구 살고 싶지 않은 사람이 없"는 간절하고 "가장 욕심 없는 기도"는 "돌멩이처럼 어느 산야에고 굴러 그래도 죽지만 않는/ 그러한 목숨이 갖고 싶었"다는 바람으로 향한다. 김남조의 1950년대 시에서 목숨은 가장 소중한 발견이자 존재 이유 그 자체였다.

1950년대 여성 시인으로 김남조와 함께 호출되는 홍윤숙의 시에서도 생명에 대한 추구는 중요한 주제를 형성한다. 전쟁의 폐허 속에서 생명이라는 가치를 발견하는 이러한 특징은 전후의 여성시에서 두드러지게 나타난다. 「생명의 향연」에서 시의 주체는 "나와 더불어 이 세상 어느 한구석에/ 살아 있다는/ 다만 살아 있다는 그것만으로/ 다행"하다고 말한다. 전쟁의 참상을 체험하면서 홍윤숙 시의 주체가 얻은 깨달음 역시 무엇과도 바꿀 수 없는 생명의 소중함이었다. "묵묵 자성하는 나무의 역사"처럼 살아 있다면 우리 역시 생명의 향연을 펼치며 역사를 써 나갈 수 있음을 말하려는 것이겠다. 홍윤숙의 목소리는 김남조에 비해 좀 더 관념적이고 지사적인 목소리를 드러내는데 생명이라는 가치를 추구하면서도 김남조와는 또 다른 방향에서 여성시의 자리를 넓혀 갔다는 점에서 나름의 의미를 지닌다.

노영란의 시는 1950년대 여성시에서 독보적인 자리를 차지한다. 전쟁의 경험이 생명의 추구나 간절한 기도의 자리로 이 시기 여성시를 이끌었다면 노영란의 시에서는 전후 도시의 퇴폐적인 분위기와 정서가 그려진다는 점에서 남다른 의미가 있다. 여성 시인의 시에서는 드물게 거리의 여성을 "아편꽃" 등의 비유로 형상화했다는 점에서, 그리고 일탈과 위반이라는 여성의 욕망을 시에 기입했다는 점에서 노영란의 「화려한 좌표」를 주목할 만하다. 이 시에서 묘사하는 "백주의 거리는 시체의 화원"과도 같고 "푸른 심장을 가진 여인을/ 싸고도는 인형들"과 "미인"과 "탕아", "화병에 기대어" 웃는 "매소부"들, "무녀들"이 시체의 화원과도 같은 그 거리를 메우고 있다. 전후 폐허가 된 거리를 폐허의 마음을 지닌 탕아와 '매소부'들이 방황하고 있었음을 보여 줌으로써 겉은 화려해 보이지만 황무지와 다를 바 없는 전후의 풍경을 난삽한 관념어들로 드러낸다.

개발독재기의 젠더 통치와 대안적 여성 주체의 등장

아래로부터의 민주화를 꿈꿨던 4·19 혁명의 열기가 5·16 군사 쿠데타에 의해 좌절된 후 한국의 정치사는 군부 독재의 시대를 맞이하게 된다. 반공 이념을 통치 수단으로 활용하면서 한편으로는 국가 주도의 경제개발을 통해 사회 전체의 쇄신을 단행한다. 이 시기에 근대화, 산업화, 도시화의 역군으로서 공적 영역에 봉사하는 헤게모니적 남성성이 요구되었는데 자연스럽게 여성에게는 사적 영역의 수호자로서의 역할이 요구되면서 현모양처로서 가정을 건사하고 양육과 돌봄 노동을 담당하는 정서적 치유자로서의 이미지가 부과된다. 한편 도시화의 흐름 속에서 세속화, 물질 만능주의, 인간 소외 현상이 나타나 이 시기 문학에도 영향을 미치게 되고, 여성성, 모성성이라는 가치가 이데올로기화되기도 한다.

이런 시대의 흐름 속에서 대학 교육을 받은 지식인 여성 작가들이 다수가 된 현상은 주목할 만하다. 다만, 모윤숙, 노천명으로부터 이어받은 수동적인 여성성의 유산이 여전히 대다수의 여성 시인들에게는 이어지고 있었다. 김후란, 김하림, 허영자, 유안진, 신달자, 강계순, 노향림, 강은교, 문정희 등의 시인을 주목할 수 있는데, 그중에서도 강은교의 등장은 여성성의 의미를 확장하고 대안적 여성 주체의 가능성을 보여 줬다는 점에서 각별히 기억할 만하다.

1960년대에 발표한 시 「겨울 바다」에서 김남조 시의 주체가 마주하는 것은 "미지의 새"도 "그대 생각"도 아니다. 소망도 사라지고 사랑도 상실한 공간에서 시의 주체는 겨울 바다와 마주한 시간을 응시하며 성찰적 여성 주체로서의 자신과 마주하고 삶을 긍정하게 된다. 겨울 바다에서 김남조 시의 주체가 발견하는 것은 "인고의 물이/ 수심 속에 기둥을 이루고 있"는 모습이었다. 전쟁의 체험을 통해 목숨의 소중함을 깨달은 시인은 간절한 기구의 어조로 허무를 극복하고자 하는 의지를 보여 준다. 「여인애가」는 눈물 흘리고 슬픔을 삭이고 애원하고 통곡하면서 사랑을 갈구하지만 떠나는 그를 체념하고 보내 주는 여인의 기구한 삶과 감정을 그린 시로, 인고와 슬픔과 고통과 체념을 여성성으로 형상화했다는 점에서 앞 시기 여성시의 계보를 잇는 시라고 볼 수 있다.

김후란은 1959년 《현대문학》에 신석초 추천으로 등단해 첫 시집 『장도와 장미』를 1967년에 한림출판사에서 출간한 시인으로 《한국일보》 기자, 《부산일보》 논설위원, 한국여성개발원장 등을 역임했다. 「거울 속 에뜨랑제」는 거울을 통해 마주한 자신의 모습을 낯설어하는 시적 주체를 등장시켜 바깥에서 요구되는 일상적 자아와 균열을 일으키는 내면을 포착해 '에뜨랑제'로 명명한다. "네 앞에선 한갓/ 자랑스런 女人이고 싶"은 모습이 시적 주체에게 주어진 바깥의 여성성에 대한 요구라면, "서운한 모습을 가누고/ 선" 모습, "램프처럼 흔들리는" 불안한 모습이야말로 거울에 비친 낯선 이방인으로서의 또 다른 숨겨진 내면이겠다. 김후란의 시는 "다만 너의 無限을 가로질러/ 스쳐 가는/ 하나의 에뜨랑제"라고 내면의 주체를 포착하지만 낯선 이방인으로서의 자기를 발견하는 데서 더 나아가지는 못하고 낭만적 포즈로 균열의 자리마저 감싸 안아 버린다.

경기여고, 숙명여대를 나와 성신여대 국문과 교수로 재직한 허영자는 1962년 《현대문학》으로 등단해 여러 권의 시집을 출간한 시인으로 지식인 여성 시인의 계보를 잇는다. 「상을 차리며」와 「자수」는 모두 1966년에 중앙문화사에서 출간된 시집 『가슴엔듯 눈엔듯』에 실려 있다. 「상을 차리며」는 사랑을 노래한 시로도 읽을 수 있는데, "가난한 여인의/ 가난한 차림"이지만 "꿈과 사랑이 풍요한 잔칫상"을 차려 놓고 "내 인생의 제일 가는/ 귀하신 손님"을 초대해 "조용히 당신은 은발이 되고/ 조용히 나는 주름 접히"도록 꿈과 사랑의 시간을 나누고 "둘이는 함께/ 산에 가아 묻"히는 마지막을 꿈꾸는 낭만적 소망으로 가득하다. 허영자의 시 한편에는 무녀의 광기가 하나의 욕망으로 자리하고 있었지만 대개는 사회가 요구하는 순종적이고 포용적인 여성성을 구현하는 데 충실한 모습을 보여 준다. 「자수」에도 "마음이 어지러운 날은/ 수를 놓는" 시적 주체가 등장해, "세사 번뇌/ 무궁한 사랑의 슬픔을/ 참아 내올 듯"한 인고의 행위이자 "머언/ 극락정토 가는 길도/ 보일 성싶"은 극기의 행위로 자수를 의미화한다. 자수는 규방에서 이루어지는 일이라는 점에서 전통적인 여성상의 계승으로 볼 수도 있지만, 마음을 다스리는 취미 생활로 새롭게 의미화된 자수는 마치 시를 쓰는 행위처럼 "가슴속 아우성"을 가라앉히고 "처음 보는 수풀/ 정갈한 자갈돌의/ 강변에" 이르는 아름다운 풍경을 수놓는 여성시 미학의 비유라는 의미를 획득한다.

1968년 《사상계》에 「순례의 잠」이 당선되며 등단한 강은교는 《70년대》 동인지를 내고 '70년대 동인'으로 활동하며 1970년대의 시인으로 자신의 정체성을 드러냈고 1971년에 첫 시집 『허무집』을 출간했다. 『허무집』에 수록된 「자전 1」은 "날이 저"물고 "먼 곳에서 빈 뜰이 넘어"지고 "사람은 혼자 펄럭이고" "거리의 집들"은 파도치는 해 질 녘 도시의 풍경이 날마다 반복되며 "침상 밖으로 흩어지는/ 모래"처럼 "끝없고/ 한 겹씩 벗겨지는 生死"의 허무함을 자전에 빗대어 그려 낸다. 인생의 허무함을 "광야에 쌓이는/ 아, 아름다운 모래의 여자들"의 이미지로 인상적으로 형상화하고 있는 이 시에서 "부서지면서" "가장 긴 그림자를 뒤에 남"기는 우리의 모습은 허무한 인생을 통찰하면서도 이를 극복하고자 하는 의지를 아름답게 보여 준다. 자전은 스스로 도는 천체의 움직임을 통해 생과 사의 우주적 회전을 의미한다는 점에서 인간의 힘으로 어쩔 수 없는 인생과 그 속에서 부서지면서도 아름다운 흔적을 남기고자 하는 인간의 의지에 대한 비유로 작용한다. 부서지고 사라지는 소멸의 감각과 결합된 "모래의 여자들"의 이미지가 여성시에 새로운 감각을 열어 준 것은 물론 일몰의 순간에 우주의 질서와 존재의 심연을 포착한 시인의 통찰은 철학적인 자리로 여성시를 확장하는 데 기여한다. 「비리데기의 여행노래」는 '비리데기'라는 전통 무가의 모티프를 빌려 와 부모에게 버림받고 갖은 고통과 수난을 겪으면서 마침내 주어진 운명을 극복하는 강한 생명력의 여성을 그려 냄으로써 폐허에서 길어 올리는 아름다운 사랑 노래를 완성한다. "쥐들이 일어"날 것이고 "그대 등 뒤에서/ 가장 오래 기어 다니던/ 저 쥐가 이 땅을 정복하리라"는 불길한 예언을 통해 이 시는 개발독재기의 캄캄한 현실을 환기한다. 버림받았지만 버림받은 수동적인 자리에 머물지 않는 이 시의 주체는 "천국", 즉 극락왕생을 상징하는 "꽃밭"에 이르기까지의 비리데기의 여정을 보여 줌으로써 생과 사의 경계를 넘나드는 샤먼으로서의 여성시의 주체를 대안적 주체로서 형성하기에 이른다.

운동으로서의 글쓰기와 여성주의 시의 출현: 민중, 민족, 젠더의 교차

1980년대는 한국 여성운동의 역사에서도 큰 의미를 지니는 시기이다. 이 시기 여성운동의 가장 큰 특징은 한국의 민중, 민족 문제와 교차되는 젠더 현실에 주목하면서 변혁 운동의 하나로 자리 잡아 갔다는 것이다. 민중, 민족, 젠더를 둘러싼 모순들이 교차하는 자리에서 운동으로서의 글쓰기가 시작되고 글쓰기의 주체로서 여성 시인들이 자신의 목소리를 내었다.

1980년대 여성시는 비로소 페미니즘적 인식에 기반한 목소리를 본격적으로 내게 되는데, 그 상징적인 분기점에 놓인 시인으로는 고정희가 있다. 한국 현대 여성시의 역사는 고정희 이전과 이후로 나뉜다는 말이 자연스럽게 받아들여질 정도로 여성운동가로서도 여성 시인으로서도 고정희는 독보적인 자리를 차지한다. 고정희는 1975년 《현대시학»에 「연가」 등의 작품을 발표하며 시단에 나왔고 첫 시집 『누가 홀로 술틀을 밟고 있는가』를 1979년에 출간했지만 주된 활동 시기는 1980년대라고 볼 수 있다. 고정희야말로 민중, 민족, 젠더를 둘러싼 모순들이 교차하는 자리를 정확히 관통하고 있는 시인이었다. 수유리 시절을 거쳐 광주민중항쟁을 겪으며 고정희는 민족, 민중의 문제에 각성했고 《또하나의문화》 창간 동인으로 활동하며 젠더 문제에도 선구적인 인식을 가진다. 「상한 영혼을 위하여」는 고통과 시련을 피하지 않고 직면하며 마침내 아름다운 연대로 극복하는 모습을 그린 시이다. “상한 갈대라도” “뿌리 깊으면야/ 밑둥 잘리어도 새순은 돋”고 “뿌리 없이 흔들리는 부평초 잎이라도/ 물 고이면 꽃은 피거니” “충분히 흔들리며” “상한 영혼”에게로, “고통에게로 가자”고 시의 주체는 말한다. 고정희의 초기 시는 흔들리는 주체를 통해 오히려 고통 속에서도 굴복하지 않는 시정신을 보여 주는데 이 시에서는 시적 주체의 의지가 마침내 “캄캄한 밤이라도” “마주 잡을 손 하나”를 불러오는 희망을 생성해 낸다. 상한 영혼을 품어 안는 따뜻한 치유와 연대의 힘을 노래한 시이다. 「우리 동네 구자명 씨」는 ‘여성사 연구’ 연작시 중 한 편이다. “일곱 달 아기 엄마”인 “맞벌이 부부 구자명 씨”의 고단한 하루를 출근 버스 오르기가 무섭게 조는 모습을 통해 보여 주는 이 시에서 여성의 삶은 “팬지꽃 아픔”과 “안개꽃 멍에”로 그려진다. “여자가 받쳐 든 한 식구의 안식”은 일방적인 희생을 요구한다는 점에서 위태롭다. “죽음의 잠을 향하여/ 거부의 화살을 당기”는 것은 한 식구의 안식과 여자의 안식이 다르지 않음을 이야기하면서 동시에 여성의 역사를 향한 시적 주체의 겨냥이라는 의미로도 읽을 수 있다.

운동으로서의 글쓰기를 이야기할 때 빼놓을 수 없는 시인이 정명자와 최명자이다. 이들의 시는 1970년대의 노동 현실을 주로 그렸지만 시집은 1980년대 중반에 출간되었다. 민중, 노동, 젠더가 교차하는 자리에 이들의 시도 놓인다. 첫 시집 『동지여 가슴 맞대고』(1985)에 수록된 정명자의 「잊지 못할 1978년 2월 21일」은 1970년대 노동운동에서 중요한 의미를 가지는 ‘동일방직 노조 탄압 사건’을 낱낱이 생생하게 기록하고 있다. 대의원 선거를 진행 중이던 동일방직 노조 조합원 여성들에게 동일방직의 남성 조합원들이 선거함을 부수고 똥물을 투척했다는 점에서 충격을 준 이 사건을 그린 시에서 시인은 “선진조국”의 기치 아래 여성 노동자들에게 가해지던 이중적 억압을 정확히 포착한다. 최명자는 첫 시집 『우리들 소원』(1985)에서 버스 안내원 경험을 바탕으로 1970, 80년대 여성 노동자의 현실과 그 속에서 느낀 소외와 감정 노동을 주로 그렸다. 「코」는 “오뚝하고 예쁜 내 코”가 복코인 줄 알았는데 “안내원 생활 하면서” “비염”이라는 직업병에 걸리고 “사오 일 연속 배차”에 “코피를 한참씩 쏟아야” 하고 승객과 시비가 붙어도 코를 시빗거리로 삼는 등 수난이 끊이지 않음을 자각한 시이다.

김승희의 등단작 「그림 속의 물」은 ‘플랜더스의 개’ 모티프를 빌려 와 “아름답기만 하면 되”는 것을 넘어서 생명을 살리는 그림을 그리고자 하는 시적 주체를 그려 낸다.

"잃어버린 내 친구에게로" 가서 "강이 되어/ 스며들어" "그곳을 꽃피우는 물이 되"고 "물이 되어 친구의 꽃을 꽃피우고" "우리의 죽은 그림들을 꽃피우는/ 넓고 따스한 바다가 되려"는 새로운 미학적 주체로 당당히 서고자 하는 시적 주체의 출현을 예고하는 아름다운 시이다. 「내가 없는 한국문학사」는 『달걀 속의 生』(1989)에 수록된 시로, "무의미시 순수시의 시대"에도 "참여시의 시대에도" "해체시의 시대에도" "상업주의적 사랑시의 시대에"도 "민중시의 시대에도" 한결같이 한국문학사에서 배제되어 온 여성주의 시인으로서의 자신의 정체성에 대해 통찰한다. "깨끗이 도배된 벽지처럼 무늬 맞춰 발라진/ 한국문학사 앞에서/ 나 오늘 한 마리 쥐벼룩/ 여류 쥐벼룩"임을 선언함으로써 한국문학사 전체를 비판적으로 성찰하고 여성 주체로서의 시인을 당당히 선언한다.

1980년대를 대표하는 시인들 중 여성 시인으로서 시를 쓴다는 자의식을 강하게 드러냈던 시인으로 김혜순이 있다. 두 번째 시집 『아버지가 세운 허수아비』(1985)부터 김혜순은 여성으로서 시를 쓴다는 자의식을 드러낸다. 「기어다니는 나비」에서는 두 날개가 짓뭉개져 기어 다니는 나비의 표상을 통해 시대의 폭력과 남성적 세계의 폭력 앞에 짓뭉개진 여성 주체를 적나라하게 그린다. 「딸을 낳던 날의 기억」은 어머니가 되는 출산의 경험을 '어머니-외할머니-외증조할머니-외고조할머니'로 이어지는 여성들의 가계와 반복되는 여성들의 억압적 삶을 통해 보여 준다. "청천벽력./ 정전. 암흑천지./ 순간 모든 거울들 내 앞으로 한꺼번에 쏟아지며/ 깨어지며 한 어머니를 토해 내니" "손가락이 열 개 달린 공주"였다는 출산의 장면은 강렬한 이미지를 남긴다.

최승자의 이 시기 시는 버림받은 사랑과 광주 학살로 표상되는 시대 현실의 폭력에 맞서 자기모멸의 태도로 부정 정신을 드러낸다. 지독한 자기모멸과 혐오를 딛고 여성시의 주체가 어떻게 반전의 계기를 마련하는지, 그리고 그것이 시대의 윤리와 보편성을 어떻게 획득하는지 최승자의 시는 보여 준다. 「일찌기 나는」에 등장하는 "일찌기 나는 아무것도 아니었다"라는 문장은 자신의 존재를 부정하는 선언인데, '일찌기'라는 부사를 통해 이 선언은 역사성을 갖게 된다. 자신의 몸을 더럽고 하찮고 무의미한 오브젝트들에 비유함으로써 이 시는 자기혐오와 부정의 정동을 드러낸 1980년대 여성시의 주체 선언이라는 의미를 획득한다. 『즐거운 일기』(1984)에 수록된 「Y를 위하여」는 낙태 시술을 받는 여성의 처참한 심경을 그린 시로 여성만이 경험할 수 있는 고통을 버림받음과 애증이라는 보편적 정서로 확장하고 있다. 자궁이 무덤이 되는 상상력, "널 죽여" "내 속에서 다시 낳고야 말 거"라는 고백의 말은 우리의 신체에 강렬한 아픔을 아로새긴다.

1987년에 《실천문학》으로 등단해 1988년에 첫 시집 《슬픔만 한 거름이 어디 있으랴》를 출간한 허수경은 1980년대에 단 한 권의 시집을 출간하고 이후 2018년 작고하기까지 총 여섯 권의 시집을 출간하며 한국 현대시사에 독보적인 자리를 구축한 시인이다. 80년대 허수경의 시야말로 민중, 민족, 젠더가 교차하는 자리를 정확히 관통한다. 「폐병

쟁이 내 사내」에는 죽어 가는 사람을 살리는 생명력을 지닌 존재로서 여성 주체가 등장해 허약한 남성에게 새 생명을 불어넣는 강인한 존재로 그려진다. "어디 내 사내뿐이랴"에서 드러나듯이 세상의 아픈 사내들을 모두 끌어안는 강인한 어머니와 사랑에 투신하는 여성의 모습이 허수경의 주체에게는 공존하고 있다. 허수경의 시에서 남성은 대결의 대상이나 부정의 대상이라기보다는 역사와 현실의 피해자이자 희생양으로서 보듬어 안아야 할 대상으로 종종 그려진다. 빼앗기고 짓밟힌 이 땅 민중의 역사에 대한 애도로 허수경의 시는 슬픔과 사랑의 미학을 구현한다.

민주화 이후의 여성시: 몸에 대한 사유와 여성적 글쓰기의 실험과 도전

1987년 민주화 투쟁 이후 여성시는 여성주의적 시각을 전면에 내세우면서 민중, 민족 같은 집단으로 환원되지 않는 여성 개인의 목소리에 관심을 기울인다. 이 시기 여성시가 여성의 몸에 주목한 것도 가부장제의 성규범을 내파하기 위한 것이면서 동시에 여성 주체로 바로 서기 위해 자신의 몸에 대한 이해를 통과해 여성의 욕망을 읽고자 한 것이었다. 특히 여성 주체 스스로 여성의 몸을 절단하고 찢음으로써 분열을 일으키거나 파괴하려는 욕망, 세기말의 감성과 결합해 퇴폐적인 몸을 그림으로써 사회가 요구하는 여성성에 균열을 일으키는 방법이 이 시기 시에서 선호되었다. 한편 여성의 몸은 생명을 품는 자궁이자 무덤으로 형상화되면서 에코페미니즘적 상상력을 보여 주는 시들도 꾸준히 창작되었다. 김혜순, 최승자, 허수경, 천양희, 김정란, 신현림, 박서원, 이연주, 최영미, 나희덕, 최정례, 이수명 등이 이 시기에 활발히 활동했다.

김혜순 시의 본령은 1990년대 이후에 펼쳐졌다고 해도 과언이 아니다. 동명의 시집의 표제시인 「나의 우파니샤드, 서울」에는 "아침 일고여덟시경" "서울에서 지금 일천이백만 개의 숟가락이 밥을 푸고 있겠"다는 사실을 생각하는 시의 주체가 등장한다. 서울이라는 도시가, 그곳에서 먹고 자고 살아가는 일상이, 삶과 죽음이 일종의 우파니샤드임을 통찰하는 시적 주체의 시선이 인상적이다. 일천이백만 개의 목숨은 일천이백만 개의 무덤이며, 이들의 일상은 시 쓰는 주체로서의 시인에게 "빛살 무늬 거룩하게 새겨진" 경전이 된다. 「여자들」에서는 전쟁이라는 세계의 폭력에 맞서 누군가를 지키기 위해 자신의 몸과 삶을 허물며 사는 존재로 여자들이 그려진다. "이다음에 나 죽은 다음에/ 내 딸은 나를 어떻게 떠올릴까"라는 질문을 통해 김혜순 시의 주체는 여성으로 살아간다는 것의 의미를 되짚는다.

박서원과 이연주의 시는 90년대 여성시가 새롭게 열어젖힌 상징 질서의 위반과 금기의 폭로를 정확히 관통한다. 1989년 《문학정신》에 「학대증」 외 일곱 편으로 등단해 다섯 권의 시집 중 네 권을 90년대에 출간한 박서원은 「엄마, 애비 없는 아이를 낳고 싶어」에서 "이빨을 갈며 불온한 서적을 태우고 바로 당신이었던 육체에 세계를 심겠어 아이를 낳겠어 술을 마시면 더욱 맑아지는 정신으로 나만의 몫이었던 죄와 폭발만 살찌는 불바다에서 두 눈을 부릅뜨고 애비 없는 아이 하나 낳겠어"라고 도발적으로 선언한다. "애비 없는 아이 하나"를 낳는 일은 "모욕을 받"는 일이자 "당신이었던 세계에 경멸을 심"는 일로 그려진다. 이는 박서원의 시가 세계의 폭력에 맞서는 형식이다. 자전적 고백을 폭로에 가까운 방식으로 시도한 박서원의 시는 「난간 위의 고양이」에서 "난간이 두렵지 않다"고 말하기에 이른다. "벚꽃처럼 난간을 뛰어넘는 법을" 알아 버렸기 때문이겠다. 1991년에 《작가세계》로 등단해 90년대에 두 권의 시집을 남기고 간 이연주의 시는 남근중심적 욕망으로 가득한 세속 도시의 어두운 이면을 꿰뚫어 본다. 「매음녀 1」에는 "흐트러진 이부자리를 들추고" "매일 아침/ 자신의 시신을 내다 버"리며 "시궁창을 저벅거리는 다 떨어진 누더기의 삶"을 사는 '그녀'가 등장한다. 부패한 자본주의의 추악한 이면을 목도하며 이연주의 시는 광기를 폭발한다.

최영미의 첫 시집의 표제시 「서른, 잔치는 끝났다」는 80년대에 작별을 고하고 90년대를 열어젖히는 상징적인 의미를 지닌다. "물론 나는 알고 있다/ 내가 운동보다도 운동가를/ 술보다도 술 마시는 분위기를 좋아했다는 걸/ 그리고 외로울 땐 동지여!로 시작하는 투쟁가가 아니라/ 낮은 목소리로 사랑 노래를 즐겼다는 걸"이라는 고백의 말로 시작되는 이 시는 우리가 통과해 온 80년대가 낮은 목소리로 부르던 사랑 노래마저 허용하지 않던 시대임을 보여 주면서 동시에 "잔치는 끝"나고 시대는 바뀌었지만 "여기 홀로 누군가 마지막까지 남아" "그 모든 걸 기억해 내며/ 뜨거운 눈물 흘리리란 걸", 그러한 애도가 시인의 목소리라는 걸 전한다. 시로 쓰인 후일담 문학인 셈이다.

나희덕의 시는 에코페미니즘에 기반한 모성과 생명에 대한 탐구를 대표적으로 보여 준다. 등단작이자 첫 시집의 표제시인 「뿌리에게」는 뿌리의 성장과 삶을 지켜보고 함께 단단해지며 생명을 키우는, 뿌리를 향한 흙의 아름다운 사랑의 언어이다. 「어린 것」에서 "깊은 산길/ 갓 태어난 듯한 다람쥐새끼"가 "물끄러미 나를 바라보고 있"는 "맑은 눈빛"과 마주한 시의 주체는 "내 앞에 눈부신 꼬리를 쳐들고/ 나를 어미라 부"르는 "세상의 모든 어린 것들" 앞에서 "괜히 가슴이 저릿저릿한 게/ 핑그르르 굳었던 젖이" 도는 체험을 한다. "도망갈 생각조차 하지 않는/ 난만한 그 눈동자"는 결국 "오르던 산길을 내려오"게 하는 힘을 발휘한다. 어리고 여린 생명을 품어 안는 모성을 아름답게 그려 낸 나희덕의 시는 에코페미니즘의 정수를 보여 준다.

1 이경수, 「여성시문학사 서술 방법론 고찰」, 《여성문학연구》 48, 한국여성문학학회, 2019. 12, 160~190쪽.

조남주 『귤의 맛』
정용준 『내가 말하고 있잖아』
이상우 『두 사람이 걸어가』
김숨 『떠도는 땅』
백수린 『여름의 빌라』
이장욱 『에이프릴 마치의 사랑』
김연수 『일곱 해의 마지막』
정세랑 『시선으로부터,』
천선란 『천 개의 파랑』
조예은 『칵테일, 러브, 좀비』
김엄지 『폭죽무덤』

리뷰
소설

우리 모두의 초록

—『귤의 맛』 | 조남주, 문학동네

소유정 문학평론가

논밭이 즐비하던 자리에 아파트 단지가 들어섰다. 신도시 이주민을 위한 상업 시설 또한 차츰 늘어 갔다. 내 집 마련의 꿈을 이룬 부부가 분양받은 아파트에 입주했다. 첫째 아이는 베란다에서도 등하굣길을 살필 수 있는 안전한 거리의 초등학교로 전학했다. 그해 5월 둘째 아이가 태어났다. 특별한 일이 없다면 유년과 학창 시절 모두를 이 도시에서 보낼 아이가. 아이는 별 탈 없이 잘 자랐다. 형제가 다녔던 집 앞의 초등학교와 그와 나란히 붙어 있는 중학교와 고등학교까지 문제없이 입학했다. 교복을 입기 시작한 이후로 달라진 점이 있다면 학교와 걸어서 10분 거리에 있는 (당시 어마어마했던 규모의) 학원가가 방과 후 필수 코스가 되었다는 것이다. 닭꼬치나 컵떡볶이 같은 것을 사 먹고 시간이 되면 학원과 독서실을 오갔다. 학원가 초입에 있던 맥도날드는 2층 건물이라 오래 있어도 눈치가 보이지 않았다. 대개 프렌치프라이를 하나 시키고 2층 구석에 자리 잡았다. 문제집의 같은 페이지를 오래도록 펼쳐 두고 친구들과 끊임없이 수다를 떨곤 했다. 이미 눈치챘을 테지만 이 구체적이고 사적인 기억은 '신도시 키드'로 자란 나의 것이다.

이제는 신도시라 하기엔 전혀 새로울 것이 없는 낡은 도시, 1990년대 초반 신도시로의 도약에 성공했지만 지금은 재개발이 진행되는 곳도 심심찮게 보이는 이 도시에서의 기억이 조남주의 『귤의 맛』을 통해 다시금 환기되었다. 그 이유는 아마도 이 소설에서 신영진구에 사는 아이들의 이야기가 신도시에서 자란 나의 이야기와 크게 다르지 않기 때문일 것이다. 물론 시간의 차이가 있기 때문에 완벽하게 일치할 수는 없겠지만, 이제 막 열일곱이 된 다윤, 소란, 해인, 은지 네 명의 아이들의 이야기에서 자연스럽게 내가 지나온 시간들이 떠오르곤 했다.

조남주 작가가 『82년생 김지영』에서 소설을 읽는 어떤 이에게는 현재이고, 어떤 이에게는 미래이며, 또 다른 이에게는 과거일 여성 인물의 삶을 보여 주었듯, 『귤의 맛』에서도 누군가에게는 과거이고, 현재이자, 미래일 수 있는 시간을 열어 보이고 있었다. 귤로 치자면 아직은 초록일 시간들. 점점 귤빛으로 익어 갈 열매의 초록의 시간은 어떤가.

> 초록색일 때 수확해서 혼자 익은 귤, 그리고 나무와 햇볕에서 끝까지 영양분을 받은 귤. 이미 가지를 잘린 후 제한된 양분만 가지고 덩치를 키우고 맛을 채우며 자라는 열매들이 있다. 나는, 그리고 너희는 어느 쪽에 가까울까. (186쪽)

소설의 얼개는 이렇다. 중학교 2학년 봄방학, 3학년이 되기 직전에 제주도에 놀러 간 여자아이들 네 명이 엄청난 약속을 하게 된다는 것, 그 엄청난 약속은 모두 다 같이 신영진고를 1지망으로 쓰자는 것이었다. 대학 입시도 아닌 고교 입시에 타임캡슐까지 묻어 가며 이렇게 결연할 수 있나 싶지만 네 사람에게는 그만큼의 용기와 다짐이 필요했던 까닭이 있었다. 아이들이 재학 중인 신영진중과 1지망을 약속한 신영진고는 경기도 영진시 신영진구에 있는 학교다. 영진시는 서울과 가까운 동네로 공장 지대와 낡은 주거지가 섞여 있지만, 신영진구만은 분위기가 확연히 다르다. "'경기 속의 서울', '영진 우파'" 등의 별명을 가진 "깨끗하고 교통 좋고 각종 생활 편의 시설도 잘 갖추어진 떠오르는 신도시" 신영진에서 단 하나 부족한 것은 교육 인프라였다. 그렇기에 살기 좋은 도시임에도 자녀가 있는 부모들은 영진시를 떠나 다리 하나만 건너면 되는 서울로 이사를 가곤 했다. "대입 성적이 손에 꼽히는, 교육열이 높고 학원 많은 서울 다난동"으로. 지역이 다르긴 하나 신영진 아이들에게 다난동은 전혀 어색한 동네가 아니다. 셔틀버스를 타고 다난동 학원에 다니다가 학년이 올라가면 아예 이사를 하고 전학을 가게 되는 동네. 그렇기에 신영진은 "결국은 떠나는 곳"과 다름 아니었다.

'떠나는 곳'에 아이들이 남기로 한 이유는 왜일까. 아이들에게도 다난동으로의 이사와 지역 자사고 등으로의 입학 요구가 없었던 것은 아니었다. 가령 다윤은 특목고 진학을 준비했었다. 그러나 그것이 다윤의 의지였나. "올해는 한 명이라도 괜찮은 특목고에 보내겠다는 의지"는 학교와 담임의 것이었다. 아픈 동생을 돌보느라 여념이 없던 부모님은 다윤에게 미처 신경 쓰지 못했던 지난날의 죄책감을 덜어 보려는 듯 경인외고로의 진학을 밀어주었다. 그런데 "경인외고에 가면 정말 좋은 대학에 갈 수 있을까" 묻는다면 다윤은 확신이 서질 않았다. 외고와 자사고가 일반고로 전환될 거라는 뉴스가 끊이질 않았다. 학교에서는 그건 먼 이야기라고 했지만 다윤은 여전히 확신할 수가 없었다. 해인은 어떤가. 아버지의 사업 투자금을 모두 사기당한 탓에 낡고 좁은 집으로 이사를 한 지 얼마 되지 않은 참이었다. 형편은 그러해도 아빠는 해인에게 다난동에 있는 자사고로 입학을 강요했다. 입학부터 쉽지 않지만 등록금부터 시작하여 돈이 들어갈 곳이 한두 군데가 아닌 가람여고인데도 "돈도 집도 직장도 없고 미래도 없는 아빠"는 다난동에 사는 큰이모네로 전입신고를 하면 그만이라고 했다. 소란과 은지에게도 저마다의 사정이 있었다. 소란은 중학교 때 이미 다난동으로 이사하기를 바랐지만 포기했던 적이 있었다. 소란보다 먼저 다난동으로 이사를 간 친구가 있었지만 치열하게 공부를 하다 어느 날 말을 잃고 한국을 아예 떠 버렸다. 은지는 서울에서 신영진으로 이사를 왔다. 왕따 문제로 마음의 상처가 쉽게 회복되지 않은 까닭이었다. 게다가 고등학교 진학을 앞두고는 엄마의 해외 발령을 기다리고 있어 자카르타로 이주를 할 수도 있는 상황이었다.

이처럼 아이들은 각기 신영진을 떠날 기회이자 위기에 놓여 있었다. 소란만이 큰 변동 없이 신영진에 남게 될 것이었으나 신영진고를 1지망으로 희망하는 것은 아니었고, 친구들과 함께 이 도시에 남고자 신영진고를 지원하자고 말한 것도 소란이 아니었다. 처음 제안했던 사람은 가장 공부를 잘하는 다윤이었다. 자신의 능력만으로도, 거기에 학교의 적극적인 지원과 부모의 응원까지 더해 가장 무탈하게 신영진을 벗어날 수도 있을 다윤의 말은 뜻밖이었다. 결국 그 제안을 모두 받아들이긴 했지만 제주의 까만 밤처럼 아이들의 마음은 막막했다. "서로의 진심뿐만 아니라 자신의 진심도 장담할 수 없었"던 것이 사실이었다. 그럼에도 타임캡슐까지 묻어 가며 다짐하고 미래의 여행을 기약할 수 있었던 건 그것이 아이들이 스스로 행한 첫 '선택'이었기 때문이다. 아이들은 아직 어리다는 이유로 선택할 자유를 쉽게 잃는다. 자신의 의지와는 상관없이 너무 많은 일들이 어른에 의해서 결정된다. "생각을 말할 겨를도 없이 어른들의 절차가 진행"되고 아이들은 그저 따를 뿐이다. 대개 의지를 표현하거나 선택할 수 있는 기회보다 "사람들은 모두 스스로 선택하지 않은 일에 영향을 받고 책임을 지고 때로는 해결하면서 살아간다는 사실"을 먼저 깨달으며 초록의 시간을 지난다. 신영진의 아이들은 '어른들의 절차'에 의해 자신의 선택이 처음부터 없었던 것처럼 지나길 바라지 않는다. 서울로의 이사와 진학, 그것은 어쩌면 이후의 선택과 긴밀하게 연결된 것일지도 모른다. 조금 더 쉬운 선택, 조금 더 많은 선택지를 가지고 갈 수 있는 기회일 수도 있다. 그러나 치열한 사회로, 동네를 떠나 서울로의 이사를 선택하면서까지 바라는 것은 아니었다. 그 선택은 오로지 어른의 것이었으므로. 아이들의 선택이 옳고 그른지를 따지는 것은 중요하지 않다. 다만 분명한 것은 그것이 그들 스스로에게 '최선의 선택'이었다는 것이다. 그것이 "각자의 계산과 계획"에 의한 선택일지라도 혹은 어떠한 계산과 계획도 없을지라도 괜찮다. 이들에게는 답을 찾아 갈 수 있는 충분한 시간이 있으니까, 아직은 초록의 시간의 지나고 있으니 말이다.

> 다윤은 특목고에 확신이 없었고 가족들을 아프게 하고 싶었다. 해인은 집안에 경제적인 부담을 주고 싶지도 아빠의 소원을 이루어 주고 싶지도 않았다. 은지는 엄마를 실망시키지 않으면서 친구들도 잃고 싶지 않았다. 각자의 계산과 계획이 있었다. 제주도의 밤, 그 약속도 중요했지만 가장 중요하지는 않았던 것 같다. 모두 스스로에게 최선의 선택을 했을 뿐이다.
>
> 그러나 정작 소란은 자신의 계산과 계획을 알 수 없었다. 아직 아무것도 알 수 없다. 낙오되는 것 같고 불안할 때도 있었다. 그래도 된다고 생각한다. 천천히 답을 찾아 가면 된다고. 아직은 그럴 나이라고. (236쪽)

누구에게도 쉽지 않았던 선택이었지만 아이들은 서로의 선택을 지지하며 돕는다. 첫 선택이자 선택에 의한 첫 연대를 하는 셈이다. 그것은 제법 치밀하고 또 간절하다. 다윤이 면접을 놓칠 수 있도록 다윤의 엄마인 척 문자를 보내고, 해인의 위장 전입 사실을 슬쩍 고발한다. 은지가 해외로 이주하지 않고 친구들 곁에 있을 수 있게 은지 엄마를 설득하기도 했다. 그러고 보면 오직 소란만이 타인이나 외부 상황과 관계없이 친구들과 함께하기를 선택한 것과 다름없다. 소란을 움직인 것은 자신을 억압하는 무언가를 깨고 싶은 마음이 아니라, 열일곱의 아이가 친구와의 관계에서 느낄 수 있는 다채로운 감정들이었다. "세 사람 사이에서 느꼈던 안정과 온기, 충만, 기대와 그만큼의 소외, 불안, 허무, 실망의 감정들". 행복만큼 비례하는 불안이지만 똑같은 무게라고 해도 같이 가고 싶은 마음과 같이 갈 수 있는 용기가 소란에겐 있었다.

열일곱의 처음이 그들에게 좋은 양분이 되었으면 한다. 초록의 시간을 지나 온몸으로 퍼지는 귤빛 중 한 줄기는 이날의 선택에 따른 것이기를 좋겠다. 어쩌면 쓰는 이도 이런 마음이지 않았을까. 조남주는 저마다 다른 이야기를 갖고 있는 아이들이 혼자 외롭게 맺혀 있지 않도록, 더는 쓸쓸하게 자라지 않도록 열매를 매만진다. 귤나무에 내려앉은 햇빛처럼 따사로운 시선으로 열매를 보듬어 주는 손길, 그 문장들에 이미 자라 버린 열매[1] 또한 위로를 받았음은 물론이다.

1 이미 자라 버린 열매는 이 소설을 읽는 나와 우리이기도 하지만, 소설 속에 등장하는 네 아이들의 엄마를 지칭하는 것이기도 하다. 아이들에게 초점을 두고 소설에 대해 이야기했지만, 『귤의 맛』을 여러 번 읽으며 이 소설이 이끌어 내는 공감의 층위는 두 개로 나누어진다는 것을 알았다. 우리가 지나온 초록의 시간 너머에는 다윤, 해인, 소란, 은지의 엄마가 있었다. 아픈 둘째에게서 한시도 눈을 뗄 수 없는 엄마, 아이의 입학식에 가려면 휴가를 내야만 하는 엄마, 새벽같이 나가 밤에 들어오면서도 세끼 밥상은 꼬박 차려 놓고 나가는 엄마, 아이를 위해 자신의 커리어를 포기하면서도 그것이 아이로 인한 핑계가 되지 않기를 바라는 엄마. 버겁고 외로웠을 시간들을 견딘 여성들을 생각하며 이 글의 마지막 문장을 고쳐 쓰고 싶다. 이미 자라 버린 열매에게도 위로를 받았음은 물론이라고.

복수와 용서에 대한 고백록
—『내가 말하고 있잖아』 | 정용준, 민음사

신수진 문학평론가

1 성장 서사와 정용준의 시그니처 캐릭터

정용준의 소설『내가 말하고 있잖아』의 열네 살 주인공 '나'는 말을 심하게 더듬는 소년으로 가정과 학교에서 소외와 폭력을 겪다가 그해 겨울 언어 교정원을 통해 통과의례를 거치듯 성장한다. 언젠가 작가는 소설 속 인물들이 '꿈'에 왔으면 좋겠다고, '사죄'하고 싶고, '밥'도 사 주고 싶다고 했다.(정용준,『우리는 혈육이 아니냐』「작가의 말」, 문학동네, 2015) 소설의 싸움은 결국 얼마나 독보적인 캐릭터를 만들고 그를 스스로 살아 움직이게 하느냐에 따라 승부가 나는데 정용준 소설의 플롯은 특정 캐릭터로부터 비롯되고 그 캐릭터에 의해 결말에 다다르곤 한다. 캐릭터는 이미 소설의 첫 문장에서 결정된다.

> 나는 잘해 주면 사랑에 빠지는 사람이다. 누군가 한 손을 내밀어 주면 두 손을 내밀고, 껴안아 주면 스스스 녹아 버리는 눈사람이다. 내 첫사랑은 열한 살 때 만난 부반장이다. 치아에 금속 교정기를 장착하고 이마엔 좁쌀 여드름이 퍼진 커다란 뿔테 안경을 쓴 아이였는데 그때 난 그가 세상에서 가장 아름다운 사람이라고 생각했다. 지금 생각해 보면 표정은 지나치게 차갑고 툭눈붕어를 닮은 돌출된 눈동자에 나를 향한 모멸의 불꽃이 이글거렸는데 그땐 그런 것조차 사랑스럽게 보였다. 왜냐고? 나에게 잘해 줬기 때문에. (7쪽)

부반장은 다른 남자아이에게 거절당한 초코바와 열두 마리 종이 거북이가 든 병을 내게 줘 버렸는데 그것을 알고도 '나'는 부반장과 사랑에 빠진다. 스토커처럼 하염없이 부반장을 쳐다보는 내 얼굴에 그 애가 비명을 지르며 지우개를 던지기 전까지는 말이다. 조금이라도 잘해 주면 도통 헤어나지 못했던 '나'는 그 후로도 부반장 같은 사람들에게 상처만 받다가 문득 아무도 '나'를 좋아하지 않고 내 편은 아무도 없다는 것을 깨닫고 결심한다. "나는 친절한 사람을 싫어하겠다. 나는 잘해 주는 사람을 미워하겠다. 속지 않겠다."라고.

누군가 모욕적인 방식으로 선물을 폐기 처분할 때도 어쨌든 그것이 선물이라는 것에 착안해 자신에게 잘해 주는 것이라고 오인했다가 상처받고 자학하고 마침내 차단하며 고립되는 것은 애정 결핍을 비롯해 '나'가 지닌 다양한 심리적 왜곡과 결함을 짐작게 한다.

성장이란 미성숙한 존재가 성숙한 존재로 변화하는 과정을 일컫는다. 그것은 주체적으로 삶을 영위할 수 있는 '자립성'과 '인격' 그리고 '사회화'의 여부 등을 담보로 한다. 성장소설은 교양, 형성, 입사 등의 성장 개념을 바탕으로 인물이 능력, 신체, 태도 등에 있어 변화를 겪으면서 자신의 고유한 가치를 깨닫고 세계에 재편되는 구도를 지닌다.

정용준은 그동안 가공할 힘과 부조리한 이데올로기를 폭력으로 행사하는 외부 세계로부터 학대받는 무력한 인물, 그래서 언어를 상실 혹은 거부하고 극단적인 최후를 선택하는 주인공들을 주로 보여 주었다. 가학성과 피학성, 신체의 훼손과 언어의 유실, 억압적 규범과 재생산, 자폐성과 죽음 의식은 정용준의 시그니처다. 인간으로서 최소한의 조건과 존엄성을 박탈당한 인물들은 수치심과 살의 그리고 대인 기피와 자기혐오를 앓다가 안락사를 감행하듯 죽음보다 어두운 생을 자기 손으로 끝내고야 말았다.

이 소설 역시 미성년 주인공에게도 가차 없던 정용준 특유의 전형적 요소들이 내재되어 있지만 미약하게나마 개인과 사회의 교섭을 통해 충만한 자기 세계의 한 편린을 찾음으로써 성장의 가능성을 암시하는 인물을 보여 주었다.

2 죽음의 메타포를 넘어서는 이름의 폐기와 교환

정용준의 소설에서 이름은 가장 주요한 모티프다. 이름은 존재를 규정하고 관계를 맺게 한다. 그러나 이름을 부르지도 이름이 불리지도 않는 그런 곳에서 이름은 폐기되거나 교환되어 이름 아닌 이름으로 이름의 주인이 누구인지 말해 준다.

> 사람들은 이름이 있다. 물건도 이름이 있다. 나도 이름이 있다. 그런데 내 이름을 부르는 사람은 없다. 더듬이라고 부르면 나는 더듬이고, 병신이라고 부르면 나는 병신이 된다. 엄마는 나를 불쌍한 새끼라고 부르고 그 말을 들으면 나는 내가

불쌍해서 미칠 것 같다. (중략) 적혀 있는 대로 읽어야 하고 정해진 대로만 발음해야 한다. 그것이 안 되는 사람이 있다. 그것이 힘든 사람이 있다고. "말을 할 수 있으면서 왜 제대로 말할 순 없어?"라는 말에 잘못이라도 한 사람처럼 더듬거리며 아무 대답도 못 하는 사람들이 있다. 그런 사람이 있다고 아무리 말하고 외치고 소리쳐도 그게 무슨 말인지조차 모를 테지만. (116~117쪽)

정용준의 데뷔작 「굿나잇, 오블로」에도 이름 없는 주인공이 나온다. 사실 그에겐 왕자라는 본명이 있지만 그의 형편을 희극적으로 대비시키는 이 이름 때문에 '거지 왕자', '왕자지'라는 놀림만 받을 뿐이다. 그는 도스토옙스키를 동경해 스스로를 '스끼'라고 부르지만 친구들에게는 "좆같은 스끼, 호모 스끼"라는 욕설로 호명되고 담임에게는 상습적으로 성추행당할 뿐이다. 그는 초고도비만으로 침대에 갇힌 누나를 '오블로'(곤차로프, 『오블로모프』), 그런 누나를 때리고 방송국에 팔아먹는 아버지를 '꼬프'(체호프, 「관리인의 죽음」)라고 부른다.

누나의 함구증, 환각, 짧게 잘린 머리, 묶인 줄, 매질을 당해 금이 간 뼈, 노란 고름이 고인 욕창. 스끼는 오블로의 똥오줌 통을 비우며 "아무리 맡아도 익숙해지지 않는 냄새"를 끝내기로 한다. "그런데, 누나. 오블로모프는 죽을 때 어땠을까? 죽는 것이 슬펐을까? 아니면 이 무력감에서 벗어나는 것이 행복했을까? 난 그것이 궁금해…… 어떤 죽음은 어떤 삶보다 차라리 행복할 수도 있을 것 같아서." 오블로는 빵으로 입이 막힌 채 영원히 어떤 이름도 말할 수 없는 상태로 죽는다.

고아였던 '나'(「개들」)는 개 사육장에서 '곰'에게 개를 도축하는 일을 배운다. 또한 "실수하거나, 주저하거나, 망설이거나, 뭔가를 이해하지 못할 때마다" 두들겨 맞는다. 열세 살이던 어느 날 도르래에 걸리기 직전의 개가 곰의 손을 물자 곰은 그 개를 죽이지 않고 매일 죽지 않을 만큼 고문한다. '나'는 곰이 나간 사이 개 목에 칼을 넣는다. 그 밤 잔인한 양아버지는 칼로 내 허벅지를 해치고서야 흥분을 멈춘다. '곰'이라는 호칭은 사람과 짐승의 경계를 지우며 힘의 우위만을 표상한다.

곰의 여자를 사랑했던 친구 병구는 곰에게 맞고 목을 매고, 곰에게 맞는 그녀는 자신을 죽여 달라고 부탁하고, 결국 '나'는 곰의 배를 찌른다. 이쯤 되면 차라리 죽는 것이 소원이고 행운이 된다. 삶의 한계치를 초과한 인물들은 언어와 육체를 잃는다. 차마 고백조차 할 수 없을 초현실적인 사태와 돌이킬 수 없는 불가역성을 직면한 그들은 이 비극을 끝장내는 의지를 발휘한다.

넌 왜 사냐? 쓸모없고 말도 못 하고 친구도 없고 늘 괴롭힘만 당하잖아. 왜 살아?

친구의 얼굴은 진지했다. 정말로 궁금한 얼굴이었다. 내 삶이 너무 쓸모없고 괴로워 보여 차라리 죽지 뭐 하러 사는지 진심으로 궁금한 얼굴이었다. 나는 대답할 말을 찾지 못해 가만히 있었다. 친구는 걱정스러운 목소리로, 도와주는 마음으로 이렇게 말했다.

놀리는 게 아니라 진짜 왜 살아? 나 같으면 죽어 버리겠어. 내가 너라면, 네가 된다면, 난 살기 싫을 것 같거든.(101쪽)

여기 의사에게 먹으면 바로 죽는 약이 있는지 묻는 열네 살 소년도 있다. 집에서는 '불쌍한 새끼'나 '병신 같은 새끼'로, 학교에서는 '24번'으로, 언어 교정원에서는 '무연'이었다가 '엄마'였다가 '우주' 그리고 '용복'이기도 했던 '나'다. '나'는 이름이 불리지 않으므로 이름이 없는 것과 같고 이름이 없으면 존재하지 않는 것과 다름없다. 그래서 타인은 물론 '나'조차 내가 누구인지 알지 못하며 내가 거기에 있다는 것을 자꾸만 잊어버린다. 가끔 먹잇감, 장난감, 놀림감, 마네킹이 될 때를 제외하곤.

술과 도박에 빠져 동정으로 얻어 낸 누나의 후원금마저 모두 탕진하고 폭력과 신세 한탄의 콜라보로 일관하는 아버지(「굿나잇, 오블로」), 개와 사람 모두 저울 위의 고깃덩어리로 취급하는 무자비한 도살자 아버지(「개들」), 다섯 살이었던 자식 앞에서 아이 엄마를 죽이고 수십 년 만에 가석방되어 핏줄 운운하며 찾아온 아버지(「우리는 혈육이 아니냐」), 아버지, 아버지……들은 『내가 말하고 있잖아』의 어머니와 '쓰레기'라고 이름 붙인 그의 애인에게서도 데자뷰처럼 재현된다.

"씨팔! 니가 아버지냐!"라는 스끼의 마지막 절규처럼 부모의 문제는 '나'에게 결핍을 주고 끊임없이 다른 사람을 찾아 대리 역할을 하도록 추동한다. '나'의 유일한 가족인 어머니는 생계를 책임지고 있지만 동시에 남자를 집에 들이는 것을 멈추지 못한다. 어린 '나'에게 어머니는 의지할 수 없는 대상이고 그런 어머니의 자리를 대체하는 것은 언어 교정원에서 같이 치료를 받는 이들이다. '나'는 자신을 '아들'이라 부르는 '이모'의 다정함이 "열네 살의 나를 여덟 살이나 여섯 살로 끌어내린다."라고 생각한다. 그리고 이모가 엄마였으면 좋겠다고도, 스무 살이 되면 사랑을 고백하겠다고도 생각한다. 뿐만 아니라 '나'를 잃어버린 어린 아들이라고 믿는 '할머니'에게는 할머니가 늘 말하는 그 아들인 것처럼 군다. 무엇도 온전히 어머니의 모성성을 보상해 주거나 퇴행적인 신체 증상을 회복시키지는 못하지만 그들은 '나'에게 이 세상에는 좋은 어른도 있다는 것을 알게 해 준다.

사람들은 이상하다. 말을 못 하는 사람은 할 말도 없는 줄 안다. 표현을 안 하거나 어리숙하게 느껴지는 사람은 생각도 없고 아이큐도 낮다고 판단한다. 그러니까 옆에 있든, 듣고 있든, 상관하지 않는다. 선생도 날 못 보고 친구들도 날 못 본다. 무시하는 게 아니라 정말 내가 옆에 있다는 것을 모르는 것 같다. 가령 체육 시간에 피구나 발야구를 할 때 주장들이 한 명씩 지목해서 팀을 짤 때 마지막까지 서 있는 사람이 나다. 서운하거나 화가 나서 하는 말이 아니라 진짜 궁금하다. 진짜로 내가 보이지 않는 걸까? 심지어 나는 듣지도 못하고 기억도 못 하고 말도 못 하는 강아지나 은행나무 같은 것으로 여긴다. 내가 옆에 있는데도 비밀을 말하고 내가 듣고 있는데도 해서는 안 될 말을 한다. 바보들아. 나는 기억의 천재다. 세상의 모든 것을 다 알 순 없지만 들은 것은 절대 잊지 않는다.(71~72쪽)

'나'가 지닌 글쓰기의 원천은 복수심과 기억력이다. 언어 교정원과 학교와 집을 오가며 겨울을 나는 동안 '나'는 술에 취하고 약에 절어 욕을 퍼붓다 눈물을 흘렸다 하는 엄마를, 엄마와 '나'를 때리는 엄마의 쓰레기를, 수업 시간마다 세워 놓고 책 읽기를 시키고 사색이 되어 가는 '나'를 동급생들의 타깃이 되도록 조장하는 국어를, '나'를 투명 인간 취급 하는 반 아이들을 노트에다가 쓰고 죽이고 또 죽인다.

육체와 언어가 유효하지 않고 자신과 타인을 동시에 지옥처럼 여기는 주인공의 배후에는 파놉티콘 같은 세계의 억압이 있다. 부모나 교사 등의 인물은 언어와 규범의 테두리 바깥에 있는 자를 처단하는 법의 수호자이기 때문이다. '나'는 "이런 세상이 마음에 들지 않는다".

세계와의 불화 속에서 말더듬증과 소심증의 상태로 생존 신호를 타전하는 주인공은 그 존재 자체로 가족 이데올로기와 학교 상징 권력의 제물임을 증거한다. 기존 질서의 복원에 대한 가장 강력한 부인으로 탈규범화된 인물이 등장하는 이 회로에서 인물의 글쓰기는 시스템의 편입과 자아 정체성 탐구라는 이중적 장치로 작동한다.

살인 혹은 그것의 시뮬레이션과 인간의 사고와 감정의 총체인 언어의 병리학적 누락으로 집약되는 인물 유형은 그래서 정용준의 페르소나가 될 수밖에 없다. 그는 법의 위배자이면서 계승자로 딜레마를 부활시키는 사도다. 그는 현실적 결여를 이름의 과잉으로 넘어섬으로써 죽음의 메타포를 문학의 층위로 바꾸는 필요충분조건을 성립시켜 나간다.

3 스프링, 스프링, 자아의 확인과 재건을 위한 글쓰기

죽음을 넘어서기 위한 최소한의 언어로서 이름을 복구해 가던 '나'는 이제 글을 쓰는 것으로 내면 언어를 소장하기 시작한다. 그러나 '나'의 데스노트를 발견한 엄마 애인의 위협으로 난투극이 벌어지자 언어 교정원 회원들은 노트에 써진 것이 '일기'가 아닌 '소설'임을 역설한다. 완전히 깨닫지는 못했지만 '나'는 언어로 사고와 감정의 자유를 얻고 진짜 현실마저 바꿀 수 있다는 진실을 알고 있었던 것이다.

> 이야기에서 가장 중요한 점은 인과라고 했다. 가령 장면 A는 그냥 생기는 것이 아니라 어떤 이유 때문에 만들어지는 것이라고 했다. 누가 누굴 때리면 그냥 때린 게 아니라 다 이유가 있어서라고 했다. 누가 누구와 친하게 지내는 것도, 누가 누구의 눈치를 보는 것도, 누가 누구를 죽이고 싶어 하는 것도 다 이유가 있다고.(84쪽)

"말더듬증 치료. 자신감 향상. 스피치. 성격 개조. 인생 연구. 대화의 기술. 청소년 상담"의 언어 교정원 원장은 기억한다. 아버지가 열 살이 되도록 시계를 보지 못하는 자신을 처음엔 벌떡 일어나 흥미롭게 바라보다가, 다섯 번쯤 알려 주다가, 시계를 발로 차 버리고 주먹으로 뒤통수를 때리기 시작했다는 것을. 경찰서에서 '나'를 위해 엄마 애인의 뒤통수를 화분으로 내리친 '할머니'가 원장의 어머니였다는 사실은 밝혀진다.

이제 '나'는 복수심이나 나쁜 기억 때문에 글을 쓰지 않는다. 사회 부적응과 반동으로서 이름의 폐기와 교환은 자아의 확인과 재건을 위한 글쓰기로 확장된다. '나'는 할머니가 잃어버렸다는 아들의 시점에서 쓰기도 하고 아들을 기억하지 못하는 할머니의 시점에서 쓰기도 한다. 그러면서 원장과 할머니를 혹은 자신과 엄마를 이해하게 된다. 그리고 평생 복수를 다짐했지만 결국 용서하는 게 말이 되는지 안 되는지 그런 것과는 관계없이 이름을 짓고 감정을 표현하고 기억을 바꿔 이야기를 쓰면 진짜 이름이 되고 감정이 되고 기억이 되어 현실이 된다는 것을, 그 복기에 의해 마침내 진짜 자기 자신이 되어 간다는 것을 알게 된다.

「길버트 그레이프」나 「내 책상 위의 천사」 같은 90년대 영화를 상기시키는 「떠떠떠, 떠」에서 주인공은 병폐, 가난, 소외로 점철된 삶에서 여자 친구를 만나 구원받는다. 매우 유사한 자아인 『내가 말하고 있잖아』의 '나'는 더 나아가 글쓰기를 통해 자기를 찾아가는 루트를 가까스로 발견한다.

원장은 언어 교정원에서 '나'를 처음 본 날 "잘했다."라고 "괜찮다."라고 말해 줬던 최초의 어른이었다. 사람들은 '나'를 몰라서 이해하지 못하는 것이 아니라

'나'를 알기에 더 잔인했기에, 진심으로 나를 이해해 주는 원장에게도 '나'는 속지 않으리라 어금니를 꽉 깨물고 눈을 부라린 채 때리고 싶은 친구들과 죽이고 싶은 어른들의 이름을 생각해 냈다. 쏟아지려는 눈물을 참아 내던 '나'의 웅크린 첫 자세에서부터 '그'는 이제 어른이 되었다고 선언하며 "다음을 쓰면 미래는 생겨"난다는 '작가의 말'까지의 낙차는 이 소설 전체를 하나의 연속 동작으로 바꿔 놓으며 멋진 착지 장면을 기록한다.

스프링 언어 교정원. 씨앗이 스프링처럼 튀어 오르듯 열네 살의 겨울을 지나 봄을 맞이하는 소년은 시공간 층위의 이동을, 도약의 힘을, 혁명적인 존재의 개화를 어렴풋이 예감한다. 그는 자신의 르네상스가 새벽처럼 도래함을 빈 원고지 칸처럼 무연하게 바라보고 바라보고 있을 것이다.

불쌍한 표범 그림과 문학

—『두 사람이 걸어가』 | 이상우, 문학과지성사

이여로 작가. 『긴 끈』을 만들고 『셋 이상이 모여』를 편집했다.

1

미술 평론가 허호정은 『동물성의 잔상』에서 카프카의 『단식광대』가 이야기로 시작해 이미지로 끝난다고 말하는데, 여기서 이미지는 물리적으로 관측 가능한 시각 자료를 뜻하는 것이 아니라 카프카가 쓴 일련의 문장이 기능하여 표상되거나 감각된 어떤 것이다. 『단식광대』에 멋진 표범 그림이 그려져 있지는 않다는 뜻이다. 그러니까 '문학'에서 이미지를 논하면서 갑자기 멋진 표범 그림에 대하여 말하는 사람이 있다면, 불쌍하다는 쓴웃음을 받거나 잘못 걸려온 전화 정도의 취급을 받을 것이다.

문학에서 시각성의 문제는 대개 특정 문장으로부터 표상된 것을 재료로 삼았고 표상에 대응하는 물리적 실체는 (시각성을 매개하는) 문자였다. 그리고 문학에서 이미지 분석이라는 게 있다면, 문자 언어가 인식 주체와 관계 맺으며 발생하는 내적 표상을 대상으로 삼고 그것이 어떤 규칙에 따라 발생하는지 기술하는 미시적 문장 분석이었다. 그것이 문학 속 표범 그림의 불쌍한 정체이며, 우리에게 표범 그림의 불쌍함을 이해하게 해 주는 것이 '문학'이라는 장르이다.

그런데 글줄이라는 물리적 매체로 문학을 제한하여도, 그것은 이미 시각성을 본질적인 요소로 삼고 있다. 가령 시에서 행과 연을 나누는 기법은 어떠한가? 사각형으로 좌철된 "책의 물리적 시간 단위"와 텍스트의 "내적 리듬"[1]이 어떻게 분리될 수 있는가? 어디서부터 '문학적' 기법이 타이포그래피의 디자인으로 이해되는가? 밤과 낮의 경계를 말할 수 없는 것처럼 두 가지 실체를 구분 짓는 용어법은 역설적으로 두 가지를 구분하지 못한다. 차라리 개방성을 가지는 상위 장르일수록 내부의 요소들은 그곳에만 배타적으로 종속되어 있지 않고 다른 장르를 공유하고 있다고, 이 하위 요소들의 호환 가능성이야말로 장르를 장르 자신의 의지와 무관히 개방시키는 것이라고, 관계망의 관점을 취해 보자.

『두 사람이 걸어가』로부터 말하고 싶은 것은 문장에서 파생되는 의미값이나 그것의 한국문학사적 의의는 아니다. 이에 관한 글이 읽고 싶다면 근래 민경환, 홍승택이 쓴 글이 있다. 해당 글에서 홍승택은 "나는 이런 사실을 이상우가 같은 기획을 문장의 차원에서 다른 여러 차원으로까지 가져갔다고 보고 싶다."[2]고 말하는데, 여기서는 그 "다른 여러 차원" 중 하나에 대하여 말할 것이며, 이 차원과 문장의 차원이 엄밀하게 구분되지 않는다고 가정한다. '부수적'이라는 말이 '그것이 없어도 같은 값을 산출하는 것'이라고 한다면 이것은 결코 부수적이지 않은 언어 예술의 한 측면이 될 텐데, 만약 '작품'이나 '문학'이라고 부르는 것의 내적 구성요소들 서로가 맺어지는 관계가 그 요소들 자신에게는 외부적인 것이라면, 이것은 역설적이게도 잘 보이지 않지만 '문학' 장르의 본질적 측면이기도 하다.

보충. 표범 아과(Subfamily)에는 다양한 표범이 있다. 언어를 빌려 형태를 부여받는 존재의 형식들은, 일방향으로 체계화된 종차의 범주와는 달리 "단일한 조직이나 심지어 개인의 과감한 활동"[3]으로도 근본적으로 다시 배열되거나 새로운 방향으로 뻗어 나가는 것처럼 보인다. "단일한 조직이나 개인"은 이상우일 수도 있고 출판사일 수도 있으며 불쌍하거나 불쌍하지 않은 표범 그림일 수도 있다. 선택에 따라 독서는 달라지며 이 글도 달라진다.

2

혹자는 이 책에 없는 것이 많다고 한다. "영미권 페이퍼백 스타일처럼 책날개가 없고, 표지에도 작가 이름, 책 제목, 출판사명 없이 표지화만 있다. 책을 펼치면 곧바로 소설이 시작되고 목차도 없다"[4]고. 그런데 이상우의 전작인 『warp』에는 있는 것이 많다. 멋진 항공기 그림도 있고 단 나누기도 있으며 세로쓰기도 있고 부호, 도표, 외국어, QR코드, 심지어 책은 멋진 비닐 책싸개에 들어가 있다. 이러한 차이는 어디에서 기인할까? 『warp』를 발간한 출판사인 워크룸프레스의 오너가 디자이너(김형진)이기 때문이다.

문학 작품에서 우리가 '외부적'이라고 떠올리는 요소들을 나열해 보자. 이때 '외부적'이라는 말은 매체의 물리적 특성에 준거하는 것인데, 작품이 생성되는 측면에서는 '다원적'이라 말해야 하고, 하위 요소들이 관계 맺는 방식으로 장르로서의 '문학'을 이해한다면, 개념의 단위 자체를 새롭게 짜야 한다. 그러니 위에서 문자 기호 그 자체가 시각성의 대상은 아니지만 특수한 수단이라고 했을 때, 수단(문자 기호)을 다루는 방식들, 가령 편집 디자인으로 통용되는 것들은 추진

기관의 발사체와 같이 결과(내적 표상)에 이르면 사라지는 것이 아니다. 이러한 도식을 외부적인 것 일반에 적용하면, 내부로 지정된 하나의 관점에서는 그저 외부성의 한계에 몰려 있어 보이는 것들이 각자의 관점으로 해방될 것이다.

반면 '외부적'이라는 말을 문자 그대로, 어떤 것이 전적으로 내/외부가 구분된다는 듯이, 자기 자신이 포함되는 전체 집단으로서의 구조나 체계를 자신의 외부 항으로 상대화하며 접근하는 방식은 실상 환원적이며, 내부성이라 명칭된 하나의 준거를 부당하게 특권화한다. 문학이 아니라 작품이나 저자, 혹은 커뮤니티나 담론, 현재 당연하게 사용하고 있는 기본 어휘들 모두 이에 해당할 수 있다.

만약 "문학 자체의 형식을 말하는 것만이 문학 담론의 내용일 수밖에 없기라도 한 듯이"[5](이때 형식은 조판의 물리적 배치나 단어나 문장이 배치되는 기법을 말하는 것이 아니라 문장이라는 단위 자체를 말한다. '문학' 장르를 특정지어주는 '자체의 형식'이란 문장 단위를 유일한 매체로 삼아야 가능한 것으로 이해된다) 끊임없이 문장으로부터 담론을 이끌어 낸다면, 물리적 오브제로서 '책 자체의 형식'으로부터도 얼마든지 의미론적 유추를 통해 같은 수준의 담론을 생산할 수 있다. 가령 민경환은 두 사람이 이야기하는 소설의 도입부가 "이야기의 세부사항을 제시하고 수정하는 내용이 반복됨으로써 이어질 이야기의 신뢰성을 저하"[6] 시키지만 동시에 언급되는 소재들이 이야기를 작가로 귀속시키는 바, 판권면 앞에 글이 배치된 형식이 이러한 연결을 다시 느슨하게 만든다고 덧붙인다. 또 홍승택은 한유주의 번역이 이상우의 글과 동일한 층위에서 책의 일부로 기재된 것을 언급하기도 하는데, 나는 해당 평론이 이상우의 소설을 기입하고 있는 1인칭 담론과 대화주의 같은 주제어들을 순수하게 '책'의 형식으로부터 말하는 것 또한 불가능하지 않다고 주장한다.

이는 무엇(오브제로서 책이 갖는 시각성)이 무엇(문장의 내용값)을 반영한다는 식으로 회귀하지도, '이래도 좋고 저래도 좋다'는 탈-맥락화로 '문학 자체의 형식'이 가진 특수성을 무화하려는 것도 아니다. 창작의 선험적 조건으로 기능하는 사변적 전제들과, 그것을 공유하며 기능하고 있는 특정한 담론장을, 그 자체로는 비규범적인 '물질적 조건과 관습'으로 대체하기 위한 비약적인 서문을 써 보는 것이다. '대체한다'는 것은 별개의 두 영역을 픽션적으로 관계 맺어 보려는 것도, 준거를 갈아치우자는 것(그러면서 준거 자체의 특권성을 가져오는 것)도 아니다. 실제로 생산의 결정적 요소인데도 현재의 담론에서 언급되지 않고 있거나 외부적인 것으로 구분되어 있다는 사실을 강조하기 위함이다.

3

"인쇄의 역사는 대부분 표제지의 역사로도 볼 수 있다"[7]던 1930년대 미국 타이포그라퍼의 말은 '한국문학' 단행본의 역사에도 적용될 법하다. 이것이 형식이라는 외부가 내용이라는 내부로 변환되고 앞서 말했듯 비유적으로만 가능한 내/외부라는 구분이 강한 궤환 작용을 일으킨다는 사실이 무시되어온 환경의 한 측면을 드러낸다고 한다면, 문학 담론이 '문예지'를 배경으로 한 직접 진술들로 구성된다는 지금의 공통된 이해는 사실 다른 요소들을 은폐한다는 점에서 기만적이며(나는 왼쪽정렬을 언제 볼 수 있을지가 더 궁금하다), 그곳에서 발생하는 담론이 그에 상응하는 물적 변화에 대한 전망은 결여하고 결여할 것이라면(『두 사람이 걸어가』라는 책이 이와 같은 형태로 출간된 까닭을 해당 관점에서는 설명할 수 없다), '물질적 조건과 관습'에 대한 언급은 1941년 이태준이 "의복이나 주택은 보온만을 위한 세기는 벌써 아니"[8]라며 책 또한 읽기만을 위한 것이 아님을 말했듯 1910년 이후 '문학'이나 '문예'라는 말이 정착되어가며 동시에 발생한 문제의식임에도, 여전히 상업성이나 자본주의라는 지극히 상식적이고 평가적인 범주로 분류되거나 마케팅이라는 영역에 남겨진 채 이론적 탐구와 연결이 결여되었던 까닭이 조망될 필요가 있다. 이러한 측면에서 출판사 오너의 직업을 명시한 것은 '재미있는 정보'가 아니라 제도비판이라 불렸던 작업들이 담론 생산자들의 네트워크를 밝힌 것에 상응할 수 있다.

이러한 측면을 개진하면서 '문학' 그리고 '작품'이라는 말이 움켜쥐고 있던 영역이 더 열릴 가능성이 있다면, '작가'나 '독자'라는 말도 마찬가지일 것이다. 가령 17세기 고전소설에서 낭독이 갖던 지위, 당대의 텍스트가 놓인 물리적 환경에 따라 독자를 "듣는 독자"라고 명칭할 수 있다면, 텍스트의 윤리성이라는 것을 개별 작품의 진술값에서 말하지 않고 "낭독의 소리가 밖에서도 들린다는 점에서 작품의 윤리적 성격"을 말할 수도 있다. 또한 "소설의 유형성, 정형성이 구술적 사유 방식과 연관"되고 "작품의 내용이 낭독을 통해 듣는 독자를 고려하고 있"다는 문학 생산의 적극적 요소를 개별 텍스트로 환원하지 않고도 말할 수 있다.[9]

그렇다면 『두 사람이 걸어가』의 독자를 '보는 독자'라고 말할 수는 없을까?(가령 이러한 독자군은 과거 워크룸프레스의 '제안들' 시리즈가 고무적인 판매량을 보였고 잡화, 패션 편집숍에 입점하는 일 등이 있었지만 그것이 책이라는 매체와의 특수한 관계 유형으로 자리매김했는지 아니면 조형적 취미가 반영된 상품 일반의 거래 방식이었는지 불분명한 만큼, 고유한 시장과 환경을 형성하고 있다고 말하기는 어렵다. 이것은 아직 경험적으로 일반화되지 않았다) 그럴 수 있다면 이 책은 이 글을 쓰고 있는 이여로를 포함해 30초에서 3분 안팎으로 책을 '본' 사람 또한 독자로 포함할 것이다. 이러한 접근이 독자의 외연을 바꿈으로써 그 말을 다시 생각하게 만들까? '독자'라는 말에 이념적 공동체를 투사하는 쪽보다는 그럴 여지가 있다.

독일의 작가 미할리스 피클러는 출판물의 아름다움이 효율성과 충족성에 있다며 다음과 같이 말했다. "만약 누군가의 필생의 작업이 비닐봉지 안에 들어갈 수 있다면, 그 사람은 자랑스러워할 것이 분명하다".[10] 3년 간 쓴 글들이 30초 만에 읽힐 수 있다면, '이상우'는 얼마나 기쁘겠는가?

1　최성민, 『재료: 언어—김뉘연과 전용완의 문학과 비문학』(작업실유령, 2020), 87쪽.

2　홍승택, 「이상우」, «웹진 문장», 2020년 11월호, https://webzine.munjang.or.kr/archives/147076.

3　알렉산드로 루도비코, 임경용 역, 『포스트디지털 프린트』(미디어버스, 2017), 15쪽.

4　노태훈, 「[노태훈의 내 인생의 책]②두 사람이 걸어가 - 이상우」(«경향신문», 2020.08.17), http://news.khan.co.kr/kh_news/khan_art_view.html?art_id=202008172046015.

5　미셸 푸코, 이규현 역, 『말과 사물』(민음사, 2018), 416쪽.

6　민경환, 「사물의 이마에 평등을 내려치기」, «자음과모음», 2020년 가을호.

7　스탠리 모리슨, 김현경 역, 『타이포그래피 첫 원칙』(안그라픽스, 2020), 23쪽.

8　이태준, 「冊」, 『무서록』, 1941. 전시 ‹미술이 문학을 만났을 때›(국립현대미술관 덕수궁, 2021.02.04-2021.05.30)에서 재인용.

9　이기대, 「낭독 관련 기록에 나타난 듣는 독자의 등장과 국문소설에 대한 인식」, «어문론집», 80(중앙어문학회, 2019)

10　미할리스 피클러, 임경용 역, 『출판 선언문 출판하기』(미디어버스, 2019), 23쪽.

목소리들의 행렬
—『떠도는 땅』 | 김숨, 은행나무

이철주 문학평론가

1

반복된다는 것은 무서운 일이다. 피할 수 없는 폭력의 반복 자체도 두렵지만, 가장 끔찍한 건 상처의 자리를 끊임없이 맴돎으로써 가까스로 현실을 지탱하고 있는 스스로와 마주하는 일이다. 서사 속 원혼이 불러일으키는 기괴함과 공포스러움은 이 고통스러운 자기 대면을 유예하기 위한 끝없는 몸부림의 결과이다. 그럼에도 독자들이 원혼의 고통을 충분히 매끄럽게 이해하고 심지어 향유할 수 있는 건 이들이 겪는 반복의 폐쇄회로로부터 심리적 거리를 둔 채 그들을 투명하게 바라보는 시각적 우위를 확보해 내기 때문이다. 정확히는 그렇게 바라볼 수 있다는 착각을 하나의 신념처럼 믿어 버리는 탓이다. 설령 원혼의 목소리에 귀 기울이고 그 고통에 통감하며 애도를 표하기 위해서라 할지라도 시선의 우위가 전제되는 한, 고통은 위험하고 두려운 본래의 것으로 우리에게 넘어오지 않는다. 듣고 싶어 하는 형태와 색조로 말끔하게 다듬어진 아름다운 가상으로, 안전하게 입이 틀어막힌 그럴듯한 고통으로 각색되어 간단히 소비되어 사라질 뿐이다. 이럴 때 애도는 '공감'이라는 윤리적 성취에 대한 주체의 정서적 만족감 그 이상도 이하도 아니게 된다.

김숨의『떠도는 땅』을 이러한 맥락에서 접근하고자 한다면 매우 기이한 소설처럼 보일 것이다. 고려인 강제 이주 사건을 다루고 있는 이 소설은 안정적인 세 개의 부로 나뉘어서 묶여 있긴 하지만 실제 분량이나 구성에 있어서 결코 균형 잡힌 형태는 아니다. 1부는 2부를 위한 도입이나 전개의 맥락으로 간단히 환원되지 않으며 2부 역시 1부에 대한 위기나 절정의 역할을 제대로 하고 있다고 보기 어렵다. 그나마 1부와 2부가 어느 정도 유사한 분량으로 묶인 것에 반해 3부는 채 10페이지도 되지 않으며 충분한 결말의 기능도 수행하지 않는다. 소설이 매개하고 있는 상처들은 서사의 안정적인 구도에 의해 봉합되거나 위무되지 않고 원혼처럼 남아 웅성거린다.

일종의 역사소설로서 고려인 강제 이주 사건에 접근하려고 한다면 대부분의 소설은 도대체 무슨 일이 일어났고 왜 일어났으며 그로 인해 사람들은 어떤 고초를 겪게 되었고 어떻게 견디며 살아남을 수 있었는가라는 독자의 질문에 대답하기 위해 많은 분량을 할애할 것이다. 질문이 만들어 낸 공백을 채우기 위해 잘 짜인 서사의 욕망에 따라 절제되고 다듬어진 형태로 타자의 고통을 기꺼이 사용할 것이며, 그 능수능란함이 주인공이 되어 갈채를 받을 것이다. 반면『떠도는 땅』은 이러한 독자의 기대나 욕망의 충족에는 관심이 없어 보인다. 타자의 고통에, 유령 같은 목소리들에 조용히 주인의 자리를 내주곤 이 끝도 없이 계속되는 목소리들의 행렬을 그저 목격하고 기록할 뿐이다.

섣불리 끌어안거나 위로하려 하지 않은 채, 이들을 투명하게 바라보는 시선의 주체가 될 수 있다는 일말의 자만심까지도 애써 부정한 채 그저 또 거듭될 뿐인 고통의 행렬 한가운데에 우두커니 멈추어 선다. 떠도는 울음의 중심이 되어 목소리들의 행렬을 감았다 풀었다 반복한다. 누구의 눈치도 볼 필요 없이 몇 번이고 울고 슬퍼하고 토로할 수 있도록. 되풀이되는 상처와 염원 속에서나마 스스로를 마음을 다해 애도할 수 있도록. 1937년에 시작된 이 울음의 행렬은 그렇게 또 한 번 우리를 횡단한다.

2

> 내 새끼들, 먹을 복이 있어서 평생 배불리 먹고 살아라…….
>
> 담배를 600개나 배급받았대요…… 추워…… 난로가 꺼졌어요…… 천수를 누리다 자식을 일곱이나 낳은 침대에서 눈을 감았대요…… 등유를 아껴요…… 마음 가는 데 몸도 가게 돼 있어요…… 여보, 태엽을 감아요…… (중략) "엄마, 우린 들개가 되는 건가요?" (9쪽)

1937년의 이주는 숱한 희생자들을 남기며 끝이 났지만 그들의 목소리는 여전히 열차의 궤적을 따라 유랑을 멈추지 않는다. 소설은 이 목소리들에 피와 뼈를 입혀 잠시나마 생의 시간을 다시 부여하려 하지만, 그들의 말을 직접 듣고 위무하려 하지만 그 모든 노력에도 불구하고 그들은 너무도 태연히 부서져 버리고 만다. 소설의 시작을 여는 이 중얼거림은 그러므로 끝없이 되풀이되는 원환의 시간 속에서 간헐적으로 출몰하는 유령의 목소리들이다. 이들은 누군가의 어머니이며 아버지이고 자신들의 존재가 시간 속에서 지워지는 것을 무엇보다 두려워하는 지극히 평범한 인간이자 이해할 수 없는 폭력에 티 없이 맑은 질문을 던지는 순진무구한 아이들이다. 이들은 궤도 위를 떠도는 열차 한 구석에 자리를 잡고 앉아 저 반복되는 말의 파편들로 자신들의 존재를 드러낸다.

남편과 헤어진 채 시어머니(소덕)와 함께 이송 열차에 오른 금실이 중심인물로 다뤄지긴 하지만, 중심 무대가 주로 여성들을 태운 열차 칸인 탓에 여성인물의 목소리가 상대적으로 부각되긴 하지만 인물들 사이에 배타적이거나 위계적인 구도가 설정되어 있는 것은 아니다. 금실과 소덕, 따냐(갓난아기 엄마)와 요셉(남편), 귀가 먼 소리꾼 허우재와 아내 오순, 아버지가 러시아인인 혼혈소년 미치카와 그의 어머니, 들숙과 아나똘리(아들), 황노인 일가(아들 일천, 며느리 백순, 손녀 아리나), 갈리나(딸)와 그의 아버지, 괘종시계 부부, 열차 칸을 잘못 탄 독신 남성 풍도와 인설의 에피소드들이 부분적으로 반복되며 이야기에 살을 더한다. 막상 정리해 두고 보면 비교적 간단하지만 실제 소설을 읽을 때는 발화자가 누구인지 인물들 사이의 관계가 어떠한지 쉽게 파악되지 않는데, 인물들 사이의 어긋난 대화가 목소리의 주인을 밝히지 않은 채 동시적으로 발화되는 것이 예사이기 때문이다.

> "우리를 위한 땅이 있겠지요."
> "땅이 있어야 벼를 심으니까요."
> "벼를 심어야 밥을 먹고요."
> "밥을 먹어야 사랑도 하지요."
>
> "아빠, 집에 촛불을 켜야 해요. 오늘 밤도 촛불을 켜지 않으면 집은 동굴이 될 거예요. 그럼 굴뚝으로 박쥐들이 날아들겠지요. 아빠에게 용서를 빌러 집에 돌아온 큰오빠를 박쥐들이 쫓아버릴 거예요."
>
> "아나똘리?"
>
> "아나똘리, 거기 있는 거냐?"
>
> (중략)
>
> "엄마, 난 어디서 왔어요?" (266~267쪽)

엄밀히 말해 이는 대화가 아니다. 이들은 대화를 통해 서로의 상처를 끌어안지 못한다. 정박된 상처의 중핵으로부터 한 걸음도 나아가지 못한 채 강박증 환자처럼 동일한 절망과 절규를 되풀이할 따름이다. 마음대로 되지 않는 아이에게 집착하는 모습을 보이는 미치카의 어머니나 들숙, 자꾸만 집에 촛불을 켜야 한다고 아버지에게 같은 말을 반복하는 갈리나나 시계 태엽을 감으라고 남편을 재촉하는 아내의 발화는 모두 이러한 강박적인 자기 반복의 연쇄이며 유령의 중얼거림이자 말이 되지 못한 감정의 파편들이다.

물론 분량 면에서 보자면 이와 같은 유령의 담화보다는 몸을 부여받은 남루한 목소리들과, 적어도 하나의 맥락을 공유하는 인물들 간의 대화가 훨씬 더 많은 부분을 차지한다. 적어도 금실과 소덕, 인설과 들숙, 황 노인 등의 에피소드들은 삶의 터전 자체를 강제로 빼앗긴 채 짐승처럼 내쫓겨야만 했던 이들의 절망과 고통, 수치심 등을 파악하기에 충분한 심리적 정황과 외적 정보들을 제공한다. 황 노인처럼 단 한 번도 온전히 자기 소유였던 적이 없는 땅에 대한 애착과 갈망에 휩싸인 인물의 내면에 주목하거나, 단지 조선인이라는 이유로 불합리한 폭력과 차별 속에서 살아야 했던 숱한 모욕의 흔적들을 인물들 간의 대화로 첨예하게 담아냄으로써 소설은 이들, 목소리를 부여받지 못한 존재들의 역사를 새롭게 구성하고 증거한다. 다만 문장들로써 설명되고 구축된 이 새로운 주체들의 미시사는 소설에서 차지하는 양적인 분량과는 별개로 절반의 중요성과 함의만을 지닌다. 유령들의 부서진 목소리는 단순히 이 소설의 외관을 장식하는 부수적인 요소가 아니기 때문이다.

3

무엇보다 이러한 미시사의 재구성은 매끄럽게 이루어지지 못한다. 자신들을 찾아올 동일한 운명을 기다리고 있지만 이들의 목소리는 미묘하게 어긋나며 충돌한다. 이념의 언어를 능숙하게 다룰 줄 아는 인설, 전근대적인 가치관과 윤리관 속에서 농부로서의 정체성에 충실한 황 노인, 남성 주체의 언어와는 분명히 방식이 다르지만 자신의 욕망과 생각을 드러내는 데 거침이 없는 여성 인물들, 적합한 말의 방식을 찾지 못해 침묵하거나(아나똘리) 맥락에서 벗어난 질문을 집요하게 던지는(미치카) 미성년 인물들의 이질적인 목소리들이 하나의 공간 속에서 어지러이 뒤얽히며 미끄러진다.

관계에 대한 애착이라는 면에서도 인물들의 내적 지향은 선명하게 나뉘는데 “땅은 인간을 노예로 만”든다며 “땅에 얽매이고 싶지 않”다고 말하는 근석(물론 근석은 금실과 함께 열차에 오르지 못한 탓에 금실의 회고 장면속에서만 등장한다)이나 “가족을 갖는 것은 어리석은 짓”이라며 유랑의 삶을 선택해 온 인설, 명확한 언어를 통해 자기 욕망을 드러내지는 않지만 어머니로부터의 분리와 독립을 갈망하는 아나똘리는, 관계에 대한 애착, 땅에 대한 애착에 근거한 열차 속 대부분의 인물들과 뚜렷하게 구분된다. 흥미로운 점은 인설이 이 모든 일들을 기록하고 증언하는 말의 주체가 됨으로써, 무엇보다 금실의 돌아오지 않는 남편의 대리자가 됨으로써 소설이 마무리되고 있다는 점인데, 이 둘의 결합, 즉 남성적 언어가 작동하는 설명과 증명의 논리와 그로부터 번번이 빠져나오는 여성적 언어의 기이한 결합이 바로 『떠도는 땅』의 독특한 미학적 위치를 만들어 낸다는 것이다.

> "뭘 적는 거요?"
>
> 풍도가 호기심 어린 눈빛으로 수첩을 넌지시 들여다본다.
>
> 인설이 적는 걸 멈추고 고개를 든다. 허공을 빤히 응시하던 눈길이 금실을 향한다. 그녀와 눈이 마주치는 순간 아주 중요한 뭔가를 깨달은 듯 그의 눈썹 아래 근육들이 꿈틀거린다.
>
> "처음부터 끝까지요."(190쪽)

만약 이 기록의 주체에게 특권적 자리를 내주었다면 『떠도는 땅』은 유랑과 누수가 아닌 정착과 영토의 언어로 강제 이주라는 역사의 상흔을, 결국에는 새로운 정착으로 귀결될 임시적 디아스포라의 스펙터클을 전시하고 봉합하는 것으로 마무리되었을 것이다. 반면에 소설은 고려인 강제 이주라는 디아스포라의 고통이 두 인물이 상징하는 각각의 방식에 의해 서로 교차하고 맞물리며 어긋나는 방식을 택한다. 전통적 재현의 문법에 따라 과거로부터 현재에 이르는 "처음에서 끝"으로 향하는 선형적 서술이 이 소설을 구성하는 하나의 핵심 축이라고 한다면, "내 아기, 먹을 복이 있어서 평생 배불리 먹고 살아라……"로 집약되는 금실의 목소리, 역사의 기록에는 실리지 않는 부서진 염원과 희구의 목소리가 선형적 서술에는 담길 수 없는 누락과 결락들로서 이 서사의 고유한 문양을 만들어 낸다. 단순한 결합이나 종합이 아니다. 두 목소리의 결합에 의해 인설이 표방하는 재현의 목소리도, 금실이 상징하는 재현 바깥의 목소리도 마치 임계치를 벗어난 물질들의 화학작용처럼 돌이킬 수 없는 방식으로 뒤엉켜 하나가 된다.

4

이 소설의 제목인 "떠도는 땅"은 "땅이 떠도는 것인지, 내가 떠도는 것인지 분간이 안 갈 정도로 떠돌았"다는 황 노인의 말에서 따온 것인데, 그 출처보다는 "떠도는 땅"이라는 역설적 표현 자체가 더 큰 울림을 가져온다. 땅이 부유하며 유랑한다. 이 '떠돎'은 땅이라는 마음의 정착지, 현실에는 부재하지만 존엄을 잃지 않고 살 수 있는 최소한의 조건과 토대를 이미 그 안에 품고 있다는 점에서 단순한 파괴나 상실을 초월하며, '땅'은 오로지 이 유랑 속에서만, 떠돎을 함께 하는 공동체 속에서만, 단 한 번도 제대로 말해진 적 없는 존재들의 부서지고 끊어진 목소리 속에서만 비로소 의미를 지닐 수 있다는 점에서 영토나 소유, 재현의 논리로 추락하지 않는다.

1937년 고려인강제이송열차로부터 건너온, 어떤 해명과 진술의 언어로도 온전히 기록될 수 없는 이 목소리들의 행렬이 "떠도는 땅"이라는 고유한 역설을, 결단코 종결될 수 없는 반복을, 그 무수한 되풀이를 통해서만 애도될 수 있는 슬픔을 고통스럽게 증언해 낸다. 일본군위안부 문제를 다뤘던 『한 명』(2016)과 『흐르는 편지』(2018)를 거쳐 『떠도는 땅』으로 이어지는, 김숨이 우리에게 펼쳐 보이는 가장 뜨겁고 첨예한 애도의 한 방식을 읽는다.

당신과 나 사이의 빛

—『여름의 빌라』 | 백수린, 문학동네

박하빈 문학평론가

빛의 프리즘, 세계의 스펙트럼

대다수의 문학작품에서 빛은 그 자체로 희망이나 낙관을 암시한다. 그러나 어째서인지 빛은 내게 눈부시고 찬란하기보다 아득하게 느껴지는 쪽에 가까웠는데, 이는 모든 빛이 곧 과거의 빛이라는 걸 모르지 않기 때문이었다. 이처럼 얼마간의 시차時差를 두고 여기에 도달한 빛을 보고 있노라면, 어째서 우리는 과거의 빛을 보며 미래를 생각할 수 있는 것인지 의아했다. 이에 해답이 되어 준 것이 바로 백수린의 「시차」(문학동네, 『참담한 빛』)였다. 주인공은 어릴 적 자신의 부주의로 동생을 잃게 된다. 그로부터 비롯된 죄책감은 성인이 된 뒤에도 쉽게 가시지 않는다. 이후 주인공은 엄마로부터 한 가지 부탁을 받는다. 엄마의 여동생 즉 주인공의 이모에게는 오래전 네덜란드로 입양을 보낸 아들이 있는데, 생모를 만나기 위해 한국을 찾아온 그를 타일러 돌려보낼 것. 그렇게 만나게 된 국적도 살아온 시간도 다른 두 인물은 불꽃놀이를 보며 오래전 자신의 상처를 반추한다. 삶에 있어 어떤 일들을 이해하기 위해서는 때때로 시간이 필요하기도 하다는 진실은 소설 속에서 빛으로 삼투되어 '여기'에 당도한다.

우리는 빛을 매개로 '본다'. 그러나 레비나스는 빛을 이성과 지식으로, 빛을 통해 상정할 수 있는 존재의 내재성에만 주목하게 될 수 있음을 지적한다.[1] 저들이 밤하늘 위로 스러져가는 불빛들을 보며 결코 이루어질 수 없는 소원을 비는 결말은 이 순간, 함께 있는 이를 통해 삶을 조금 더 이해하게 되었기 때문일 것이다. 백수린의 소설 속에서 '빛'은 언제나 어둠 속에서 희붐하게 존재감을 드러낸다. 빛이 희미해질 때, 미처 포착할 수 없었던 '시간의 궤적'은 도리어 뚜렷해진다. 빛과 어둠의 경계가 허물어지는 순간에야 응시 가능한 진실이 존재하므로. 나에게 유독 백수린의 소설 제목이 우리에게 삶의 특징을 시사하고 있는 것처럼 느껴진 이유가 바로 이 때문이었으리라. 작가는 이 아름답고도 참담한 빛을 『여름의 빌라』라는 프리즘에 투과시킨다. 그렇게 분산된 빛을 통해 우리는 정밀한 세계의 모습을 다시 한번 관철할 수 있게 되었다.

우리 사이엔 은빛 테두리 silver lining가 있어

찬란한 빛이 내려앉은 여름의 빌라는 눈부시게 환해서 영영 겨울이라는 혹독한 계절을 모른 채, 낭만적인 시간을 보낼 수 있을 것만 같은 착각을 불러일으키곤 한다. 그러나 시간과 공간의 집적으로 형성된 이 건물에는 국적도 계층도, 살아온 시간도 다른 이들이 위치해 있다. 같은 층위에 놓여 있는 듯 보이지만 미세하게 서로 다른 좌표에 있는 이들에게 삶을 바라보는 시차視差가 존재하는 것은 당연한 일이다. 본 작품집에 수록된 소설 절반 이상에서 인물들 간의 공통분모는 이방인, 모녀 관계, 경제적 지표 등으로 선명히 드러난다. 그러나 백수린의 인물들은 서로를 조금 더 이해할 수 있을 것만 같았던 유사한 삶의 조건과 감상이 도리어 서로의 관계를 와해시킬 수 있다는 것을 자연스레 깨닫는다.

「시간의 궤적」의 '나'와 언니는 사랑하는 사람과의 이별을 겪고 고국을 떠나 이방인으로 살아간다는 공통점을 가지고 있다. 불시에 밀려드는 향수는 같은 문화권을 공유하고 있는 둘 사이에 "우리 사이를 어색하게 가로막고 있던 벽을 허물"며 인력으로 작용한다. 이제는 유부남이 된 옛 연인을 잊지 못해 이따금 전화를 걸기도 한다는 언니의 고백이 어쩐지 친근하게 느껴지는 이유는 언니의 모습을 말미암아 오랜 시간 교제한 상대로부터 아픔을 겪은 자신의 마음을 비추어보는 것이 가능하기 때문이다.

그러나 이후, 주재원인 언니가 귀국 준비를 하고, '나'는 브리스와 결혼해 프랑스에 정착하기로 결정하면서 둘 사이의 공통분모는 척력으로 전환된다. 언니의 고별과 '나'와 브리스의 관계 회복을 위해 떠난 여행은 감정의 이행을 여실히 보여주는 사건으로 치닫는다. 같은 관심사를 공유하며 이야기를 나누는 언니와 브리스의 모습은 한 쌍의 연인 같기만 하고, '나'는 알 수 없는 소외감을 느낀다. 한국 음식과 문화에 질렸다고 투정하는 브리스를 타이르는 언니의 모습은 이전처럼 위로나 독려가 되지 못한다. 전 연인에게 또 다시 연락을 취했음을 실토하는 언니의 마음을 '나'가 이해할 수만은 없게 된 것은 '나'에게 언니가 더이상 불안과 그리움을 공유할 수 있는 상대가 아니기 때문이다. '나'는 둘의 모습을 통해 오래전 교민 모임에서 만났던 프랑스인들 사이에서 소외감을 느끼던 한국 여자의 모습을 상기하고, 셋이 해변에서 시간을 보내는 장면 속 "프랑스에서 한시적으로 머물다 돌아갈 사람"과 "여기에 남을 사람"을 구분짓는 선은 빛처럼 나타났다 사라지기를 반복하며 이들을 재배치한다.

표제작 「여름의 빌라」에서 독일인 한스 부부와 그들의 손녀 레오니, '나' 그리고 남편 지호가 캄보디아로 떠난 여름 휴가 역시 이들의 관계를 다시금 재정립하게 만드는 단초가 된다. 일본어를 할 줄 안다는 점, 동양의 문화와 역사에 관심이 많다는 점은 국적도 직업도 다른 이들 부부를 묶어주는 요소로 작용한다. 그러나 '나'는 앙코르톰의 바욘 사원에서 '파괴'와 '환유'의 관계가 결코 반의어가 아님을 알게 되면서, "같은 장소를 보고도 우리의 마음을 당긴 것이 이렇게 다른데, 우리가 그 이후 함께한 날들 동안 전혀 다른 감정들을 느낀 것은 어쩌면 당연한 일"이었다고 함께한 시간을 회상하기에 이른다. 마사지를 받으러 간 곳에서 안마를 받으며, '지금-여기'에 위치한 우리들의 피부색이 서로 다르다는 사실마저 깨닫게 되는 순간, 마음을 현혹시켰던 여행지의 풍경은 폐허로 변모한다.

여행의 마지막 날, 감상을 늘어놓는 한스 부부의 모습에 지호는 분개하면서 그들의 태도를 지적한다. 프랑스나 영국과 마찬가지로 식민국이 아니라는 이유로, 아무런 가책도 느끼지 않아서는 안 되며 그 누구도 저들의 고통을 소비할 수 없다는 지호의 지적은 일견 타당해 보인다. 그러나 과연 "지구 위 그 어떤 나라의 비극에도 관여한 적 없는 국가의 일원"이 존재할 수 있을까. 소설 말미에 '나'는 한스의 부인인 헬레나로부터 한 통의 편지를 받게 되면서 새로운 사실을 접한다. 헬레나가 알츠하이머를 앓고 있으며, 그들 부부의 손녀 레오니의 동행이 크리스마스 시장 테러로 희생된 딸을 대신해 보호자가 될 수밖에 없었다는 비극적 진실을 내포하고 있었다는 것.

'나'는 회신을 써 내려가는 중, 휴가에서 있었던 레오니와의 일화를 떠올린다. 레오니는 '나'와 함께 서 있는 바닥에 선을 그으며 원숭이의 생일 파티를 '우리'가 함께 준비하고 있다고 말한다. 이윽고 '우리'와 함께 놀고 싶은 캄보디아의 어린아이가 다가오자 새로운 선을 그어 '우리'의 영역을 확장시킨다. 그러므로 헬레나의 편지는 단순히 사실을 적시하는 것에 그치지 않는다. 미처 포섭되지 않은 진실과 수많은 관계가 우리의 내부와 외부에 무한히 존재하고 있음을 의미한다. 장 뤽 낭시에 의하면 '우리' 또한 언제나 우연히, 임의적으로, 외부에서 주어진 대로 서로가 서로의 곁에 있는 형태로 존재한다. 존재는 때로는 혼자서, 언젠가는 '우리'로서 '함께-있음'의 형태로 결합되고 분절 가능한 잠재태이기 때문이다.[2] 이 모든 것은 나 아닌 누군가가 곁에 있다는 전제를 필요로 한다.

백수린의 빛은 사람들 사이로 희미해졌다가 나타나기를 반복하면서 새로운 지평을 만든다. 상황과 조건에 따라 '우리'가 얼마든지 유동적으로 변할 수 있다는 사실은 때때로 지호나 '나'와 같은 인물의 의지와 신념에 반하는 것이어서 애석한 것도 같다. 자신이 서 있는 곳이 '여기'가 아니라 '저기'일지도 모른다는 것. 실버라이닝 silver lining은 먹구름의 가장자리에 떠오른 빛으로, 희망을 암시하는 대표적 표현이다. 그러므로 '우리'의 유동성은 불안정성이 아니라 우리의 가능성을 내포한다. 이러한 과정에서 '나'가 타인에게 결코 무관한 존재가 아니며, '나' 역시 '나'에게 또 다른 타자로서 존재할 수 있다는 사실은 보다 선명해진다.

여성, 욕망의 투사鬪士/投射

작품에서 인물들은 늘 욕망과 마주할 때 주체성이 더욱 분명하게 발현되는 듯하다. 앞서 살펴본 소설 「시간의 궤적」에서 '나'가 자신의 불안을 숨기지 않고, 욕망에 한 발짝 가까워지면서 '언니'를 질책하는 모습은 자신이 진정으로 원하는 바를 진솔하게 드러내는 분기점으로 작용한다. 자칫 질타하기 쉬운, 이기적 면모로 오인될 가능성을 완전히 배제할 수는 없다. 그러나 자신의 감정에 조응하는 이 여성들의 태도에는 억압 기제에 대한 반발과 용기가 깃들어있다. 이러한 태도를 지닌 인물은 백수린의 소설 속에서 대체로 모녀 서사로 구현된다. 가부장제 중심의 사회에서 '여성'으로 살아가야 하는 이들 중에서도 엄마와 딸의 관계는 삶의 무게를 온당히 함께 나누어야만 한다는 부채감과 의무감의 결속으로부터 결코 자유로울 수 없었다. 그러나 작금의 모녀 서사는 단순히 소재적으로 모녀 관계를 다루고 있는 것만을 의미하지 않는다. 백수린의 여성 인물들은 타자화될 수밖에 없었던 자신의 욕망과 직면하고, 저항하는 투사(鬪士)가 되어 '여성'에 덧씌워진 다양한 프레임의 전형을 탈피하기 위해 분투하기에 이른다.

「폭설」 속 엄마는 서술자에 의해 "특별함"을 지닌 여성으로 규정된다. "엄마는 다른 엄마들이 엄두도 내지 않을 차림새를 즐겨" 하고, 딸인 그녀에게 왕자가 필요 없는 주체적인 공주들의 이야기를 들려준다. 그녀는 그런 엄마의 특별함을 사랑하는데, 이내 엄마로부터 다른 사람을 사랑하게 되어 아빠와 이혼을 하고 미국으로 떠나려 한다는 이야기를 듣고 혼란에 빠지게 된다. 미국에서 케빈과 사는 그녀의 엄마가 딸에게 물심양면으로 애정을 보여주는데도 불구하고, 친가는 그녀 앞에서 엄마를 부도덕한 짓을 일삼고 무책임한 인물처럼 비난한다. 소설이 전개되면서 케빈이 아빠의 회사 직원이었다는 사실이 밝혀질 때, 여성의 욕망을 부도덕한 것으로 바라보게끔 혼선을 일으키는 설정은 여성의 욕망 자체를 예외적인 것으로 규정해온 사회의 시선을 상기시키고자 하는 의도를 절감切感하게 한다.

방학을 맞아 미국에서 엄마와 함께 보내는 시간이 길어질수록 그녀에게 분명해지는 건 "세상의 모든 엄마들과 달리 엄마는 자식보다 자신을 더 사랑한다는 것"이다. 그녀는 그런 기분 속에서 아빠의 과오나 부주의로 인한 이혼이 엄마의 선택보다 나았을 거라는 생각에까지 이르게 되고, 마침내 "엄마는 대체 왜 다른 엄마들처럼 평범할 수가 없었던 걸까?" 고민한다. 별안간의 폭설로 고립된 여행지에서 자신의 사랑을 타박하며 설움을 터뜨리는 그녀를 두고, 자동차 바퀴를 빼내기 위해 고군분투하는 엄마의 모습은 '모성', 즉 "엄마의 얼굴"을 보여 주기 위한 것이 아니다. 그녀는 그 순간 엄마에게서 다시 한번 "사랑에 빠져버린 그 여자의 얼굴"을 목도한다.

이를 두고 이제 엄마를 이해하게 되었느냐고 묻는 그녀의 남편에게서 우리는 또다시 여성의 욕망을 모성으로 환원시키려는 음흉한 가부장제의 음성을 들을 수 있다. 「아직 집에는 가지 않을래요」의 남편 또한 아내인 그녀의 상태를 단순한 산후 우울증으로 '여성'이 아닌 '엄마'로서의 역할에 국한 시키고, 치부하려 한다. 반면, 낯선 이가 그녀를 무용 전공자로 오인하는 예상치 못한 사건은 그녀로 하여금 자신과 분리된 '유축기'를 상기하게 한다. 무용에 대한 열정과 애정으로 가득찼던 자신을 환기하면서, 그녀는 부모님의 반대로 억눌러야만 했던 욕망이라는 프리즘을 통해 저 자신도 몰랐던 수많은 감정의 스펙트럼을 들여다본다. 아이의 하원길, 남편과 줄곧 이야기 나누며 그들 가정의 환상이 되어 주었던 '붉은 지붕의 집'이 처참히 무너지는 바로 그 순간 그녀에게 낯선 성욕이 찾아든다. 이는 단연코 가정이라는 테두리를 벗어나 '엄마'가 아닌, 온전히 자기 자신으로서 존재할 때에만 감각 가능한 은밀한 감정이다.

흰 눈과 흑설탕 캔디

욕망에 사로잡힌 엄마의 낯선 모습을 보고, 일순간 자신을 잊은 게 아닐까. 반나절 만에 훌쩍 성숙해진 아이의 모습(「아직 집에는 가지 않을래요」)과 짐승 한 마리도 해치지 않고 눈길을 빠져나와 안도하는 엄마(「폭설」)의 음성에는 그 누구에게도 폭력을 가하지 않으면서 자신의 욕망과 맞서 싸우겠다는 결의가 투사投射되어 있다. 이러한 다짐은 「흑설탕 캔디」에서 정점에 도달한다. 소설은 이제 '그녀'도 '엄마'도 아닌 '조모'의 이야기로 거슬러 올라간다.

조모의 사랑은 죽음을 맞이한 후에야 손녀인 '나'에 의해 비로소 빛을 보게 된다. 세상 사람들에게 할머니는 대학에도 진학하고, 음악 공부까지 하며 "하고 싶은 대로 다 하고 산 여자"이지만, '나'에게는 엄마의 부재 이후, '엄마'의 역할을 대신해 주었던 인물이다. 할머니는 주재원인 아들, '나'의 아빠로 인해 가족들과 프랑스에 가게 된다. 언어가 통하지 않아 한인마트에서 장을 보는 것이 전부였던 조모의 지난한 일상은 브뤼니에 씨를 만나면서 집에서 피아노를 연주하고, 사전을 사이에 두고 대화를 나누는 것으로 채워진다. 갑작스런 한국행으로 마지막 시간을 보내야 하는 이들은 흑설탕을 쌓는 것으로 만남을 마무리한다. 이는 오직 할머니의 유품인 일기를 통해 추론 가능한 장면이기에 그 함의가 더욱 불가해하다.

'나'와 가족을 위해 한인마트에서 장을 보던 할머니와 브뤼니에 씨와 시간을 보내던 할머니 사이에는 오래전, 음악 교사와 연서를 주고받으며 사랑과 꿈을 키워나가던 여고생 연실이 있다. "앞으로 펼쳐질 인생에 놀라운 사건들이 가득할 거라는 사실을 의심치 않았고, 자신에겐 인생을 하나의 특별한 서사로 만들 의무가 있다고 믿었"던 무수한 마음이, '여전히' 있다. 그래서 손녀인 '나'의 꿈에 나온 조모는, 달콤한 냄새를 맡은 어린 그녀가 아무리 애원해도 두 손을 꼭 쥐고 흑설탕을 넘겨주지 않는다. 욕망을 굳건히 사수하는 태도야말로 그녀가 또 다른 그녀에게 꼭 쥐어주고 싶은 다짐이기 때문에.

많은 문학 작품 안에서 여성은 욕망의 주체가 아니라 객체로 그려지곤 했다. 생태여성론자들은 여성이 자연적 이미지와 동일시되면서 경건하고, 자비로우며 하얀 눈처럼 무결하고 고귀한 존재로 묘사되어왔음을 비판한다. 그러나 「폭설」 뿐 아니라 본고에서 분량상의 문제로 상세히 다루지 못했던 「고요한 사건」 속에서도 등장하는 눈은 여성과 자연 이미지의 유착 관계가 아니라 도리어 여성에게 끈질기게 요구되던 도덕과 가부장적 세계를 가리는 장치로 작동한다. 이는 욕망의 주체가 된 여성이야말로 남성주의사회가 고착화한 이미지와 경계를 지우며, 더 넓은 상호 연결성을 모색할 수 있다는 은유다. "이것은 내 것이란다."라고 말하며 흑설탕을 쥔 주먹에 더욱 힘을 주는 그녀의 모습을, 어쩐지 안심된 마음으로 보게 되는 건 여성에게 지운 의미와 역할을 거부하는 실천임을 모르지 않기 때문일 것이다. 이처럼 이러한 시차를 가능하게 하는 것은 다름 아닌 소설 속 인물들이다. 그러므로 이렇게 말할 수도 있지 않을까. 우리는 언제나 당신이라는 미지의 빛을 통해, 본다.

1 김도형, 『레비나스와 정치적인 것-타자 윤리의 정치철학적 함의』(그린비, 2018), 8~10쪽.

2 장-뤽 낭시, 박준상 옮김, 『무위의 공동체』(인간사랑, 2010), 201-203쪽.

새벽 4시의 흐릿함

—『에이프릴 마치의 사랑』 | 이장욱, 문학동네

박혜진 문학평론가

라팔리스와 돈키호테

『시지프 신화』에서 알베르 카뮈는 모든 근본적인 문제들에 대해 생각하는 방식이 두 가지뿐이라고 말한다. 라팔리스의 사고방식과 돈키호테의 사고방식이다. 프랑스 귀족이며 군인이었던 라팔리스의 비석에서 유래한 말인 라팔리스의 진실은 "슬프도다, 그가 죽지 않았다면 그는 여전히 살아 있었을 텐데"라는 묘비명에서 비롯되었다. 이 구절은 후에 "죽기 십오 분 전에 그는 아직 살아 있었네"와 같은 풍자 노래의 가사에 영향을 주며 선명한 진실을 의미하는 대명사가 되었다. 한편 돈키호테의 진실은 감정적 고양을 의미한다. 한가할 때마다 기사소설을 읽는 것도 모자라 논밭까지 팔아가며 몰두한 나머지 현실감각을 상실해 버린 주인공이 스스로를 라만차의 기사 돈키호테라 부르며 모험을 떠나는 여정. 소설을 읽지 않은 사람이라도 풍자를 보고 거인이라 말하며 달려드는 우스꽝스러운 모습만은 모를 수가 없다. 이성을 상실한 것처럼 보이는 그가 떠나는 모험 역시 주관적 진실을 의미하는 대명사가 되었기 때문이다. 그의 여정은 사실을 믿는 것이 아니라 믿는 것이 사실이 되는 세계, 객관적으로 실재하는 세계가 아니라 개인의 실재하는 감각만이 인식 가능한 진실일 수 있는 자가만의 세계에서 지속된다. 카뮈는 라팔리스적 사고방식과 돈키호테의 사고방식이 균형을 이룰 때 감동받는 동시에 이해할 수 있다고 생각했다.

카뮈의 생각은 그의 소설에서 보다 분명하게 가시화한다. 두 세계를 뒤섞어 보이는 그는 자신이 속해 있는 세상을 '정확히' 그리기 위해 감정적 고양이 이룩한 세계의 언어를 자명한 진실의 언어와 충돌시킨다. "자명함이라는 단 하나의 빛"으로 부조리를 추론해 가는 그의 에세이처럼 오직 낮의 시간만 의식하고 있는 소설 『이방인』이 대표적이다. 『이방인』에 밤이라는 배경이 쓰이지 않았다는 사실은 낮이 밤과 대립하는 상징적 소재로 설정되어 있다는 것을 방증한다. '낮의 소설'로서 『이방인』은 인간 의식에 깃든 습관적이고 불합리한 행동들을 배척하는 뫼르소의 행동을 통해 맹목적 관습의 실체를 드러낸다. 어둠에 가려져 있던 진실이 한낮의 태양 아래 노출된다. 2부에서 맹렬하게 다루어진 법정 논쟁은 뫼르소가 이방인이 된 이유가 습관적 세계로부터 떨어졌기 때문이라는 사실을 선명하게 환기한다. "환상과 빛을 박탈당한 세계에서 인간은 자신을 이방인으로 느낀다. 이 낯선 세계로의 유배에는 구원이 없다. 그에게는 잃어버린 고향의 추억도 약속된 땅의 희망도 다 빼앗기고 없기 때문이다." 부조리를 인식한다는 것은 이 세계의 이방인이 된다는 것이다. 낮의 언어와 밤의 언어가 부딪치는 2부의 궁극적 목적은 세계의 부조리를 드러내는 데에 있다. 근본적인 문제에 대해 생각하는 두 방식으로서 라팔리스적 방식과 돈키호테적 방식의 결합은 부조리의 본질을 재현하는 데에 목적이 있다. 세계의 부조리함에 대한 간파는 모든 현대소설의 출발점이거나 종착점이다.

불가해함과 모호함의 왕좌에는 당연히 카프카가 있다. "카프카의 비밀은 바로 근원적인 모호성에있다. 자연스러움과 기이함, 개인적인 것과 보편적인 것, 비극적인 것과 일상적인 것, 개인적인 것과 보편적인 것, 부조리와 논리 사이에서의 항구적인 흔들림이 그의 전 작품을 통해 나타나며 그의 작품에 특유의 울림과 의미를 부여한다."[1] 어느 날 갑자기 벌레가 된 몸으로 잠에서 깬 그레고르 잠자의 변신보다 더 공포스러운 건 해충이 된 잠자의 모습에 경악하고 슬퍼하다 얼마 지나지 않아 그의 흔적을 없애는 데 적극적인 모습을 보이는 가족들의 변심이다. 변한 것이 잠자의 몸일까 가족의 마음일까. 해충으로의 변신이 비현실적 상황에서 현실적 상황으로 옮겨 갈수록 그를 배제하는 가족의 행동과 태도는 현실적 상황에서 비현실적 상황으로 옮겨 간다. 기이한 상황은 자연스러워지고 비극적 순간은 평범한 일상이 되자 모든 것은 모호해진다. 진실은 모호하며 모호함만이 진실을 입증한다는 듯이. 라팔리스의 진실과 돈키호테의 진실 사이에서 작가들은 저마다 품고 있는 진실의 채도로 전에 없던 모호함에 도전한다. 이 도전은 현대소설에 주어진 숙명이기도 하다.

이장욱 소설의 모호함은 새벽 4시의 모호함이다. 누군가에게 이 시간은 동트기 전 어둠이 가장 짙은 시간일 수도 있겠다. 선명한 암흑의 시간. 그러나 이장욱 소설에서 새벽 4시는 지난 하루의 끝과 다른 하루의 시작이 공존하는 "흐릿한 시간"이다. "흐릿한 시간"의 주인은 인간이 아니거나 인간적인 것이 아니다. "일찍 일어나는 사람이라도 그 시간에 일어나기는 쉽지 않고, 늦게 잠드는 사람이라도 그 시간까지 깨어 있는 경우는 많지 않다. 인기척이 희박한 시간. 인간의 시간이라고는 할 수 없는 시간. 고양이라든가 벌레라든가 나뭇잎들의 시간."
무엇보다 대부분의 사람이 이 시간에는 깨어 있지 않다. 잠을 자거나 잠을 자면서 꿈을 꾼다. 깨어나면 사라질 꿈일 수도 있고 깨어난 이후에도 현실처럼 이어지는 꿈일 수도 있다. 이를테면 「스텔라를 타는 구남과 여」에 등장하는 구남과 '나'는 동거 중인 연인이다. 두 사람 사이에는 사소한 문제가 있다. 구남은 현실을 반영한 잠꼬대를 하고 '나'는 눈을 뜬 채 잔다는 사실이다. '나'는 잠들어 있지만 깨어 있는 것처럼 보이고 구남은 자는 것처럼 보이지만 깨어 있는 것과 다를 바 없다. 수면의 표층과 심층이 불일치하는 이들의 모호한 잠은 두 사람 사이에 잠복되어 있던 심리적 갈등이 드러나도록 부추긴다. 모호함은 작품과 작품을 오가며 변주된다. 「복화술사」에서는 '나'의 말과 아버지의 말이 뒤섞이며 말의 주인이 사라진다. 「행자가 사라졌다」에서는 행방이 묘연해진 애완 도마뱀 '행자'의 이름이 할머니의 이름과 동일하다는 것이 밝혀지며 앞서 쌓아 올린 이야기의 본체가 흔들린다. 『에이프릴 마치의 사랑』에 수록된 소설들은 모두 다른 길을 통해 흐릿함, 혹은 모호함이라는 공통된 지점으로 모인다.

작가와 독자, 소설과 현실

가장 먼저 흐려지는 존재는 작가다. 표제작이기도 한 「에이프릴 마치의 사랑」의 화자는 시인이다. 어느 날 그는 자신의 시를 포스팅해 놓은 블로그 '에이프릴 마치의 사랑'을 발견한다. 그런데 블로그에 포스팅된 시는 자신이 잡지에 발표한 작품과 한두 글자 다른가 싶더니 점점 그 다름의 정도가 심해진다. 단순한 오타나 누락 정도로 생각했던 그는 원본과의 차이가 커지고 그 차이가 우연한 실수가 아니라 의도적 변용이란 사실을 확신하며 당혹감에 휩싸인다. 그러나 이런 괴이한 마음에도 불구하고 점점 더 그 블로그에 탐닉하게 되는 '나'는 급기야 자신이 쓰지 않은 작품이 자신의 이름으로 발표된 글처럼 포스팅된 것을 목격하는데, 이때 '나'는 스스로도 이해할 수 없는 욕망을 품게 된다. 그 시는 너무나도 '나'다웠으며 그 시보다 더 잘 쓸 자신이 그에게는 없다고 느껴졌던 것이다. 그는 그의 시를 훔치고 싶어진다. 마침내 '나'는 어디에도 발표된 적 없는 그 시를 발표한다. 그는 결국 그의 시를 훔친 것이다. 그러나 그가 훔친 것은 그의 시이므로 그는 무엇도 훔치지 않은 아이러니한 결과에 봉착한다. 시의 주인은 누구일까.

보르헤스 단편소설 「허버트 퀘인의 작품에 관한 연구」에 등장하는 가상의 단편소설 제목이 '에이프릴 마치'라는 사실은 이장욱의 소설을 이해하는 힌트가 되어 준다. 여기서 '에이프릴 마치(April March)'는 '4월의 행진'이 아니라 '4월 3월'을 의미한다. "역행하고 그물눈처럼 갈라지는" 소설이란 표현이 가리키는 것처럼 이 소설에서 시간은 종종 역행하는 구조로 쓰였다. 그러나 시간의 역행보다는 갈라지는 그물눈에 더 주목할 필요가 있는데, 소설 '에이프릴 마치'를 쓴 소설가 허버트 퀘인은 "잠재적이든 실제적이든, 작가가 아닌 유럽 사람은 단 한명도 없"다고 말하며 "독자란 이미 멸종된 종족"이라는 주장을 펼치기 때문이다. 이는 "허영심에 눈이 먼 독자"가 "자신이 그 이야기들을 창작했다고 믿는" 근거가 된다. 이장욱의 소설 「에이프릴 마치의 사랑」은 작가와 독자가 애초에 점하고 있던 자신의 자리에서 멀어지다 급기야 작가로서의 독자, 독자로서의 작가에 도착하며 독자와 작가를 정의하던 경계를 무화시킨다. 독자와 저자를 구분해 주는 장치가 작동하지 않는 뒤섞인 상황은 하루가 멀다하고 독자의 블로그를 들어가는 작가와 작가의 이름을 빌려 작품을 창작하는 독자의 뒤바뀐 정체를 통해 모두가 작가라는 퀘인의 주장에 힘을 보탠다.

이 소설집에서 글 쓰는 사람이 화자로 등장하는 또 다른 작품은 「눈먼 윌리 맥텔」이다. 40대 후반에 베스트셀러 소설을 출간한 이력이 작가로서의 거의 모든 경력이라 할 수 있는 김은 '스티븐 더덜러스가 어느 날 문득 새로운 아침을 맞이한 날의 이야기'라는 장황한 제목의 단편소설을 발표한 후 몇 년 동안 신작을 발표하지 못하고 있는 "전직 소설가"다. 그에게 소설가는 직업이라기보다는 삶을 대하는 태도에 가깝다. 말하자면 "삼인칭의 힘"인데, 그는 자신이 느끼는 불안, 고통, 외로움 등의 감정을 자신으로부터 떼어 놓고 어떤 사물, 어떤 대상의 것이라고 생각하는 사람이다. 힘든 하루를 보낸 날 "그는 오늘 힘겨운 하루를 보냈다"고 생각하는 것이 나는 오늘 힘겨운 하루를 보냈다고 생각하는 것보다 수월하다는 식이다. 삼인칭의 힘으로 그는 중고등학교라는 정글을 통과했다는 데 모종의 자부심도 있다. 이는 현실에 존재하는 자신을 작품 속 인물로 만든 다음 실제의 감정을 허구적 감정으로 픽션화하는 것으로, 자기기만과도 다르고 자기 소외와도 다른 차원으로 거리감에 의지해 자신으로부터 도피한다. 삼인칭의 힘은 모르는 힘이다.

그의 작품 중 유일하게, 그리고 미스테리하게 베스트셀러에 올랐던 적 있는 소설 『눈먼 윌리 맥텔』은 눈먼 윌리가 점차 외부 세계를 구분하는 감각을 잃어 가는 이야기다. 주인공은 손가락의 감각과 기타의 감각을 구분하지 못할 뿐만 아니라 기타 소리와 자신의 목소리가 뒤섞이는 느낌마저 받는다. 김이 자신의 감정을 외면함으로써 감정으로부터 도피한다면 윌리 맥텔은 감각을 상실함으로써 감각을 구분하지 못한다. 암 진단 이후 요양차 머물고 있는 서해의 한 호텔 화장실 세면대에서 김은 초당 1밀리미터, 시속 3미터의 속도로 움직이는 벌레를 발견하고 죽인다. 다음 날 같은 위치에서 같은 속도로 움직이는 벌레가 발견되자 그 벌레가 어제 죽은 벌레일 것만 같은 이상한 확신에 찬 김은 그 벌레 역시 죽인다. 잠에서 깬 김은 자신이 죽인 벌레가 그의 침대 뒤에서 벌레 인간으로 변해 있는 모습을 발견한다. 김은 "다른 세계에서 온 신호"를 느낀다. 김의 "삼인칭"이 허구적 진실이라면 눈먼 윌리 맥텔의 감각은 진실된 허구이며 벌레인간은 상상적 현실이다. 「에이프릴 마치의 사랑」이 작가와 독자 사이의 모호함을 통해 재현하는 주체를 뒤섞는다면 「눈먼 윌리 맥텔」은 소설과 현실 사이의 모호함을 통해 재현되는 세계의 위계를 뒤섞는다.

가면과 얼굴

이 소설집에는 작가가 작품에 대해 언급하는 짧은 글이 덧붙여져 있다. 그 글에서 작가는 특별히 「크리스마스 캐럴」에 대해 언급한다. 소설이 끝나는 순간 여기서 시작하는 소설을 써야겠다고 생각했다는 것이 그것이다. 이 단편은 확장된 장편소설의 일부가 될 것이다. 그러나 나는 「크리스마스 캐럴」이야말로 이장욱의 소설집 『에이프릴 마치의 사랑』을 대표하는 단 한 편의 소설이라고 생각한다. 크리스마스 이브에 걸려온 전화 속 목소리는 자신을 아내의 옛 남친이라고 소개한다. 그는 자신이 곧 자살할지도 모른다고 말하며 '나'를 만나야겠다고 고집부린다. 컨설팅 업계의 총아이며 어느 모로 봐도 남부러울 것 없는 '나'는 어쩐 일인지 불쾌하기만 할 통화에서 무모하고 치기어린 남자에 대한 묘한 끌림을 느낀 나머지 그를 만나러 나간다. 자신이 다니던 모교 앞 주점에서 만난 두 사람은 대화를 주고받지만 '나'는 그에게서 면접할 때마다 숱하게 봐온 취업 지망생들의 설부른 얼굴을 볼 뿐이다. 그때 주점 안으로 들어와 '나'의 시선을 끄는 또 한 사람이 있다. 손님들에게 껌을 파는, 일견 노숙자처럼 보이는 여든을 훌쩍 넘은 듯한 노인이다. '나'는 어쩐 일인지 노인의 얼굴이 낯익다. 사실 낯이 익은 건 노인뿐만 아니다. 자신에게 전화를 걸어 아내의 옛 남친이라 밝힌, 지금 눈앞에 있는 청년도 어딘가 익숙하긴 마찬가지다. "자네는 젊은 양반 얘기를 잘 들으시게." 노인의 의미심장한 말은 이들 세 사람이 한 사람의 과거와 현재, 그리고 미래일지도 모른다는 암시를 남긴다. 한 사람의 일생이라고 볼 수 있는 근거가 희박한 이들의 얼굴이 뒤섞이자 '나'의 현재는 과거와 미래 사이 모호한 하나의 시간으로 재정립된다.

진짜 얼굴이 아니라 가면을 쓰고 살아가는 것. 그게 인생의 본질에 좀 더 가깝다는 걸 알아야 한다. 가면을 벗고 살아가자고 떠드는 자들은 아직 인생을 이해하지 못한 애송이들일 뿐이다. 가면을 벗으면 거기 있는 것은 진실이나 진심 같은 게 아니라, 붉은 피로 물든 살갗이다. 피와 모세혈관과 꿈틀거리는 힘줄로 가득한 '진짜 얼굴' 말이다. 아무도 그런 얼굴로는 살아갈 수 없다.

—「크리스마스 캐럴」에서

극중 '나'는 진짜 얼굴 따위는 없다고 주장한다. 가면을 벗은 자리에 드러나는 것은 진짜 얼굴이 아니라 살갗과 모세혈관과 꿈틀거리는 힘줄이라고. 살갗도 모세혈관도 힘줄도 누군가의 얼굴이 될 수는 없다. 누구도 그 피하적 세계에서 타인을 구분할 수는 없기 때문이다. 구분할 수 없다면 의미도 찾을 수 없으며 의미 없는 세계에서 진짜와 가짜를 구분하는 것은 무용하다. 그러나 크리스마스 이브의 경험은 '나'에게 일말의 자극을 주었음이 분명하다. 가면을 들춰내도 진짜 얼굴이 없다는 그의 말은 틀렸다. 가면은 깊이의 문제가 아니라 시간의 문제이기 때문이다. 어떤 가면도 한 사람의 얼굴을 독점할 수 없다. 인간의 얼굴은 수많은 가면이 잠깐 머물렀다 가는 정거장일 뿐. 모든 가면이 다 진짜 얼굴이지만 어떤 가면도 영원한 얼굴일 수 없다.

작가와 독자 사이의 모호함과 소설과 현실 사이의 모호함을 통해 발견하는 진실은 수많은 가면을 쓰고 살아가는 존재로서의 인간에 도달하며 인생에 대한 통찰을 제시한다. 부조리로서의 세계를 드러내기 위해 모호함이라는 방법으로 기존의 세상을 흐리게 만든 앞선 작가들과 달리 이장욱의 모호함은 새벽 4시, 인적이 드문 "희미한 시간"의 감각으로 인간이 지닌 복수의 가면들을 얼굴 위에 띄운다. 새벽 4시는 인간의 시간이 아니다. 과거가 미래가 현재를 만나러 오는 이 불가해한 시간에 인간은 오직 얼굴을 내어줄 수 있을 뿐이다. 어떤 가면이 머무르다 갈 것인지 우리는 영원히 알 수 없다. 가면 밑에는 아무것도 없다. 가면과 가면, 그리고 또 다른 가면의 연쇄만이 우리가 누구인지 알려주는 유일한 단서인 것이다.

1 알베르 카뮈, 김화영 옮김, 『시지프 신화』(민음사, 2016)

혁명이 끝나고 난 뒤

—『일곱 해의 마지막』 | 김연수, 문학동네

한영인 문학평론가

1

스물아홉이 되던 해에 훌쩍 만주로 떠난 백석은 해방 이후 고향 정주로 돌아와 소련 문학 번역과 아동들에게 사회주의 교양성을 함양시키기 위한 동시 창작에 매진한다. 백석이 월남하지 않고 북에 남은 이유에 대해서는 여러 견해가 엇갈린다. 백석은 우리에게 가난하고 쓸쓸한 내면을 호젓하게 노래한 서정 시인으로 기억되고 있기에, 그 말들엔 늘 어떤 안타까움과 비극적인 정조가 깃들곤 한다. 하지만 그 과정에서 백석이 낭만적 사회주의자의 면모를 지녔다는 사실은 종종 간과되는 것 같다.

> 먹을 것과 입을 것이 넉넉하고 거처할 곳이 비좁지 아니하고 그리고 길에 늙은이의 짐을 지고 다니는 모양을 볼 수 없고, 차 안에 아이 업고 서 있는 어머니의 모양을 볼 수 없고, 길을 가리키는 사람의 말이 친절한 정에 넘치고, 그리고 존장과 선배 앞에서 외면하는 젊은 사람이 없는 나라—이 구현은 오늘 우리들에게서 혁명적 수준의 도덕을 요구한다.—례의—이는 혁명적 공민의 도덕이며, 공민의 의무이며, 공산주의자의 의식임을 잊어서는 안 될 것이라고 생각한다.[1]

물론 백석은 끝내 북한 당국이 요구한 '주체 문예'의 선봉으로 우뚝 서지 못했다. 당은 그에게 단지 "혁명적 도덕"을 인륜의 차원에서 그려 내는 일이 아니라 감상적인 한 시인의 "내면에 감춰진 보수주의와 소극성"을 불사르고 "낡은 사상 잔재를 반대하는 투쟁을 힘 있게" 펼칠 것을 요구했기 때문이다. 이와 같은 존재 이전의 요구를 충실히 이행하지 못했던 백석에게 스탈린 사후 찾아온 짧은 해빙의 순간은 차라리 교묘한 운명의 덫이었다. 북한 문학의 도식주의와 경직성을 비판하고 문학 창작에 있어 형상화의 중요성과 예술성을 강조했던 일이 특히 치명적이었다. 북한 당국은 흐루쇼프의 개인숭배 비판에 호응하는 일련의 움직임을 곧바로 '수정주의'로 규정하고 '8월 종파 사건'을 통해 오히려 김일성 개인숭배를 더욱 강화했던바, 백석은 당으로부터 자신의 사상을 개조할 것을 요구받고 1959년 삼수 관평의 목축 노동자로 파견된 뒤 다시는 평양으로 돌아오지 못하게 된다. 사실상의 숙청이었다.

김연수의 『일곱 해의 마지막』은 백석이 북한 문예 당국으로부터 본격적으로 비판받고 숙청당하기까지 3년여에 걸친 시간을 집중적으로 조명하면서 백석의 내적 고뇌를 섬세하게 되살린 작품이다. 백석의 실제 삶을 모티프로 하고 있는 이 소설은 그러나 북한에서 사회주의 문학인으로 활동했던 백석의 면모를 다면적으로 되살리려는 시도와는 거리가 멀다. 소설 속에서 '사회주의 시인' 백석의 면모는 거의 드러나지 않는데, 이는 북한에서 백석이 창작했던 시들은 "체제에 적응하고 살아남기 위한 거짓과 위장의 텍스트"이며 "문학적 진실과 진심은 다른 곳에 있으리라 단정하는 태도"로부터 작가가 부러 거리를 두고 있지 않기 때문이다.[2]

일각에서는 이러한 태도를 백석의 다른 모습을 있는 그대로 인정하고 싶지 않은 연구자의 주관과 욕망의 산물임을 지적하지만 이 작품은 백석의 문학세계에 대한 엄밀한 연구를 목적으로 한 것은 아니기에 그와 같은 주관과 욕망의 존재 자체가 문제라고 보기는 어렵다. 중요한 건 백석의 비극적인 문학적 말년을 재구성하는 과정에서 김연수가 드러내는 '주관과 욕망'이다. 이 소설의 백석은, 비록 거기서 그의 삶이 엄밀하게 입증된 전기적 사실에 기반하고 있다 하더라도, 어디까지나 김연수의 프리즘을 통과한 백석이라는 사실을 기억할 필요가 있다.

2

조금 뜬금없는 질문을 던져 보자. 『일곱 해의 마지막』이 소구하는 문학적 보편성이 있다면 그것은 어떤 것일까? 만약 이 소설이 다른 언어로 번역된다면, 그래서 백석이라는 한 인간의 생애와 그가 생산한 작품을 전혀 알지 못하는 독자가 이 소설을 접한다면, 그들은 이 소설에서 무엇을 읽어 낼까? 그들은 한국의 독자와 비슷한 부분에 밑줄을 긋고 비슷한 문장에서 비슷한 느낌을 받게 될까? 아니면 백석에 대해 알지 못하는 그 독자들은 우리가 느끼는 안타까움과 비극의 정조를 공유하지 못할까?

그렇지는 않을 것이다. 동구권의 독자라면 자연스럽게 비슷한 운명을 겪었던 조국의 예술가들을 떠올릴 것이고 냉전기 문화 전쟁을 치렀던 서구의 독자 또한 사정은 크게 다르지 않을 것이다. 김연수가 정치와 예술 사이의 오랜 적대와 대립을 드러내기 위해 백석의 삶을 차용했다고 말하려는 것은 아니다. 소련에서 일어났던 해빙의 기미를 억압하고 정확히 반대 방향으로 달려갔던 북한의 모습은 기존 냉전 체제의 역사로 온전히 회수되지 않는 한반도 분단 체제의 고유한 모순을 상기시켜 주거니와 그 과정에서 남과 북 양측에서 금기가 되었던 백석의 운명은 동구의 예술가들이 겪어야 했던 비극과 또 다른 역사적 개별성을 지니기 때문이다.

그럼에도 '감상적인 서정 시인이 사회주의 국가에 의해 새로운 인간형으로 재탄생할 것을 강요받다가 자신의 문학과 함께 스러지는 안타까운 이야기'가 20세기 냉전 체제기 '자유 진영'의 입장을 대표하는 '마스터플롯'이라는 점 역시 분명하다. 이 작품의 뼈대를 구성하고 있는 '시인 백석의 비극적인 운명'에는 높고 가난하고 쓸쓸함을 노래했던 백석이라는 개별적 인물의 고유성만이 아니라 억압하는 이념과 예술의 자율성 사이의 대립이라는, 주로 서방 세계의 반공주의자들에 의해 제기되었던 20세기 냉전 체제의 정치적/예술적 문제가 어지럽게 얽혀 있다.

물론 김연수가 「작가의 말」에 쓰고 있듯 이 소설을 쓰게 된 가장 큰 이유는 "기행의 마음"을 되살려 우리를 그 마음 앞에 세워 보고 싶었기 때문일 테다. "자신의 인생이 완전히 실패한 것이라고 생각했을" 백석에게 꼭 그런 것만은 아니라고, 되살아난 당신의 마음을 앞에 두고 감히 헤아릴 수 없는 당신의 말년을 상상하며 이렇게 서 있는 우리를 보라고, 나직하게 어루만지는 목소리를 들려주는 일이었을 테다. 그 점에 있어 이 작품이 거둔 성과는 값진 것이다. 서른 개가 넘는 짤막한 단편(斷片)으로 구성된 이 소설은 역사적 인물과 사건을 소재로 한 장편소설치고는 확실히 소략한 분량이지만 선택과 집중, 생략과 조명을 자유자재로 구가하는 김연수의 장인적 솜씨는 우리를 어느새 엄혹한 운명과 그 앞에서 고뇌하는 한 시인의 곁으로 조용히 데려간다.

하지만 이 소설의 핵심은 되살려 낸 백석의 내면만이 아니라 그 내면의 그 고뇌를 구성하는 사회적 압력과 갈등의 성격에 있다는 점은 거듭 강조할 필요가 있다. 그 압력과 갈등은 소설 속에서 백석의 불우한 운명을 추동하는 직접적 요인으로 작동하거니와 예술과 정치의 관계를 논하는 데 있어 여러 차례 반복되어 온 적대의 양상이기도 하다. 소설 속에서 이는 '사회주의리얼리즘' 혹은 '주체 문예'의 허구와 기만을 폭로하는 것으로 드러나지만 단지 '창작 방법론'에 국한된 문제로 보는 건 타당하지 않다. 그 창작 방법론조차 당시의 북한이 새롭게 창조해야 할 것을 주문한 인간과 사회의 특성으로부터 연역적으로 도출되는 것이기 때문이다.

> "외로움을 나쁜 것이라고만 생각하니까 그럴 수밖에. 외로워 봐야 육친의 따스함을 아는 법인데, 이 사회는 늘 기쁘고 즐겁고 벅찬 상태만 노래하라고 하지. 그게 아니면 분노하고 증오하고 저주해야 하고. 어쨌든 늘 조증의 상태로 지내야만 하니 외로움이 뭔지 고독이 뭔지 알지 못하겠지. …… 이건 마치 항상 기뻐하라고 윽박지르는 기둥서방 앞에 서 있는 억지춘향의 꼴이 아니겠나. 그렇게 억지로 조증의 상태를 만든다고 해서 개조가

이뤄질까? 인간의 실존이란 물과 같은 것이고, 그것은 흐름이라서 인연과 조건에 따라 때로는 냇물이 되고 강물이 되며 때로는 호수와 폭포가 되는 것인데, 그 모두를 하나로 뭉뚱그려 늘 기뻐하라, 벅찬 인간이 되어라, 투쟁하라, 하면 그게 가능할까?"(30~31쪽)

백석과 술상을 마주하고 앉은 친구 준은(『잔등』의 작가 허준을 가리키는 듯하다. 백석의 시 「남신의주 유동 박시봉방」은 백석이 허준에게 주었던 시로 허준은 1948년 백석의 허락을 구하지 않고 이 시를 발표한 것으로 알려져 있다.) 당시 북한 체제가 강요하는 새로운 인간형을 "고통을 느끼지 못하는 인간, 슬픔을 모르는 인간, 고독할 겨를이 없는 인간"(30쪽)이라 규정한다. 고독, 쓸쓸함, 슬픔 같은 인간 본연의 실존적 감정이 도래할 승리의 환희 속에 가뭇없이 은폐되는 북한 사회는 확실히 "아무 일도 하지 않고 어두운 마음으로 방바닥에 뒹굴며 고민하거나, 서러운 옛날이야기에 젖어 먼 시원의 고향을 상상하거나, 짙은 음식과 삶의 냄새에 고향을 그리워하던 서정적인 화자"[3]의 설 자리를 허용하지 않는다. 그곳은 "미리 제작한 벽체를 올려 아파트를 건설하듯이 한정된 단어와 판에 박힌 표현"만이 허락되는, "음영 없는 예술"의 인공 낙원일 뿐이다.

'메디나충 박멸의 교훈'을 다루는 챕터는 소설 속에서 북한이 건설하려는 인공 낙원의 성격을 단적으로 보여 준다. "병원균의 박멸을 위해서는 환자의 치료나 비감염자의 예방 같은 소극적인 차원을 넘어 유행을 유발하는 외부 환경 전체를 바꿔야 한다는 교훈"은 단지 보건 위생의 측면에 국한되는 것이 아니다. "처음에는 바이러스와 병원균이 불타겠지만, 곧 그 불은 종파주의와 낡은 사상으로 옮겨붙을 것이고, 종내에는 서너 줄의 시구를 얻기 위해 공들여 문장을 고치는 시인이, 맥고모자를 쓰고 맥주를 마시고 짠물 냄새 나는 바닷가를 홀로 걸어가도 좋을 밤이, 높은 시름이 있고 높은 슬픔이 있는 외로운 사람을 위한 마음이 불타오를 것이다."라는 말에서 드러나듯 사회주의의 이상에 합치되지 않는 모든 것들을 정화되고 척결되어야 할 불순물로 간주하는 '멸균에의 의지'는 종내 평범한 시인의 마음을 겨냥하게 된다. 그러니 백석이 평양이라는 인공 낙원으로부터 쫓겨난 건 어쩌면 자연스러운 일이었는지도 모른다. 선악과를 통해 선과 악에 대한 분별력을 갖게 된 아담과 이브처럼, 백석은 쓸쓸함과 괴로움과 같은 존재의 음영을 이미 돌이킬 수 없을 만큼 알아 버린 사람이었으니.

3

『네가 누구든 얼마나 외롭든』(2007)과 『밤은 노래한다』(2008)에 이 소설을 더해 김연수의 '혁명 3부작'이라고 부를 수 있지 않을까. 세 작품 모두 혁명을 둘러싼 인물들의 다양한 내적 갈등이 각기 다른 역사적 현실과 얽혀 드러난다는 점에서 그렇게 부르는 게 무리는 아닐 듯하다. "광장에서 막걸리를 가운데 두고 둥글게 모여

앉은 학생들은 소리 높여 북한의 혁명가곡을 불렀고, 문과대학 앞에서는 노동계급의 최종적 승리를 단언하는 시들이 낭송되었으며, 강당에서는 프롤레타리아혁명을 고취하는 영화들이 상영"[4]되었던 1990년 대학 캠퍼스의 풍경에서 출발하는 『네가 누구든 얼마나 외롭든』과 '조선 혁명이냐 중국 혁명이냐'를 놓고 동포들끼리 치열한 살육을 주고받았던 『밤은 노래한다』의 비극에 이어 『일곱 해의 마지막』은 사회주의 정권이 성공적으로 수립된 이후, 그러니까 '혁명이 끝난 뒤'의 상황을 소설의 핵심적인 배경으로 채택한다. 흥미로운 것은 김연수는 '혁명 3부작'의 마지막이 될 이 소설을 통해 혁명이 성공적으로 수행되고 그것이 공고화되는 과정에서 인간을 속이는 '연극'이 발생하는 건 아닌지, 그 연극은 경직된 혁명의 이념으로부터 발생하며 그 이념은 인간 존재의 다양한 측면을 억압하고 말살하는 정치적 힘에 불과해지는 것이 아닌지 회의한다는 점이다.

> "이런 상황이라면 결국 사람들은 둘 중 하나를 선택할 수밖에 없지. '시바이(芝居, 연극, 속임수)를 할 것인가, 말 것인가. 그게 개조의 본질이 아닐까 싶어. 시바이를 할 수 있다면 남고, 못 한다면 떠나라. 결국 남은 자들은 모두 시바이를 할 수밖에 없을 텐데, 모두가 시바이를 하게 되면 그건 시바이가 아닌 현실이 되겠지. 새로운 사회는 이렇게 만들어진다네. 이런 세상에서는 글을 쓴다는 것도 마찬가지야. 자기를 속일 수 있다면 글을 쓰면 되는 거지."(31쪽)

연극이 끝나고 난 뒤의 객석엔 어둠과 정적만이 흐르고 있다는 노래 가사처럼 혁명이 성공적으로 완수되었음이 선언된 순간 거대한 기만의 드라마가 펼쳐진다. 혁명이 끝이 나면 이제 연극이 시작되는 것이다. 그렇게 시작된 연극은 결코 끝나지 않기에 거기에는 텅 빈 객석의 정적도, 고독과 쓸쓸함도 없다. 혁명적 개조는 결국 거짓과 기만의 연극을 꾸며 내는 일에 다름 아니라는 것. 이는 정치와 혁명, 이념에 대한 작가의 태도가 끝내 또렷한 환멸로 귀착되었음을 의미하는 것일까.

『네가 누구든 얼마나 외롭든』과 『일곱 해의 마지막』 사이에 존재하는 차이에 주목할 경우 그런 추측은 더욱 힘을 얻는다. 가령 『네가 누구든 얼마나 외롭든』의 결말에 이르러 '나'는 "사기꾼이자 협잡꾼, 광주의 랭보 이길용이자 안기부의 프락치 강시우였던 그 남자"에 대해 자신이 알 수 있는 것은 그가 아직 죽지 않았다는 사실뿐이라며 이렇게 덧붙인다. "죽지 않는 한, 그는 살아남기 위해서 시시각각으로 열망할 테고, 그 열망이 다시 그를 치욕스럽되 패배하지 않는 인간으로 살아남게 할 테니까 말이다." 이 마지막 장면에서 인간은 세계의 폭력과 운명의 장난에 농락당할지라도 다시 일어서는 존재로 그려진다. 그러나 『일곱 해의 마지막』의

벨라는 백석에게 이와 같은 생(生)의 긍정이 아니라 "날마다 죽음을 생각해야만 해요. 아침저녁으로 죽음을 생각해야만 해요."라고 충고한다. 이 죽음에의 민감성은 현실의 세계가 폭력과 억압에 의해 지배되는 닫힌 곳이라는 인식에서 발원한다. 혁명 이후의 삶이 "지옥 이후에도 계속되는 삶"에 불과하다면 그에게는 영원한 치욕만이 허락될 뿐이다. 패배를 딛고 살아남으려는 의지는 세계에 대한 운명적인 체념에 자리를 내준다.

이런 차이는 냉전 체제의 종언을 고하던 1990년대 초입의 세계와 본격적인 수령 체제를 강화해 가던 1950년대 말의 북한이라는 서로 다른 시공간적 배경에 따른 자연스러운 결과처럼 보이기도 하지만 그 시공간적 배경 역시 작가에 의해 의도적으로 선택된 것임을 떠올려 보면 문제는 간단치 않다. 김연수는 왜, 하필 북한에서의 백석을 소재로 한 이 소설을 썼을까. 1962년 이후 거대한 침묵과 무한한 공백으로 남은 백석의 삶은 '살아남기 위한 자의 뜨거운 열망'으로 채워질 수 없다. 체제 찬양시를 쓰고도 숙청을 피할 수 없었던 백석에게 '치욕스럽되 패배하지 않는 인간'은 허락되지 않은 존재의 형식이었던 셈이어서 애초에 그와 같은 존재의 열망은 봉쇄되어 있기 때문이다. 그런데 애초에 봉쇄된 게 그것뿐이었을까. 북한에서 숙청당한 백석의 이야기를 쓰겠다고 마음먹은 순간, 어쩌면 이 소설이 나아갈 길은 하나로 정해져 버린 것은 아닐까.

하지만 같은 재료로 요리해도 사람에 따라 음식의 맛이 제각각이듯 허락된 유일한 길을 걸어가면서도 김연수가 남긴 고유의 흔적은 또렷하며 그것이 이 소설이 선사하는 각별한 감동의 원천이 된다. 벨라가 "저는 모든 폐허에서 한때의 사랑을 발견하기 위해 시를 씁니다."라고 말할 때, 우리는 『네가 누구든 얼마나 외롭든』의 마지막 장면에 등장하는 발터 벤야민의 문장을 자연스럽게 떠올리게 되는 것이다. "감각들이 머릿속에 둥지를 틀고 있지 않다는, 다시 말해 창문과 구름, 나무가 우리 두뇌 속이 아니라 우리가 그것을 보고 감각하는 바로 그 장소에 깃들고 있는 것이라는 학설이 옳다면, 사랑하는 여인을 바라보는 순간 우린 우리 자신의 바깥에 있는 것이다."[5]

우리는 스스로를 벗어날 수 있는가. 반대로 억압하는 체제에 속한 시인은, 그 체제의 압력으로부터 달아날 수 있는가. 방법은 있다. 그것은 사랑이다. 시인이 지나간 시간의 더미를 파헤쳐 지나간 사랑의 지층을 발견하는 고고학자라면, 그리고 인간은 사랑의 순간을 통해 동일성의 덩어리인 스스로로부터 빠져나와 다른 세계에 설 수 있는 존재라면, 백석 역시 지나간 사랑을 떠올림으로써 겨우 그 자신을 체제의 바깥에 세워 둘 수 있었을 것이다. 소설에 등장하는 옥심과 리진선의 비극적인 사랑은 그 자체로 체제의 바깥 아닌가. 물론 그 한때의 사랑은 성냥팔이 소녀가 켠 성냥처럼 희미하고 위태로운 것이지만 우리들은 김연수가 안간힘으로 열어 놓은 그 '바깥'의 영토에서 그가 사랑했던 것들을 그처럼 떠올리며 백석의 쓸쓸하고 높은 마음 곁에 잠시 우리의 마음을 나란히 놓을 수 있게 되었다. 이건 김연수의 노력 덕분에 우리가 허락받은 흔치않은 행운임이 분명하다.

1 백석, 「사회주의 도덕에 대한 단상」, 《조선문학》, 1958, 8.(이상숙, 『가난한 그대의 빛나는 마음』, 삼인, 2020에서 재인용)

2 이상숙, 「분단 후 백석을 이해하기 위하여」, 위의 책, 46~47쪽.

3 이상숙, 「북한 시인 백석」, 앞의 책, 105~106쪽.

4 김연수, 『네가 누구든 얼마나 외롭든』(문학동네, 2007), 54쪽.

5 같은 책, 391~392쪽.

‘좋은 것’을 상상하는 힘 : 인간을 사랑하는 방법

—『시선으로부터,』 | 정세랑, 문학동네

선우은실 문학평론가

좋음이란 무엇인가

누구에게나 참 좋았다,로 마무리하는 글을 써 본 기억이 있을 것이다. 내게는 초등학교 무렵에 (지금은 자발적으로도 쓰지만 그때는 학교 제출용으로 의무감에 몰아 쓰던) 일기를 끝맺을 무렵에 적었던 마무리 멘트였다. 당시에는 일기에 ‘오늘은’으로 시작해서 ‘참 즐거웠다’거나 ‘참 좋았다’로 끝내는 것이 그다지 권장되지 않는 문장 쓰기의 사례였기에 의식적으로 쓰지 않으려고 노력했지만, 지금 다시 생각해 보면 ‘참 좋았다’로 마무리 되는 이야기란…… 유쾌하고 희망적이지 않은가 싶다.

‘참 좋았다’가 막연한 감탄의 표현이기는 하지만 만족감을 일축하기에 그만한 것이 없다. 대단한 연주를 듣거나 아주 인상적인 그림을 보면서 순간적으로 혹은 돌이켜보니 역시 그것은 좋은 것이었다고 생각하는 것이 그리 흔한 경험이 아니기에 더욱 그렇다. 독서 경험도 마찬가지다. 책을 읽는 동안 또는 책을 마침내 덮으며 ‘아, 이건 좋았다’고 판단하는 순간이란 좋았음의 정체를 탐구하는 사고 경험이 시작되는 시점이다.

그런데 좋(았)음이란 대체 무엇일까? 단순히 훌륭한 것을 보여 주었다는 게 의미의 전부는 아니겠고, 순서로 치자면 우선 독자에게 결핍되었다고 느끼는 지점을 보여 주는 데서 ‘좋음’은 시작된다. 독서 경험의 희열은 만족감과 연관된다. 이때 만족감이란 어떤 것이 충족되었다는 감각에서 비롯된다. 그런데 무언가가 충족되기 위해서는 비어 있음이 발견되어야 한다. 그러니 독서 경험의 쾌감으로서 ‘좋음’이란, 정확하게 언어화하거나 자각하기 어렵지만 경험적으로 막연하게 ‘느끼고’ 있었던 상실의 감각 위에 구체적인 인물과 사건을 덧입혀 형상화해 냄으로써 텅 빈 지점이 있음을 (채우기 위해) 확인하는 것이자 자기 안의 고갈 된

곳이 있었음을 바라보게 하는 것이다.

나의 고갈된 지점을 공유할 수 있는 서사를 만난다는 것은 그 자체로 기쁨이자 즐거움이다. 이해하는 인간이 되고자 하는 것이 결국 자신이 이해받고자 하는 인간이라는 것을 반증하는 한 그렇다. 빈자리를 확인하는 것은 비슷한 부재나 상실의 감각을 가지고 있음을 확인하고 이해함으로써 내가 가진 그것 또한 이해받을 수 있다는 가능성을 확보하는 일인 것이다. 물론 이것이 서사에서 건져 올릴 수 있는 '좋음'의 전부는 아니다. 서사는 '빈 것(곳)'에 대해 정확하게 설명하지는 않지만 하나의 비유 체계로서 그 빈 감각을 이야기에 빗댐으로써 정확하게 보여 준다. 다시 말해 핵심만 간단히 제시하는 경제성을 띠지 않는데도 무언가를 정확하게 느끼게 만든다. 서사란 여러 객관 현실에 토대를 두고 있기에 정확한 지식 체계와 면을 맞대고 있는 것이 사실이나 단순 사실 전달을 목적하지 않는다. 서사는 기본적으로는 활자로 이루어진 인쇄 물질이고 그마저도 특정한 언어 체계를 습득한 뒤에야 문장 단위로 '이해'된다. 그런데 그것의 감상이란 문장을 읽는 것 너머의 작용과 관계된다. 보이는 것은 글자뿐이지만 글자가 지시하는 사람의 이름, 그에 대한 묘사 등을 각자의 가능한 상상의 범위 안에서 구체화시켜 자기 자신을 대입할 때 우리는 비로소 서사를 감상한 것이 된다.

여기서 핵심은 상상하는 힘이다. 서사를 읽는다는 것은 보이지 않는 것을 그리는 것을 의미한다. 이 행위는 자기가 구축한 세계관을 토대로 실행된다. 저마다 감정 이입을 하는 인물이나 사건이 다르거나, 비슷한 장면을 좋아하면서도 그 이유가 다른 것은 바로 자기 자신을 근거로 삼기 때문이다. 자신이 알고 있고 상상할 수 있다고 인지하는 범위 안에서 우리는 보이지 않는 서사 속 세계를 구체화하고 그 안에 개입함으로써 무언가를 느낀다. 그리고 그 '느낌'의 경험이 자기 세계를 한 발 더 확장시킬 때 우리는 그 독서 경험을 '좋았다'고 말한다.

심시선을 이해하는 방식,을 이해하는 방식

이왕 이런 이야기를 꺼내 놓았으니 말인데, 정세랑의 『시선으로부터,』를 그저 '좋은 소설'로 소개하는 대신 이 소설이 가진 저 너머의 가능성을 타진하는 것에 초점을 맞춰 보려고 한다. 단적으로 말해 이 소설의 저 너머의 가능성이란 우리가 어떤 인간을 상상할 수 있느냐와 연관돼 있다. 좀 뜬금없이 들릴 수도 있겠지만 멘토를 찾는 것이 유행했던 적이 있었다. 당시 청소년이었던 나는 무슨 위인을 멘토로 삼는 것도 영 마뜩찮았고, 부모나 지인을 멘토로 떠올리는 누군가를 보며 속으로 '그런 방법이!' 하고 생각은 했지만…… 왜 꼭 누군가를 존경하지 않으면 안 되는지 납득할 수는 없었다. 존경은 좋아하는 것이거나 닮고 싶은 것과는 다르다고 생각했기 때문이었다. 기어코 편승할 수 없었던 멘토 찾기의 기억을 구태여 꺼내 놓은 이유는 멘토를 찾았다거나 멘토 찾기의 중요성을 깨달았기 때문은 아니다. 그때 다들 그렇게까지 멘토를 찾고 싶어 했던 이유는 어쩌면 멘토라 할 만한, 다시 말해 이상향으로 삼고자 하는 사람의 형상을 그려 보는 일이 너무나 요원했기 때문은 아니었을까. 멘토는 특정인이었어야 했던 게 아니라 지금 여기의 인간이 좀 더 나은 인간으로 살고자 할 때 참조할 만한 어떤 형상이어야 했던 것이라고 지금의 나는 이해한다.

소설 속 심시선은 바로 그 뭔가 부족한 현실에서 상상해 낼 수 있는 좋은 어른으로서 참조할 만한 인물이다. 심시선은 30년대 후반~40년대 초반 생으로 추정되는 미술가이자 저술가다.[1] 심시선은 한국 전쟁 이후 하와이에 이주했다가 독일 화가 마우어와 우연한 계기로 마주쳐 교육의 기회를 담보로 독일로 건너간다. 그녀는 독일에서 마우어의 영향권에 있을 당시 자신을 아시아 여성 오브제로 끊임없이 탈주체화하고자 하는 제국주의의 시선에 맞선다. 당시 그녀와 비슷한 처지로 대상화됐던 요제프 리와 함께 마우어로부터 벗어난 시선은 이후 친구 민애방 등의 도움으로 마우어의 폭력과 방해에도 불구하고 미술가로서의 삶을 진전시킨다. 한국으로 돌아온 이후 저술가로 활동한 심시선은 각종 쪽글은 물론이고 인터뷰 등을 통해 자신의 삶에 대한 다수의 기록을 남긴 뒤 사망한다.

소설은 심시선의 죽음 전후로 그녀의 직계자손 및 재혼 등을 통해 구성적으로 형성된 가족들의 서사를 동시적으로 다룬다. 이로써 소설은 심시선이 자신의 삶을 해석하고 소화하여 기록화한 것, 그리고 그녀와 각각 다른 종류의 관계를 맺었던 후손들이 그녀의 삶에 의미를 부여하는 것 두 흐름으로 구성된다. 그런데 후손들의 기억에 의해 구축되는 심시선이라는 인물은 다만 후손에게 숭배되어야 할 조상으로 자리하거나 모셔야 하는 예술가의 형상으로 드러나지는 않는다. 가령 자식과 손녀 손자에게 심시선은 시대를 개척한 '신여성'이자 자유로운 영혼이고, 사위들에게는 기세 좋은 여성들을 담뿍 키워 낸 여성상이며, 며느리에게는 재능을 유심히 살폈다가 그 가능성을 발견하고 제안할 줄 아는 스승이다. 그들에게 심시선이 이런 인물로 해석될 수 있었던 것은 심시선 자신이 시대를 개척하고 자유를 쟁취하고 안목이 있는 여성이기 때문이기도 하지만, 이들이 자신의 삶 가까이의 문제를 심시선의 시각과 견주거나 교환하는 과정에서 나름대로의 해답을 얻어 갈 수 있었기 때문이다. 즉 심시선은 그들이 각자의 삶에서 갈구하고자 했던 것 가령 용기, 폭력에 대한 저항, 자유 쟁취, 나아가 좋은 인간이 되는 방법이 있음을 말해 주는 선례(先例, 善例)다.

소설에서 후손들은 심시선이라는 존재를 삶으로 겪어 낸 사람들이다.

그들에게 심시선은 상상해야 하는 인물이 아닌 구체적으로 감각할 수 있는 인간상이다. 그들에게 심시선은 반면교사로 자리하지 않고 그 자체로 하나의 참조점이 된다. 심시선의 삶을 돌아 인물들은 자기의 삶을 꾸려 나가고 지금 이곳의 폭력을 마주하는 방식들을 고민하며 자신과 자신 이후의 삶을 돌보는 방법에 대해 생각한다.

그런데 소설을 읽는 독자와 심시선의 후손은 엄밀하게 말해 등가의 존재가 아니다. 물론 심시선의 삶의 궤적을 살펴보았을 때 하와이 이주 한인의 역사, 제국주의의 한복판에서 아시아인으로서 그리고 여성으로서 끊임없이 혐오에 노출되어 왔던 (혹은 오고 있는) 문제나, 다른 인물의 삶에 계속 끼어드는 특정 젠더 및 계급에 대한 혐오/억압/폭력, 구조적으로 해결될 필요가 있음에도 불구하고 계속해서 하청에 책임을 묻듯 노동자에게 다른 노동 착취의 책임을 묻는 현실의 문제가 소설에는 묘사되어 있다. 독자는 심시선이나 심시선의 후손들이 살고 있는 시대와 다를 바 없는 현실을 살고 있고 그러한 유사성에 기대어 (유사성이라곤 해도 실제로 이 소설이 2020년까지도 지속되고 있는 언제나의 현실의 문제들을 적극적으로 서사에 반영했다는 점에서 사실적인 측면이 있음은 분명하다.) 심시선 또는 그들의 후손과 '다름없는' 존재라 할 수도 있을 것이다.

그러나 이러한 '동일성'에도 불구하고 우리는 심시선과 그 후손의 삶을 '소설'이자 '이야기'로 접한다. 이렇게 완전히 겹쳐지지 않는 독자와 소설(의 인물) 사이의 거리감은 삶과 서사를 단절시키지 않는다. 오히려 서사를 읽는 자로 하여금 자신의 삶을 메타적으로 성찰하게끔 만든다. 우리는 이들 각각을 경유하여 서로 떨어져 있는 우리의 삶을 유기적으로 연결시키고 각자의 문제이자 공동체의 문제를 자각할 수 있는데, 그것은 바로 이들이 현실에 기반한 문제를 체화한 인물이자 소설적으로 '구성되고 창조된' 인물이기에 가능하다. 후손들이 심시선을 경유하여 그들의 삶을 관통시켜 연결해 냈듯 독자는 이 소설에 꾸려진 세계, 그러나 지금 우리의 그것과 너무나 흡사한 문제들을 끌어안는 이곳에 자신을 각각 연결함으로써 내 삶의 문제와 우리 삶의 문제적 지점을 바라보고 저 너머를 '상상'할 수 있게 된다.[2]

좋은 어른이 되는 방법

강조하고 싶은 것은 (인물과 독자의 삶의 유사성에 기대되) 그들이 상상된 인물이란 전제 위에서야 비로소 수행될 수 있는 다음 삶의 가능성이다. 고되고 척박한 현실에 응답하는 독자가 자신의 삶을 돌아보고 이후의 방향을 설정하고자 할 때, 미래에 대한 상상이란 반면교사에 의해 구축되는 지점이 분명히 있다. 지금 여기가 이렇게 나쁘니 이 나쁜 것을 하지 말고 그것이 더 지속되지 않도록 고쳐 나가고자 하는 동력은 아이러니컬하게도 그 나쁜 것의 한가운데 있기에 가능한 전망이기도 하다. 압도되어도 이상하지 않은 현실의 폭력에 굴하지 않고 자기의 언어를 찾아나가는 일은 물론 무용하지 않다. 내재화된 폭력의 경험들을 직시하고 그것에 대항해 나가려는 노력이란 큰 불안과 용기를 수반하기 때문이다. 다만 이러한 반면교사의 미래 지향성에 한 가지가 더 필요한 것은 아닐까. 나쁜 것을 통해 얻는 기동력이 분노와 슬픔을 거름 삼는다는 점에서 강렬한 힘이 될 수는 있지만 발산 이후의 공허함에 침잠되지 않기 위해 좀 더 구체적인 선함을 그려 볼 수는 없을까. 선한 인간을 그려 보고 그들을 믿는 자신을 상상하고 그러한 인간과 공동체의 모습에 가까워지는 것은 '좋은 것'을 상상하는 힘에 달려 있다.

심시선은 그런 의미에서 실재에 기반하여 상상된 본보기이다. 독자는 심시선이 가상의 인물임을 알면서도 그녀와 유사한 궤적을 따라왔던 실존 인물의 사례를 덧대어 보기도 하고, 미래의 공동체의 모습을 심시선과 그녀의 가족들의 서사에 포개 놓기도 한다. 그렇다면 심시선과 같은 가상의 좋은 어른의 형상을 구체적으로 상상할 수 있을 때 우리는 스스로 좀 더 좋은 어른에 가까워질 수 있을 것이다. 화수와 지수가 심시선을 떠올리며 대화했던 것처럼 "어찌되었든 사람은 시대가 보여 주는 데까지만 볼 수 있"기에 심시선이 "구구절절 설명이 따라붙지 않게 딱 정의된 개념들"이 없는 채로 자기 시대의 싸움을 해 왔다면, 우리는 심시선과 그녀의 가족들이라는 서사를 통해 일종의 구체적 미래상을 미리 그려 보는 셈이다.

본론으로 돌아가 이 서사의 '좋은 점'이 무엇일지 떠올려 보자. 여성 혁명가이자 길을 개척해 나가는 선배 여성의 모습을 볼 수 있다는 것, 그러한 믿음이 이후 더 나은 삶을 원하는 사람들에게 참조가 되어 그 노력이 계속 이어지고 있다는 것, 그리고 그 다음은 이 서사를 읽는 독자의 몫으로 돌아온다는 점…… 이 모두 해당되겠으나 요약하면 이것이겠다. 좋은 어른을 (간접적으로) 만나 좋은 어른의 모습을 기억하고 좋은 어른이 될 가능성을 타진하게 만든다는 것.

쉬운 일은 아니다. 소설 속 염산 테러를 당한 화수는 자신에게 심시선이라는 용감한 할머니와 심시선으로부터 선한 영향을 받은 어른들을 보고 자랐으면서도 자신에게 벌어진 사고를 떠올리면 앞으로의 세계에 대한 불신을 아주 떨쳐 내지는 못하는 듯 보인다. 하지만 화수는 그러한 경멸감에 자신을 내던지지 않기 위해 "어떻게 하면 어른으로 살 수 있"는지 묻고 "이미 어른이지만 제대로 된 어른으로"(183쪽) 성장하는 방법에 골몰한다. 뭔가를 증오하는 대신 계속 사랑하는 방법으로서 자신을 성장시키고자 하는 것은 결국 심시선과 그녀의 가족들의 삶과 사고방식이 그녀에게 참고가 되었기 때문일 것이다.

이 시대에 이 서사를 읽는 것도 마찬가지다. 우리는 심시선과 가족들의 서사를 읽으며 지금 여기에서 벌어지고 있는 끔찍한 현실을 떠올리면서도 그 이후의 삶을 어떻게 가능케 할 것인지 고민한다. 우리는 어떻게 좋은 어른으로 성장할 수 있으며, 어떻게 좋은 세계를 만들 수 있을까. 정세랑의 서사를 통해 하나 힌트를 얻는다면, 우리에게 필요한 것은 인간을 사랑하기 위한 이유보다도 인간을 사랑하는 방법을 발견하는 것에 있지는 않은지. 선하게 상상된 인물과 그와 관계 맺는 건강한 인물을 통해 발견할 수 있는 현실적 가치란 이런 것이리라 생각하며, 나는 이후의 삶을 계속 상상한다.

1 심시선의 생애를 조금 정리하고 가기로 하자. 소설에서 심시선은 약 1930년대 후반~40년대 생으로 추정된다. 심시선이 한국 전쟁 시기 홀로 살아남았던 것을 기억하는 것으로 보아 한국 전쟁을 경험했던 때가 아주 유년기는 아니었으리라 짐작된다. 전후(戰後) 육촌 오빠의 아내에 의해 하와이에 "거의 마지막 사진 신부"(79쪽)로 가게 되면서 하와이 이민 생활을 시작했다는 소설의 서술을 참고하면, 54년 즈음 결혼을 고려할 만한 나이로 대략 10대 후반에서 20대 초반으로 예측할 수 있다. (여기서 한 가지 의문인 것은 '사진 신부'라는 표현과 관련된 것이다. '사진 신부'는 하와이에 대거 이민이 장려됐던 1902~1905년 사이의 초기 이민자와 결혼을 하기 위해 사진만 들고 하와이행을 감행해야 했던 1910~1924년 사이의 한인 이주 여성을 일컫는다. 물론 1950년대에 미군과 결혼한 한인 여성, 유학생, 전쟁고아 등이 하와이로 이주한 기록이 남아 있으므로 전후 심시선의 하와이 이민이 불가능하지는 않았을 것이다. 다만 이 소설이 특히 현실의 역사적 사건들을 주된 배경으로 삼고 있기에 '사진 신부'로서 거의 마지막이라는 진술은 역사적 사실 관계 안에서 조금 더 설명된다면 좋을 것이다.)

소설의 매 챕터 첫머리에 배치되어 있는 심시선의 여러 기록물을 참고해 볼 때, 마티어스가 그린 심시선의 초상화 발견 기사가 2009년에 발표됐고 이에 대한 심시선의 반응을 살피러 갔던 에피소드가 이어지는 것으로 보아 심시선은 2009년 당시엔 생존했던 것으로 파악된다. 2016년에 발표된 것으로 제시된 후배 화가의 심시선에 대한 기록물에서는 "전시회에서 그렇게 흡족해하시던 심시선 선생이 가끔 뵙고 싶"(269쪽)다고 표현돼 있는데 그렇다면 2016년 이전에 사망한 것으로 추측해 볼 수 있다. 그렇다면 심시선의 생애는 대체로 1940년대 초~2010년대 초로 정리된다.

2 이러한 '연결'의 한 예로 이 작품의 여성 독자의 성비가 높다는 기사를 참조해 본다. ("처음 소설을 쓸 때만 해도 독자 성비가 엇비슷했지만 시간이 흐를수록 여성 독자 비중이 늘었다. 올해 6월 출간한 장편 『시선으로부터,』의 경우, 출판사가 파악한 독자 80% 이상이 여성이다. 20~40대 여성들의 지지를 바탕으로 이 책은 출간 두 달 만에 7쇄(5만여 부)를 찍었다."(박현정 , 「21이 사랑한 작가 정세랑① 행복하려면 시선을 멀리」, 《한겨레21》, 2020년 8월 21일자.) 이는 여성 독자들이 이 소설 속 인물들을 '거쳐' 여성으로서 지금 여기의 문제적 현실을 연결해낼 수 있음을 시사한다. 그러니 소설 속 인물이 실재하느냐는 물음 앞에서 소설이 현실을 바탕으로 '창작된' 것이므로 '실재하지 않는다'고 대답하겠지만, 그녀들의 삶이 나의 그것과 얼마나 다른가를 기준 삼을 때 '독자 자신으로서 실재하는 것과 다름없다'고 대답할 수는 있을 것이다. 그러나 앞서 강조했던 것과 같이 폭넓은 의미에서 인물의 '실재'의 여부를 따지는 것이 아니라 우리가 이들을 가상의 인물로 만나 그들을 떠올릴 수 있는 사람이 되었을 때 어떤 현실적 효과가 발생하느냐에 초점을 맞춰 본다.

천 개의 사랑, 아니, 파랑

—『천 개의 파랑』 | 천선란, 허블

박다솜 문학평론가

*이 글에는 『천 개의 파랑』의 스포일러가 담겨 있습니다.

여기, 자기가 하는 것이 사랑인지도 모르고 사랑을 하는 로봇과, 자기가 하는 것이 사랑이라고 믿으며 상처를 주고받는 인간들이 있다. 2019년 한국과학문학상 장편 대상을 수상한 천선란의 장편소설 『천 개의 파랑』은 경마용 휴머노이드 로봇 '콜리'와 경주마 '투데이'의 우정을 그린 작품이다. 인간과 기계, 동물이 몽땅 등장하는 이 소설에서 감정이 없는 기계는 말 못 하는 동물을 사랑하는데, 감정도 있고 말도 할 수 있는 인간들은 의도하지 않은 상처를 주고받는다. 투데이에 대한 콜리의 사랑, 그리고 은혜의 마음속에 남은 생채기를 살펴보는 일이 『천 개의 파랑』을 읽는 하나의 독법이 될 수 있을 것이다.

감정 없이도 하는 사랑, 콜리

소설은 인간보다 가볍고 부상의 위험도 없는 로봇 기수가 경마를 하는 2035년을 배경으로 한다. 훗날 '콜리'라는 이름을 갖게 되는 기수 휴머노이드 'C-27'은 인간들의 실수로 다른 기수 로봇들과 달리 학습 능력과 인지 능력을 가지고 태어난다. 때문에 콜리는 인간들이 왜 말을 타고 달리는 경기를 열게 됐는지 궁금해하고, 시시각각 달라지는 하늘을 감상하기 좋아하는 이상한 로봇이 되었다. 이야기는 자연히 특별한 로봇 콜리를 둘러싸고 진행되는데, 눈여겨보아야 할 사실은 이 소설에서 로봇은 인간에 의해 관찰되는 대상이 아니라는 점이다. 콜리는 인간들과 대등한, 혹은 더 중요한 행위자로 취급된다. 작품의 시작과 끝에 주어로 '나'를 사용하는 콜리의 독백이 놓여 있다는 점에서 그러하며, 서사를 밀고 나아가는 것이 콜리와 투데이의 관계라는 점에서 그러하다. 기계와 동물의 관계는 이 소설의 한가운데에 놓여 있다. '인간과 기계(로봇)의 우정'이 SF 장르의 오랜 주제 중 하나였고, '인간과 동물의 우정' 역시 우리에게 꽤나 익숙한 소재라고 한다면, 『천 개의 파랑』은 독특하게도 '기계와 동물의 우정'을 다루고 있는 것이다.

"동식물이 주류가 되고 인간이 비주류가 되는 지구를 꿈꾼다."라는 책날개의 다소 인상 깊은 문장에서는 인간중심주의를 반성하는 작가의 모습을 찾아볼 수 있다. 따라서 기계와 동물의 우정을 그리는 것은 작가가 꿈꾸는 지구를 실현하기 위한 하나의 방식이다. '지속 가능한 발전'이나 동물권의 주장이 인간 중심적 삶의 방식에서 벗어나기 위한 환경적·사회적 시도라고 한다면, '기계와 동물의 우정'을 중심으로 하는 서사를 구축하는 것은 인간 중심적 사고에서 탈피하고자 하는 소설적인 시도다. 그리고 이런 시도는 비인간 행위자를 인간 행위자와 대등하게 다룰 것을 요청하는 브뤼노 라투르의 행위자 연결망 이론(actor-network theory)과도 일정 부분 상관적이다. 『천 개의 파랑』에서는 은혜나 복희 같은 인간 행위자가 비인간 행위자인 동물을 사랑할 뿐만 아니라, 비인간 행위자인 콜리가 다른 비인간 행위자인 투데이를 사랑하는 것이다. 우리가 사랑의 필요조건이라 알고 있는 '감정'이 없이도 콜리는 투데이를 사랑한다.

소설 안에서 콜리는 로봇이기에 감정을 느끼지 못한다고 설정되어 있지만 그의 두 번의 낙마는 투데이에 대한 사랑 말고는 설명할 방법이 없다. 콜리는 투데이의 등에서 두 번 자발적으로 떨어진다. 처음에는 무리한 경주로 관절을 다친 투데이를 살리기 위해, 두 번째는 불완전한 다리로 달리면서도 행복해하는 투데이가 더 빨리 달릴 수 있도록 돕기 위해. 두 번 모두 콜리는 자신의 무게가 투데이에게 부담이 된다는 것을 안다. 말에서 떨어지는 일이 자신을 망가뜨릴 것이라는 사실 역시 안다. 하지만 두려움을 느끼지 못하는 콜리는 너무나도 쉽게 자신을 희생한다. 첫 번째 낙마는 콜리의 하반신을 망가뜨리고 두 번째 낙마는 콜리를 산산조각 낸다. 그런데 콜리의 선택이 단순히 두려움을 느끼지 못하는 데서 기인했다고만은 보이지 않는 것이, 관계에 대한 콜리의 욕구가 소설 안에서 꽤나 선명하게 드러나기 때문이다.

사실 콜리는 인지 능력과 학습 능력을 가진 로봇이라기보다는, 이기심이 소거된 상태의 인간에 가까워 보인다. 만약 인간의 부정적 특성은 삭제하고 긍정적 면모만 남길 수 있다면 그 사람은 콜리와 매우 닮아 있을 것이다. 콜리는 무감정의 로봇임에도 불구하고 특정 인간(보경)과 가까워지고 싶어 하고, 투데이를 그리워하기도 한다. 또 투데이가 다시 달릴 수 있게 된 가장 큰 이유는 은혜의 애정 덕분이라고 추측하기도 한다. 콜리는 존재들 간의 관계가 주는 안정감과 위안을 이해하고 있으며 그것을 갈망하는 것처럼 보인다. 마치 인간들이 그런 것처럼. 이처럼 콜리를 이기심이 지워진 상태의 인간이라고 이해한다면, 그가 사랑을 하는 것은 당연한 일이다. 누군가의 이기심이 소거되는 순간을 우리는 사랑이라고 부르니까.

콜리의 알루미늄 피부로는 바람결을 느낄 수 없지만, 투데이의 갈기가 흩날리는 것을 보고 바람을 짐작할 수 있다. 각종 부품으로 가득한 그의 마음으로는 행복을 느낄 수 없지만, 투데이의 등이 기쁨으로 진동하는 것을 보고 행복을 가늠할 수 있다. 그리고 "투데이가 행복해한다는 걸 알게 된 이후로 콜리는 투데이가 행복하다면 자신도 행복한 거라고 정의 내렸다". 자신의 행복을 투데이의 행복으로 정의하는 이 마음이 사랑이 아니라면, 우리가 아는 그 어느 것도 사랑일 수 없을 것이다. 콜리는 사랑이 무엇인지도 모르면서 절절하게 투데이를 사랑한다.

한편 기계가 동물을 사랑하는 상황을 그릴 만큼 상상력이 풍부한 작가는 자신이 꿈꾸는 지구에서는 인간이 비주류가 되길 바란다고 썼다. 인간이 주류가 아닌 세상을 꿈꾸는 이유는 분명해 보인다. 인간은 동물을 학대하고, 자기들끼리도 차별하기 때문이다. 그렇다, 인간은 자신을 위해 자연을 파괴하고 다른 종을 희생시킬 뿐 아니라 같은 인간들끼리도 차등을 두고 함부로 대한다. 바로 이 지점이 '인간 중심적 사고'에 이어 우리가 반성해야 할 두 번째 지점이다. 자기가 하는 것이 사랑이라고 믿으면서 상대에게 예기치 못한 상처를 주는 인간들의 모습을 통해 이 지점을 명확히 해 보자.

"나는 이미 자유로워."

소설은 콜리와 투데이의 관계를 중심으로 '인간' 주인공들을 등장시킨다. 부서진 콜리의 하반신을 고쳐 주는 '연재', 관절을 못 쓰게 된 투데이를 아끼는 '은혜', 그리고 연재와 은혜 자매를 돌보는 엄마 '보경'이 주된 등장인물이다. 연재의 언니 은혜는 소아마비로 인해 두 다리를 쓸 수 없다. 그래서 그녀가 받은 사랑과 상처에는 아픈 구성원으로 인한 가족 간의 부채감이 고스란히 담겨 있다. 그들은 서로를 위해 살지만 그래서 서로에게 상처를 준다. 은혜는 세상으로부터 받은 상처를 보경과 연재에게 말할 수 없고, 보경과 연재 역시 은혜가 마음을 다칠까 봐 말하지 못하는 것들이 있다. 그리고 이렇게 말해지지 못하는 것들 때문에 세 명 모두는 은혜의 걸을 수 없는 다리를 매번 재확인하게 되는 것이다. 은혜의 아픔을 둘러싸고 세 사람은 끊임없이 조용한 상처를 주고받는다.

은혜는 세상으로부터 받은 상처뿐만 아니라 보경에게 받은 상처에 대해서도 차마 말할 수 없는데, 그녀가 가진 조용한 상처들 중 하나는 이런 것이다. 보경은 아픈 은혜에게 용기와 힘을 북돋워 주기 위해 위로의 말을 아끼지 않는다. 그러나 보경의 따뜻한 위로를 받는 은혜는 이런 생각을 한다.

보경이 은혜에게 괜찮다고 말할 때마다, 이 사소한 불편이 너를 규정할 수 없다고 말할 때마다 은혜는 도리어 이렇게 말하고 싶었다. 정상적인 사람에게 너의 정상성은 괜찮은 것이고, 그것이 너를 규정할 수 없다고 말하지 않는 것처럼 은혜도 그런 말을 들을 이유가 없다고. 보경이 건네는 따뜻한 위로가 가끔은 자신이 정상의 범주에서 벗어났음을 확인시키는 차갑고 날카로운 창살 같다는 것을.

보경은 누구보다 은혜를 사랑하는데 보경의 위로는 은혜에게 '차갑고 날카로운 창살'이 된다. 자기가 하는 것이 사랑이라고 믿으면서 상대에게 예기치 못한 상처를 주는 사람은 그러니까, 보경이다. 그녀의 말은 몸이 불편한 사람들의 현실 개선에는 무관심하면서 강박적으로 쏟아붓기만 하는 어떤 위로들을 상기시킨다. 물론 은혜가 이런 말을 들어야 하는 것이 온전히 보경의 탓이라고 말할 수는 없다. 은혜가 강박적인 위로를 받아야 하는 궁극적 이유는 정상인 중심의 사고방식과 사회구조, 정상인에게만 편리한 계단과 버스 때문이다. 걸을 수 없는 사람을 위로받아야 하는 존재로 규정하는 우리의 알량한 시혜심과 고정관념 때문이다.

소설은 몸이 불편한 사람들에게 세상이 얼마나 잔혹한지를 치밀하게 그려 낸다. "은혜의 휠체어를 허락도 없이 붙잡아 도와주는" 자의적 동정심에서부터 은혜를 그들 삶의 위안과 희망으로 소비하려는 저열한 이기심까지. 그래서 사람들은 은혜에게 "어떤 불굴의 상황도 웃음으로 이겨 내는 긍정의 힘"만을 기대한다. 우리는 종종 제 임의대로 누군가를 약자로, 보호받아야 할 대상으로 정의하고 그들이 역경을 이겨 내는 모습에서 자신의 고달픈 삶을 보듬을 힘을 얻고자 하기도 한다. 그러나 이 소설에서 걷지 못하는 은혜는 결코 약자가 아니다. 왜냐하면 스스로를 약자라고 규정하는 데 은혜가 반대하기 때문이다. 그녀는 "세상이 조금만 더 자신을 남들처럼만 대해 준다면" 사이보그 따위 될 필요 없다고 생각한다. 이 소설은 인간 중심적 사고에 이의를 제기하는 꼭 그만큼 정상인 중심적 사고에도 반기를 든다. 은혜가 약자인 것은 그녀가 정말로 약한 사람이라서가 아니라, 세상이 은혜를 약자라고 명명하기 때문이다.

그리고 슬프게도 '세상'이라는 단어에는 '가족'도 포함되어 있어서, 연재와 보경조차도 은혜의 자유에 대해 정확히 알지 못한다. 연재는 고등학생을 대상으로 하는 로봇 모델링 대회에 나가기 위해 그동안 준비해 왔는데, 대회 당일 아침 은혜에게 '언니는 자유롭고 싶은 거지?' 하고 묻는다. 이 질문에 대해 은혜는 "나는 이미 자유로워."라고 답한다. 걸을 수 없는 은혜의 '나는 이미 자유롭다'라는 대답이 주는 모종의 충격은 그동안 우리가 누군가의 부자유를 너무 쉽게 단언해 왔음을 방증한다. 때로 사람들은 타인의 부자유를 확언하는 방식으로 그의 자유를 박탈했던 것은 아닐까. 그래서 『천 개의 파랑』은 '기술의 발전이 무엇을 해야 하는가'라는 SF 소설로서의 본질적 질문에, 기술의 발전은 누군가를 자유롭게 만드는 것이 아니라 누군가가 이미

가지고 있는 자유를 인정해 주는 것이어야 한다고 답하고 있다. 은혜는 약자가 아니며, 그녀는 '이미' 자유롭다.

천선란이 꿈꾸는 세계에서는 기계가 동물을 사랑하고, 기계가 인간의 자유를 (시혜심이나 동정심 같은 감정 없이!) 오롯이 인정해 준다. 기계는 희생적이면서도 생색내지 않는 사랑을 한다. 인간들의 사랑은 어떤가. 은혜를 아프게 만들기도 하는 보경의 방식은 사랑이 아닌 것으로 기각되어야 마땅한가. 물론 그것은 말도 안 되는 일이다. 보경은 그녀가 할 수 있는 최선의 방식으로 또 최고의 강도로 은혜를 사랑한다. 감정을 느끼지 못하는 콜리가 투데이를 사랑하는 제 나름의 방식을 가지고 있었던 것처럼, 은혜에 대한 보경의 사랑 역시 하나의 방식으로 인정되어야 한다. 소설이 그리는 미래에는 인간이 아프지 않은 사랑을 할 수 있도록 기계가 도와줄 것이니, 은혜는 조금 덜 아파할 수 있지 않을까. 그렇다면 이 또한 인간을 사랑하는 기계의 방식일 것이다.

소설의 초입에서 콜리는 시간의 흐름에 따라 색색으로 변해 가는 하늘을 보며 그것을 '파랑, 파랑분홍, 회색노랑' 하는 식으로 색의 이름들을 조합해 명명한다. 소설의 제목 '천 개의 파랑'은 여기서 유래한 것이다. 콜리가 본 하늘에 천 개의 파랑이 있었던 것처럼 내가 읽은 『천 개의 파랑』에는 갖가지 색의 사랑이 있었다. 콜리의 사랑, 보경의 사랑, 지면상 언급하지 못한 연재의 사랑과 은혜의 사랑, 그리고 복희의 사랑, 또 투데이의 사랑까지. 기계와 인간과 동물이 보여 주는 각각의 사랑은 다른 대상을 향해, 저마다의 방식을 취하고 있었다. 그래 나는 이 소설의 제목을 '천 개의 파랑'이라고 옳게 썼다가 문득 지우고, 실수로 '천 개의 사랑'이라고 쓰고 싶어졌다.

킬러가 된 유교걸과 유토피아의 K-좀비들

—『칵테일, 러브, 좀비』 | 조예은, 안전가옥

인아영 문학평론가

작년 왓챠플레이에 공개되었던 미국 드라마 「와이 우먼 킬」(CBS, 2019)에서 내세우는 질문은 제목 그대로 '여자들은 왜 살인을 하는가'다. 살인 범죄라는 소재를 다루면서도 발랄하고 코믹한 톤으로 흘러가는 이 스릴러는 미국의 어느 대저택에서 각각의 시대에 살았던 1960년대의 전업주부 베스 앤, 1980년대의 사교계 인사 시몬, 2010년대의 변호사 테일러라는 세 명의 여성과 그 남편을 중심으로 벌어지는 살인 사건을 옴니버스 형식으로 보여 준다. 살아가는 시대도 직업도 성격도 다른 이 세 명의 여성이 남편을 죽였으리라는 공통적인 의혹을 경쾌하게 보이면서 드라마가 진행된다.

그러나 정작 제목과는 다르게 이 드라마에서 '여자들은 왜 살인을 하는가'라는 질문은 서사 내적으로 그다지 긴장감을 유발하지 않는다. 그 이유야 어렵지 않게 유추할 수 있다. 이 남편들은 아내 몰래 바람을 피우거나 정신적·물리적 폭력을 행사하는 등 뻔한 '죽을 짓'을 했을 것이 분명하고 회가 거듭될수록 실제로 남편들이 저지르는 각종 만행들이 거듭 증명되기 때문이다. '여자들은 왜 살인을 하는가'라는 질문이 그다지 유효하지 않은 것은 소위 '죽을 짓'을 하는 남편을 죽이고 싶어 하는 여성들의 욕망 자체가 그다지 놀라울 것도 새로울 것도 없으며 어쩌면 역사에서 유구하게 축적, 반복되어 왔을지도 모른다는 점에서 기인한다. 그럼에도 불구하고 '남자 죽이는 여자'를 내세우는 스릴러 서사는 국내외와 장르를 막론하고 최근 몇 년간 서사 예술에서 변용되며 가장 주요한 흐름 중 하나로 자리 잡고 있는데,[1] 이러한 작품들에서 중요한 질문은 더 이상 스릴러 서사의 문법에서 중요한 추동력인 '누가 이 범죄를 저질렀나?(Who has done it?)', 혹은 「와이 우먼 킬」의 제목에서 묻고 있는 것처럼 '여자들은 왜 살인을 하는가?(Why women kill?)'가 아닌 것이다.

조예은의 소설집 『칵테일, 러브, 좀비』(안전가옥, 2020)는 '남자 죽이는 여자'라는 모티프를 다양하게 변주하면서 다분히 '한국적인' 스릴러 서사의 문법을 확장하고 있다. 「초대」에서는 여자 대학생 채원이 가스라이팅, 거짓말, 외모 지적을 비롯한 언어폭력을 일삼고 바람을 피우는 정황이 포착되는 남자친구를 회칼로 살해하고, 「습지의 사랑」에서는 알 수 없는 이유로 하천에 빠져 죽은 뒤 물귀신이 된 '물'이 유일하게 자신에게 다가와 준 '숲'이라는 존재와 가까워지려는 와중에 골프장 설립을 위해 산을 깎아 그 만남을 방해한 '남자'를 물속으로 끌어들여 죽인다. 「칵테일, 러브, 좀비」에서는 학원 강사 주연이 바이러스 감염으로 인해 좀비가 된 아버지를 처치 곤란하게 되자 어머니와 함께 고심 끝에 긴 총으로 쏘아 '진짜 시체'로 만들고, 「오버랩 나이프, 나이프」에서는 초밥을 사러 나갔다 온 사이 아버지가 어머니를 과도로 죽였다는 사실을 알게 된 '나'가 똑같은 과도로 아버지를 찔러 죽인다.

이 소설들에서 흥미로운 것은 '유교걸'로서의 여성 킬러들의 캐릭터다. 이들은 가부장제라는 체계 안에서 움직인다. 유튜브 웹예능 「문명특급」에서 고안된 별칭으로서 이제는 일반명사처럼 쓰이고 있는 '유교걸'이라는 명명에서 핵심은, 한국 여성들이 유교라는 사상에 근간을 두고 있는 가부장제의 보수적인 억압 체계 안에 속박되어 있다는 사실 자체가 아니라, 그러한 보수성을 뿌리 깊이 내면화하고 있다는 사실이다. 이 보수성은 한국 사회에서 작동하는 기제인 동시에 장녀로서의 만성적인 죄책감, 남성 가족 구성원들을 향한 습관화된 양보를 유발하는 '유교걸' 개개인의 마음속에 있는 속박이기도 하다.

조예은의 소설에 등장하는 여성 킬러들 역시 남자친구를 살해하지만 이성애 연애에서 관습적으로 되풀이되는 폭력적인 패턴 안에 있거나(「초대」), 아버지를 죽이는 친족 살해의 범죄자인 동시에 아버지에게 애정 어린 측은함을 느끼고 어머니의 존재를 끔찍이 아끼는 효녀로 등장한다(「칵테일, 러브, 좀비」). 즉, 가족을 사랑하고 아버지를 향한 애증에 고민하며 때로는 자신의 판단에 소심한 이들은 이성애 혹은 가부장제라는 구조에 대한 저항을 보이면서도 그 안에서 벗어나지 못한다는 모순을 겪어 내고 있는 인물들로 등장한다.

그럼에도 불구하고 이들이 물리적·정신적 폭력을 저질러 온 남성들을 살해하게 되는 과정은 논리적이고 차분하게 진행되며, 살인 사건의 우연성이나 급작스러움에 비하여 마치 애초에 그들을 죽이기로 계획했었던 것처럼 상당히 자연스럽고 덤덤하게 처리된다. 「와이 우먼 킬」과 마찬가지로 '누가 이 범죄를 저질렀나?' 혹은 '여자들은 왜 남자를 죽이는가?' 식의 질문은 조예은의 소설에서 그다지 유효하지 않다. 오히려 중요한 것은 '유교걸은 왜 킬러가 되었을까?'라는 물음이 그다지 궁금하지 않다는 사실, 그만큼 이들이 킬러가 되는 사실이 자연스럽게 느껴진다는 사실, 다시 말해 '유교걸'이 언제든 아무렇지도 않게 킬러가 될 수 있는 잠재태로서 '은은하게 돌아 있다'는 사실 자체다.

조예은의 소설은 최근 한국문학에서 뚜렷한 흐름을 보이고 있는 '여성 스릴러'라는 장르에서 납치, 살인, 유기 등의 중범죄들을 저지르는 여성 인물들의 이야기의 연속선상에서 독해될 수 있으면서도,[2] 가학성, 충동, 광기를 보이지 않으며 원한 감정, 복수 심리, 각종 욕망에 불타오르지도 않는다는 점에서 주목을 요한다. 하드보일드 범죄소설이나 가정 스릴러에서 살해를 저질렀던 여성 킬러들과 달리 조예은 소설의 유교걸 킬러들이 저지르는 살인 행위는 일상생활의 번다한 일과의 옆자리에서 가뿐하고 상쾌하게 처리된다. 물론 살해당하는 남자들이 꽤나 명백한 잘못을 한 것은 맞고, 여성 인물들이 치명적인 피해나 손해를 받은 것도 사실이지만 이들의 살의나 잔혹함은 서사 내에서 강조되지 않는다. 그렇다면 이들에게 살인은 어떤 의미를 가지는가.

표제작인 「칵테일, 러브, 좀비」에 나타나는 좀비 모티프를 더 자세하게 들여다볼 필요가 있다. 이 소설의 주인공 주연은 하루아침에 아빠가 좀비가 되어 있는 현장을 목격한다. 국밥집에서 제공하는 뱀술에 들어 있던 기생충으로 인해 발생한 좀비 사태가 터진 지 얼마 지나지 않아 "가정 밖에서는 건실한 사회인인 반면 가정 안에서는 제왕처럼 군림하는 전형적인 50대 중후반의 경상도 출신 제약회사 직원"[3]인 아버지가 집에서 좀비로 발견된다. 서울 곳곳에 출몰하는 좀비들은 발견되는 즉시 사살되기 때문에 어머니와 상의한 주연은 당분간 좀비로 변한 아버지를 집에 두기로 한다. 죽은 것도 아니고 죽지 않은 것도 아닌 이 아버지-좀비가 언제 달려와 자신과 어머니를 좀비로 전염시킬지 모르므로 주연은 슬퍼하는 어머니를 설득하여 아버지를 묶어 두고 격리해 두자고 제안한다. "안 되겠어. 묶어 둬야 해. 어쨌든 저건 우리가 알던 아빠가 아니잖아, 엄마. 언제 다시 공격할지 몰라. 좀비에게 물리면 대부분 좀비가 된다고. 엄마도 「월드 워 Z」 봤지?"

좀비 서사에서 좀비들은 종종 생존주의에 매몰되어 있는 청년 세대의 파국적 불안을 드러내거나 애도받지 못한 자들이 회귀를 보여 주거나[4], 혹은 최근 방영된 한국 드라마 「킹덤」에서처럼 배제된 소수자이자 억압받는 자로서의 '호모사케르의 하드고어 버전'를 상징하곤 했다.[5] 좀비는 주로 신체와 신체 사이의 직간접적인 물리적 접촉에 의한 전염으로 널리 퍼지며, 어떤 대상이 저지르는 죄나 잘못의 무게와 무관하게 '죽었으면서도 죽지 않은 비인간' 상태라는 가혹한 대가를 치르게 된다. 즉 좀비의 비극은 무차별적으로, 혹은 우연에 의해서 부여되며, 이로 인해 좀비 감염이라는 재난이 이웃에 대한 사랑 혹은 연대를 가늠함으로써 이에 맞닥뜨린 주인공의 윤리성을 시험하게 하는 장치로서 작동했던 것이다.[6]

그런데 조예은 소설의 아버지-좀비는 무고하지 않으며 이 때문에 서사 내적으로 이러한 윤리적인 고민이 들어설 자리는 없어 보인다. 오히려 이 아버지-좀비는 전국에 확장되고 있는 재난의 원인으로 기능하는 동시에 좀비가 될 내재적인 필연성을 가진다. 이를테면 주연은 아버지가 회식에서 유흥 끝에 뱀술을 받아 마신 것이 “살다 보니 겪은 어쩔 수 없는 일”이 아니라 평소에 방탕하거나 부도덕하게 살아왔던 습관의 연장선상의 핑계에 불과했을 것이라고 덤덤하게 말한다. 그렇기에 아버지의 평소 모습은 좀비의 물리적인 형상과 외적으로 구별되지 않는 방식으로 제시된다. 사실상 시체의 몸을 가진 채 썩어 가면서도 집에서 잠만 자고 밥을 축내는 방탕한 한량의 일과를 보내는 아버지가 좀비가 된 이후의 모습은 생전과 그다지 다르지 않다.

아버지-좀비가 무능하고 비도덕하지만 식탐은 많고 어머니와 딸의 노동으로 밥을 차려 주어야 하는 존재라는 설정은, 좀비를 맞닥뜨린 주인공에게 ‘감염이라는 위험과 해악’과 더불어 그를 처단해야 하는 당위성을 한 겹 더 부여한다. 그것은 바로 경제적인 살림이라는 현실적인 이유다. 좀비라는 설정이 그간 한국 사회에서 신자유주의의 생존경쟁에서 살아남아야만 한다는 강박관념이나 불안을 드러내는 장치로 기능하곤 했던 것과는 사뭇 다른 방식이다. 주연이 자신과 어머니를 보호하기 위해 아버지-좀비를 집 안에서 격리하는 것에서 모자라 결국 자기 손으로 죽이게 되는 결정적인 원인은 좀비로서의 아버지를 먹여 살리는 데 생활비가 빠듯하기 때문으로 제시된다. 집 안에 아버지를 혼자 내버려 둘 수 없기에 직장에 휴가를 신청해야 하는 이들이 살기 위해서 필요한 것은 다름 아닌 “생활비”다. 회사에서도 아버지-좀비를 조용하게 처리하길 원하면서도 말을 바꾸어 규정상의 퇴직금 이상은 주지 않으려고 하자, 주연과 어머니는 결국 정식 업체가 아니라 예산에 맞는 개인 사업자를 불러 아버지를 직접 죽이게 된다.

‘좀비라는 괴물이 무엇을 상징하는가’ 못지않게 “누가 좀비를 괴물로 전유하는가”라는 질문이 중요하다는 지적을 상기해 본다면,[7] 이러한 설정은 좀비를 처단해야 하는 주인공으로 하여금 윤리적인 고민으로부터 자유롭게 만들어 주고 독자들에게 좀비 처단의 쾌감을 선사하는 장치로 작용한다. 그리고 아버지를 살해해야 하는 ‘유교걸’ 내면의 죄책감을 상쇄하는 동시에 가부장제에 함께 얽혀 있는 다른 가족들, 특히 어머니에 대한 효를 유지할 수 있는 필연성을 부여하는 구실로 작동한다. 아버지 살해 이후 어머니와의 관계는 오히려 이전보다 더 돈독해지고 일상의 평화는 공고해지는데, 이는 좀비에게 종말론적 파국을 앞당기는 촉매제 역할을 하는 것 같으면서도 사실상 새로운 미래를 가능하게 하는 사태 해결의 역할을 부여하는 것이다.

다음 날 오랜만에 차려입고서 엄마와 둘이 밖으로 나왔다. 은행에 들러 계약금을 이체하고, 확인 문자를 받고, 작업이 끝나면 건넬 잔금을 현금으로 뽑았다. 점심으로는 간만에 파스타를 먹었다. 엄마는 맛은 없지만 기분은 좋다고, 홀가분하다고 했다. 이후에 서점에 들러서 엄마가 미리 알아본 자격증 책을 샀다.

"너랑 이렇게 둘이 나와 본 게 얼마 만인지 모르겠다."

"그러게."

주연은 어깨가 닿도록 엄마의 옆에 딱 붙었다. 엄마가 배시시 웃었다. 정말 잘 살 수 있을 것 같은 근거 없는 믿음이 생겨났다. 잘 살아야 했다. 아빠 하나 없다고 집이 망하면, 그건 너무 억울한 일이니까. 잘 살 것이다. 아빠 없이도."(95~96쪽)

아버지-좀비를 죽이기로 결정한 이후 주연은 "아빠 없이도" 잘 살 것이라며 희망찬 앞날을 예견하고 기존보다 더욱 평화로운 일상을 유지한다. 그리고 결국 업체를 불러 긴 총으로 아버지-좀비를 사살한 이후에 사체에서 나온 뱀의 제사를 지내고 그것이 정부의 굿판으로 연결되면서, 소설은 아버지를 애도하는 것처럼 보인다. 그런데 좀비 서사와 한국 무속 신앙을 결합한 이 마지막 장면에서 더 중요한 것은 이러한 애도가 아버지가 아니라 감염자가 되었다가 살아남은 주연을 향해 있는 것처럼 보인다는 사실이다. 어쩌면 이들이 제사를 지낸 대상은 생전의 형식으로서 존재해 온 아버지라기보다는, '유교걸' 안의 내면화된 보수성일지도 모른다. 이 친족 살해가 상쾌하고 후련한 이별의 형식을 취할 수 있는 것은 종말론적 상상력을 대변하는 좀비 모티프가 동시대 한국문학에서 독특하게도 유토피아적인 장치로 기능하고 있는 국면을 보여 준다.[8] 지금 한국 사회에서 진정한 재난과 파국이란 무엇인가라는 질문을 가로지르며 전유되고 있는 K-좀비의 출현은 한국문학의 새로운 변곡점을 건드리고 있다.

1 비슷한 시기에 제작, 공개되었던 미국 드라마 「빅 리틀 라이즈」(HBO, 2017~2019)에서도 '살인하는 여자들'은 등장하며 시즌 1의 첫 화부터 피해자 남성에 관한 수사 장면이 길게 이어지면서 시청자의 호기심을 유발한다. 그러나 결국 드라마에서 중요한 것은 '누가 누구를 왜 죽였느냐'가 아니라, 그 죽음을 둘러싼 여성 인물들의 연대와 복잡한 관계망으로 나타난다.

2 강지희, 「투명한 밤과 미친 여자들의 그림자」, «문학동네», 2020년 봄호 참조.

3 조예은, 「칵테일, 러브, 좀비」, 『칵테일, 러브, 좀비』(안전가옥, 2020), 84쪽. 이후에는 본문에 쪽수만 기입한다.

4 박하림, 「파국의 기원과 멜랑콜리: 2000년대 한국 문화에 나타난 좀비 서사 연구」, «비교문학» 71, 2017 참조.

5 이정진, 「좀비의 교훈: 새로운 정치적 주체에 대한 이론적 논의에 부쳐」, «안과밖» 34, 2013, 참조.

6 서동수, 「좀비, 엑스 니힐로의 주체와 감염의 윤리」, «대중서사연구» 51, 2019, 184쪽 참조.

7 애초에 좀비가 가지고 있는 기괴함이 아프리카 부두교와 아이티 노예라는 집단에 관한 인종적인

편견이 작동하여 만들어졌다는 점을 생각한다면, 좀비라는 형상을 만들어 냄으로써 자신이 가지고 있는 두려움을 투영하고 이들을 '상상된 괴물'로 만든 주체인지 생각해 볼 필요가 있다.(서동수, 위의 글, 184쪽 참조.)

8 최근에 발표된 또 다른 좀비 서사인 은모든의 「501호의 좀비」(«릿터» 26호)에서 역시 좀비라는 집단은 성범죄를 저지른 남성을 깔끔하게 처단하는 복수를 위한 조력자로 등장한다는 점에서 조예은의 「칵테일, 러브, 좀비」에 나타나는 유토피아적인 상상력과 동궤에서 독해될 수 있다.

거기 없어서 그리 간다

—『폭죽무덤』 | 김엄지, 현대문학

김건형 문학평론가

거기 있다길래 그리로 간다. 벽을 대여해 준다는 남자는 벽으로 무엇을 하든 상관없다고 한다. '나'는 벽을 부수러 간다. "재미로. 재미가 별것 아니니까." 그런데 "벽을 가장 괴롭힐 수 있는 방법. 뭘까" 모르겠다. 반대로 "벽을 가장 사랑하는 방법, 그건 도무지 모르겠으니". 벽은 보이지 않는데 벽을 괴롭히는 방법도 사랑하는 방법도 모르겠다.

> 남자가 내민 계약서라는 것에 내 이름을 쓰고 지장을 찍었다.
> 일단 나는 내가 빌릴 그 벽을 훼손시킬 궁리를 했다. 스트레스를 풀고 싶고.
> 스트레스가 풀릴까. 벽을 부수다 내 몸이 부서져. 그러면 풀릴까. ……
> 벽 앞에서 누구와 무얼 하든 상관없다고 했다.
> 시간을 지킬 것, 그것만이 조건이었다.
> 게임 같은 건가요?
> 게임은 아니라고 했다.
> 말 그대로 잠시 빌리시는 거죠.
> 남자의 얼굴이 친절해 보이기도 했는데. (12쪽)

무얼 할지 모르겠는데 일단 벽으로 간다. 아무리 가도 보이지 않으니 이미 계약을 했음에도 쓸 수가 없다. 쓸 수 없는 상태로만 빌릴 수 있는, 오직 자신만을 위한 벽. 벽을 훼손하다가 자신이 파괴될 것 같지만, 그래도 아무튼 따라가는 카프카적인 삽화로 시작한다면, 우리가 알 수 있는 것이란 결국 그 벽에 대해 모르는 '나'에 대한 것뿐일 터.

'나'는 자신이 모르는 상태임을 발견하길 수없이 반복한다. 그 모르겠음의 지속 상태가 곧 '나'의 존재를 결정한다. "아무리 더듬어도 다리가 어디에서부터 시작되는지 알 수 없었다." 어디서부터 '나'의 신체가, 생각이, 존재가 시작되는가. "발 딛는 곳마다 시작일까? 시작하기 시작했습니다." 생각하기 시작하는 순간부터 몸이 시작된다.

*

이 소설 속에서 일어나는 일을 기술하는 문장들은, 무엇을 하지 않았다거나 무엇에 대해 생각하지 않았다는 부정의 형식이다. "나는 샤워를 마친 다음 냉장고를 향해 걸었"는데 "책상에서 냉장고까지 가는 걸음을 세어 보지는 않았다."라거나 "뭘 먹으면 좋을지 정하지 않은 채 카페에서 나왔다."라는 식으로. 특유의 '자신을 부정하는 수행문'은 특히 구체적인 시공간일수록, 사소해서 당연해 보이는 행동일수록 반복된다. 이런 문장들은 독서를 지연시키고 그 문장 속의 '나'가 위치한 관습적인 맥락과 자연스러운 상황에서 어긋나게 만든다. 이는 화행(Speech Act)의 전제 조건, 자동 반사적으로 암시되는 현실의 인과율을 멈추게 만든다. 구체적이고 물성을 가진 어떤 대상/인물이 없음을 확인하는 서술이다.

겹문장이나 긴 문장을 찾아보기 어려울 뿐만 아니라, 짧은 단문들은 서로 간의 관계를 형성하는 접속사마저 거부한다. 하나의 문장에는 하나의 현상만. 그 문장 이전과 이후의 맥락도 빼고. 지금 이 문장이 존재하는 순간의 현상만 쓰는 것처럼. 그런 문장으로 조직되었기에 『폭죽무덤』의 이야기는 '사건'이라기보다는 어떤 '현상'의 나열에 가까워 보인다. 사건으로서의 요건은 느슨하고 희미하게 잔존하고, 그래서 가까스로 소설 장르를 구성하게 한다. (원래라면 인과율을 형성해야 할) 물질적 대상 및 타인과의 접촉(인 사건)을 가능한 잘게 쪼개고 파편으로 나누어 납작하고 건조하게 말하기 때문이다. 대개의 서사에서 '사건'은 주체가 대상에게 어떤 행동을 하게 하고, 이를 통해 서사 내 주체에게 대상/세계를 제공하는 효과를 갖는다. 그런데 서술자로서 '나'는 자신이 행하고 접촉하는 모든 것을 사건으로서 의미화하기를 거부하고, 앞뒤의 사건과 유기적인 관계를 가능한 덜 맺도록 노력하는 것처럼 말한다. 이는 '나'가 대상/세계를 확실히 기술하고 장악한다는 (자기 반복적) 믿음을 걷어 냄으로써 어떤 원형적 '사태'를 마주하려는 태도에 가까울 것이다. 오직 지금 현재의 현상을 기술하고자 하는 태도다.

인과적이고 연속적인 선상에 맞춰 배열하고, 사건에서 뻗어 나오는 의미의 곁가지를 쳐 냄으로써 담보되던 주체의 통일성 역시 쪼그라든다. 이 소설의 페이지와 페이지를 잇는 '나'의 연속성은 사건과 이야기의 직선 위에 있는 선후 관계가 아니라, 가능한 건조하게 말하는 태도를 통해 확인된다. 세계를 인식하고 대상을 쓰는 시선이 갖던 모든 권능을 내려놓고 말하기. 사건이 담보하는 과거나 미래와 연루되면서 생성되는 의미의 계열보다는, 지금의 '나'가 당면하고 있는 이 순간 눈앞의 하나의 현상에 대해서만 말하기. "정말 있는 것만 써야 한다." 그렇다면 소설은 스스로를 구성하는 문장 자체를 통해 소설 자신의 인식론을 드러내는 셈이다. 그런데 "정말 있는 것은 무엇인가?"

*

세계를 일직선 위에 배치하는 서술적 소실점에서 벗어난 '나'의 어법으로 인해 『폭죽무덤』에서 대화는 모두 미끄러진다. 주변 사람들이 자신과 다르다는 (그 안에 서로에 대한 그리움이 내포되어 있는) 고립감의 수준을 넘어, 지금 말하고 있는 상대가 어떤 사람인지조차 알 수 없음을 확인하는 데 집중한다. 가장 내밀한 연인 간의 오르가슴에 대해 잘 모르겠다면서도 "그 여자 이미지가 떠오르지 않"는다는 생각만은 놓지 않고 반복한다.

가장 엄숙하게 죽음과 조우해야 할 장례식장에서 그가 확인할 수 있는 것이라곤 누구도 죽은 L에 대해서 알지 못한다는 점뿐이다. 죽은 L에 대한 사람들의 대화는 아무도 그를 모른다는 것만을 확인시키고 산산이 흩어진다. 엄마의 장례식장에서 엄마에 대해서 생각할 때도 엄마에 대해서 모르겠고 무관하다는 생각을 했던 에피소드들만 생각한다. 사랑을 통해서도 죽음을 통해서도 인간을 알 수 없다. 오직 서로가 모르는 것들을 나열하는 방식으로만 서로의 존재를 확인할 수 있다. 정말 있는 것은 없는 것을 통해서만 전해진다.

그러니 "나는 이제 엄마에게 궁금한 것이 없다. 앞으로 어떻게 살아갈 것인지, 엄마에게 묻지 않을 것이고. 살아온 날에 대해서 후회하는지, 그 또한 엄마에게 묻지 않을 것이다". 살아갈 미래에도, 후회하는 과거에도 궁금한 것이 없다. 지금 별다른 욕구도 없다. 다만 없는 것이 무엇인지를 알아 갈 따름이다. 여기에서 표층적인 진술을 중심으로 본다면 '나'는 자신의 성욕이나 자기 욕망에 대해서 말하고 있지만, 그토록 건조한 문장들로 정말 없는 것에 대해서만 말한다는 점을 상기할 필요가 있다. 그렇다면 '나'의 '욕망'은 비대한 자신의 자아를 타자(주로 여성)가 품어 주지 않는다는 (관념적 남성 화자들의 고질병인) '욕구불만'보다는, 욕구에 대한 어렴풋한 형식논리만 남긴 상태로 욕구가 과연 무엇인지 모르겠지만 반복하는 습관에 가깝다.

그래서 "성욕이 영어로 뭐였는지. 영어가 성욕으로 뭐였는지"를 생각하는 '나'에게 한 남자가 다가와 묻는다. "지금 참고 있는 게 뭐예요? 말해 봐요. 말하고 나면 후련해질 텐데요." 그러나 "나는 아무 말도 못 했다. 후련해지지 못했다". 자신이 참고 있는 욕구가 무엇인지 알 수 없기 때문이다. 욕구가 긴장과 이완을 통해 생명체로서의 기본적인 순환을 만들어 낸다는 점, 자기 주변 환경과의 관계를 생성하는 시발점임을 고려하면, '나'는 자신의 삶에 대한 질문에 답하지 못한 것이다. 그러니까 어디에서부터 '나'는 없는지 알 수 없기 때문이다.

*

(꿈속에서 빌렸던 그 벽은 아니지만) 산책 길에 만난 벽에는 "주인을 찾는다는 현수막이 길게 그 벽 앞에 배치되어" 있다. 그리고 "벽에서 산송장, 그런 낙서를 보았다". 겨우 만난 벽은 주인이 없고, 그저 "산송장이 쓰인, 산송장만 빨간, 벽"이다. 벽은 '나'의 삶(이란 시작)의 끝인 셈이다. 그 기이한 대여의 형태로만 '나'는 산다. 죽음을 전제로만 가능한 것이 삶이라면 삶은 언제부터인가. "처음이라니. 처음에 대해 생각해야 했는데." 우리는 오직 끝이 있다는 것만을 알 수 있다. 그러면 삶은 살아 있는 죽음(시작한 끝)이다.

벽을 빌려준다는 그 남자의 정체도 알 수 없고, 그 생각을 하다 보니 그의 얼굴도 모르겠다. "내 앞을 걷는 남자는 무릎까지 오는 갈색 모직 코트를 입고" "나보다는 20센티는 큰 키에 덩치도 있고 보폭이 컸"다. 발자국을 남기지 않고 걷고 "입이 찢어지고 또 혀가 쑥 나와 넥타이처럼 가슴팍에서 덜렁"거리는데 눈빛은 보이지 않는다. 어디에도 없는 그 벽으로 '나'를 인도하는 "낯이 익고 수상한" 남자에게서 죽음의 이미지를 감지하는 것은 어렵지 않다. 자신과 꼭 닮은 혀를 가진 도플갱어를 만났기에 '나'는 순순히 그를 따라 걸으며 삶을 반추하는 것일까. 아무것도 확인해 주지 않고 그저 인도하던 그 남자가 보여 주는 것은 단 하나다.

> 운동장인가요? 벽은 어디에 있습니까?
> 내가 묻고 남자는 대답하지 않는다.
> 저 남자는 수상함을 숨기지 않는다.
> 저 남자는 분명 혀가 길 것이다. 넥타이처럼.
> 혀를 확인하면 되겠군.
> 혀 좀 봅시다.

나는 남자를 세우고 혀를 내밀라 한다.

남자는 천천히 혀를 내민다.

내 혀와 그 남자 혀가 별반 다르지 않다고 생각한다.

축축하고 죽은 혀처럼 색은 좋지 않고. (30쪽)

원래 산송장(시작한 끝)인 상태로 살아가는 인간에게 주어진 것은 혀뿐이다. '나'는 남자의 혀를 통해 자신의 혀를 본다. 우리는 상대의 말을 통해 자신을 확인할 수밖에 없으니까. 정말 있는 것은 말하지 못하고 오직 없는 것에 대해서만 말할 수 있는 죽은 혀로. 없는 것들에 대한 죽은 말을 하면서 우리는 끝을 향해 살아가고 있다. "이 세상에서 제일 뜨거운 과일"을 가져오라고 말하면, 그게 뭔지 모르면서 일단 알겠다고 말하면서. 시작한 끝을 유예한 상태로, 빌린 그 끝이 어디인지 모르는 상태로, 세상에 없는 것으로 세상에 대해 말하면서. 그러니 죽은 혀에 대한 문장으로 소설이 끝나도 이상하지 않을 것 같다. 벽을 향해 걷는 동안 "누구라도 내 앞에 나타나 혀를 내밀고 덜렁거려도 이상하지 않을 것 같았다".

그렇게 『폭죽 무덤』은 서로 다른 것을 겹쳐 말한다. 정말 폭죽의 모든 것에 대해 말하기 위해서는 빛과 그것이 모두 타 버린 뒤의 재를 동시에 말해야 한다. 환하게 폭발하는 불꽃과 무겁게 가라앉은 죽음 같은 것들. 없는 빛을 감각하기. "대낮부터 폭죽 터지는 소리가 들려왔다. 창밖에서 연거푸 터지고 있었다. 한낮이라 불꽃은 보이지 않았다." 아직 없는 것을 통해서 이미 있는 것을 동시에 말해야 한다. 그 불가능한 말을 통해서 정말 있는 것에 대해서 쓸 수 있다. 아니, 여기 있는 것이 무엇인지 겨우 묻기 시작할 수 있다.

모든 것이 타 버리는 동시에 번쩍이는 그 순간적인 광휘로만 인간은 죽다가 간다.

*

그리 갔는데 거기 없다.

임승유 『나는 겨울로 왔고 너는 여름에 있었다』
이기성 『동물의 자서전』
김행숙 『무슨 심부름을 가는 길이니』
심민아 『아가씨와 빵』
류진 『앙앙앙앙』
안희연 『여름 언덕에서 배운 것』
황인찬 『사랑을 위한 되풀이』
김유림 『세 개 이상의 모형』
유진목 『작가의 탄생』
오은경 『한 사람의 불확실』
김복희 『희망은 사랑을 한다』
안미옥 『힌트 없음』

리뷰
시

어디가 아닐 수 없는 방법

—『나는 겨울로 왔고 너는 여름에 있었다』

| 임승유, 문학과지성사

홍성희 문학평론가

어디야, 이런 물음을 받을 때에는 대답할 말을 정확히 가지고 있는 경우가 많다. 집이지. 아니면, 이제 정문으로 나가고 있어, 같은 대답들. 길을 헤매고 있는 중이라도 여기, 어딘지 잘 모르겠는데 되게 작은 책방이 있네, 같이 말할 수 있다. 정확하지 않더라도 언제나 '어디쯤'에 있는지를 가늠하고 파악하여 말로 하는 일에 우리는 많이 익숙하다. 그 익숙함이 어디야,라는 질문을 두려워하지 않을 수 있게 해 준다.

어디야

영주

나는 이수
—「지역감정」에서

어디야,라는 물음이 두려운 것이 되는 때는 '어디'를 판단하고 설명하는 이름, 언어를 신뢰할 수 없다는 느낌을 마주하게 되는 때이다. 임승유의 시는 '어디'를 말하는 언어들을 발견해 왔다. "고모와 당고모와 대고모의 발바닥으로 가득한" "그런 친척집"(「모자의 효과」)의 세계에서 '내'가 "거의 뾰족해져서 일어날 때" '담장'은 '나'보다 먼저 일어나 저만치 벽을 만들었고, 자꾸만 "나를 앞지른 그림자가 나를 막"(「묻지 마 장미」)았다. 이곳은 담장의 '안쪽'이었고, '나'는 "네모의 형식"(「주유소의 형식」)으로 웅크려 앉아 담장의 세계에 형체를 부여하듯, "창문을

그리고/그 앞에/잎이 무성한 나무를 그”리거나, “나뭇가지를 옆으로 치우고/
창문을 그”(「구조와 성질」)렸다.

그리고 결국 “일어나 걸어 나가면” “바깥으로 이어진 길이 거기
있었”(「표현」)다. 그러나 비로소 “일을 끝내고 돌아누울 때마다” “구민회관에 다시
가는 방법”(「사라지는 자연」)을 생각하면서 그의 시는, ‘바깥’으로 달리던 길을 돌아
건물의 ‘안’으로 돌아갔다. “키 크는 화초와 옆으로 버는 화초와 아래로 늘어지는
화초와 일을 하려고 하는 내가 일정한 방향으로 조금씩 이동”(「새로운 현실」)하는,
“각자의 특징으로”(「각자의 특징으로」) “머무르면서// 그곳을 움직”(「그곳」)이는
기분으로 그는 “더 갈 수도 있고 안 갈 수도 있”는, “마음만 먹으면 선택할 수
있”(「숨겨둔 기쁨」)는 복수(複數)의 ‘어디’들을 모두 ‘그곳’으로 불렀고, 그 안에서
움직이는 사람들을 보았다. 안, 밖, 위, 아래, 옆, 위치와 방향을 표시하는 언어들로
임승유의 시는 세계를 가늠하고 지칭하며 설명할 수 있는 ‘어디’들로 공간화하고,
‘그곳’들을 나란히 놓았다.

그렇게 그의 세 번째 시집 『나는 겨울로 왔고 너는 여름에 있었다』에서
‘나’와 ‘너’는 ‘영주’, ‘이수’ 그런 이름을 가진 개별의 ‘지역’들, 혹은 ‘겨울’, ‘여름’
같은 서로 다른 ‘날씨’에 ‘있다’. “영주는// 과일이 맛있고// 이수는// 여름 샌들이 잘
어울”(「지역감정」)리는 것처럼 이 이름들은 ‘각자의 특징으로’ 구분되어 있고, 각각의
키를 가진 풀들이 나란히 서서 “펼쳐지는 풀밭의 속도”로 뻗어 나가듯, 무수한
이름들로 이루어진 세계를 바라보는 시야(視野)는 “뒤로 물러나면 더 많이 보이고
많이 봐서 끝이 보”(「문법」)일 것처럼 해박(該博)해진다.

그러나 이 시집은 내내 “여름에 쌓아 올린 과일 바구니가 겨울로 쏟아져//
경사면이 생”(「지역감정」)기는 기분에, “내가 언덕을 오르고 있어서”(「과거」) 언덕이
있게 되는 것 같다는 의심에 시달린다. 안, 밖, 위, 아래, 옆, 그런 ‘어디’들이 정말
있어서 ‘내’가 마음만 먹으면 어디든 ‘선택’할 수 있는 것이 아니라, ‘내’가 위에서
아래로 미끄러진다 말하기 때문에 위와 아래라는 낙차가, 기울기가 조성되는 것은
아닐까. “말하지 않았다면 몰랐”(「상자」)을 ‘여기’ 혹은 ‘어디’ 같은 ‘말’들이 “쏠리지
않으려는 쪽이었을 때”(「자본주의」) 오히려 줄곧 ‘경사’에 시달리고 있었던 것은
아닐까. 임승유는 그런 무서운 생각을 “생각하는 일을 시작”(「중앙교육연수원」)한다.

이 시집의 많은 시들은 그런 의심과 고민과 이해와 믿음 그리고 생각들을
유심히 들여다보고 그것들을 설명해 보려는 일들로 가득하다. 시 속에 있는
사람들은 안, 밖, 위, 아래, 옆, 그런 ‘어디’들을 만들고 바라보는 역할을 충실히
이행하는 중이다. “자작나무 옆에 자작나무를 심고 하루 종일 심다가 해가
넘어가면 다음 날 와서 심”(「새」)거나, “경찰서가 보이는 위치”에서 계속 “경찰서를

보고 있”(「경찰서」)다. “의자에 앉아서 생각하다가 의자에 앉아서 생각하는 사람이” 되기도 한다. “뭐든 되기로 하면 되는 거”(「생활 윤리」)라는 마음으로 지속되는 이 역할 놀이는 그러나 놀이이기보다는 일종의 직무 같고, 임승유의 시는 그 직무의 시작과 끝, 원인과 결과, 방법론과 한계를 치열하게 검토한다.

> 가루를 개서 만드는 반죽과 살을 으깨서 만드는 반죽의 차이 같은 걸
> 고민하다가 나눠 먹으려고
>
> 양쪽을 잡아당겨 주르륵 쏟아지는 높이를 세우면
>
> 새들이 날아와 부딪혔다. 질끈 눈을 감는 사이로 들어간 새들과 들어가지 못한
> 새들이
>
> 안과 밖을 나눠 가졌다.
>
> 옆이 있다고 믿으면서 옆을 밀고 나가면 떨어지는 높이였다.
> —「직원」에서

“당신은 직원이오! 말해 주는 사람 없이도 창문 닫을 시간이 되면 직원이 되어 있”는 사람은 닫아야 할 창문을 가장 먼저 보고, 닫힌 창문을 마지막까지 지켜보는 ‘직원’이 되어 창문을 닫는다. 그 창문으로 허공에는 “양쪽을 잡아당겨 주르륵 쏟아지는 높이”가 생기고, 그 투명에 새들은 날아와 부딪힌다. “들어간 새들과 들어가지 못한 새들이// 안과 밖을 나눠 가”질 때 어느 것도 되지 못한 새들은 “떨어지는 높이”가 되어 추락한다. 그렇게 안, 밖, 높이가 만들어지는 동안 “마음만 먹으면 선택할 수 있”(「숨겨둔 기쁨」)는 것처럼 ‘직원’은 “직원이 될 수도 있었고 직원이 되지 않을 수도 있었”으며 “창문을 닫을 수도 있었고 닫지 않을 수도 있었다”라고 쓰인다. 그러나 기실 그는 반드시 창을 닫고야 마는 직원으로 있고, 창문은 반드시 닫힌다. 그는 창문 닫을 시간이 되면 이미 직원이 되어 있고, 창문을 닫을 시간에 직원이 하는 일은 창문을 닫는 일이기 때문이다.

창을 닫아 어떤 허공은 실내로, 어떤 허공은 실외로 다른 이름을 붙이는 일은 비단 ‘직원’만의 문제도 아니고, 공간을 나누는 문제만도 아니다. ‘직원’이 “양쪽을 잡아당겨 주르륵 쏟아지는 높이를 세우”게 되는 것은 ‘창문 닫을 시간’이 되었기 때문이기도 하지만 “가루를 개서 만드는 반죽과 살을 으깨서 만드는 반죽의 차이

같은 걸 고민하"다가 "나눠 먹으려고"(「직원」) 그가 마음을 먹었기 때문이기도 하다. '차이'를 생각하고 그것을 기준으로 대상'들'을 구분하여 세계를 여러 다른 이름들과 유형들로 이해하고 소화하는 일, 정확하게 나누어 '먹는' 일을 열심히 수행하며 우리는 언어를 사용하고, 어디야, 질문에 대답을 하며 각자의 길을 찾아가지만, 뭉뚱그려져 있는 것들을 분해하고 분석하여 서로 구분해 내고 그 각각에 합당한 이름을 붙여 주면서 그 이름들의 속성을 '끝'까지 파악해 보려는 태도는 때로 길을 잃게 만들기도 한다.

"오렌지의 분명한 색깔/ 오렌지의 유통 경로/ 오렌지를 먹겠다고 생각하며 잠들었을 때 오렌지는 뭘 하고 있었는지 잠을 자긴 한 건지"(「오렌지와 잠」)를 잘 알아야 한다는 생각에 몰두하는 일이, 생각의 끝에 "맞아서 일어나지 못하는 것 같"다고, "이러면 안 된다고 그만 집으로 갔으면 좋겠"(「새」)다고 누운 자작나무를 일으켜 세워야만 한다고 울면서 믿는 일이, 그 믿음으로, "상근이를 아는 사람으로서 상근이에 대해서 한마디쯤 해도 좋겠다는 생각"으로 "상근이가 도착하기 전에 상근이를"(「상근이」) 부르는 일이, 시의 곳곳에서 이루어질 때, 그 일들을 성실하게 해내는 '나'는 결국 "오렌지를 두고는 잠을 잘 수가 없게"(「오렌지와 잠」) 되고, 그렇게 내가 몰두하여 바라보는 오렌지가, 어렵게 일으켜 세우는 "자작나무가 자작나무를 앞서가"(「새」) 버리게 되며, 내가 아는 자작나무, 내가 아는 상근이의 이름을 불러도 "상근이는 그냥 지나간다".(「상근이」) 모든 '어디'들이 '어디'에 '어디'로서 있는지를 알아 가며 '풀밭'처럼 세계가 펼쳐지기를 바라 온 임승유의 시가 언제든 오갈 수 있는 공간이라 믿었던 이름들, 언어들은 일순, 혼자 비대해지는 것, 홀로 달려 나가는 것, 그래서 자꾸만 미끄러지기만 하는 것이 된다.

> 울타리를 지날 때 나도 모르게 쥐었던 손을 놓았다. 나팔꽃의 형태를 따라 한 것이다.
>
> 오므렸다가 폈다가
> 안에 든 것이 뭔지 모르면서 그랬다.
>
> (……)
>
> 창백한 도감이었는지도 모른다.
>
> 물가에 앉아서 생각에 빠져서 종이에 싸 갖고 온 것을 풀어 보다가 아무것도

없어서 아무것도 아닌 것을 주머니에 넣어 오다니 내일은 그러지 말아야지 다짐하며
천천히 일어날 때

—「근무」에서

누군가를 부르기 위해 눈 뭉치를 만들어 던질 때 그것이 닿아 따갑게, 시리게 만드는 것은 어느 누구의 높이도 아닌 "너의 등"(「화단 만드는 방법」), 눈 뭉치를 던진 나의 등이다. 눈 뭉치처럼 종이에 싸서 주머니에 넣은 채 오므려 쥐고 있던 것이 그렇게 "아무것도 아닌 것"이어서, "장미 주위를 돌자/ 주머니 가득한 꽃다발// ……// 쉿 쉿 쉿 쉿/ 다 같이 미끄러져 구르네"(「한국식 낮잠」) 노래를 부르며 아이들은 사라지고, "앞으로는 개울이" 흐르고 "뒤로는 산이 있"고 "시커멓고 커다랗게 있다가 내려오면// 화단이 있"던, "화단 옆에 가사실이 있"던 "아는 중학교"는 "모르는 중학교"(「중학교」)가 된다. "희수에 닿으려" 하고 "수연에 닿으려" 하는 아이들의 "눈을 보다가 눈을 놓"치고, 이름을 부를 수 있다 믿었던 "서른세 명의 아이가 발을 헛디뎌서 서른세 명의 아이는 서른세 명의 아이를 놓"(「날씨」)쳐서, 서른세 명의 아이를 구분할 수 없게 된다. "식당은 일 층을 지나 이 층을 지나 어느덧 사 층에", 그러나 '그곳'엔 "아무도 없"고 "누가 오지 않는다면 식당은 있다고 할 수 없"(「식당」)어서 나는 "말할 수 없이 슬퍼"지며, 슬픔이라는 기분의 이름에 대해서조차 말할 수 없게 되어 건포도 같이 쪼그라든다(「단체 사진」). 있다고 할 수 없는 것을 홀로 움켜쥐고 있는 고독으로 "아 추워// 면적을 끌어모아 면적을 줄이"(「민주주의」)며 그는 이제 '여기'가 '어디'인지 모르고 '어디'가 '어디'인지 모르게 되는 일을 생각한다.

어디야

네가 물어봐서 뒤를 돌아봤을 때는 어디가 어딘지 모르게 돼 버렸다. 춥고 바람이 많이 부는 날이었다. 코트 주머니에 손을 찔러 넣은 채

발끝으로 바닥을 툭툭 치다가

털실 장갑에 달라붙는 크고 작은 먼지라거나 국수 삶을 때 냄비 바닥에 눌어붙는 면의 점성 같은 것으로는 어떻게 안 될까

생각하다가

생각보다 멀리 와 있다는 걸 알았다.

—「영화나 한 편 보자고 해서」에서

그러나 어디야,라는 질문의 다음에는 이름 붙일 수 있는 많은 것들이 필요하다. '뒤'라는 방향 혹은 위치, '돌아보다'라는 행위와 감각, '여기'라는 좌표, '어디'라는 또 다른 좌표, 알지 않고 모르는 것, 춥다, 바람, 많고 적음, 불다, 단위로서의 날(日), 코트, 주머니, 촉감, 손, 안과 밖, 넣고 있는 상태, 발, 끝, 바닥, 표면, 계속해서 치는 일, 톡톡이나 쿡쿡이 아닌 툭툭. 다른 것과 구분되는 고유한 '어디'들로서 말이 있어야, 그 조합들이 '어디'에 대한 말이 되어야 어디가 어디인지 여기가 어디인지를 알거나 모른다 말할 수 있고, "털실 장갑에 달라붙는 크고 작은 먼지나 국수 삶을 때 냄비 바닥에 눌어붙는 면의 점성" 정도, 가볍게 떼어 내어질 수 있는 정도로 어디와, 어디와, '나'라는 어디는 여기를 이루며 관계할 수 있다. 그러므로 이름을 부르는 일을 멈출 수는 없다. 어디가 어디인지 모르게 되어 버렸다고 말하는 때에조차, 지금을 겨울이라 부르지 않고 "춥고 바람이 많이 부는 날"이라고 모르는 척 말할 때조차 이곳을 다른 곳과 구분하여 성질을 파악하고 언어로 지시하여 규정하는 일은 이루어진다. 어디가 아닐 수 있는 방법을 우리는 모른다.

그러므로 "언덕을 오르고 있었다. 내가 언덕을 오르고 있어서 언덕은 내려갈 수 없었다"라는 말은 어디야,라고 물어 오는 이 없이도 언제나 어디인지를 가늠하고 생각하며 살아가는 삶의 한계이자, 방법론이다. 언덕을 본다고 생각하면서 내가 언덕이 되는 것, "언덕을 보면서 언덕을 오르면// 언덕은 어디 안 가고 거기 있었다. 한번 언덕이 되면 언덕은 멈출 수 없다. 가다가 멈춘 언덕이라면 언덕은 다 온 것이라고." 길고 긴 생각 끝에 '나'를 살아가는 삶의 방법과 그 한계를 받아들이는 것, 체념해 버릴 수도, 모르는 척 낙관해 버릴 수도 없는 조건을 눈감지 않고 살아 나가는 일로 임승유의 시는 나아간다. 모든 일들이 닫아야 할 창문을 보고 창문을 닫고 닫힌 창문을 보듯 지난하고 치열한 직무처럼 이루어지는 가운데, 한숨처럼 "잠깐 딴생각을 하다가 언덕을 잊어버린 언덕처럼 앉아 있"을 때, 문득 "네가 지나갔다"(「과거」)는 것을 알아보기 위해서.

사람이 와서 앉아 있다가 갔다. 해가 넘어갔다.

사람이 다시 와서 앉아 있다가 갔다. 해가 넘어갔다.

사람이 오면

누군가 생각하기로 했다. 생각하면 알아보는 사람이 생기고 해가 넘어가고
사람이 오고 사람이 가고

사람을 생각하느라

여기가 어딘지 모르겠다. 낮이 몰려다녔다. 아침저녁으로 몰려다녔다.
몰려다니느라 뭘 하고 있었는지 잊었다.

사람이 와서

앉아 있다가 내려갔다.
—「장소」

오고 있는 상근이가 오기도 전에 상근이에 대해 알고 상근이의 이름을 부르는 것이 늘 이름이 새겨진 '무덤'에 '주인'으로 먼저 '도착'하여 "누가 오고 있다면 내다보기에 좋다"라는 말과 "내다보기에 좋아서 누군가 오고 있다"라는 말 사이에서 "미래의 사람"(「미래의 사람」)을 내내 '기다리는' 일이라면, 이름 지어지지 않은, 그러나 여전히 어떤 공간인 '장소'로 남아 있는 일에서 '알아보는' 일의 시점(時點/視點)은 '사람' 다음으로 옮겨 간다. 사람이 '오는' 일, 와서 '앉아 있는' 일, 그리고 다시 '가는' 일이 먼저 이루어지고, 그 일이 해를 넘겨 반복되면 그때 그가 '누구인지'를 생각하는 일, 점차로 그가 '누구인지'를 '알아보는(look into)' 일이 시작되며, 그가 '누구'인지를 '알아보는(identify)' 일은 그렇게 오랜 시간을 들여 미루어진다. 무시로 오고 가는 사람을 이름 부르지 않은 채 내내 바라보고 생각하면서 나는 사람이 오고, 앉아 있고, 가기 때문에 비로소 '여기'가 되는 '어디'로서, '여기가 어디인지'를 미리 아는 일, 나의 이름과 장소성을 '무덤'처럼 선점해 버리는 일을 잊어버린다. 그리고, 그러나 동시에, 나는 '여기'가 "사람이 와서// 앉아 있다가 내려"가는 곳이라는 것, 여전히 높이와 기울기를 가진 어떤 언덕이라는 것을 잊지 않는다. 어느 누구도 함부로 이름 붙일 수 없을 높이를 가지고 와서 머물다 가는, 그렇게 끝내 움켜쥐어지지 않은 채 자꾸 지나가는 사람만큼이나 나도 나의 높이를 가지고 있을 때, 그것을 잊지 않을 때, 나와 너의

다름이 이야기를 나누는 일을 시작할 수 있기 때문이다.

> 이러고 있다. 떠날 때는 하나의 이유로도 떠날 수 있지만 남은 이유는 뭐라고 설명해야 하나. 숙소로 올라가는 길목에서
>
> 동생이 손짓하는 동안
> 동생과 대화를 나누듯
>
> 시를 쓴다.
> —「언니가 봤을 수도 있는 풍경」에서

사람은 누구나 어디에 머물고, 각자의 이름을 좌표처럼 끌어안고 살아간다. 하지만 그 모든 언어들, 장소들은 와서 머물다 떠나는 것들, '숙소' 같은 것들, 지나가고 있는 길 위에 있는 지나가는 중인 것들인지도 모른다. 만남도, 대화도, 시도 그렇다. 우리가 우리 각자의 이름과 장소와 날씨를 지나가는 중에 서로 건네게 되는 다양한 손짓들, 표정들, 작은 언어들. 어디야, 물으면 영주, 이수, 그런 이름으로 답하고 나는 겨울에, 너는 여름에 있다 말하겠지만, 내가 어딘가로부터 겨울'로 왔'듯 우리는 자꾸만 움직이는 중이라 어디야, 그 물음의 순간을 지나가는 중에 잠시 대화를 나눌 따름인지도. "정아네 집으로 가"겠다 길을 나서도 정아의 모습이 보이면 "지나가면서 뭐 해 물어보"고 그러면 "왔어 그"러면서 좋은 마음으로 웃으며 지나가는 것, 그렇게 '집'이란 "돌아올 때도 있지만 아예 못 돌아올 때도 있"(「정아네 집」)는 정도로만 집으로 있어 주는 것인지도 모른다.

그래서 중요한 것은 영주, 이수 그런 집의 이름들을 지워 버리는 일, 어디가 어디인지 모르는 상태를 무작정 꿈꿔 버리는 일이 아니라, 지금 내가, 그리고 네가 지나는 중인 집들을 충실하게 지나가는 일, 그렇게 지나가면서 서로의 지금을 궁금해 하고, 안부를 묻고, 이야기를 나누는 일, 세계를 부동의 공간들로 나누는 게 아니라 어떻게 해도 오롯하게 나누어질 리 없는 세계에 관해 이야기를, 대화를 나누는 일인 것은 아닐까. "사과에 대해 우리가 갖게 된 여러 가지 사과의 맛과 종류에 대해, 다양한 표정과 억양으로 이야기를 나누"(「길고 긴 낮과 밤」)는 것, "내일 아침에 동생이 창문을 열면서 뭐라고 하면 나도 손짓을 하며 뭐라고"(「언니가 봤을 수도 있는 풍경」) 하는 것, 이런 시, 이런 "말로 어디까지 가려고 그러나", 그런 "이야기로 뭘 하려고 그러나"(「히아신스로 인해」), 그런 것을 정해 두지 않고 계속 걸어가는 것, 어떠한 '그곳'도 목적지로 설정하지 않음으로써 어느 곳에 어느

누구도 미리 도착하지 않은 채 지금의 장소들을 살아가는 것, "이러다 어떻게 될지 모르겠"(「언니가 봤을 수도 있는 풍경」)어도, "어디야// 영주// 나는 이수"(「지역감정」) 묻고 답하는 일을 계속하는 것으로 우리는, "아 추워" 웅크린 건포도로 메말라 가지 않고, 서로를 만나고, 바라보고, 지나갈 수 있지 않을까. "더 이상 겨울을 떠올릴 수 없을 만큼 겨울일 때까지 아는 사람을 만나러 간다." 이 시집의 마지막 문장을 그렇게, 만날 수 있지 않을까.

> 아 추워 그러면서 털 부츠의 따뜻함과 묵직함으로 털모자의 높이와 기모 들어간 스커트의 깊이로 겨울의 감각에 어울리는 사고를 하며 털 부츠 안으로 겨울의 감각이 스며들 때까지 더 이상 겨울을 떠올릴 수 없을 만큼 겨울일 때까지 아는 사람을 만나러 간다.
>
> —「붉은 벽돌로 지은 단층 건물」에서

혁명적 시간과 흑백 풍경으로서의 시인
—『동물의 자서전』 | 이기성, 문학과지성사

박동억 문학평론가

1 1970년과 2014년

지나간 시대를 어떻게 재현할 수 있는가. 떠나간 사람과 어떻게 목소리를 나눌 수 있는가. 이러한 물음을 던지듯 이기성 시인의 시집 『동물의 자서전』(문학과지성사, 2020)의 뒤표지에는 "오랫동안 1970년에 대해서 생각했다. 그리고 그것을 쓴다."라는 문장이 적혀 있다. 그런데 이 시집에서 '쓰다'라는 술어는 역사책이나 위인전의 방식으로 1970년을 기록한다는 의미와는 거리가 멀다. 오히려 시인이 표현하는 것은 그 무엇도 재현할 수 없다는 한계 인식과 막막한 느낌이다. 서시 「망각」은 다음과 같은 문장들로 시작한다. "이게 뭘까. 입속에 수북한 눈송이. 하얀 눈 흩어진 벌판에 나는 갇히리. 하얀 사람이 되어 가리." '망각'이라는 제목처럼 시인에게 잊힌 과거는 '눈송이'에 가까운 것, 즉 발음하려는 순간 혀끝을 얼어붙게 하는 싸늘함에 가까운 것이다. 말하기 위해서는 입을 비워야 한다. 그러나 한마디도 말할 수 없는, 아니 한 걸음도 전진할 수 없는 그 망각의 설원에 시인은 갇혀 있다. 그는 침묵을 견디며 아무것도 기록되지 않은 백지처럼 '하얀 사람'으로 굳어 간다.

왜 그는 1970년에 관해서 말하기보다 침묵하는 것일까. 때로 우리가 섣불리 누군가에게 말을 건네지 않는 순간처럼, 침묵은 어떤 의미로 시인에게는 가장 정확한 표현인지도 모른다. 말할 수 없는 것 앞에서 침묵해야 한다는 정언처럼, 그는 1970년을 감히 재현할 수 없는 대상으로 삼는다. 그런데 한 번 더 묻자면, 왜 1970년인가. 1970년이라는 시간은 우리에게 어떤 의미를 던지는 것일까. 이러한 질문들에 답하려면 우리는 먼저 2014년 봄의 참혹을 떠올려 보아야 한다. 이기성 시인의 비평집 『백지 위의 손』(케포이북스, 2015)의 머리말에서 그는 "우리 시대의 시에서 선언과 투쟁의 언어가 끝났다고 생각한 적이 있었다."라고 쓴다. 이어서 그는 2014년 촛불 집회를 회상하며 다음과 같이 말한다.

> 지난해 봄에 하나의 거대한 선언과 조우하였다. 그러나 나는 검은 격류를 이루어 광장을 굽이치는 그 언어를 무엇이라 명명하지 못하겠다. 가늘게 타오른 한 자루의 촛불은 무수한 선언을 의탁한 언어, 언어들이었다. 곧이어 '인간의 말'을 되찾기 위해서 천 개의 혀들이 입을 열고 합창을 시작하였다. 그 언어들이 겨냥한 것은 현실 정치의 무능과 비천함이었겠지만, 궁극적으로 그 언어들은 정확하게 과녁을 향해 날아가지 못하였다. 그 언어들은 애초에 과녁을 향해 날아가기를 거부하는 부서지는 언어였고, 무능한 말이었던 까닭이다. 그러나 그 무능한 말들은 허공으로 흩어지면서 낯설고 새로운 형상으로 탄생하기 시작한다. 그것은 망루에서 추락한 철거민의 절규가 되었고, 자본의 콘크리트에 질식하는 강의 호흡이 되었으며, 크레인 꼭대기에 묶인 여린 육체가 되었다. 무능한 고백의 언어는 강철의 언어가 되었다.

윗글은 다음과 같은 장면들을 연상케 한다. 우리는 모두 2014년의 참혹을 각자 마주했다. 하지만 곧 사람들은 광장에 모여들었고 수많은 어깨가 서로 기댄 채 "인간의 말"을 노래하기 시작했다. 두 손으로 촛불을 소중히 하는 몸짓처럼, 그것은 어떤 의미로는 손쉽게 더럽혀지는 인간의 마음을 파수하려는 노력이기도 했다. 시인은 그 안에서 "거대한 선언"을 목격한다. 되살아난 선언과 투쟁의 불씨가 "한 자루의 촛불"을 이루어서 "현실 정치의 무능과 비천함"을 불사르고, 더 나아가 "망루에서 추락한 철거민의 절규"와 "크레인 꼭대기에 묶인 여린 육체"로 그 이후에도 지속함을 확인한다. 여기서 확신하는 것은 혁명의 현재성, 바로 죽음을 각오한 인간의 육체를 통해 지속하는 우리 시대의 혁명이다.

마찬가지로 1970년과 2014년을 '혁명적 시간'으로 포개어 생각할 때 우리는 『동물의 자서전』에 재현된 시간성을 정확하게 파악할 수 있다. "프라이팬에 올려진 책에선 좋은 냄새가 난다/ 조금 후엔 『혁명』의 가장자리가 누렇게 타 버릴 것이다"(「햇빛」)라는 시구나 "자정의 종소리처럼 번쩍이며 공중에서 마구 쏟아지는 건? 우리가 한때 혁명처럼 소중히 간직했던 저건?"(「선고」)이라는 문장처럼, 시인은 줄곧 이제 먼 과거가 되어 버린 어떤 순간을 어렴풋이 호명한다. 따라서 우리는 이 시집의 기획이 촛불 혁명의 뿌리를 1970년으로부터 발견하는 것이자 2014년 이후라는 시간 안에서 1970년의 혁명을 생동하게끔 만드는 것임을 추측하게 된다.

이때 그의 비평에서 2014년의 혁명을 '합창'이라고 불렀던 것처럼, 그의 시집에서 1970년의 혁명은 춤과 노래로 비유되곤 한다. 혁명을 몽상하는 동안 인간은 "창고 속 늙은 혁명의 이마 위에서 틱틱톡톡 명랑한 벼룩의 춤을"(「도서관」) 추고 "지난밤의 별빛과 겨울의 입김과/ 자정의 촛불로/ 늙은 재단사의 외투를 입은 노래를"(「재단사의 노래」) 부른다. 다시 말해 혁명은 언어가 아니라 몸짓과 노래라는 '형상' 안에서 생동한다. 바로 이러한 테제에 기대어 1970년은 감각적으로 재현된다.

> 여기서 당신은 시를 낭독할 것이다 그것은 아마도…… 1970년은 당신이 태어난 해입니다 당신은 뜨거운 입술과 검은 탯줄을 매달고 울음도 웃음도 아닌 오직 사람의 얼굴로 외로운 청중이 당신의 목소리를 기다리고 있다 한 사내가 구불거리는 골목을 걸어가고 어디선가 서툴게 두드리는 피아노 소리가 들리고 그건 덜덜거리는 구식 재봉틀 소리는 아니고 까만 기름때 낀 남자는 화염처럼 진한 땀을 흘리며 쓰러지고 그것이 1970년입니다 당신은 계속 읽는다 청중은 침묵하고 한 사람이 자신도 모르게 손가락을 까닥거린다 그것은 어쩌면…… 우리는 그해에 무엇이 있었는지 모릅니다 그리고 다음에도…… 먼 훗날 당신은 도시의 모퉁이를 걷고 있습니다
>
> —「사랑에 관한 시」 도입부

전태일 열사의 마지막 투쟁을 연상케 하는 위 작품에서 1970년은 "한 사내"가 쓰러져 간 순간으로 묘사된다. 한 사내는 서툰 피아노 연주 또는 낡은 재봉틀처럼 온몸을 다해 "화염처럼 진한 땀"을 흘리며 삶을 불태운다. 하지만 사내의 삶은 끝나지 않는다. 누군가는 사내의 몸짓을 간직하고, 그가 섰던 자리에서 시를 낭송할 것이다. 그렇게 1970년은 대화의 순간으로 이행한다. 낭독자인 "당신"은 1970년에 탄생하여 "먼 훗날"을 향해 목소리를 건넨다. 그런데 무엇이 낭독되는가. 시인이 거듭 강조하는 바는 우리는 "그해"에 관해서 아무것도 모른다는 것, 그저 우리가 어떤 몸짓이나 어떤 순간을 향해 간절해질 수 있을 뿐이라는 사실이다.

여기서 우리는 '왜 시인은 말하기보다 침묵하는가'라는 질문에 답해 보아야 한다. 위 작품은 1970년의 "한 사내"를 전기의 방식으로 재현하기보다 혁명을 상징하는 이미지로 바꾸어 놓는다. 이러한 상징화 방식은 그의 비평집에서 살펴보았듯 혁명의 순간은 '의미하는 것'이 아니라 '과녁을 향해서 날아가기를 거부하는 것', 혹은 '낯설고 새로운 형상으로 탄생하는 것'이라는 믿음과 관련할 것이다.[1] 다시 말해서 여기에는 어떤 실천을 '노동'이나 '운동'이나 '이데올로기'로 정의하지 않으려는 어떤 의식이 발견된다. 대신 알 수 없는 "무엇"을 간절히 호명하는 마음을 시인은 '사랑'이라고 말하고 있다.

혁명은 사랑이다. 그러나 이러한 시인의 테제가 우리가 행해야 할 것이 인간을 향한 환대라는 사실만을 암시하는 것은 아니다. 거기에는 진정한 혁명이란 어떤 의미를 깨닫거나 배우는 과정이 아니라, 어떤 순간과 눈을 마주치고 어떤 참혹과 살을 맞대는

사건 자체여야 한다는 함의가 깃든다. 시 「죽음」에서 묘사하듯 사람은 "번쩍이는 빙판 같은, 참혹한 전쟁 같은" 도시의 눈동자와 마주해야 하고, 시 「고기를 원하는가」에 그리듯 "어느 뼈아픈 시절의 고기"가 되어 던져지고 베어지고 씹히고 삼켜져야 한다. 요컨대 우리는 이 시대를 피부로 마주해야 한다. 피부로 세상과 맞닿을 때 참혹은 비로소 참혹으로 전해질 수 있다.

혁명이 사랑인 한, 혁명은 어떤 사람과 닮아 가려는 마음이기도 하다. 이 시집에서 김수영 시인의 '풀'이 주요한 모티프가 되는 이유는 그 때문일지도 모른다. '풀'은 "우리는 조금씩 흔들리지만 누구도 풀이 아니기 때문에 여기에 있다."(「풀이 되다」)라는 문장처럼 현재를 벗어날 수 없는 절망의 상징이 되거나 "먼지와 마른 풀"이 가득한 "밤의 벌판에 직립한 채 목적에 당도할 문장을 기다렸다"(「시인의 죽음」)라는 문장처럼 어떤 기다림의 상징이 된다. 한 시인의 시어가 한 시인에게 전해질 때 비로소 시는 두 사람을 하나의 순간으로 묶는다.

그렇다면 시 또한 혁명이라고 말할 수 있지 않을까. 더 나아가 시 쓰기는 사랑이라고 말이다. "지난 생에 당신은 나를 낳았고, 이승에서 나는 당신보다 백 살은 더 늙었으니 이제 우리는 무엇을 낳을까?"(「구빈원에서의 하루」)라고 시인은 묻는다. 그렇게 시인은 홀로 걷는 자가 아니라 수많은 시대와 나란히 걷는 자가 되어 간다. 그는 건네받고 건네는 관계 안에서 혁명과 시 쓰기를 이해한다. 또한 시 쓰기는 서로 다른 시대를 하나의 닮음으로 묶는 대화다. 그렇기 때문에 이기성 시인은 다음처럼 단언할 수 있다. "사람들은 영영 깨어나지 않고 백 년 동안 검은 전염병이 창궐한 뒤에도 나는 살아남을 것이다."(「이야기」)

2 천연색의 소음으로부터 흑백의 고요함으로

돌이켜 보면 이기성 시인의 첫 시집 『불쑥 내민 손』(문학과지성사, 2004)에서 삶이란 매번 끈끈한 오물처럼 "찔꺽찔꺽 들러붙는"(「열정」) 감각으로 형상화되었다. 지하철에서 친절을 강요하는 타인의 '손', 일상과 노동에 삶을 묶어 놓는 '넥타이', 옷을 더럽히는 '얼룩'과 방을 메우는 '쉰내' 등 타자, 세계, 사물 등 모든 것이 환멸의 대상이 되었다. 이후 총 다섯 권에 이르는 시인의 시 쓰기는 삶을 견디는 작업이었다고도 볼 수 있다. 이 과정에서 그의 시는 차츰 '끈끈한' 세계를 환멸하는 태도로부터 세계를 변혁하는 출구를 모색하는 작업으로 이행해 간다.

그의 시에서 '혁명'이라는 시어는 본래 닿을 수 없는 어떤 유토피아적 장소를 의미했다. 세 번째 시집 『채식주의자의 식탁』(문학과지성사, 2015)에 수록된 「직업의 세계」라는 제목의 작품에서 시인은 그 누구도 바라보지 않는 낮은 장소에 돌보아야 하는 마음이 있다고 말한다. "겨울이 와도/ 혁명이 일어나도/ 저 광활한 바닥의 고독을/

아무리 손을 뻗어도 닿지 않는 그곳을" 향해서 인간은 더 낮은 자세를 취해야 한다.

> 여자의 넓적한 입술 기다란 목 무신경하게 보도의 경계를 밟고 선 두 발보다 먼저 눈에 들어온 것은 그녀의 파라솔. 새하얀 비단 위에 분홍꽃 활짝 핀, 끔찍하게 화사하고 환멸의 구두코에 떨어진 쨍한 웃음처럼 명랑한.
>
> 그러니까 당신은 1930년대식으로 마르크스걸, 이라고 말하려는데, 쪼그라든 입에서 딸꾹질처럼 솟구치는 기침. 처참한 질투가 햇빛처럼 터져 나온다.
>
> —「시인은 질투 때문에 죽는다」에서

> 하늘에서 폭죽처럼 붉은 울음이 터지고 늙은 시인들이 거리로 쏟아져 나오고 혁명의 기차들은 민둥산으로 달려가고 사람들은 자꾸 작아지고 작아지다가…… 눈먼 연인들처럼 다른 골목에서 애타게 서로를 찾아 헤매고 있는데
>
> 무너진 담벽 아래 쭈그리고 앉은 시인은 두꺼운 표지 속에 뭘 숨겼습니까? 그가 뭘 다시 가져갔습니까?
>
> 나에게 남은 건 찢겨진…… 다만 오늘의 파란 하늘……
>
> —「연인들」에서

다시 새 시집으로 돌아오면 시인에게 생생한 '지금-여기'는 여전히 환멸의 대상이 된다는 사실을 확인할 수 있다. 시 「시인은 질투 때문에 죽는다」는 '1930년대식 마르크스걸'을 자신의 포즈로 삼는 한 여자를 '끔찍하게 화사한' 모습으로 형상화하는 작품이다. "파라솔"과 "분홍꽃 활짝 핀" 비단 등 과장되게 꾸민 옷차림을 강조하면서 여자를 희화화한다. 이러한 과장에는 혁명은 포즈가 되어서는 안 되는 것, 그리고 과거는 현재로 패러디되어서는 안 된다는 인식이 깃든 것이 아닐까. 시 「연인들」에서는 "혁명의 기차들"과 "사람들"이 "눈먼 연인들처럼 다른 골목에서 애타게 서로를 찾아 헤매고" 있는 모습이 그려진다. 바로 이것이 시인이 혁명을 이해하는 정확한 방식인지도 모른다. 혁명과 인간의 조우는 이 시집에서 애타게 모색할 수밖에 없는 사건이고, 반면 현재는 '찢어진 파란 하늘'인 것이다.

여기서 우리가 발견할 수 있는 것은 색채어, 음성어의 특수한 활용이다. 시인에게 현재는 "분홍꽃", "파란 하늘", "딸꾹질", "솟구치는 기침"처럼 선명한 색채나 소리로 드러난다. 그러나 그것은 언제나 불쾌하거나 불완전한 '지금-여기'의 현실을 가리킨다. 이를테면 "여긴 시끄러운 동물이 많군요."(「동물의 자서전」)라고 말할 때 시인은 소음일 뿐인 현실에 관해서 말하는 듯 보인다. 이와 대조적으로 "그 조용한 시절은 어디로 갔을까?"(「적막」)라고 물을 때 그는 번잡한 색채와 소음에서 벗어난 혁명의 순간을

꿈꾸는 것처럼 보인다.

> 검은 종이에 무엇을 쓰려고 연필을 들었습니다. 우린 너무 멀리 있군요. 하지만 당신의 숨소리가 나를 재우고 나를 깨우는군요.
>
> 밤에 하늘은 검은 종이처럼 검고 아침에는 모든 것이 희고 고요하고, 고요한 것이 또 있습니다.
>
> 나는 그것이 당신의 얼굴이라고 생각했습니다. 당신의 얼굴에 무엇을 쓰려다가 그냥 종이일 뿐이라고 생각했습니다.
>
> 검은 밤 속의 당신은 너무 검고 흰 종이 위의 당신은 너무 하얗습니다. 밤의 아이처럼 눈을 감고 검은 종이에 무엇을 쓰려고 연필을 들었습니다만,
>
> —「밤의 아이」

그의 시 전체에서 삶은 낙인처럼 다루어졌다. 그렇다면 시인은 삶의 굴레를 벗어던지기 위해서 혁명을 갈망한다고 볼 수 있지 않을까. 위 작품에서 '나'는 닿을 수 없는 위치에 있는 "당신"을 마음속으로 그린다. 밤은 "검은 종이처럼 검고" 아침은 '하얗다'라는 평범한 진술에는 당신을 제외한 "모든 것이 희고 고요하"다는 마음이 암시된다. '나'를 깨우는 것은 "당신의 숨소리"이고, 내가 꿈꾸는 것은 "당신의 얼굴"이다. 그 이외에 모든 사건이나 배경은 위 작품에서 흑백의 배경으로 소거된다. 그러나 당신에게 닿을 수도, 당신을 그릴 수도 없기 때문에 이 시는 미완의 형식으로 마무리된다.

혁명을 꿈꾸는 자에게 현실은 빛바랜 풍경에 지나지 않을 것이다. 시인이 사랑하는 것은 현재가 광채를 잃고 시드는 순간 비로소 찾아오는 고요함이다. 결국 이 시집이 형상화하고 있는 또 다른 측면은 '혁명'의 추구라기보다 자기 자신을 이 시대와 떼어 놓는 흑백의 존재론이다. 마침내 "물을, 물을 딱 한 잔만 마실 수 없겠습니까?"(「선고」)라고 신음할 때, 시인을 살게 하는 생명수는 오직 '지금-이곳'의 바깥에서만 발견될 수 있는 것이다. 그러나 어떤 인간도 자신이 속한 시대와 장소를 떠날 수 없다. 그렇기 때문에 시 쓰기는 아프게 지속한다. 마침표가 찍힐 수 없다.

결국 흑백과 침묵의 상징들이 가리키는 바는 다음과 같을 것이다. 시인은 시대착오가 되기 위해서, 어떤 시대에도 속하지 않기 위해서, 그리하여 영구적으로 혁명적 시간을 살기 위해서 쓴다. 따라서 그의 시집에서 '혁명'이라는 단어는 어떤

시대의 사건을 재현하는 데 활용되지 않아도 좋다. 혁명은 다만 현재를 지연시킨다. 그것은 세계를 탈색시키고 침묵하게 만든다. 그리하여 이 시집에서 '헤매다'라는 술어는 부정적 의미를 지니지 않는다. "하얀 햇빛 속에서 새를 부르며 하루를 보냈던 적이……"(「새야」) 있다고 쓰거나 "내 생에 어떤 날은 꽃을 사고 어떤 날은 꿈에서 깨지 않았다."(「꽃을 사는 저녁」)라고 쓸 때, '새'를 찾지 못하고 '꿈'에서 되돌아오지 못하는 상황은 비극이 아니라 현실을 거부하는 완력을 암시한다.

그렇기 때문에 그의 시는 정확한 위치에서 멈춰 서는 것이다. 왜 그의 시집에서 거듭 혁명은 소망의 대상으로만 나타나는가. 왜 1970년은 신비로운 이미지 뒤로 물러나는가. 그것은 혁명가로 자처하는 포즈를 피하고 지극한 대화로 나아가려는 신중함이다. 모호한 이미지는 현실 부정으로만 이해되어서는 안 된다. 이 시집의 마지막 시 「노래」에서 시인은 "그에게서 훔친 푸른 조약돌을 꼭 쥐고 너는 영원히 죽은 자의 얼굴을 가지게 하리."라고 쓴다. 이 시집에서 가장 소중히 다뤄지는 것이 있다면 그것은 "푸른 조약돌"처럼 빛나는 "죽은 자의 얼굴"이 아닐까. 이 시구는 가장 간명한 실천을 제안한다. 그것은 인간은 서로 얼굴을 마주보아야 한다는 것, 그 마주봄을 소중히 전하고 전해 받는 관계 안에서만 혁명은 지속할 수 있다는 사실을 뜻한다.

1 이기성 시인의 평론 「별종들의 발생학」에는 시 쓰기가 다음과 같이 정의된다. "시 쓰기는 관습화된 미학의 영토로부터 보이지 않는 출구를 찾아내 낯설고 새로운 세계를 찾아 떠나는 언어의 도정이라 할 수 있다. 산문화된 일상과 완고한 사유의 각질을 파괴하는 시적 에너지는 끝없는 변화와 갱신의 열망으로 발화된다. 언어의 불꽃들이 점화한 낯선 감각은 기존의 의미화 체계와 권력적 언어의 지층을 폐허로 만들고, 그 텅 빈 평면 위에 이질성의 세계를 펼쳐 보인다."(『백지 위의 손』(케포이북스, 2015), 11쪽.)

밤 중의 밤은
—『무슨 심부름을 가는 길이니』
| 김행숙, 문학과지성사

양순모 문학평론가

전달책 "소문자k" 씨는 오늘따라 "울적"하다. 무슨 심부름을 가는 길이니?라니. 심부름은 부끄럽지 않지만, 다만 이유를 알지 못하는 까닭이다. "왜 가는지는 모릅니다." "이럴 때 나는 내가 불편합니다." 무슨 심부름을 가는 길인지, 그는 대답하지 못하고 반문한다. "만약 내가 길가에 떨어진 돌멩이라면", "누군가가……누군가를 쏘아보며 나를 집어 던질 때의 그 마음을/ 내가 어떻게 알겠어요?/ 내가 알면 뭐가 달라지나요?" 질문은 울적하게만 할 뿐, 아무리 "나쁜 상상"을 즐겨 해도 "현실"이라는 길은 끄떡도 안 한다. 소문자k 씨는 그저 묵묵히 자신의 일을 하기로 하며 가던 길을 "재촉"한다. "한 명의 내가 채찍을 들고/ 한 명의 내가 등을 구부리고".(「무슨 심부름을 가는 길이니?」)

시집을 읽은 독자는 소문자k 씨가 그 길 끝에 무엇을 마주하는지 알고 있다. 그러나 독자는 그가 결국 마주하는 것이 왜 "시체"여야 하는지, 왜 시체가 "두 눈을 활짝 열어 놓고 우리를 기다리고 있었"는지, 대답하기가 조금 곤란하다. 아마도 메멘토 모리(Memento Mori). 죽음을 외면하지 말고, 자꾸 기억하고자 노력해야 하기 때문에. 죽음을 잃어버린 뱀파이어의 삶이 창백한 삶에 다름 아니듯이, 그러므로 우리는 죽음과 더불어 삶다운 삶을 되찾아야 하기 때문에. 그런데 우리는 죽음을 '어떻게' 기억할 수 있는 것일까. 누구의 죽음을? 설마 '나'의 죽음을? 게다가 저 죽음은 삶을 '위한' 죽음으로, 진정 죽음다운 죽음이라 말할 수 있는 것일까. 그렇다면 이런 말도 충분히 가능한 말인 것 같다. "우리는 죽지 않는다. 이것이 진실이다."[1]

『변신』의 주제는 목표가 결핍된 문학의 고통, 희망과 절망이 끝없이 서로

응답하는 소용돌이로 독자를 몰고 가는 문학의 고통에 대한 예시이다. 그레고르의 상황은 실존을 벗어나지 못하는 존재의 상황 그 자체이며, 실존한다는 것은 언제나 실존으로 다시 떨어진다고 선고받는 것이다. 벌레가 된 그는 추락의 상태에서 계속 살아가고, 동물의 고독 속으로 빠져들면서 부조리와 삶의 불가능성에 가장 가까이 다가간다. 그런데 무슨 일이 일어나고 있는가? 분명 그는 계속 살고 있고, 그의 불행을 벗어나려고 애쓰지도 않는다. 하지만 불행의 내부에서 마지막 수단, 마지막 희망을 전달하는데, 소파 아래의 자기 자리를 위해, 벽이 주는 상쾌함을 향한 짤막한 여행을 위해, 불결함과 먼지 속에서의 삶을 위해 그는 줄곧 싸우고 있다. 따라서 우리는 그와 함께 진정으로 희망해야 한다. 그가 희망하기 때문에. 그러나 우리는 목표 없이 공허 속에서 계속되는 이 소름 끼치는 희망을 진정으로 절망하여야 한다. …… 종말은 없고 실존은 계속되며, 그리고 여동생의 몸짓은, 생명을 깨우고 환희를 부르며 이야기를 끝맺는 그녀의 모습은 이 단편 전체에서 더없이 소름 끼치는 혐오의 극치를 가져다준다. 이것은 저주 자체이고, 또한 갱생이자 희망이다. 왜냐하면 어린 소녀는 살고 싶어 하고, 그리고 산다는 것은 이미 불가피한 것을 외면하는 것이기 때문이다.[2]

"카프카는 아침에 벌레가 되어 깨어난 남자 이야기를 두 개의 버전으로 썼다"로 시작하는 시 「변신」은 우리에게 "널리 알려지지" 않은 그의 다른 버전 이야기를 들려준다. 요컨대 "어째서 벌레는 그레고르 잠자의 인생으로부터 완벽하게 탈출할 수 없었을까". 그것은 "그레고르 잠자의 실패인가,/ 벌레의 굴욕인가". 시인은 새로운 「변신」을 써 내려간다. 그레고르는 "완벽한 벌레의 꿈"으로 존재하고, "벌레는 벌레다, 동어반복 속에 깃들어 있는 기적 같은 기쁨"을 누리며, "다른 세계"를 만끽한다. 그렇게 벌레로 다시 태어난 그레고르는 우리와 별다름없을 가족을 향해 말한다. "나의 전생은 저들처럼 두려움과 추위에 포위되어 옴짝달싹할 수 없었다. 그러나 인간은 희망에 기꺼이 고문을 당하는 동물이다."

우리는 『변신』을 둘러싼 블랑쇼의 독서와 시인의 독서 사이에 공통과 차이를 확인한다. 먼저 희망과 절망의 불가능성을 충분히 인지하고 있는 두 사람은 우리가 인간인 한, 희망다운 희망을 할 수도, 그렇다고 진정 절망할 수도 없다는 사실을 깊이 인지하고 있다. 인간은 실존에 갇혔고, "인간은 희망에 기꺼이 고문을 당하는 동물"이기에, 도무지 저 "소름 끼치는 희망"을 벗어날 수가 없다. 인간은 구원으로서 '죽음'을 잃어버렸다. 인간은 '절망'하지 못한다. 그렇게 "우리는 죽지 않는다. 이것이 진실이다".

그런데 시인은 저 실존의 아포리아를 간단히 넘어서는 것만 같다. '나'를 벗어나 “다른 곳에 뿌리 내릴”(「주어 없는 꿈」) 궁리를 하며, “길을 잃어버리”(「돌 속에 어둠이 있고」)거나, “항아리를 깨뜨리”(「덜 빚어진 항아리」)고, 결국 “내가 없는 세계에 당도”(「우산과 담배」)하여, 목소리는 거듭 “태우면 다시는 불이 될 수 없는 재로 남는 이야기”(「담배와 콩트」)가, 멈추지 않는 이야기가 된다. “이야기는 이야기와 섞이고, 이야기 속으로 깊이 들어가면 불이 붙고, 불이 태우는 것들을 가만히 보고 있으면 이제 끝까지 갈 수밖에 없다는 걸 알게 돼.”(「굴뚝청소부가 왔다」)

시집의 해설자 역시 우려하는 것처럼, ‘나’를 삭제하고 ‘나’를 지워 내는 이러한 시 쓰기는 “글 쓰는 자의 존재를 건 위험한 행위”[3]처럼 보인다. 그러나 좀처럼 “이 세상”을 “포기”(「커피와 우산」)할 수 없는 우리는 “습관에 완전히 젖”은 사람들(「일순간」). 밤을 잃어버리고 “똑같은 노랫말로” 맞이하는 “낮”과 “아침”(「낮부터 아침까지」) 가운데, “우리는 우리를 넘지 못하는 국경선을 형성”(「우리를 위하여」)하고 있다. 우리는 좀처럼 “비명을” 지르지 못한다.(「지구를 지켜라」)

안타깝게도 우리는 과연 시인의 새로운 시 쓰기가 진정 카프카의 아포리아를 넘어설 수 있는 방법인지 의심할 수밖에 없다. 일상의 독자에겐 도저히 불가능할뿐더러, 시인 역시 한 인간인 한, 저 아포리아를 좀처럼 넘어설 수 없을 것 같기 때문이다. 그렇다면 다른 한편, 블랑쇼의 카프카는, 즉 “희망에 가장 철저하게 고통을 가하는 작품들”(86쪽)로 독해된 카프카는 과연 우리에게 절절한 아포리아로 다가올 수 있는 것일까. ‘오늘날’ 우리는 카프카와 더불어 희망의 고문으로부터 자유롭고자 하는 의지를 정말 발현할 수 있는 것일까.

아무래도 오늘날의 우리가 카프카와 더불어 좀처럼 절망으로의 한 걸음을 뗄 수 없다면, 그러나 그 한 걸음이 너무도 간절한 무엇이라면, 이제는 조금 다른 이야기를 해야만 한다. 그리고 이를 통감한 오늘날의 한 시인은 카프카가 열어 놓은 저 꼼짝할 수 없을 아포리아의 한가운데에서 어떤 “급박”한(「변신」 후기」) 이야기를 이어 간다. 시인은 이를 위해 끔찍한 빛의 세계를 떠나 “그림자”(「그림자가 길다」)의 세계에, “깊고 깊은 어둠”(「이 세계」)의 세계에 스스로를 열어 놓는다. 어느덧 하나의 ‘돌멩이’였던 소문자k 씨는 부서져 “모래”가 되고 ‘흙’이 되어, 또 다른 이야기를 이어 가고 있다.

그럼 저 방법으로서 ‘열림’의 정체는 무엇이고, 그 결과물로서 이 한 권의 시집은 우리에게 어떤 감동과 질문으로 전달될 수 있는 것일까. 모래와 흙의 이야기가 결국 한 권의 “유리”가 되고, “항아리”가 되어 우리에게 전달된 이상, 유리에 “돌을 던져”(「유리의 존재」) 달라던 목소리와 “항아리를 깨뜨리”(「덜 빚어진 항아리」)겠다던 목소리는 어떤 불가피한 ‘역설’의 모습으로 우리 앞에 놓여 있다.

그럼 저 깨진 항아리가 아닌 "덜 빚어진 항아리", 깨진 유리가 아닌 계속 닦아야만 하는 "창문"(「그 창문」, 「구름과 벌판과 창고」)의 정체는 무엇일까. 혹 '열림'을 담은 형식이자 방법일 저 '역설' 안에 어떤 비밀이 있는 것은 아닐까.

> 김행숙: 내가 실제로 자살을 생각해 봤던 곳이 선일여자고등학교 복도였어. 죽음이 '투명한 몸'이 아니라 '피투성이 시체'로 그려져서 몸서리쳤던 곳도 그곳이었지. "한때 내가 되고 싶었던 건 투명 인간이었다."라는 문장은 그 '한때'로 호명된 과거의 것이라기보다 미래에서 온 것이었을 거야. 그것은 시가 뒤늦게 찾아 준 문장이랄 수 있지. 그것은 어쩐지 과거를 고치는 것이 아니라 찾아 주는 것처럼 느껴져. 그런 의미에서 미래는 과거 속으로 달려가 있다고 할 수 있어. '과거'라는 시간 그 자체는 '미래'보다도 훨씬 모호하고 불확실한 것 같아. 과거는 그 시점에 미래가 와 있다는 걸 모르지. 그러나 "내가 사라지는 곳으로부터 더 멀리에서 나타나"는 도무지 알 수 없는 미래의 내가 그 복도에서 자살하는 단 3초 후의 나보다 더 힘이 셌어. 그러니까 '먼 곳'이란 가장 '가까운 곳'이기도 했던 거지. '더 먼 곳'이 '더 가까운 곳'이기도 하다는 것은 세 번째 시집의 시편들을 쓰던 무렵에 문득 나를 강력하게 휘감는 감각적 확실함으로 찾아왔지. 논리적으로 증명할 수 없지만 확실한 것, 시는 종종 그 확실함에 전부를 걸 수 있게 해. …… 쓸 수 있는 시를, 쓰고 싶은 시를 찾아가는 것, 그 안에 이미 찾아왔을 수도 있는 미래를 시의 순간과 함께 살아 내는 것, 그렇게 조금 '더 먼 곳'으로 '조금 더 가까운 곳'으로 가 보고 싶다. 조금 더 밀어붙여 보고 싶다.[4]

시인에게 시 쓰기란 무엇일까. 요컨대 그것은 학창 시절 자살을 꿈꾸었던 과거를 피투성이가 아닌 투명 인간으로 만들어 주는 시 쓰기, 죽음을 꿈꾸었던 과거의 '나'의 세계로 들어가 그 안에 존재하는 또 다른 '나', 즉 미래의 '나'를 발견하며 과거다운 과거를 되찾아 주는 시 쓰기일 것이다. 그러한 시 쓰기는 시인으로 하여금 삶이 아니라 죽음이 간절했던 그 시절로 용기 있게 거듭 회귀하게끔 하며, 동시에 그 반복적인 고통의 강박 속에서 "힘" 있는 미래를 발견하게끔 한다.

그러므로 앞서 확인했던 시인의 능동적인 부서짐과 해체에의 의지는 어떤 견고한 믿음을 전제로 하고 있음을 확인한다. "혼돈"(「덜 빚어진 항아리」)에 다름 아닐 과거 속에 또 다른 과거를 찾아 주는 미래로부터의 힘이 존재함을 확신하고, 거기에 "전부"를 걸기 때문에, 시인은 일상과 현재의 '나'를 부수며, 거듭 과거로 회귀할 수 있다. 강박적 고통으로 스스로를 혼돈에 위치시키는 이러한 시 쓰기는,

우리의 수수께끼 같은 현재의 원인에 다름 아닐 과거를 찾아 주며, 더불어 그 안에 존재했던 미래의 힘을 확인하며, 현재를, 스스로를 재구성해 나가고 있다.

> 내 기억이 사람을 만들기 시작했다/ 나는 무엇으로 구성되어 있는가, 그래서 나는 무엇인가/ 사람처럼 내 기억이 내 팔을 늘리며 질질 끌고 다녔다, 빠른 걸음으로 나를 잡아당겼다, 촛불이 바람벽에다 키우는 그림자처럼 기시감이 무섭게 너울거렸다/ 사람보다 더 큰 사람그림자, 아카시아나무보다 더 큰 아카시아나무그림자/ 그러나 처음 보는 노인인데…… 힘이 세군, 내 기억이 벌써 노인을 만들었다면 나는 어떻게 되었을까/ 나는 생각을 할 수 없었다, 생각을 하는 누군가가 나를 돌보고 있었다// 기억이 나를 앞지르기 시작했
>
> —「잃어버린 시간을 찾아서」

나는 그림자를 바라본다. 사람보다 더 큰 사람그림자, 나무보다 더 큰 나무그림자, 우리가 빛이라 믿었던 빛과 더불어 존재하는 우리 말고, 그런 우리와 더불어 항시 존재했던 저 그림자, 시인은 저 그림자를 바라본다. 그런데 저 그림자의 세계는, 우리가 기억하는 혹은 좀처럼 기억하지 못하지만 꿈을 통해 마주하곤 하는 모호한 '과거'가 아닐까. 항상 우리보다 더 크고 힘이 센 과거, 그림자에게 우리의 현재는 휘둘린다. 당연한 사실이지만 현재의 원인은 과거이며, 그 과거가 현재를 만든다. 그러나 시인은 어떤 확신의 시 쓰기와 더불어 바로 그 과거 속에서 먼 미래에서 왔을 한 노인을 만나고, 그 힘센 노인에게 '나'를 내맡긴다.

기억이 나를 앞지른다. 그간의 '나의 기억'은 저 노인과 함께 그간 기억하지 못하던 새로운 과거를 마주하고, 새로운 기억은 '나'를 넘어선다. 시인은 시 쓰기와 더불어 과거 안에 존재하는 그 무엇보다 강한 힘을 확인한 까닭이다. 죽음보다 힘이 센 힘, 피투성이를 투명 인간으로 바꾸어 내는 바로 그 힘. 그런데 이 힘의 확인은 카프카가 환기한 절망이나 구원으로서 죽음과는 조금 거리가 있는 것 아닌가? 희망과 절망의 아포리아에서 우리는 다시금 희망 쪽에 기울어지는 것 아닌가?

그러나 진정 죽음에는 조금 모자란 죽음일지언정, 죽음과 가까이 있던 과거로 돌아가 그 안에서 그보다 강한 미래로부터의 힘을 확인하는 이 다른 이야기하기로서 시 쓰기는, 이야기가 거듭되어 이어질 수 있는 '장치'를 만들어 내고 있다. 시인은 저 힘에 대한 믿음과 더불어 외면할 수밖에 없었던 나의 죽음을 확인하고, 이를 생으로 전환하는 승리를 증거로 다시 거듭하여 또 다른 과거로,

즉 더 깊이 외면할 수밖에 없었던 죽음에 가까운 과거로 향할 수 있기 때문이다. 그렇다면 이 실행 가능한 유사 죽음의 반복 속에서, 끝없이 새롭게 이어지는 이야기 속에서 시인은 점차 더 깊은 죽음에 다다를 수 있는 것 아닐까.

> 밤마다 돌아오고, 돌아오고, 다시 돌아와서, 여름 캠프에 갔다가 피부가 까지고 그을려서 온 아이처럼 돌아와서// 우글거리는 밤, 한 명의 아이도 쫓겨나지 않았으니 마침내/ 내 오래된 꿈의 포대가 찢어지누나, 마침내 90년 만에 집을 찾아온 맨발의 소녀를 맞으러 나 이제 달려 나가리. 기쁨에 넘쳐 우르르우르르 발 구르며 흐드러진 벚꽃잎같이 머리칼 흩날리며// 가벼운 소녀들처럼 춤추는 밤이 왔다/ 밤 중의 밤이 왔다// 밤마다 눈처럼 쌓이는 것이 있었으나, 밤마다 눈처럼 녹는 것이 있었으나, 흰 눈이 깊이깊이 쌓여서 두 발이 다 빠진 노인이 있었으나, 눈이 쌓이고 녹고 쌓이고 녹다가 이젠 다 녹아서 시간의 발자국이 몽땅 사라진 노인이 오랫동안 홀로 떨었으나
>
> —「아이가 왔다」

『무슨 심부름을 가는 길이니』라니. 한 권의 시집을 덮으며 우리는 저 질문이 시인에게만이 아니라 독자에게도 마찬가지로 전달된 질문이었음을 느낀다. 그러게 우리는 무슨 심부름을 가는 길이었을까. 우리는 과연 그 길 끝에 우리를 기다리는 것이 무엇인지를 진정 느끼며 안다고 얘기할 수 있을까. 아마도 그렇지 못하다면, 필시 '소름 끼치는 희망'만을 반복하고 있다면, 시인을 따라 조금 부서져 보는 것은 어떨까. 아이가 왔다. "그 창문의 얼룩 같았던 어두운 눈동자들이 이제 다 지워졌다."(「그 창문」) 그렇다면 우리도 시인이 보여 준 이 아름다움을 믿고 "밤 중의 밤"으로 조금 향해 보는 것은 어떨까.

1 모리스 블랑쇼, 이달승 옮김, 「카프카의 독자」,『카프카에서 카프카로』(그린비, 2013), 83쪽.

2 같은 글, 85~86쪽.

3 박슬기, 「진정한 말의 시, 함께-있는 밤을 위하여」, 김행숙, 『무슨 심부름을 가는 길이니?』(문학과지성사, 2020), 127쪽.

4 김행숙·김승일 대담, 「어떤 다정함에 대하여」, 《시사사》 2013년 5·6월, 29~33쪽.

일상의 레시피, 비일상의 반죽, 그리고 빵

—『아가씨와 빵』 | 심민아, 민음사

김지윤 문학평론가

오븐 속의 스위트홈

부드러운 카스텔라를 굽기 위해서는 먼저 거품을 내야 한다. 햇빛 드는 창가에서 계란 흰자를 공들여 휘젓다 보면 동화 「인어공주」 속 물거품처럼 반짝이는 기포들이 생겨난다. 물론 이것은 거품일 뿐이지만, 가벼운 거품도 공들여 휘저으면 단단한 머랭이 된다. 적당한 정도로, 견딜 수 있을 만큼만 조심스레 흔들어 섞어 주면 흰 눈처럼 깨끗하고 솜사탕처럼 부드러워진다. 그다음 설탕과 밀가루를 섞어 솜씨 좋게 빚은 뒤 오븐에 구우면 반죽을 넣은 틀의 형태대로 빵은 보기 좋게 구워진다.

심민아 시집 『아가씨와 빵』(민음사, 2020)에서는 무수한 음식들의 맛과 냄새들이 감각적 심상을 구성한다. 이 시집 속에는 먹고 맛보는 일이 계속 등장하며 세계는 머리가 아닌 '배꼽'이나 '배' 혹은 '혓바닥'으로 인식 가능한 것들로 나타난다. "배 속에 담은 우리의 눈"(「이제와 항상 영원히」)으로 세상을 바라보는 사람들은 "여전히 우리의 혀는 축축합니다/ 우리의 입천장은 건강합니다"라고 소리치며 이를 증명하려 한다.

살아 있는 이들은 끊임없이 무언가를 먹고 요리한다. 이 말을 뒤집어 보면 먹고 요리하는 사람들은 자신이 살아 있음을 나타내는 것이라 할 수 있다. 먹고 마시고 음식을 만드는 일들은 하루하루 생명을 유지하기 위한 지극히 일상적인 행위다.

'아가씨'는 시인의 페르소나이자 그림자이며 "설거지 후의 물기가 덜 마른 엄마", "우울한 혀를 가진 언니들", "크림을 처바른 할머니" 등은 '아가씨'의 수많은 변형들이기도 하다. 이 시집에서 특히 주목되는 것은 "빵 주머니에 얼굴을 처박은 우울한 아가씨"(「아가씨와 빵」)가 만드는 반죽들과 빵들, 케이크들의 이미지들이다. 시집 속 오븐 속에서는 '스위트홈'의 이상이 부풀어 오르고, 베이킹 틀은 사회가 요구하는 규범들처럼 무정형의 반죽에 익숙한 형태를 만든다. 노동하는 손에서 빚어진 반죽이 기대에 어긋나지 않게 그럴듯한 모양의 빵으로 구워져 나오면 일상의 양식과 하루의 수고를 잊게 하는 간식이 된다.

시집 속 연작시의 제목이기도 한 '데일리 휴먼 빙'의 평범한 하루가 흔한 일상의 층위를 벗어나게 되는 것은 "빵의 솜털을 느끼는 작은, 아주 작은 능력"(「아가씨와 빵」) 때문이다. 그 능력으로 인해 아가씨는 "빵의 등짝, 착하게 말려 있는,/ 편안하고 이상적인 물음표들"을 배우게 된다. 그녀는 더 나아가 "빵의 고통과 빵의 장래 희망"을 탐구하려고 하며, "물음표들"이 만들어 내는 질문에 답하기 위해 "세상의 모든 형용사를 가져와서/ 밤새 그 맛에 대해서 설명"(「할로윈 드롭스」)하려고 애쓴다.

그러나 사람들은 그 말에 귀 기울이지 않는다. 빵의 달콤함이 혓바닥을 가득 채울 때 그 안에 물음표와 고통과 희망 따위가 있는지, "세상의 모든 형용사"를 밤새 동원해도 다 설명되지 않는 다양한 맛의 미세한 차이들이 존재하는지 궁금하지 않은 것이다. 「아가씨와 빵」에서 아가씨는 "빵의 전생을 생각하는 작은, 아주 작은 취미"를 갖고 있다. 하지만 대부분의 사람들은 빵이 되기 전 반죽에 무엇이 들어갔는지 따위에 관심을 갖지 않는다. 빵은 달콤하고 맛있고 배부르면 되는 것이므로.

"러브 유어셀프의 전단지 거리"와 같은 긍정성 과잉의 세계에서 빵은 고소하고 달콤하기만 하면 충분하다. "고소한 냄새와 쿰쿰한 냄새를 같이 풍기는 사랑니를 다 뽑힌 상한 아가씨"가 "창백한 발"을 이끌고 따라가려 한 "빵의 전생, 빵의 달고 묵직한 배 속"의 풍경까지는 관심의 대상이 아니다. 그런 것은 "오늘의 식탁"(「당신은 뭐가 좋아서 그렇게 웃습니까」)을 망치고, 입맛을 달아나게 하며 무엇보다 '스위트 홈'의 판타지를 완성시킬 수 없게 하기 때문이다.

"현실보다 소설에 자신 있는,/ 빌어먹는 작은 아가씨"(「아가씨와 빵」)는 오븐 속에서 예쁜 자태로 익어 가는 빵의 겉모습보다 그 빵의 배 속에 들어 있는 것을 생각한다. 그녀는 구워지는 빵의 외피 안쪽에 숨어 있는 반죽 속 재료들과 성분들을 생각한다. "설탕과 밀가루로 범벅이 된/ 우리의 스위트, 스위트, 스위트 홈"은 달콤함을 느끼는 능력만 남겨 놓고 감각을 마비시키려고 하지만, '아가씨'는 "희미한 영혼이 쐬는 안녕, 빵의/ 두툼한 어깨에 누워서 느끼는/ 빵의 정직한 콧김"을 느끼고 기억하려 한다. 중요한 것은 본질에 있다는 것을 잊지 않는 한 "아가씨를 구성하는/ 밀가루와 이스트와 워킹핸즈"는 사라지지 않는다. 그래서 그녀는 "밀가루가 부푼다, 설탕이 녹는다"(「리빙 데드」)라고 중얼거리며 오븐 유리를 통해 안쪽을 들여다보고 빵이 원래 무엇이었는지를 생각한다. "쿰쿰한 냄새"를 함께 느낄 수 있는 그녀에게는 "스위트 홈"의 식탁에 놓인 것들이 그럴듯한 외피 속에 "성냥불 묻은 맛"(「양파 껍질이 흩날리는 방」)을 숨긴 것들로 느껴진다.

오븐 속 '스위트홈'의 빵틀 속에 들어가는 순간 자유롭게 흘러갈 수 있는 반죽의 액체성은 소멸된다. 정해진 틀에 들어가 필요한 만큼, 보기 좋게 구워질 정도로만 온도를 높이면 모두가 기대하는 것처럼 예쁜 빵이 될 것이다.

달걀 거품을 많이 휘핑해 넣을수록 카스텔라는 부드럽고 보기 좋게 구워진다. 구워져 나온 카스텔라 위에 크림을 발라 멋지게 모양을 내면 울퉁불퉁한 표면도, 균열도 다 가려진다. 그러면 근사한 케이크가 될 수 있다. 사람들은 케이크를 앞에 놓고 박수를 친다. 아름다운 케이크의 외면, 달콤한 맛에 사람들이 감탄할 때 아가씨는 생각한다. 최초에 그 안에 있었던 것은 거품이라는 사실을.

모든 반죽은 위험하다

반죽 상태에서는 어떤 빵이 될지 예상할 수 없는 법이다. 요리를 해 본 사람은 안다. 약간의 오차, 약간의 첨가, 약간의 온도 차가 늘 먹던 그 음식을 달라지게 만든다. 그러니 이렇게 말하는 것도 가능하리라. 모든 반죽은 위험하다고.

반죽은 잘 구워진 빵이 되리라는 기대를 받지만, 언제든지 이를 배반할 가능성을 품고 있으며 다 구워져 나오기까지 완전히 안심할 수 없다. 그래서 세상에는 레시피라는 것이 존재하고, 특히 빵을 굽는 데에는 엄격한 재료의 분량과 요리 순서를 지키는 일이 필요하다고 강조되곤 한다. 레시피는 그것을 제대로 준수했을 때 표준적이고 평균적인 '좋은 결과물'을 약속한다. 그러나 정해진 분량과 순서와 시간이 무엇보다 중요하게 여겨지는 레시피의 규칙들은 이 시집 속에서 쉽게 위반된다.

하루 종일 손톱을 뜯을 때,
검정 셋, 노랑 하나
어쩔 줄 몰라 하는 혓바닥
빨강 하나, 파랑 둘
시간이 물감처럼 풀리고
다시 검정 셋, 노랑 하나
녹아 없어지는 것들의 하품
—「녹아요」에서

시적 화자는 지금 반죽을 하고 있다. "하루 종일 손톱을 뜯"고, 어쩔 줄 몰라 하는 모습에서 초조와 불안감이 읽힌다. 그 이유는 아마도 레시피가 없기 때문인 것으로 보인다. 요리법 없이 요리를 하려면 확신이 없으면 안 되는데, 확실한 안내문이 사라진 상태에서 요리를 하는 중인 시적 화자가 믿을 것은 자기 혓바닥의 감각뿐이다. 계속 맛을 보며 제대로 되고 있는지 판단할 수밖에 없는데 "어쩔 줄 몰라 하는 혓바닥"은 자기의 감각을 불신한다. 그래서 반죽에 들어가는 재료와 분량도 "검정 셋, 노랑 하나"이다가 "빨강 하나, 파랑 둘"로 바뀌고 다시 "검정 셋, 노랑 하나"로 갔다가 다시 "빨강 하나, 파랑 둘"이 되었다가 "그악스러운 녹색"이 쳐들어오는 식으로 일관적이지 않다. 당연히 요리 과정에 분배되는 시간도 '레시피의 시간'처럼 정해져 있지 않으며 "시간이 물감처럼 풀리고" 나면 "녹아 없어지는 것들"은 하품을 한다. 요리를 제대로 하려면 시간을 지키고 불을 조절하며 요리가 되어가는 과정에 주의를 기울여야 하므로 집중이 필요하다. 그러나 이 시 속의 요리 과정은 하품이 날 정도로 나른하며 "몰래 몰래 부푼 것들"은 쉽게 주의를 벗어난다. 당연히 이 반죽은 어떻게 구워져 나올지 알 수 없기 때문에 불안을 배태하며, 흔해 빠진 빵의 달콤함, 고소함 따위와 거리를 둔 "하품 속의 비린내"를 품은 빵이 된다. 정성 들여 반죽을 하지도 않고, 그것을 오븐에 넣기 전에 그냥 내버려 두기도 한다. 심지어 "한낮 아래 빚은 반죽을/ 천장에 던져두고/ 그것이 떨어져 얼굴을 치댈 때까지"(「님포마니악」) 그저 빈둥거리기도 하고, "남몰래 빚었다가 내다 버린"(「누더기와 뼈」) 것들까지 있다.

사실 우리의 삶에는 마치 레시피와 같은 수많은 매뉴얼들이 붙어 있다. 무수한 자기 계발 책들과 동기 부여 강연들과 삶을 좀 더 많이 살았다는 사람들이 붙여 놓은 그 매뉴얼들은 '삶은 이런 거야, 이렇게 살아야 해.'라는 메시지를 담아 빛나는 화살표를 어두운 길 어딘가를 향해 세워 놓는다. 레시피의 안내를 따라 할 일들을 착실히 잘 수행하면 안정적인 일상이라는 보답이 기다린다.

그러나 시 속 화자들은 레시피를 벗어나거나 레시피가 없는 요리들을, 그것도 "먼지 반죽과 늙은 꼬리"(「젊은 사람들끼리 하는 인사」) 같은 '이상한 재료'들을 섞어 만들고 그것을 먹으면서 비일상의 세계로 접어든다. 그러나 이들은 마치 자기의 살을 먹듯이 그 빵들을 먹는다. "빵 냄새가 지독하다"(「리빙 데드」)라고 말하며, 만면에 미소를 머금고.

온갖 감각을 느끼는 미친 여자들의 세상

막 구웠을 때 부드럽고 폭신한 빵이 금방 딱딱해지거나 푸석푸석해지는 것은 처음 재료를 섞을 때 물이 부족하거나 덜 저었기 때문이다. 모든 빵은 시간의 흐름 앞에서 무력하기 마련이지만, 정해진 분량을 무시하고 대충 재료를 넣어 적당히 섞은 반죽으로 만든 빵은 더 빨리 굳어 버린다.

이 시집 속 시간관은 흥미로운 점이 있다. 시간은 많은 것을 바꾸고 무너뜨릴 수 있는 것으로 나오지만, "지나치게 익어 다 부서져 버린 시간을 어떻게 하나요”(「핑크 인 디 애프터눈」)라는 질문은 그리 진지하게 고민되지 않는다.

「핑거 라이트」는 1시부터 12시까지의 시간을 순차적으로 보여주는데 시계의 시간인 것처럼 보이지만 사실상 내용을 읽어 보면 시간을 매우 자의적으로 인식하고 있음이 느껴진다. 분절된 장면을 시퀀스처럼 보여 주는 영화적인 기법을 사용하고 있는데 인과관계나 시간의 흐름이 반영되어 있지 않기 때문이다.

“한때 눈사람으로 붐비던 공터는 왜 풀만 무성합니까”라는 질문에 대한 답은 ‘눈사람’이라는 단어에 들어 있다. “있잖아요, 그런 기화의 순간 앞에서// 저마다의 이름표를 단 채/ 부지런히 썩어 가는 샬레들과// 그런 증류수의 시간 속에// 선지처럼 앓는,/ 냉증의 것”이라는 표현처럼 이 시집 속의 시간은 금방 사라져 버릴 “기화의 순간”이며 “증류수의 시간”이다. 그 속에서 무언가가 “부지런히 썩어 가”고, 날것의 차가운 고통이 느껴지지만 이는 결국 소멸될 시간이다. 그러나 그 사라짐을 애도하기보다는 오히려 자발적으로 파국을 향해 잰걸음을 옮기고 있는 사람의 시간인 것이다. 빵이 빠르게 굳어 사람들이 기대하는 맛을 낼 수 없고, 서서히 부패되기 시작할 때 오히려 빵의 “산 것 특유의 구린내”는 더 강하게 인식된다.

심민아 시는 읽는 이의 감각을 일깨우는 점이 있다. 우선 후각과 미각을 자극하는 내용들이 매우 많이 등장하는데 “신 열매/ 단 열매/ 쓴 열매/ 좁은 혀 위에 모두 부려 놓고”(「님포마니악」)라는 구절에서 보듯 모든 맛을 그대로 느끼려고 한다. 시적 화자는 “묽은 시럽에 급히 담근/ 재생의 맛/ 재생이 끝난, 재생의,/ 맛, 아름다웠던,/ 다시,/ 폐기의 맛”(「와일드 오키드」)을 차별 없이 모두 느껴 본다. 갓 구운 빵의 부드러움과 굳은 빵, 부패해 가는 빵 사이에는 현격한 거리가 있는 것처럼 느껴지지만 사실 빵의 본질은 변하지 않는다. 그러니 “재생의 맛”과 “폐기의 맛”은 하나의 빵 속에 들어 있는 것이다.

이 시집 속 시적 화자들은 미각이 마비되어 단편적인 맛만 느낄 수 있는 사람들의 입을 위해 이런 무수한 맛들을 “서로의 입술에 물려 주”(「와일드 오키드」)고 “우리가 버무린 입술”을 “바구니 가득 담아/ 모두에게 나누어 주는 일”을 하려 한다.

또한 이 시집 속의 많은 시들은 청각적이고 시각적인 감각을 자극하는데, 언어의 리듬감과 색상의 강렬함이 크게 작용한다. 시각 자극을 시 속에 활용하기 위해 특정한 색깔을 동원한 점도 흥미롭다. “스톤 블루”, “스모크 블루 선명함”, “저 높은 파랑”, “노란 곡물 빨강 곡물”과 같이 색채 감각을 매우 적극적으로 활용하고 있다. 이로 인해 ‘정상’과 ‘평균’을 벗어난 삶과 세상의 모습을 어둡고 무기력하기보다 밝고 생동감을 주는 톤으로 노래한다. 권력, 도시의 삶의 그늘, 뒤틀린 성장기의 고통, 가부장제의 모순 등 무거운 주제들이 시편들 속에 담겨져 있는데도 불구하고 이 시집의 시들이 역동성을 잃지 않는 데는 이 영향이 크다고 하겠다.

이 시집 속 다양한 감각들을 온몸으로 느끼는 사람들은 다름 아닌 '미친 여자들'이다. "사랑스러운 나의 미친 보풀 더미야"(「와일드 오키드」)라고 서로 부르며 그들은 서로를 '우리'라고 여긴다.

세계를 '배'나 '혓바닥'으로 인식하는 이 시집 속의 사람들은 다른 사람들의 이해를 받기를 바라지 않는다. 그들은 상식이나 이성으로 판단하기보다 감각과 감정을 통해 느끼려고 하며 자신들이 느낀 점도 공유한다. 배와 엉덩이는 머리와 입보다 더 솔직하고 진실을 반영한다. "자신이 정해 놓은 팬티대로 살고/ 누구보다 대장(大腸)의 감각대로 사는 엉덩이들"은 남이 결정해 주는 삶이 아닌 자신이 정하는 인생을 살고 자기 몸의 감각대로 세상을 인지하려고 한다. "기형과 별종의 정원에서/ 이것은 꽃핀 엉덩이"가 된다.

그들이 미친 여자가 되기 위해서는 '정상'의 굴레나 세상이 매어 놓은 관계의 끈을 풀고 '식탁'을 박차고 일어나 달아나야 한다. "엉, 드, 트와/ 흔한 희망은 곤죽으로 익어"(「크레이지 서울 라이프」) 갈 뿐 아니라 '식탁'을 차리는 일이 "가슴을 베어 내는 것"이기 때문이다.

> 어떻게 사나요?
> 가슴을 베어 내고 살지요
> 가슴을 베어 내는 건 무엇인가요?
> 저녁 식탁을 차리는 일이지요
> —「우아하고 전지전능한」에서

「선량한 이웃」의 시적 화자는 "선량한 이웃"들을 먹일 저녁 식탁을 차리다가도 그들이 온다는 사실에 머리가 아파 온다. 같이 정답게 지내다가도 "정다워요, 말하면 / 동대문 밖으로 도망가는/ 미친 여자들이 있"(「우유가 들어간」)고 "미친 여자들의 무덤이/ 자꾸만 울룩불룩 솟아"(「우유가 들어간」) 오른다. 그들은 "알알이 성질 다른/ 알알이 주장하는/ 알알이 각자의 우주라는" 생각으로 자기 자신이 되기 위해 '미친 척하고' 뛰쳐나간다.

그리고 "비둘기 집의 처마/ 우리는 그 바깥에 있"으면서 "매일의 미세하고 엉망인 날씨 속에"(「친애하는 초록에게」) "구름이 다 녹을 때까지 춤을 추겠"(「생일 2 고은이에게」)다고 하는 것이다.

「더 데일리 휴먼 빙」은 이 시집 속에 여러 번 등장하는 연작시다. 최근 시집들 속에서 동일한 제목의 다른 시들이 여러 편 있을 때 넘버링을 하지 않는 경우가 많다. 그런데 이 시집에서는 '더 데일리 휴먼 빙' 옆에 숫자가 붙어 있어 마치 순서대로 이어진 전형적인 연작시들처럼 보인다. 그러나 자세히 들여다보면 제목 옆의 숫자는 의미가 없으며, 선형적으로 흐르는 시간 속의 진행 단계가 보이지 않는다. 시집에 수록된 순서도 「더 데일리 휴먼 빙 7」이 가장 먼저 등장하기 때문이다. 사실 인생의 흐름은 인과관계, 개연성이 없는 경우가 많고 예상 밖의 일들은 도처에서 출몰한다.

'더 데일리 휴먼 빙'은 일상적 존재를 의미하지만 사실 이 시집 속 '데일리 휴먼 빙'들은 질서와 배열을 의도적으로 흩트리며 아무렇지도 않게 일상과 비일상을 넘나들고, 서로를 구분 짓는 틀들을 가볍게 넘어선다.

이 시들은 또한 '시를 쓰며 산다는 것'에 대한 성찰을 담고 있기도 하다. "문학 속에서 사는 느낌이 뭔지 알겠습니다"(「더 데일리 휴먼 빙 1」)라고 시인은 말한다. 이 시 속 구절처럼 "착실한 겨울을 따라 걸"었는데도 "쓸모없는 사람이 되"어 버린 시적 화자에게 문학은 엄숙하고 진지하게 앉아 정제된 말과 성찰의 무게를 보여 주는 것이라기보다 "달리면서 아무 데에나 꾸깃꾸깃 적어 둔" 것에 가깝고, 이런 문학은 "작은 마당, 비정형, 큰 심장을 섬기는" 족속들을 향해 기꺼이 열려 있다. 미친 여자들은 다락방을 나와 그 열린 문 안으로 춤을 추며 들어선다. 제멋대로 반죽한 지독한 빵 냄새를 가득 풍기며, 걸음이 닿는 곳마다 부스러기를 흘리면서…….

a, a, a, a
—『앙앙앙앙』 | 류진, 창비

홍승택 문학평론가

시인의 일은 자신이 말하고자 하는 바를 정확히 말할 수 있도록 그렇지 않은 것들을 걸러 내어 꼭 하나의 표현을 남기는 일이기도 하지만, 어떤 표현이 그 자리에 들어가도 정확하지 않은 것이 될 수 없도록, 말하고자 하는 바가 정확히 말해질 수 없음을 받아들이는 한에서 시인 스스로가 되는 일이기도 하다. 그렇기 때문에 이미 있는 말하고자 하는 바를 표현으로 어떻게 옮겨 올지에 대한 고민은 다른 고민으로 대체된다. 말하고자 하는 바를 미리 정해 두는 일이 의미가 없기 때문에 그런 한에서 어쨌든 드러낼 수밖에 없었던 표현들을 어떻게 감당해 낼지에 대한 고민이 그것이다. 이런 태도는 권태와 정열을 하나로 합친다. 이런 태도는 계속되는 출발과 영원한 중지를 하나로 합친다. 항구적인 떠남의 상태도 바로 그 상태에 계속 머물러 있다는 점에서 고착이라고 할 수 있으며, 어디로도 도착할 수 없다는 점에서 중지되어 있다고 할 수 있다. 시인의 태도로 인해 발생하는 시의 이런 차원은 항상 시를 따라다닌다. 시인에게 있어서는 권태와 정열이 하나로 합쳐진 것이 권태, 정열, 권태, 정열, 이라는 단어, 넷을 각각 따라다니게 될 것 같다. 그리고 그 긴 시간 동안 의미 없이도 계속 남는 마음은 아무것에나 휘둘릴 것이다. 류진의 시를 생각하며 떠올린 나의 생각은 이런데, 나의 생각은 틀릴 수 있다. 틀릴 수 있다는 점에서는 다음의 표현도 틀릴 수 있다.

> 우리 형은 포틀랜드산 잡종 세인트버나드 37대손 아버지와 전주 하씨 63대손 어머니 사이에서 태어났습니다.
>
> (……)

나는 개와 태어났습니다

—「편안했습니다」에서

이 표현은 나의 형제자매, 나의 동기는 말이다,라는 뜻으로 해석할 수 있다. 이 표현은 내 동기는 개이다,라고 말하고 있는 것 같지만 사실은 내 동기는 개이자 "나는 개와 태어났습니다"라는 말이다,라고 말하고 있는 것이다. 그것에 더해 내 동기는 "나는 개와 태어났습니다"라는 표현을 포함하는 말 전반이며 그 가운데에서 말하기의 허구성을 가장 극명하게 보여 주는 자신의 태생 설화를 고른 것이라고 하고 있다. 또는 자신의 태생에 대해 그렇게 말할 수 있고, 그것이 거짓이 되게 하는 보증은 없음을 보여 줌으로써 말하기의 허구성을 드러내는 말 전반이 내 동기라고 하고 있다. 시인은 자신의 태생 설화가 거짓이 되게 하는 보증은 없음을 알고 있고 그것이 진실이 될 수 있을 것 같은 가능성은 도처에 말의 형태로 있음을 보고 있다. 자신의 형의 실체를 무엇이라고 확정해서 말하지 않고 무엇과 무엇 사이에서 태어난 것으로서 제시하는 것처럼, 나는 "나는 개와 태어났습니다"라는 말과 태어났다고 하고 있다. 「구미호」에서처럼 어머니에게 그것을 물어보아도 어머니 역시 이야기를 들려줄 뿐이기 때문이다. 또는 내가 어머니에게서 이야기를 듣고 있다고 생각할 수 있기 때문이다. 그렇다면 이런 말하기의 허구성은 유희의 차원에만 머물며 열정을 앗아 가게 하는 것일까.

의미는 그것이 의미이길 원하는 사람에게만 의미이며

의미가 없다는 말 또한 의미이므로

악당의 낭심을 수백 번 걷어차 본 나 홍금보는

제가 지금 들고 있는 이 물병의 낭심도 차 버릴 수도 있다고

<그럼에도 불구하고>라는 말은 평생 여러분과 저를 기만했으므로

—「홍금보」에서

여기서 시인은 모든 게 의미 없다고 말하고 있지 않다. 그런 공백 상태는 주어지지 않고 그걸 원해도 그럴 수 없다. 왜냐하면 의미가 없다는 말 또한 그렇다는 의미를 주는 것인데, 의미가 없는 것 같을 때 의미가 없다고 말해야 하기 때문에 그렇다. 시인은 이 의미와 무의미의 까다로운 얽힘을 어떻게 통과해 나가려고 하는 걸까. "그럼에도 불구하고"에 <> 표시를 하면서, 메타의 관점과 결별하며 그렇게 하려고 하고 있다.

발자국 안에 발자국을 누가 찍었습니까 말들로 푸석이는 백사장을 밟고서

(……)

망고는 망고밭 안에서 가장 노란 과일입니다

(……)

갈라진 망고는 노랗지 않다.
— 「악몽 망고」에서

잘 가꾸어진 망고밭에는 망고밖에 없겠지만, 그리고 그 안에서 망고는 가장 노란 과일이면서 가장 노랗지 않은 과일이겠지만, 망고밭에서 나는 과일이라고 망고를 정의할 수는 없다. 왜냐하면 망고는 망고밭에서 나는 과일이기도 하지만, 시인의 기분, 마음, 악몽의 이름이기도 하기 때문이다. 그 이름은 망고밭의 울타리를 넘나든다. 그리고 망고는 분열되는데 망고와 망고, 라는 단어가 그것이다. 이런 입장은 망고밭이라는 한 울타리 안에 서로 다른 망고가 있다고 보는 것과 다르다.(동일성 안의 차이) 오히려 그 모든 망고들이 자기 자신과 분열되며 그런 한에서 같다고 보는 것이다.(차이 안의 동일성)

마음이 마드리드

슬픔이 이스탄불
분노가 페테르부르크

(……)

김혜수의 고함이 좋다
생쥐스트의 푸념도 좋지

— 「부록: 어찌하여 나는 비겁하고 치사하며 우아하게 되었는가」에서

이런 충동적인 글쓰기에는, 그리고 이렇게 글쓰기의 충동에 대해 말하는 것에는 회의적인 질문이 따라붙는 경우가 많다. 어쨌든 꼭 이렇게 쓰지 않아도 되잖아?(그리고 그 점이 증명하는 것은 이 글이 충분한 고민의 결과가 아니라는 것이잖아?), 김혜자의 고함은 안 돼?,라는 질문이다. 이 질문에 대답하기 위해서는 충동에 대해서 더 알아봐야 한다.

욕망과는 다르게, 충동은 특별한 대상이 아니라 충동의 만족을 원한다. 음식물이 입으로 들어올 때 그 음식물로 인해서가 아니라 입의 쾌감 때문에 만족되는 것이 충동이다. 그러니 충동은 대상에 무관심하다고도 할 수 있다. 그러나 그것만으로는 부족하다. 꼭 그것이 아니어도 괜찮은 것이 아니라, 꼭 그것이 제공하는 '꼭 그것이 아니어도 괜찮음'이 필요하기 때문이다. 충동은 이런 방식으로 대상과 관계함으로써만 대상에 무관심하다. 충동은 음식물이 아니라 열리는 입의 쾌감으로 인해 만족되는 것은 맞지만 특별한 음식물이 들어와서 특별한 곡선의 형태로 열린 입의 쾌감을 필요로 한다. 그리고 류진 시에는 음식물이 많이 등장한다. 김밥, 호두, 마죽, 당근이 나오고, 「백종원」이라는 시편도 있다. 입술, 이빨이라는 비유도 자주 나타난다. 표현의 차원에서 말을 한다면, 꼭 그런 표현이 필요한 것은 아니지만 그 대체의 가능성이 꼭 그 표현으로서 거기 있는 것이 필요한 것이다. 그러므로 충동은 특별함을 지우는 방식으로 특별한 대상과 관계하는데 그것을 자기 자신에게서 빠져나오는 대상, 결여의 대상이라고도 부를 수 있다. 그러나 충동이 한 번에 두 개의 대상과 관계하는 것은 아니다. 결여의 대상은 그 대상과 둘인 것이 아니며, 그 대상을 충동이 선택함을 통해 그 대상에 덧붙여지는 것이다.[1]

그러니 류진 시에 등장하는 겉에서 보면 돌발적인 표현들은 사실은 정밀하게 선택된 것이다(음소의 공유를 통한 인접성 또는, 문학 작품의 내용, 예술가들의 이름 등등을 포함하는 사회, 문화적 인접성이 표현들 사이에서 바로 포착되지는 않더라도 몇 개의 시구를 건너뛴 곳에서 이접된 채 발견된다.),라는 주장을 하는 것은 사족이거나 부족한 것이다. 부족한 것은 표현들 사이의 관계가 인접성으로 설명된 뒤에도 더해질 것이 여전히 남아 있기 때문이고, 사족인 것은 인접성을 통한 설명은 위의 사실을 의도치 않게 은폐하기 때문이다. 차례로 등장하는 다른 두 단어 사이의 인접성을 인정하지 않는다는 것이 아니라, 그러한 인접성이 발견되건 그러지 않건 변하지 않고 각각의 공허해진 단어들을 통해 더해지는 것에 집중을 해야 한다는 것이다. (류진 시에서 나타나는, 명사와 조사의 결합을 하나의 명사로 보게 하거나, 하나의 명사를 명사와 조사의 결합으로 나눠 보게 하는 방식도 이러한 집중을 요구하는 것이라고 볼 수 있다. 「6월은 호국의 달」에서 "나라는 원해요"는 '나'라는 원하는 것, 그리고 '나라'라는 원하는 것이 있다고 읽히길 의도하고 있고, 근작 「형도」[2]는 (기)'형도'라는 이름 그리고 '형 또한 그렇다'를 의미하는 '형도', 둘 다로 읽히길 원하고 있다.)

그리고 나는 한 비평가와 기성의 사물로 회화를 그린 한 팝아티스트의 문답을 빌려 오고 싶다. "당신이 이 문자형들 『시판용 스텐실들』 을 사용하는 것은 그것들이 마음에 들기 때문입니까, 아니면 스텐실이 그런 식으로 나오기 때문입니까?", "하지만 그것이 바로 내가 그것들에서 마음에 드는 점입니다. 그것들이 그런 식으로 나온다는 것

말입니다."[3] "즉 그것은 나타나는 그대로를 그토록 고집하기 때문에 그것이 발견하려는 대상을 그것이 선택하는 대상과 구분할 수 없다"[4]는 주장이다. "있는 그대로의 것이라는 지울 수 없는 성격"[5]은 어떤 대상의 성격 중에서 그 대상의 다른 특성이 변해도 따라다니는 것이다. 왜냐하면 그 대상의 다른 특성들이 변할 때 함께 변하면서 구분할 수 없는 것이기 때문이다. 나는 대상의 이름도 그런 성격이 된다고 생각한다.

류진 시에는 즘게, 너테, 제웅, 뜰팡, 크와트로 바지나, 키르히아이스, 누레예프를 포함해 많은 종류의 명사, 고유명사가 나오고 그것들 사이의 이접이 발생한다. 흥미로운 것은 그 원래의 목록들 중에는 가상의 것이 없고, 모두 세계에 이미 존재하는 것들이라는 것이다. 나는 이 태도를 류진이 비겁하고 치사하며 우아하기 때문이라고 하고도 싶다. 비겁한 것은, 괴로운 기존의 세계에서 빗겨나 가상의 차원으로 옮겨 갈 용기가 없기 때문이고(그것은 상실을 동반하기 때문이다.), 치사한 것은 그렇게 새로워진 것도 없지만 여하한 다른 가능성을 품게 된 세계에 대해 '내게 감사하십시오'라는 식으로 생각하기 때문이고, 우아한 것은 이러한 태도가 자신의 운명임을, 그리고 다른 선택의 가능성은 자신이 그 운명을 받아들이는 한에서 있음을 받아들이기 때문이다.

> 내 신체들은 소금 가루 같은 구멍에서 순간 태어나 각기 다른 염전에서 말라 가기로 했습니다.
>
> —「어제 안한 퇴화」에서

여기서 모든 대상이 빠져나간 공백 상태나 결여의 상태 같은 구멍에 '소금 가루' 같은 비유를 붙임으로써 달성될 수 있는 것은 결여의 대상을 표현하는 것이다. 소금 가루와 비슷한 구멍이 있다고 한 것이면서 소금 가루가 어떤 종류의 구멍이라고도 하고 있기 때문에 그렇다. 그런데 그런 구멍에서 순간적으로 태어난 내 신체는 소금 가루가 태어나는 곳인 염전에서 말라 가려고 한다. 이 시간의 역설은 권태의 태생적 부작용 또는 촉발이기 때문이다.

> 천 마리 들개도 만들어 낼 수 있어요
> 마음을 위해서면
> 걔네는 호숫가에 둘러앉아 핥고 있습니다
>
> 호수에서 퍼낸 자신을, (……)
> 혀끝에 발린 자신을

마침내 자기 자신이 될 때까지 음미하면서
몸에 난 천개의 창이 흘러내려 설탕물이 될 때까지

(……)

저는 이쯤에서 등장합니다 저는 어떻겠어요 마음을 위해 만든
저는

(……)

시간이 가긴 갈 건데

(……)

천 마리 개 떼 얘기를 하다 말았네 걔네는
이제 필요 없습니다 마음을 위해서
알 게 뭡니까

(……)

쓰고 싶어질 때면 또 슬프겠죠

(……)

이 마음에 마무리가 필요합니까?
일관된 서사가 필요한가요?

(……)

이렇게 또 시간이 갔습니다

—「권태의 괴물」에서

아무것도 하고 싶지 않다, 그리고 아무것도 하지 않고 싶다, 이 두 표현을 실생활에서 어떻게 쓰이는지와는 별도로 구분해 볼 수 있다.(실생활에서는 별다른 구분 없이 사용되기 때문이다.) 여기서 부정의 표현은 전자와 후자에서 다른 곳에 위치한다. 후자는 어쨌든 하고 싶은 것이 있다는 쪽으로 읽을 수 있다. 전자는 아무것도 하지 않고 싶은 상태를 선택할 마음도 없다고 읽을 수 있다.(그러한 선택도 행위이기 때문이다.) 그렇다면 아무것도 하고 싶지 않은 권태로운 사람이 자신이 원하는 방식으로 시간을 보내는 방법은 무엇일까. 나는 그 사람이 아무것도 하지 않고 싶어 하지 않으면서 무언가를 하는 것이라고 보고 싶다. 마음의 경제의 관점에서는 그렇다. 여기에는 시간(역사)의 장이 놓여 있기 때문이다. 왜냐하면 그 일은 하는 도중에는 어떤 일이지만 끝에 가서는 아무 일이 없던 것으로 될 수 있기 때문이다. 마음의 경제는 마음을 반영하기 때문이다. 그게 아무것도 하지 않는 것이라 해도 무언가가 벌어지는 일이 시간의 장에서 그래야 하기 때문에 이런 차원이 발생한다. 그리고 이런 상황을 겪어야만 하는 것은 어쨌든 아무것도 하고 싶지 않아도 자기의 마음을 달래지 않으면 안 되기 때문이다. 자기의 마음을 달래야 하는 것은 혼자서 사는 것이 아니기 때문이다. 충동은 아무것도 아닌 일로 마음을 달래게 하는 것이고 그 순간에는 일상과 역사가 함께 정지한다고 나는 주장하고 싶다.

필연성을 쓰여지기를 멈추지 않는 것으로, 우연성을 쓰여지지 않기를 멈추는 것이라고 한다면 이 둘 사이의 이행에는 부정의 이동이 발생한다고 볼 수 있다.[6] 우연성과 필연성을 이러한 방식으로 정의하는 것의 이점은, 우연성이 추가적인 사건의 발생이나 개입에 의해서 가능해지는 것이 아니라는 것을, 또 필연성이 어떤 보증이 아니라 관성에 의한 것임을 보게 하는 것이다.

물론 권태는 필연성으로 가득 채워진 세상에서 살며 느끼는 것이다. 그리고 시인의 권태는 우연성을 만들어 낼 수 있음을 알고 계속 그렇게 해 본 인간의, 모든 우연성의 필연성으로의 이행을 믿는 인간의 권태다. 가능성을 믿는 인간의 권태다. 또한 지금의 필연성을 특정한 것이 지속적으로 배제된 채 쓰이고 있는 것으로 봄으로써, 그러한 상태를 언제든 깨질 수 있는 것으로 볼 수 있는 인간의 긴장되는 권태다. 충동은 이런 한에서 권태의 결과, 또는 그 과정이다. 그러나 그 권태는 시를 쓰는 것으로 유지될 수 있어 역설적이다.

> 모가지마다 동그라미를 그려 주마
> 착한 합체 로봇인 너희에게
> 나는 타도당해야 할 세력이다
> 주위엔 몇 개의 위성이 돌고 있다

(……)

몽둥이

마두 무두 무두질

물결 무도 무도회

—「부록: 어찌하여 나는 비겁하고 치사하며 우아하게 되었는가」에서

그 권태는 동일성의, 동일성을 기준으로 파악하는 차이의 세계에서 스스로에게만 부합하는 것이기 때문에 대체될 수 없는 것이다. 세계 안에 있는 대체될 수 없는 것이 없어지면 한 세계가 없어진다. 나는 그러지 않길 바란다. 나는 그러길 바라지 않는다.

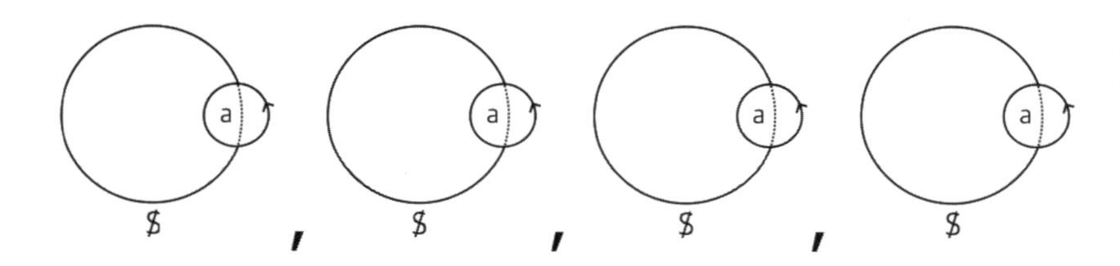

1 조운 콥젝, 김소연·박제철·정혁현 옮김, 『여자가 없다고 상상해봐』(도서출판b, 2015), 112~114쪽 참조.

2 류진, 「형도」, «계간 시작», 2020년 여름, 93~98쪽.

3 Leo Steinberg, "Jasper Johns: The First Seven Years of His art", in Other Criteria, 32쪽; 조운 콥젝, 앞의 책, 78쪽에서 재인용.

4 조운 콥젝, 앞의 책, 78쪽.

5 조운 콥젝, 앞의 책, 83쪽.

6 레나타 살레클, 이성민 옮김, 『사랑과 증오의 도착들』(도서출판b, 2003), 278~279쪽.

시간이 아주아주 오래 걸리는 나를 견디는 일

—『여름 언덕에서 배운 것』 | 안희연, 창비

전영규 문학평론가

1 희망 혹은 절망이 없는 세계 너머

내정된 실패의 세계 속에 우리는 있다
플라스틱 병정들처럼
하루 치의 슬픔을 배당받고
걷고 또 걸어 제자리로 돌아온다
—「기타는 총, 노래는 총알」에서[1]

이미 실패가 내정되어 있는 세계 속에서 살아야 한다면 방법은 딱 하나다. 바로 그 실패에 적응하며 살아가는 방법을 아는 일. 인간은 실패가 내정되어 있는 이곳의 삶에 서서히 적응해 나가기 시작한다. 희망 없이, 절망 없이 사는 일. 희망이 없다는 사실조차 잊는 일. 그렇다고 절망하지 않는 일. 나아가 절망이 없다는 사실마저 잊는 일. 희망도, 절망도 없는 삶을 사는 일. 여기서 '실패'란 죽음이나 슬픔, 무력이나 허무 같은 것일 수도 있겠다. 결국엔 나뿐만 아니라, 내가 사랑하는 모든 것들이 '사라지게 되어 있음'이라는 자명한 진리가 내정되어 있는 세계를 바람직하게 살아가는 일. 실패가 내정되어 있는 세계에서 바람직한 희망을 지니고 살아가는 일이 무엇인지에 대해 생각하는 일. 시인의 시에서, '바람직한 희망'(고트호브)이라는 말(「고트호브에서 온 편지」)이 연상되는 건 이런 이유에서인지도 모른다.

바람직한 희망을 향해 나아가는 삶은 무엇인가. 언젠가 시인의 시를 두고 다음과 같이 말한 적이 있다. "사라질 미래를 향해 세계와 나 사이를 조율하는 과정에서 자아의 과잉과 결핍을 반복하며 (역)진화하는 자의식의 사태를 구현하는 자."[2] 이는 내정된 실패의 세계 속에서 살아가는 자가 지녀야 할 삶의 태도와 관련한다. 희망 혹은 절망 없이 살아가는 일이나, 바람직한 희망을 향해 나아가는 일은 실패가 내정되어 있는 세계 속에 사는 '나', 불확실한 미래를 향하는 '나'에 대한 이야기로 이어진다. 내가 사는 세계도 마찬가지다. 자아의 불완전한 속성처럼, 세계 속에 존재하는 수많은 내가 존재하는 방식 혹은 내가 실감하는 다양한 세계에 관해 이야기하는 일. 그 안에서 발생하는 수많은 나 혹은 수많은 나에게서 단 하나의 나를 의식하기를 반복하는 일. 자아의 과잉과 결핍, 세계 속에 사는 나와 내가 사는 세계를 의식하기를 반복하는 지점에, 시인의 언어가 있다.

안희연의 시에서는 내 안의 수많은 나를 형상화한 구절을 종종 발견할 수 있다. "겨자씨가 되고자" 했지만 "다시 처음으로 되돌아온" 나.(「나의 겨자씨」) "수없이 나를 죽이고/ 토막 난 자신을 마주해" 온 나.(「생선 장수의 노래」) "죽어도 죽지 않는 마음."(「내가 잠이었을 때」) "내 안에서 쉴 새 없이 빠져나가는 나." "이미 한 번 죽었음에도 계속 가고 있는 나."(「원더윅스」) 시인은 나도 모르게 발생하는 내 안의 수많은 나와 보이지 않는 사투를 벌이는 자다. 2015년 첫 시집 『너의 슬픔이 끼어들 때』를 시작으로, 두 번째 시집 『밤이라고 부르는 것들 속에는』(현대문학, 2019), 세 번째 시집 『여름 언덕에서 배운 것들』(창비, 2020)에 이르기까지. 그 과정에서 시인의 시선은 희망 혹은 절망이 없는 세계 너머를 향한다. 내 안의 수많은 내가 있다는 것을 알게 된 이후, 수많은 나만큼이나 다양한 세계가 있다는 것을 알게 된 이후의 시는 과연 어떤 풍경일까.

시인의 에세이 「빛진 마음의 문장」(『밤이라고 부르는 것들 속에는』)에는 다음과 같은 구절이 있다.

> 그래서 요즘은 나를 둘러싼 세계를 되도록 멀리 바라보고자 애쓴다. 조금씩 뒤로 뒤로 걸어가 지구가 잘 보이는 곳에 의자를 내려놓고 앉아 있으려는 노력을 지속하고 있다. 한 인간 존재가 먼지보다 작은 것임을 골똘히 들여다보며 태초의 시간을 상상해 보기도 한다. 시간은 참으로 까다로운 성미를 가졌다. 시간은 우리의 모든 것을 일으킬 수도 허물어뜨릴 수도 있다. 그렇다면 시간은 언제 괴물이 되고, 어떻게 괴물이 되지 않을 수 있는가.

나를 둘러싼 세계를 되도록 멀리 바라보는 일. "우리의 모든 것을 일으킬 수도 허물어뜨릴 수도" 있는 이곳의 시간에 대해 생각하는 일. "당신이 모과 너머를 보기 시작할 때 모과는 이미 모과가 아니다."(「망중한」) 내가 세계 너머를 보기 시작할 때, 세계는 이미 내가 아는 세계는 아닐 것이다. 그곳은 어떤 풍경일까. "어제 놓친 손이 오늘의 편지가 되어 돌아오는 이유를/ 이해해 보고 싶어서// 뒤로 더 뒤로 가 보기로 한다/ 멀리 더 멀리 가 보기로 한다// 너무 커다란 우리의 영혼을 조망하기 위해."(「자이언트」)

더 뒤로, 더 멀리 가기 위해, 어제 놓친 손이 편지가 되어 돌아오는 이유를 알기 위해, 우리의 영혼을 조망하기 위해, "쉬지 않고 움직이는 구름들/ 너머의 얼굴을 상상하기 위해"(「자이언트」) 시인은 나를 잃는다. 지금부터, 안희연의 시를 읽는다.

2 불안과 평온의 총량은 같다

삶 쪽으로만 향하는 발과 죽음 쪽으로만 향하는 발
내가 잃어버린 것이 어느 쪽인가
저울은 어느 쪽으로든 기울지 않는다
그것이 균형이라면
—「변속장치」에서

이후 시인은 "온전히 나를 잃어버리기 위해 걸어갔다."(「여름 언덕에서 배운 것」) 나를 잃는다는 건, "다 알 것 같은 순간의 나를 경계"(「추리극」)하기 위해 선택한 나의 의지다. "몇 번이고 그 장면을 반복하고 있노라면 잠 속에서도 '아, 이거 꿈이구나' 하고 알아채는 순간이 있다. 시를 쓸 때 가장 경계하는 건 바로 그런 순간들이다."(「빛진 마음의 문장」) 꿈에서도 '이건 나의 꿈이구나.'라고 알아채는 순간을 경계하는 일. 시인은 당연히 '나'이기에 내가 나를 다 알 수 있을 것이라는 믿음을 경계한다. 내가 나를 '다 알 것 같다.'라고 믿는 순간, 알아야 할 것을 알 수 없게 된다, 내정된 실패의 세계 속에 산다고 해서, 어차피 실패할 것임을 쉽게 인정하는 순간을 경계하는 일. 죽음이나 슬픔, 무력이나 허무와도 같은 실패에 익숙하다 못해, 타성이 생기는 것을 경계하는 일.

"바다 밑바닥은 생각보다 아늑해, 이곳엔 두 눈을 멀게 하는 태양도 늑대들의 울부짖음도 없고/ 발바닥을 간지럽히는 물의 감촉, 꿈인 듯 꿈 아닌 듯, 이렇게 가지런히 누워 흔들리고 있으면 구원을 기다리는 일 따위 하지 않게 돼."(「슬리핑 백」) 빛의 점멸 구간이 시작되는 어두운 심연의 지점에서 살고 있는, 애초부터 심해에 살기에 어둠마저 무의미해지는 심해어 같은 존재. 애초부터 구원이 없었기에 구원을 기다리는 일 따위는 하지 않고, "이곳이/ 완전한 침묵이라는 것"(「백색공간」)을 알게 된 자. 시인이 감지하는 세계는 한 치 앞도 분간할 수 없는 어둠을 연상한다.

그러나 시인은 어둠에 무심한 자가 아니다. 그 어둠을 온전히 실감하는 자다. 나라는 주체가 과잉되거나 결핍되는 것을 거부하는 자. 삶과 죽음 그 어느 쪽으로도 기울지 않는 자. 세계의 허무나 무력감을 인지하면서도 그것에 함몰되지 않는 자. "내가 담을 것과 내게 담길 것"이 무엇인지 아는 자. 시인이 말하는 균형이란 이런 것이다.

> 잘 짜이고 싶은 것은 아니야, 그보다는
> 불안을 사랑하는 쪽이 좋지
> 살아 있으니까
> 내 삶에도 주술이 필요했노라고 말하면 그뿐
>
> 물 주전자가 물을 담기 위해 만들어졌듯
> 있겠지, 내가 담을 것과 내게 담길 것
>
> 때로는 길을 잃기 위해 신발을 신는다
> 오겠지, 이렇게라도 하지 않으면 안 되는 마음에
> 진짜 이름을 붙여 줄 날
> —「메이트」에서

시를 쓴다는 건 희망과 절망 사이, 불안과 평온 사이에서 균형을 잡는 일이다. 그 과정에서 시인은 알게 된다. '내가 담을 것'과 '내게 담길 것'의 총량은 같다는 것. 절망한 만큼 희망할 수 있고, 불안한 만큼 평온할 수 있고, 잃어야지 잃지 않는 것이 있고, 사라지면서 존재할 수 있다는 것. 마치 "너무 어두워져서 분명해지는 세계"(「실감」)가 있음을 알게 되는 것처럼 말이다.

> 이제는 여름에 대해 말할 수 있다
> 흘러간 것과 보낸 것은 다르지만
>
> 지킬 것이 많은 자만이 문지기가 될 수 있는 것은 아니다
> 문지기는 잘 잃어버릴 줄 아는 사람이다

그래, 다 훔쳐가도 좋아
문을 조금 열어 두고 살피는 습관
왜 어떤 시간은 가라앉고 어떤 시간은
폭풍우가 되어 휘몰아치는지

나를 이해하기 위해서는 솔직해져야 했다
한쪽 주머니에 작열하는 태양을, 한쪽 주머니에 장마를 담고 걸었다

뜨거워서 머뭇거리는 마음과
차가워서 멈춰 서는 걸음을 구분하는 일

자고 일어나면 어김없이
열매들은 터지고 갈라져 있다
여름이 내 머리 위에 깨뜨린 계란 같았다

더럽혀진 바닥을 사랑하는 것으로부터
여름은 다시 쓰일 수 있다
그래, 더 망가져도 좋다고

나의 과수원
슬픔을 세는 단위를 그루라 부르기로 한다
눈앞에 너무 많은 나무가 있으니 영원에 가까운 헤아림이 가능하겠다
—「열과(裂果)」

"나를 이해하기 위해서는 솔직해져야 했다." "흘러간 것"과 "보낸 것"을 구분하는 일. 한쪽 주머니에 "작열하는 태양"과 다른 쪽 주머니에 "장마"를 담고 걷는 일. "뜨거워서 머뭇거리는 마음과/ 차가워서 멈춰 서는 걸음을 구분하는 일." 자고 일어나면 "내 삶에 불쑥불쑥 끼어들던, 내 것이자 내 것 아닌 슬픔"(「시인의 말」)이란 열과로 더럽히진 이곳을 다시 사랑하는 일. 어느 좌담에서 시인은 다음과 같이 말한 적 있다. "불행과 불안으로부터 도망치지 않는 자세를 배우고 싶다."라고. 내가 사는 세계마저 부정해야 한다면, '지금-여기'의 삶만이 유일한 것인데, "그건 '어떻게 살 것인가'라는 말과도 다르지 않다."[3] '지금-여기'에서 어떻게 살 것인지를 매일같이 고민하는 일. 시인이 말하는, 불행과 불안으로부터 도망치지

않는 자세란 이런 것이 아닐까.

"아직 오지 않는 것은 영영 오지 않는 법."(「반려조(伴侶鳥)」) 내가 기다리는 그것이 애초에 존재하지 않는다 할지라도, 그것을 그리워하느라 "평생을 필요로 하는 삶"(「시」)을 사는 일. 어느덧 시인은 "결코 다정하지는 않"은 자신의 몫을 사랑하는 법을 배운다. "몫이라고 생각하면/ 조금은 덜 미워하게 될는지도// 이제는 조바심 내지 않는다/ 기차는 길고 길다는 건/ 기차의 몫이 그러하므로 어떻게든 계속 가야 한다는 뜻."(「몫」)

3 시간이 아주아주 오래 걸리는 나를 견디는 일

시간이 아주아주 오래 걸리는 일이 필요해지면

꿀을 넣고 조린 열매를 떠올리기로 해

바를 정(正)에 과실 과(果) 자를 쓴다는,

말갛고 진한 색을 향한 기다림

—「톱」에서

온전히 나를 잃어버리기 위해 걸어간 여름 언덕에서 시인은 다음과 같은 것들을 배웠다. 첫 번째, 희망 혹은 절망이 없는 세계 너머의 풍경을 보는 방법. 두 번째, 불안과 평온의 총량은 같다는 것. 세 번째, 시간이 아주아주 오래 걸리는 나를 견디는 방법. "내가 나여서 우러날 수밖에 없는 시간"(「터닝」)이 있다. 온전한 나만의 시간을 기다리는 일. 시간이 아주아주 오래 걸리는 그 시간을 다시 견뎌 내려는 의지가 내게 주어진 몫이다.

기다린다는 건, 반드시 기억해야 할 무언가가 있다는 의미다. "기다림은 망각을 다시 견뎌 내려는 움직임이고, 기다림을 다시 견뎌 내려는 움직임"[4]이라는 블랑쇼의 말처럼, 내가 기억해야 할 것이 무엇인지 알지 못한다 하더라도, 그것을 기다리는 일. 그것을 잊지 않기 위해 나를 잃어버리는 일. 시간이 아주아주 오래 걸리는 나를 견디어 내기 위해, 잃어버린 나를 기다리는 일.

여기서 '그것'을 시(詩)라고 해도 될까. 아직 오지 않았기에 영영 오지 않는, 나의 시를 기다리는 일. 나에게서 우러날, 내게 우려질 말갛고 진한 시를 향한 기다림. 시간이 오래 걸리는 나를 견디는 일은 어느덧 시를 향한 구도(求道)의 자세를 닮아 가고 있었다.

나의 여정은
하나의 물음으로부터 시작되었습니다
나는 어디에서 왔고 누구이며 어디로 가는가

사람들은 나를 돌이라고 부릅니다
어딘가에는 대하고 앉았노라면 얘기를 들려주는 돌도 있다지만
나는 이야기를 찾아 헤매는 돌에 가깝습니다
절벽의 언어와 폭포의 언어
온몸으로 부딪쳐 가며 얻은 이야기들로 나를 이루고 싶어요
그 끝이 거대한 침묵이라 해도

중력이 없었다면 어땠을까요?
나무나 새를 부러워했던 적도 있습니다
그러나 모든 피조물은 견디기 위해 존재하는 것
우울을 떨치려 고개를 젓는 새와
그런 새를 떠나보낸 뒤 한참을 따라 흔들리는 나무를 보았습니다

서서 잠드는 것은 누구나 똑같더군요
모두가 제 몫의 질문을 하고 있는 것입니다
—「구르는 돌」에서

내가 언제부터 여름을 사랑하게 되었는지에 대해 생각해 본다. 여름은 절반의 세계다. 숨이 턱턱 막힐 만큼 뜨거운 여름날에는, 머지않아 다가올 차가운 겨울의 어느 날을 기다리게 된다. 세상의 모든 것을 얼어붙게 할 만큼의 추운 겨울날에는, 뜨거운 그날의 열기를 떠올리며 다시 견뎌내려는 움직임을 품게 된다. 이제 시인은 기다림마저 잊는 순간을 향한다. 잊지 않기 위해 잃어버리는 일. 시간이 아주아주 오래 걸리는 나를 견디는 것마저 잊는 일.

희망과 절망, 불안과 평온의 총량은 같으니, 불안해하거나 절망에 빠지지 말고 평온해지기를. 불안한 만큼 평온해지기를. 불안하고 무참하고 아프고 슬프고 성난 괴물과도 같은 나의 마음을 고요히 잠재우기를. 불안이나 절망마저 침범할 수 없는, 까마득한 심연 속에 '그것'을 꽁꽁 묻어 두기를. 한없이 고요하고 깊은

곳으로 천천히 가라앉기를. 너무 평온하다 못해 무기력해질 때는, 꿈속에서도 '아, 이거 꿈이구나.' 하고 알아채 버릴 때, '다 알 것 같다.'라고 스스로를 단정하는 것에 익숙해진다면, 다시 한번 심연 속에 묻어 둔 '그것'을 꺼내 기억하기를.

"나는 기다림을 사랑해."(「톱」) 시인이 만든 여름 언덕에서 배운 건 기다림을 사랑하는 일이다. 시간이 아주아주 오래 걸리는 일이라 할지라도, 불안해하거나 초조해하지 않는 일. 기다림을 두려워하지 마라. 그것이 무엇인지 모른다 하더라도, 영영 오지 않는다 하더라도 실망하지 말자. 그것을 기다리는 마음이 우리를 살게 하는 힘이 될 테니까. "그는 개와 함께한 날들의 몇 곱절을 지나 살아남았고/ 오직 도래라는 말만을 읽고 쓸 줄 알게 되었다/ 그는 그 말이 둥글고 따스한 말 같다고 생각한다/ 기다리면 껍질을 깨고/ 무언가 태어날 것 같은 말."(「그의 작은 개는 너무 작아서」)

1　안희연, 『너의 슬픔이 끼어들 때』(창비, 2015). 이 시집을 포함해 본문에서 다룰 시인의 시집은 다음과 같다. 『밤이라고 부르는 것들 속에는』(현대문학, 2019), 『여름 언덕에서 배운 것』(창비, 2020). 작품을 인용할 경우 괄호 안에 작품명만 표기한다.

2　졸고, 「21세기 뷰티풀 엑스라는 변종들: 2018년을 통해 본 21세기 한국시의 지형도」, 《문장웹진》(2018년 11월호). 이와 관련해 『현대시』(2019년 2월호)에 실린 이달의 추천작 월평인 졸고, 「나에 대해 생각하는 일은 왜 항상 산사태를 동반하고 마는지」가 수정 보완되었음을 밝힌다.

3　「실감과 고립감, 그 불가항력: 방인석(진행), 이수명, 안희연 대담」, 《시로 여는 세상》, 2015년 가을, 54쪽.

4　모리스 블랑쇼, 박준상 옮김, 『기다림 망각』(그린비, 2009), 147쪽.

사랑한다고, 다시금 말하면

—『사랑을 위한 되풀이』 | 황인찬, 창비

임지훈 문학평론가

사실은 "아무 일도 일어나지 않았"다고, "다 소설이었"다고 말하는 사람.(「피카레스크」) 그런데도 "완전히 끝나 버"린 "그 여름과 그 바다"를 계속해서 되새기는 사람.(「이것이 나의 최악, 그것이 나의 최선」) 하지만 사실은 "이야기의 주인공"이 아닌 사람…….(「사랑을 위한 되풀이」) 그런 사람이라서, 쓸쓸한 독백들과 나지막한 음성으로 들려오는 이야기는 미래에 대해 말할 때마저도 이미 지나가 버린 일들에 대한 후일담처럼 들려온다. 그래, 이건 사실 전부 다 후일담이라고, "사랑해도 혼나지 않는 꿈"을 꾸던 사람의 후일담이라고…….(「무화과 숲」, 『구관조 씻기기』) 달라진 "우리의 시대"에, "쾌감에 중독되어 버린 사람의 비참한 황홀함" 속에서 되새기는 옛이야기들이라고 생각해도 틀린 점은 없을 것만 같다. "군대에 있는 동안 다시 써낸 시"와 "군대에 있는 동안 발표할 수 없던 시"를, 그리하여 차마 말할 수 없던 것들을 말할 수 있게 된 지금의 시간에 다시금 상기해 보는 것이라고 말이다.(「우리의 시대는 다르다」)

밤의 수영장에
혼자 있었다

귀에 닿는 물소리 탓에
네 목소리가 들리지 않는다고 생각했다

너는 실내에서 나오지 않는다
너는 어디에서도 나온 적 없다

밤의 수영장을 혼자 걸었다
몸에 닿는 밤공기가 차가워
네가 만져지지 않는다고 생각했다

너는 실내에서
나오지 않는다

밤의 수영장에
혼자 있었다

보름달이 너무 크고 밝아
네가 보이지 않는다고 생각했다

너는 내 어깨에
손을 올린다

너는 어디에서도
나온 적 없다
—「비역사」

하지만 이상하게도, 분명 이제 그는 무슨 이야기든 할 수 있을 것만 같은데 여전히 그의 이야기는 성글고, 한 편의 시는 전체의 이미지를 보여 주지 않는다. 마치, 수없이 많은 '너'와 수없이 많은 촉감의 기억들에도 불구하고 '너'는 결코 모습을 드러내지 않는 것처럼 말이다. 그리고 이제 더는, 황인찬은 '너'를 「레코더」(『구관조 씻기기』)에서처럼 숭고한 무언가로 만들지도 않는다. 여전히 그의 어투는 침착하고 이미지들은 백자처럼 빛을 머금은 듯 은은하게 자리하지만, 여전히 우리는 그의 이야기의 전체를 다 파악할 수는 없다. 마치, 무언가를 일부러 숨기고 있는 것처럼 보이는 그의 시 속에서, 화자의 어투는 때로 의뭉스럽게 들려오고, 이미지들은 조각난 백자의 파편처럼 아름답지만 무용하다. 독자로서 내가 시인인 그와 공유하는 것이 무엇일까 생각해 보면, 어쩌면 우리가 공유하고 있는 것은 그 침착하면서도 의뭉스러운 말투와 쓸쓸함 따위와 같은 분위기에 불과한 것은 아닐까 싶기도 하다. 그래서, 이 시집을 읽으면서 느끼게 되는 가장 큰 감각은 사실 해방감이 아니다. 「우리의 시대는 다르다」고 말하면서도, 무언가 남아 있는 기분으로 혹은 텅 비어 버린 기분으로 우리는 시를 읽어 가게 된다. 그건, 이제 우리는 사랑을 할 수 있게 되었다는 선언들 속에서 여전히 불안이 타오르고 있다는 감각이고, 왜인지 자꾸만 마음 밖으로 새어 나오는 슬픔이다.

이 시에는 바다가 등장하지 않는다

다만 이 시는 우리가 그 여름의 바다에서 돌아온 뒤 우리에게 벌어진 일들과 그것이 우리의 삶에 불러일으킨 작은 변화들에 대해 말할 수 있을 뿐이다

—「이것이 나의 최악, 그것이 나의 최선」에서

'그래, 이제 우리는 사랑을 나눌 수 있게 되었지, 그래서…….' 마치 이렇게 말하는 것 같은 그의 시집은 다음과 같이 말하는 것 같다. 침묵이 삼켜야만 하는 것은 여전히 있고, 한계의 뒷면에 있는 것은 해방된 사랑의 희열이 아니라고. 처음부터 이것은 그렇게 단순한 이야기들이 아니었다고 말이다. 사랑해도 혼나지 않는 것만으로, 사랑은 완성되는 것이 아니라고…….

똠은 끓인다는 뜻, 얌은 새콤하다는 뜻
꿍은 새우

레몬그라스는 똠얌꿍의 재료

혼자서 먹었어요,
망원동의 골목에서요

여름이었고, 밤이었고, 너였고, 무한하게 펼쳐진, 나랑은 무관한 별들이었고, 새콤한 게 더운 날에는 딱이니까

향긋한 파 같은 레몬그라스
쑥갓을 닮은 고수

이 시는 겨울에 생각하는 여름밤에 대한 시,
출출한 밤이 오면 생각나는 시

똠은 끓이고, 얌은 새콤하고, 입맛 없을 때 아주 좋은 시,

놀 거 다 놀고, 먹을 거 다 먹고,
그다음에 사랑하는 시

상상만 해 봤어요

밖에 눈이 와서요
따뜻한 우동 국물이 생각나는 밤이라서요

똠은 끓인다는 뜻, 얌은 새콤하다는 뜻
꿍은 새우

레몬그라스는 똠얌꿍의 재료

뜻이 있다고, 없다고, 누가 자꾸 말하고
—「레몬그라스, 똠얌꿍의 재료」

그래서 그의 시는 여전히 전체를 완성하지 못한다. 이미지들은 은은하게 비어 있고, 그의 말들은 침묵 속에서 온전한 말처럼 계시되지만 어떤 중요한 것을 빼먹은 것처럼 빈 말로 전해져 온다. "똠은 끓인다는 뜻, 얌은 새콤하다는 뜻/ 꿍은 새우"라는 말을 계속 반복할수록, 그 속에서 구체화되는 것은 "똠얌꿍"의 이미지가 아니고, 그런 동어 반복은 단지 이제 다시는 채울 수 없게 된 비어 버린 마음이 여기에 있다는 신호처럼 들리는 건 그 때문이다. 그 침착하지만 의뭉스러운 특유의 말투가 사실은 이렇게 비어 버린 마음을 신호하는 유일한 방법인 것 같다는 아주 약한 확신으로 말이다.

그렇지만
오해를 후회하고
착각을 원망하며
차를 마시면 무엇이 남습니까

남습니다
아무것도 없음이
—「영원한 자연」에서

그 약한 확신으로도, 할 수 있는 말이란 이런 정도다. 후회와 원망을 지나 아무것도 남지 않게 된 자리에서 아무것도 남지 않았다는 것만을, 그조차도 아스라이 느끼고 있다는 고백. 슬픈 눈으로 아름다운 광경을 바라보는 사람 같은 그런 고백 말이다. 그의 첫 시집에 담겨 있던 기묘한 숭고함과 어떤 경외감 같은 것은 여기서는 찾아볼 수 없다. 『구관조 씻기기』가 아무것도 아닌 대상을 그 자체로써 숭고하게끔, 화자의 무개입적 시선을 통해 대상화시켰다면 이제 이 시집에서 화자가 하는 일이란 숭고함마저도 지나쳤을 때 이르게 되는 '아무것도 아님'이다. 어쩌면 그 숭고함이란, 경외란 화자가 대상을 바라볼 수 없게 만드는 눈부신 빛 같은 것이어서, 결국 멀어 버린 눈으로 인해 숭고함이란 기억 속에만 남아 있을 뿐 더 이상 감각할 수 없게 된 사람처럼 말이다. 그럼에도 그는 이 아무것도 아님을, 멀어 버린 시선을, 손에 잡히지 않는 눈부신 빛을 다시금 회상하고 품고 머금기 위해 계속해서 이야기한다. 그리고 그때마다 화자는 깨닫는다. 이 모든 것의 불가능성과, 되풀이될 수 없는 것과, 이제 손에 남은 것은 아무것도 없다는 것을 말이다.

> 올려다본 하늘은 양배추 빛깔의 저녁이고
> 돌아보면 대청마루가 너무 넓고 휑합니다
>
> 슬픔도 놀라움도 없습니다
> 밥 짓는 냄새만 납니다
> —「여름 오후의 꿀 빨기」에서

그래서 이 시집은 한편으로, 다음과 같은 전언의 반복처럼 들려온다. '나는 한때 사랑을 꿈꾸었고, 사랑을 하였다. 그게 아주 위대하고 놀라운, 역사에 남을 그런 사랑은 아니었다 하더라도. 그리고 이제 모든 사랑에 대해서, 나는 단지 바라보는 사람이 되었을 뿐이다. 이제 나의 사랑은 이곳에 없다.'라고. 마치 '나는 여전히 이 이야기를 반전시키고, 혹은 급전시킬 수 있는 사람이지만, 나에게 그런 일은 가능할 리 없다.'라고 스스로를 타이르는 것처럼 말이다. 사랑에 대한 이야기에서 겸허하게 '주인공'이 아니기를 선언할 수밖에 없게 되었지만, 그렇다고 사랑이 온전하게 끝이 나는 것은 아니기에, 황인찬의 화자는 계속해서 되풀이한다. 그건 「재생력」에서처럼 거창한 일은 아니었을지라도 화창했던 여름방학의 끝에 선 마음 같은 것이어서, 오직 "다시는 이런 날이 오지 않을 테니까"라는 마음만이 남아 되풀이되는 쓸쓸함이겠지만 말이다. 그건 우리는 익히 알고 있는 감정이다. 그 여름방학의 끝에서 꾸었던 마음의 끝자락이 지금 우리가 선 이곳이니까 말이다.

그러니, 황인찬의 시에서, 이 『사랑을 위한 되풀이』에서 아무것도 아닌 것을 보거나 비어 있는 자리를 발견하게 된다면 그건 아무것도 없다는 이야기가 아니다. 그 빈자리는 적어도 한때는 그에게 무언가가 있었다는 이야기이고, 아무것도 아니게 된 무언가가 여전히 그 자리에 남아 있다는 이야기이니 말이다. 그러니 우리는 그 텅 빈 자리를 만나게 될 때, 혹은 뭐라 설명할 수 없는 텅 비어 버린 감정 같은 것을 만나게 될 때면, 늘 그 자리 위에 사랑을 덧대어 읽어야 할 테다. 마치 "아무것도 없거든 내가 당신을 사랑한다는 말로 읽어라"라던 그 누군가의 말처럼 말이다. 그러니 이 사랑을 위한 되풀이란, 결국 아무것도 아닌 것을 계속해서 되풀이하는 셈이고, 그래서 이 시집은 사랑을 아무것도 아닌 것으로 끌어내리는 것이 아니라 아무것도 아닌 것이 사랑이 되는 연금술에 대한 이야기이다. 비록 그 이야기의 향은 슬픔이겠지만, 여름의 끝을 내다본 사람들은 알 것이다. 지난여름의 그 처연한 아름다움은 원래 아무것도 아닌 것에서 우러나는 것이라는 걸 말이다.

> 여름 내내 모험에 도움을 주었던,
> 온갖 사물에 깃든 신령들에게 마음속으로 안녕을 고했지
>
> 지금의 일상을 소중히 하자
> 다시는 이런 날이 오지 않을 테니까……
>
> 그런 생각을 하는 동안
> 결국 애들은 싸우기 시작하고,
>
> 한참을 씩씩대며 서로를 바라보다
> 다 함께 웃는 것으로
>
> 이 장면은 끝난다
>
> 그리고 기나긴 스태프롤
> —「재생력」에서

어쩌면 우리의 삶이란 그 순간부터 시작된 기나긴 스태프롤과 같은 시간일지도 모르겠다. 두 사람으로도 충분하던 시간, 그 시간이 끝났음에도 여전히 불이 밝혀지지 않은 영화관의 그 짧은 순간 말이다. 그래, 처음부터 사랑은 누군가의 허락이 필요한

일이 아니었다. 사랑은 단지 두 사람이면 충분하다. 그러나 두 사람을 마련하는 일은 누군가의 허락을 받는 것보다 어렵다. 어쩌면 혼내던 그 사람조차도 사랑을 위한 재료였을지도 모른다. 그러나 이 모든 것은 오직 지나친 다음에야 보이는 것들이고, 그때에 우리의 투쟁마저도 우리의 사랑의 일부였을 따름이었다. 그러니 곱씹을 수밖에. 「깨물면 과즙이 흐르는」이 지나가 버린 시절을, 계속해서 곱씹을 수밖에. 어쩌면 처음부터 황인찬의 시집 『사랑을 위한 되풀이』는 아무것도 아니게 된 것들을 고스란히 담아 두기 위한 용기 같은 것에 지나지 않을지도 모른다. 그 시절의 '나'가 아니고서는 감각할 수 없는 특별함들이 가득 담긴 용기, 이제는 아무것도 아니게 되어서 우리의 삶과 뒤섞여 버릴 위기에 처한 그런 것들을 위한 용기 말이다. 그래서 그는 계속해서 반복하고 있는 것일지도 모른다. 아무것도 아니라고, 아무것도 아니게 되었다고, 아무것도 아니지 않던 시절이 있었다고 말이다. 그 과정에서 이제 아무것도 아닌 세상의 모든 것들이 사랑이 된다고 해도 놀라울 일은 없겠다. 단지, 아무것도 아닌 것들이 아무것도 아니게 되었다는 것을 우리가 견딜 수 있다면……. 그럼에도 불구하고 계속해서 사랑을 말할 수 있다면 말이다.

그러니 이건 더는 사랑을 숭고한 무언가로 위장하지 않겠다는 선언이겠지만, 마냥 그런 것이냐고 묻는다면 한 번 더 의심을 가질 수밖에 없다. 황인찬의 말들을 빌리자면, 그건 과일을 말려 차를 끓이는 사람과 잼으로 만들겠다는 사람의 차이이고, 「건조과」를 꿈꾸던 사람과 「깨물면 과즙이 흐르는」을 쓰고 있는 사람의 차이이기도 하겠지만, 그 차이란 왠지 있는 듯 없는 듯 하니까 말이다. 어쨌든 지금도 그는 여전히 과일을 손에 올려 두고, 고민을 하고 있는 중이다. 다만, 과일에는 무한하게 많은 조리법이 있으니, 그의 사랑도 그 조리법의 경우의 수만큼 조금은 씁쓸하고 시큼하게 계속 이어질 수 있겠지. 어쩌면 그 차이란, 단지 관점의 차이일 뿐일 수도 있겠지만……. 사랑은 원래 그런 것이지 않은가. 똑같은 사람이 다르게 보이는 마법이란 오직 그런 방법뿐이지 않은가.

사이를 사유하는 ㅅ자 모형의 시

—『세 개 이상의 모형』 | 김유림, 문학과지성사

김나영 문학평론가

학교에 들어가서 일기를 쓰고 검사를 받아야 했던 것은 지금 생각해도 이해가 잘 되지 않는다. 일기는 개인의 사소하고도 내밀한 경험의 기록이라고 가르치면서 무엇을 썼는지, 어떻게 썼는지를 어째서 매일같이 확인하였던 것일까. 등교하면 가장 먼저 가방에서 일기장을 꺼내 어제 쓴 페이지를 펼쳐 엎는 모양으로 교탁에 올려 두어야 했다. 그것은 등교한 시간과 순서의 기록으로서 일종의 출석 체크이기도 했다. 교탁 위에 거대한 ㅅ자 모양으로 쌓인 일기장을 보면서 언제나 조금 불쾌했고 괜히 불안했으며 그 불온한 감정의 누적은 언젠가부터 일종의 고통처럼 느껴지기도 했다.

일기에 관한 강력한 기억이 하나 더 있다. 어느 여름방학이 끝날 무렵, 엄마에게 일기장 검사를 받다가 엄청 혼이 났었다. 다름 아닌 '오늘 나는'을 썼다는 이유 하나만으로 두꺼운 일기장 두 권을 가득 채운 내 여름날의 기록이 부정당하던 그때를 나는 결코 잊을 수가 없었다. 훗날 그 일을 엄마에게 따지듯 묻기도 했었으니, 불가능한 망각의 이유에는 엄마의 가르침을 수긍할 수 없었던 어린이가 처음으로 배운 굴종과 패배감이 있었을지도 모른다. 논리로 대결할 수 없는, 성글고도 질긴 그물망처럼 생긴 것만 같은 애정을 근거로 삼는 관계에서 지극히 사소한 개인으로 거듭나고자 했던 어린 나의 고투는 빨간 색연필로 얼룩진 문장들로 기억될 뿐이었다. 김유림 시집을 읽고 그 기억은 내게 여전히 현재진행형인 체험이라는 것을 알았다. 어떤 시는 거듭 나를 그 얼룩진 일기장으로 이끌어 가는 것을, 그날 이후 일기에는 더 이상 '나는 오늘'을 쓰지 않지만 쓰지 않을수록 그것은 나의 모든 문장 맨 앞에 깊고 투명하게 새겨진다는 것을 깨달았다.

김유림의 이번 시집에 실린 작품들이 '나는'이라는 일인칭 화자의 자기고백적 진술이 개인적인 서사를 구성하는 방식으로 이어지고 있기 때문만은 아닐 것이다.

거기에 더해 여기에는 '나는'을 내세우며 스스로도 확인하거나 확신할 수 없는 '자기-쓰기'에 대한 흔적이 투명하게 가득하기 때문이다. 이처럼 나는, 나의 경험과 감각은, 나의 기억은, 나의 나머지는 무엇일까를 거듭 질문하면서 계속되는 쓰기는 결국 무엇을 말하게 되는 것일까.

우선 주목해 볼 부분은 이 시집에 가득한 호명들이다. 나, 너, 우리, 그, 그녀 같은 인칭대명사 외에도 나영, 나운, 해수, 재한, 유진, 민수, 명수, 이바노브나, 지니, 사샤, 재경, 동수, 빈트 칼둔, 성룡, 명호, 해민, 타오밍 등과 같은 이름이 재차 쓰여서 시집을 완독한 후에는 마치 이들 중 몇몇은 실제로 만나본 것 같은 느낌에 사로잡히도록 한다. 사람 외에도 코끼리 씨(「5/탈출」), 거위(「13」), 몽이(「14」) 같은 동물로 추정되는 존재에 대한 호명 또한 적지 않다. 이렇게 김유림 시의 '나'는 너와 우리를, 사람들을, 그 외의 모든 존재들을 생각하거나 생각하지 않으려는 기획으로 자신의 생각을 몰고 간다. '몰고 간다'고 했거니와 생각은 결코 길들여지지 않는, 하나의 형식을 유지한 채로 고정되지 않는 것이다. 달리 말해 감각과 기억의 비자발적인 생동과 소멸이 '나'의 말들을 불/가능하게 만들고 있다고도 하겠다. 김유림의 시는 그런 생각의 존재 양태를 기어코 진술하고 묘사하기 위해서 호명의 방식을 쓴다. 이 시집을 처음 읽을 때는 무국적인데다 무성적인 다양한 이름을 마주하면서 각기각색의 성격과 사연으로 직조되는 흥미로운 서사를 접할 때와 흡사한 느낌을 받게 된다. 하지만 이 시집을 반복해서 읽게 되면 여기에 적힌 수많은 이름이 과연 수많은 이름인가를, 다시 말해 몇 안 되는 사람들이 상황에 따라 다르게 별칭되는 게 아닌지를, 시간차를 두고 오로지 '나'의 내면에서 발생하는 내 기억과 감각의 다른 얼굴들이 아닌지를 질문하지 않을 수 없게 된다. 정작 '나'의 면모부터 정확히 확인하거나 부인하지 못하는 상황에서 출발하는 이 이야기는 끝내 불가해한 것인가. 그렇다고만 말할 수 없는 것은 이들이 누구인지, 존재를 구분하고 정체를 정의하며 그들을 증명하는 일은 시를 읽는 과정에 불과하기 때문이다. 더 중요한 것은 이 시집에 이토록 많은 존재들이 불려옴으로써 남기게 되는, '나'와의 '관계'라는 흔적이다.

> 붕붕이가 지나간다. 붕붕이는 남자의 빨간색 스쿠터다. 남자는 붕붕이 위에 자라를 태우고 지나간다. 자라는 남자의 친구다. 자라는 남자의 빨간색 스쿠터에 자라를 그려주기로 했고 그 결정은 순식간에 이루어졌다. 자라는 미대생이 아니다. 자라는 동물에 관심을 가지고 있지 않으며 취미로 그림을 그리지도 않는다. 자라는 러시아어를 공부한다. 한때 연모하던 남자가 러시아 태생이었다는 이유로 러시아어 공부를 시작했지만 누군가가 이 적나라한 인과를 지적하면 분노한다.
>
> —「누군가는 반드시 웃는다」에서

『세 개 이상의 모형』은 관계에 대한 특별한 사유를 전에 없던 방식으로 들려주는 시집이다. 인용한 「누군가는 반드시 웃는다」의 첫 부분은 김유림의 이번 시집이 어떻게 관계를 사유하고 형상화하는가에 대한 절묘한 예가 될 수 있을 것 같다. 우선 여기에 등장하는 "붕붕이"는 모두 같은 스쿠터라고 말할 수 없다. 그것은 다만 지나가는 무엇이다. 확인이 불가능하므로 확신할 수 없고, 확신할 수 없으니 확언할 수도 없는 것을 '붕붕이'라 불러본다. "붕붕이가 지나간다"라는 첫 문장 이후로 등장하는 이 시의 모든 '붕붕이'는 벌써 '지나간 것'들의 이미지에 불과하지만 그것은 빨간색 스쿠터의 색과 소리처럼 너무나도 분명하게 나의 감각과 기억에 남는다. '붕붕이'라는 애정 어린 호칭이 그 대상의 유일무이함을 증명할 것이라는, 의미에 대한 일반적인 예상, 문장과 문장이 연속될 때 전자가 후자의 의미를 보증할 것이라는 예상은 빗나간다. 또한 인용한 부분에서 1~3번째 문장의 '붕붕이'가 서로 다른 '붕붕이'일 수 있다는 것은 5번 문장에서의 '빨간색 스쿠터'가 '붕붕이'인가를 의심하게 하는 조건이 된다. 같은 이유로 "자라"에 대한 예상은 어떠한가. '스쿠터에 자라를 그려주기로' 했다는 이유만으로 그 친구에 대한 가능한 예상, 혹은 가상의 의미가 발생한다. 미대생, 동물에 관심이 있는 자, 취미로 그림을 그리는 자 등. 하지만 무엇을 상상하든 그것을 부정하기라도 하겠다는 듯 곧장 반박의 문장이 이어진다. 붕붕이와 거기에 탄 자라와 거기에 그려진/ 질 자라와 '나'를 어떤 관계로 이해해보려는 시도는 궁극적으로 임시방편에 불과한 생각에 이른다. 이로써 김유림의 시는 관계란 일종의 일시적인 결정에 불과하다고 말하는 듯하다. "그 결정은 순식간에 이루어"진 데다 지속될 근거조차 없으므로 애초에 취소를 예정하는 결정이다. "누군가가 이 적나라한 인과를 지적하면 분노한다"는, (자라로 추측되는) 화자의 태도가 관계에 대한 이 시집의 주된 태도라고도 하겠다.

이렇게 관계는 일시적인 선택이고, 그 선택에는 '적나라한 인과'가 있을 수 없다는 믿음이 이 시집 전반에 깔려 있다. 아름다운 것에 대한 경험과 감각에도 '선별'이 따른다는 시인의 말 역시 같은 맥락에서 이해할 수 있을 것 같다.("어째서 아름다운 기억은 선별되는가", 표4) 잊지 말아야 할 것은 어떤 특별한 선택이든 거기에 긍정적인 개입만이 있지 않다는 사실이다. 누군가를 선택하고 누군가로부터 선택받는 것이 관계의 시작이라면 모든 관계는 선별되지 않은 더 많은 무지와 방관으로부터 성립한다고도 말할 수 있을 것이기 때문이다.

이 시집의 뒷표지에 쓰인 글을 통해 시인은 기억할 수 있는 것, 말할 수 있는 것, 그리고 쓸 수 있는 것을 통해서 자신과 또 다른 누군가가 만나기를, 그 관계의 성립을 통해서 그것들의 '사이'가 발견되고 새로운 기억과 말과 시로써 메워지기를 기대하는 사람이 아닐까 생각해보았다. 내가 말한 것과 말하지 못한 것을 발견하고 발명해주기를 바라는 것은 모든 시인의 마음이기도 할 것이다. 그들은 무엇인가를 봤고 기억했고 끝내 써내려가는 고투를 감내했으니 다른 누군가가 부디 그 무엇을 알아봐주기를, 이루 말하지 못한 그 무엇의 나머지까지도 헤아려주기를 바라지 않을까. 김유림의 이번 시집은 그런 바람을 잠시나마 불러 세워 임시적이나마 그 모양과 밀도를 헤아려볼 수 있게 하는 문장으로 가득하다. 어느 페이지를 펼쳐 보아도 '나'를 만날 수 있는 것은 그 문장들이 '오늘 나는'을 투명하고 깊게 간직하고 있는 것이기 때문이리라.

ㅅ자로 쌓인 일기장들에 적혔을 오늘과 '나'들은 한참이 지난 후 이토록 우연하게 한 시인의 시집에서 다시 만나게 된다. 나를 지우며 나를 써본 자만이 알아볼 수 있는 화자가 이 시집에 있다. 그때 각자의 오늘과 '나'를 지우고 숨기지 않았더라면 지금 여기의 만남, 우리라는 사이는 있을 수 없었을 것이다. 이처럼 김유림의 시는 자기를 잃/잊은 시간과 사람들을 통과해야만 알아볼 수 있는 어떤 시간과 사람들과의 사이에 대한 가장 최근의 기록이다.

반복은 우리를 어느 곳으로 이끄는가
—『작가의 탄생』 | 유진목, 민음사

조대한 문학평론가

「러시아 인형처럼」이라는 드라마가 있다. 일종의 '타임 루프(time loop)'를 다루고 있는 이 작품에서 주인공 '나디아'는 자신의 서른여섯 번째 생일날을 맞아 온갖 죽음을 경험한다. 택시에 치여서, 계단에서 굴러서, 맨홀에 빠져서 죽음에 이른 나디아는 누군가 주기적으로 화장실 문을 두드리는 드라마의 첫 장면으로 돌아가 리셋된 삶을 다시 시작한다. 반복되는 시공간 속에 갇힌 이유를 탐색하던 나디아는 그 원인이 엄마와의 기억과 연관되어 있다는 것을 발견한다. 어렸을 적 나디아의 엄마는 누구보다도 딸을 사랑했지만, 지쳐 버린 스스로의 삶을 감당하지 못하고 광기 어린 행동을 보였다. 그런 엄마를 방치하여 간접적으로 죽음에 이르게 만들었다는 죄의식이 나디아를 어떤 시공간에 갇히게 만들었고, 애써 잊고 있던 그 기억과 죄책감을 대면하게 되면서 서사의 실마리는 풀려나간다. 대개 이러한 타임 루프물들은 시험지를 풀듯 오답의 선택지를 하나하나 지워 나가며 진행되곤 하는데, 그 속엔 불가역적인 시간에 대한 혹은 되풀이할 수 없는 과거를 향한 갈망이 일정 부분 배어 있는 듯하다.

유진목의 시집『작가의 탄생』역시, '탄생'이라는 단어의 일반적인 어감과는 사뭇 달리 과거의 후회스런 삶의 장면들을 누차 되새김질하고 있는 것처럼 보인다. 새로이 시작된 생의 모습이 마음에 들지 않아 "삶을 끝내고 싶다면 얼른 끝내"고, "그런 다음 다시 시작해"(「작가의 탄생」) 보자는 말을 천연덕스레 건네기도 한다. 그렇다면 그 과거 속의 존재들은 뚜껑을 열어도 열어도 비슷한 모습만이 반복되는 러시아 인형처럼, 조금씩 변주되는 자기 실패와 회한의 겹으로 만들어진 형상에 불과한 것일까? 대답은 성급한 일이지만 일단 그 반복이 집요하리만치 계속되는 것은 사실인 것 같고, 그것은 크게 다음의 세 가지 층위에서 발생하는 듯하다.

문장 단위의 반복

아가 엄마야 문 좀 열어 다오 엄마가 해 줄 말이 있어 왔어

내가 여기 있는 걸 아는 사람은 나뿐인데

아가 엄마야 문 좀 열어 다오 밖은 너무 춥구나

내가 여기 있는 걸 아는 사람은 나뿐인데
—「한밤중에 엄마는 문을 두드리며 말한다」에서

하나는 문장 혹은 구절의 층위에서의 반복이다. 인용된 위 시편에는 문을 열어 달라고 호소하는 '엄마'의 목소리와 주거지를 들킨 누군가의 내밀한 독백이 함께 담겨 있다. 1연과 2연을 한 쌍으로 하는 이 같은 배치는 작품의 처음부터 끝까지 계속되는데, 총 10연으로 이뤄진 이 시는 그러니까 한 쌍의 호소와 독백을 다섯 차례나 연이어 반복하고 있는 셈이다. 시적 정황상 짝수 연의 발화는 엄마의 또 다른 목소리라기보다는, 엄마로부터 도망친 '나'의 숨죽인 독백처럼 들린다. 흥미로운 것은 나의 발화들이 완전히 똑같은 내용을 후렴구처럼 되풀이하고 있는 데 반해, 홀수 연의 발화들은 조금씩 그 길이가 줄어들고 있다는 점이다. 문 바깥에서 추위에 떨고 있는 엄마의 목소리는 점차 수그러들다 "아가"라는 짧은 부름만 남기고 이내 사라지는 듯하다. 이때의 반복은 한밤중에 문을 두드리며 나를 부르는 엄마의 강박적인 모습과 형식적으로 직접 닿아 있다. "해 줄 말이 있어 왔"다는 유령 같은 엄마의 호소는 그녀를 떨치고 홀로 도망쳤다는 죄책감 때문인지 나를 얽매는 주문처럼 느껴지기도 한다.

유사한 시적 반복을 「누란」이라는 작품에서도 찾아볼 수 있다. 앞서의 작품과 달리 이 시편에서 끊임없이 말을 건네는 쪽은 엄마가 아닌 '나'이다. 나는 아이처럼 엄마를 부르며, 사람들이 모두 자신을 싫어하는 것 같다는 투정 섞인 토로와 질문을 한다. "맛있는 것"만 먹고, "가고 싶은 곳"을 가고, "하고 싶은 것"들을 다 하면서 살지 못했다는 엄마의 대답 속엔, 아이가 자신과는 다른 삶을 살길 바라는 희망과 그럼에도 자신과 비슷한 삶을 살 것만 같은 불안이 혼재되어 있는 듯싶다. 시의 후반부에서 내가 엄마를 버린 것을 알고 있느냐는 질문에 엄마는 담담히 이미 알고 있었다는 대답을 한다. "엄마도 그랬어?/ 엄마도 그랬어"라는 반복된 문답들은 엄마에게서 딸로 이어지는 이 위태로운 누적과 계승이 애초부터

깨진 채 이어질 수밖에 없음을 시사하는 듯하다. 그러니 이 시집 속에서 과거 존재들의 발화가 끝없이 반복되고 있다고 한다면, 그 문장들은 자신을 만들어 준 이들 그리고 자신의 탄생을 위해 죽여야만 했던 이들을 언어화하고 해명하기 위해 쓰이지 않았을까. '나'는 그 불가해함에 "엄마"라는 이름을 붙이려고, "이걸 무어라 부르"는지 묻는 "신에게 대답하려고/ 이 시를 쓴다."(「인간은 머리를 조아리며 죽음에게로 간다」)

작품 단위의 반복

어머니는 절대로 아버지와 같은 사람이 되어서는 안 된다고 여러 번 당부했었다. 거리에는 매일 똑같은 사람들이 쏟아져 나왔다. 모두 어떻게 살고 있을까. 혹시 아버지가 돌아가신 것은 아닌지 아니면 그저 내가 그리워서인지 어머니가 나를 찾는다는 소식이 있었지만 다시는 집에 돌아가지 않았다.

잠이 오지 않는 밤에는 언제까지나

식탁 위에 올려 둔 물컵이 있고

빈 잔에 물을 채우다 나는 잠이 든다.
—「작가의 탄생」에서

1.
나의 총은 1980년에 마지막으로 발사되었다. 총알은 배 한가운데 정확히 왼편의 삼 분의 일 지점을 뚫고 나갔다. (……)

2.
나는 아이를 가졌고 이듬해 3월 셋째 날부터 진통이 시작되었다. 나흘을 앓다 죽은 아이를 배 속에서 꺼내어 묻고 아침이 올 때까지 엎드려 울었다. (……)

3.
나의 아이는 불행히 살겠지만 언젠가 스스로 불행을 극복할 것이라 생각했다. 나를 닮아 사람을 멀리하고 늙은 개를 아끼면서 언제까지나 함께 살 수 없다는 것을 알았을 때 상처받을 것도 생각했다. (……)

4.

그러나 나에게는 아이가 쓴 글을 읽을 수 있을 거라는 희망이 있었다. 내가 얼마나 많은 사람을 죽이고 살아남았는지 아이에게는 말하지 않을 것이었다. 너에게 주는 총이 네 아비를 죽인 총이라는 것도 말하지 않을 것이었다. (……)

5.

늙은 개는 그것이 무엇인지 모르고 그랬을 것이다. (……)

어쩌면 나를 죽이고 늙은 개와 사랑하며 살아가는 것도 좋았다.

그리하여 총알은 배 한가운데 정확히 삼 분의 일 지점을 뚫고 나갔다. 늙은 개는 미지근한 내장을 몇 점 주워 먹고 부엌으로 돌아가 잠이 들었다. (……)

6.

나의 총은 1980년에 마지막으로 발사되었다.

아이는 무럭무럭 자라나 글을 배우고 어느 날 문을 닫고 들어가 자신이 생각한 것을 오래도록 쓰고 있다. 나도 늙은 개도 죽지 않고 맞이하는 어느 아름다운 날의 일이었다.

—「작가의 탄생」에서

다른 하나는 작품들 사이의 반복이다. 이 시집에는 이따금 쌍둥이 같은 존재들이 등장할 뿐만 아니라(「로즈와 마리」, 「이인」, 「동인」), 표제작인 「작가의 탄생」처럼 동일한 제목의 작품들이 여러 차례 반복된다. 인용된 첫 번째 시편을 보면 '어머니'가 절대로 닮지 말라고 말했던 '나'의 '아버지' 이야기가 나온다. 아버지는 언제나 방 안에 앉아 신문을 뒤적이며 내게 물심부름을 시키는 사람이다. 어느 날 나는 아버지의 빈 컵을 식탁에 올려 두고 불현듯 그 집을 떠난다. 나는 무심한 아버지 곁에 어머니를 홀로 남겨 둔 채 아무도 모르는 곳에서 살아간다. 두고 온 시공간에 늘 매여 있는 나는 아버지와 어머니의 목소리가 들려오는 듯한 조용한 밤이면, 식탁 위에 올려 둔 빈 잔에 물을 채우는 풍경을 되뇌다가 잠이 들곤 한다.

동명의 아래쪽 시편은 시집의 맨 앞에 위치한 작품이다. 총 6장으로 이뤄진

시의 서두를 보면 1980년의 '나'는 누군가에게 총을 쏘았고, 총알은 그 사람의 배를 뚫고 지나갔다. 모종의 유비로 이어진 듯한 2장에서 나는 낳기도 전에 "죽은 아이를 배 속에서 꺼내어 묻고 아침이 올 때까지 엎드려 울었다." 이후에는 아이가 살아 있었으면 가능했을지도 모를 모습들이 애틋하게 그려지는 것처럼 보인다. 그런데 돌연 6장에 서술된 "무럭무럭 자라"난 아이의 모습은 이 시편을 처음부터 다시 읽게 만든다. 처음과 끝에 반복적으로 명시된 바에 따르면 총은 분명히 "1980년에 마지막으로 발사"된 것이 맞고, "네 아비를 죽인 총"이라는 표현으로 미루어 짐작해보건대 그것은 아이의 생물학적 아버지를 향해 있었던 것 같다. 여전히 불명료한 것은 2장과 6장의 서술이다. 죽은 아이를 땅에 묻었다는 진술과 건강하게 자라나 "자신이 생각한 것을 오래도록 쓰고 있"는 아이의 모습 사이엔 논리적으로 양립할 수 없는 모순된 간극이 놓여 있다. 그렇다면 이 시편의 각 장들은 선형적으로 긴밀하게 이어진 이야기라기보다는, 가능했던 삶의 순간들이 조각조각 나뉘어 배치된 장면들에 가깝지 않을까.

파편적인 가능태들의 반복과 새로운 삶의 탄생 사이에서 주목해 봐야 할 것은 '나'와 '아이' 옆에 머물고 있는 '개'라는 존재다. 해당 작품뿐만 아니라 시집 전체에서 개, 혹은 그것으로 추정되는 형상을 하고 있는 이의 모습은 심심치 않게 등장한다. 가령 네 편의 「파로키」 연작에 묘사된 '파로키' 역시 목줄을 하고 있는 존재로 그려진다. 사람들은 파로키를 "불안의 근원"이자 "분열의 씨앗"(「파로키」)이라고 이야기하지만, 나에게 그는 삶을 함께하는 동반자 이상의 존재이다. 나는 "어미를 보고 따르는 새끼처럼"(「파로키」) 파로키의 삶의 방식을 배우고 그와 발맞추어 살아간다. 흥미로운 것은 내가 파로키를 처음 만나던 순간의 풍경이다. 누군가의 무덤이 파헤쳐지고 사체는 몸통만 겨우 남아 있는 그로테스크한 장면에서, "네가 엄마를 먹었니?"(「파로키」)라는 끔찍한 질문은 파로키와의 첫 만남과 겹쳐지며 묘한 배덕감을 낳는다.

반복되었던 앞서의 작품들을 겹쳐 읽어 본다면 이때의 '개'는 어머니의 동반자로서 아버지의 흔적을 없애는 데 일조한 존재이자, 동시에 살점을 주워 먹음으로써 그들의 일부를 기이하게 계승하고 있는 존재인 듯하다. '해 줄 말'이 있다며 문을 두드리던 엄마의 전언이 나의 삶의 지침이자 저주로 작동했던 것처럼, 엄마의 죽음 이후에도 유령처럼 남아 있는 그 '개'의 존재에게서 나는 채무와 유산을 이중적으로 상속하고 있는 것 같다. 여기에 「로스빙」이라는 연작시의 시적 풍경을 덧붙여 볼 수 있다. '로스빙'은 명확하게 "꿈에서 온 개"(「로스빙」)라고 명명되는데, 아버지의 무덤 옆에서 나를 기다리고 있던 로스빙은 그와 어머니의 삶을 반추하듯 나에게 보여 준다. 나와 나란히 걷던 로스빙은 긴 여정 끝에 구슬

하나를 땅에 묻는다. “우리는 곧 원래 있던 곳으로 돌아갈 것”이지만 그 구슬만은 “이번 생에서 얻은 것”(「로스빙」)이라고, 리셋되듯 처음으로 돌아갈 테지만 이번 회차의 반복된 실패를 통해 뒤에 어떤 씨앗을 남기게 될 것이라고 로스빙은 이야기한다.

연작(聯作)은 하나의 주제 아래 여러 개의 작품을 잇달아 짓는 일을 말한다. 그것은 연속된 시리즈를 만들려는 형식적인 작업이기도 하지만, 단발로 완결되지 않을 잉여의 이야기가 있을 때 또는 발화를 덧붙여야 하는 필수적인 연유가 있을 때 행해지는 수행이기도 하다. 연이어 만들어지는 그 작품들을 존재의 탄생에 빗댈 수 있다면, 앞선 작품들 속에 등장하는 ‘나’ 역시 ‘어머니’에게 잉여의 당위를 유산으로서 부여받은 연쇄적 존재라고 말할 수도 있을 듯싶다. 그러한 관점에서 본다면 연속체 내 각각의 삶의 조각들은 과거의 패턴을 계승하는 유사한 변주에 불과할 뿐일지도 모른다. 하지만 들뢰즈의 말을 잠시 빌린다면, 능동적인 행위의 반복을 가능케 하는 것 역시 그 낱낱의 ‘작은 자아’들일 것이다. 어쩌면 시인은 다양하게 조각난 그 과거들의 실패와 반복만이 “어느 아름다운 날”의 풍경과 새로운 존재의 탄생을 이끌어내는 유일한 길이라고 믿고 있는 것은 아닐까.

동일한 시공간에서 수많은 과거의 선택지를 반복하는 타임 루프물의 문법은 현재의 문제를 해결하는 열쇠가 과거에 숨겨져 있다는 나이브한 장르적 관습을 답습하는 것일지도 모르지만, 과거의 조각들의 반복과 누적만이 훗날의 차이를 만들어 낼 수 있다는 관점에서는 꽤나 정확한 지점을 겨냥하고 있었던 것 같다.

시집 단위의 반복

정희와 순화가 동이 터오는 부둣가에 앉아 소주를 마시고 있다.

리순화 언니야. 내가 얼마 전에 교회에 갔었거든.
윤정희 교회? 무슨 교회?
리순화 거기 무슨 이주자들 모임이 있다대. 그래서 가봤지.
윤정희 근데?
리순화 거기 목사님이 좀 희한하대.
윤정희 뭐가?
리순화 하나님한테 좋은 거 달라고 기도하지 말라더라.
윤정희 그럼 뭐 한다고 교회를 간다니?
리순화 예수님이 태어났을 때 마굿간에 있었잖아? 근데도 군말 없이 거기서 최선을 다해 살았다대? 하나님한테 좋은 거 달라고 한 적 없대.

윤정희 그 사람은 빵 하나 가지고 먹을 거 계속 만들고 그러지 않았니? 나도 그런 능력 있으면 좋겠다. 우리 같은 사람들이 계속해서 태어나는 것이 지옥이 아니고 뭐겠니. 우리 고생하는 거에 대면 택도 없다.

리순화 그치. 택도 없지.

윤정희 그럼 무슨 기도를 하라니?

리순화 죄를 사하여 달라고?

윤정희 죄? 무슨 죄?

리순화 몰라.

윤정희 지금부터 너는 내 말 잘 들으라. 그 집에서 당장 나오라. 아니면 너가 죽어야지 끝난다.

리순화 언니야. 죽으면 다 끝나면 좋겠는데 그다음에도 자꾸 뭐가 있다고 그런다 그 사람들.

—「식물원」에서

그리고 마지막은 시집들 사이의 겹침이다. 유진목 시인의 이전 활동을 함께해 온 이들이라면, 첫 시집 『연애의 책』에 실린 「리의 세계」라는 시편을 기억할지도 모르겠다. 위에 인용된 「식물원」에는 「리의 세계」 전문이 거의 그대로 담겨 있다. 대화에 참여하고 있는 '순화'는 아마도 다른 나라에서 한국으로 이주해 온 해외 동포인 것 같다. 순화는 자신보다 한참 나이가 많고 매사에 무심했던 '종태'와 살아가다, 성적 폭력과 냉대를 더 이상 견디지 못하고 그의 집에서 도망친다. 위의 부둣가 장면은 도망쳐 홀로 지내던 순화가 마음을 나눌 상대를 만나 자신의 이야기를 건네는 장면이다. 매 구절마다 행갈이가 나뉘어져 다소 모호하던 전작은 이 작품에 이르러 극본의 일부로 화했고, 잠재태로만 존재하던 '리'의 세계는 반복과 변주를 거치며 '리순화'의 구체적인 삶이 담긴 시나리오의 대사로 재탄생하게 되었다.

또한 위 시편은 두 번째 시집 『식물원』과 같은 제목을 공유하는 작품이기도 하다. 해당 시집은 독특하게도 빼곡한 숫자들로만 목차가 이루어져 있는데 그 안에는 수열처럼 증식해 가는 수많은 생의 서사가 교차된다. 그 끄트머리에는 죽고 또 죽어도 다시 태어나는 한 존재의 이야기가 그려져 있다. 수많은 여성의 삶을 미리 경험한 '그'는 한번은 태어나자마자 죽었고 다른 한번은 태어나기도 전에 죽었다. 기이한 힘에 이끌려 다시 태어나는 일을 기다리고 있는 그에겐 또 다른 비참한 죽음이 기다리고 있을 것만 같다. 그리고 새로운 생을 꿈꾸며 도망쳤던

'순화' 역시 결말에 이르러 '종태'에게 죽임을 당한다. "계속해서 태어나는 것이 지옥"인 존재들, "죽으면 다 끝나면 좋겠는" 사람들에게 종결 뒤에 무수한 생의 연속이 기다리고 있다는 말을 전해도 되는 것일까. 이곳이 끝난 "그다음에도 자꾸 뭐가 있다"는 것, 영원한 죽음 없이 끔찍한 삶이 지겹도록 반복되리라는 사실은 어떤 이들에겐 신의 축복만큼이나 지독한 저주가 아닐까.

그럼에도 "나는 내가 살았으면 좋겠다"(시인의 말)고 말하는 시인은 그 모진 저주를 감내하려는 것 같다. 아니 정확히 말하자면 그는 생의 틈새를 열어젖히기 위해 어떻게든 그 한없는 죽음을 반복해 낼 것이다. 그리고 훗날 우리는 마트료시카처럼 계속되는 너절한 생의 이면들 끝에서 시인이 건져 올린 이질적인 존재의 풍경 하나를 마주하게 될지도 모를 일이다.

불확실성에 머물기

—『한 사람의 불확실』 | 오은경, 민음사

김영임 문학평론가

오은경 시인의 첫 시집은 제목부터 구체화된 언어로 쉬이 읽히지 않겠다는 선언처럼 다가왔다. 수차례 반복해서 읽은 후에도 "많은 시들이" "끝내 의문을 간직하며 어떤 혼란 속에 남겨져 있는 것처럼 보"[1]였을 뿐만 아니라, 나 역시 그 속에 시와 함께 남겨지고 말았다. 해독되지 않는 혼란을 어떤 식으로든 극복하기 위해 영국의 낭만주의 시인 존 키츠가 1817년 동생에게 보낸 한 편지에서 사용한 "부정적 수용 능력(negative capability)"이라는 단어에 기대 보자. 그는 셰익스피어와 같은 대가가 가진 자질을 부정적 수용 능력이라는 단어로 명명했다. 그의 부연 설명을 보면 예술가는 사실과 이성을 추구하는 것이 아니라 불확실성(uncertainties), 신비(mysteries), 의혹(doubts) 속에 머무르면서 모든 생각을 수용할 수 있는 능력을 가진 자다.[2] 이런 예술가의 작품들을 통해 사람들이 세상을 불확실성의 공간으로 경험하게 되면서 삶을 더 폭넓게 이해할 수 있다는 것이 키츠의 주장이다.

그렇다면 불확실성의 상태에 익숙해져야 하는 '부정적 수용 능력'은 창작자뿐만 아니라 감상자 역시 갖춰야 할 태도라고 할 수 있겠다. 이처럼 예술이 불확실의 영역에 터를 잡는 것이며 시가 그곳에 가까이 있다면, 우리가 해야 할 일은 시의 의미를 확실성의 언어로 환원시키기보다는 작품 안에서 불확실성이 구현되는 '방식'에 더 집중하는 것이 맞을 것이다.

확률이나 통계에서도 중요한 개념인 불확실성은 '부분적'으로만 관찰될 수 있는 환경에서 발생한다. 전체가 주체의 감각 안에서 모두 감지되는 환경이라면 불확실성이 발생할 이유가 없다. 보이지 않는 부분에 관한 정보를 얻을 수 없게 되면 주체가 올바른 결정을 내릴 수 있는 가능성도 그만큼 줄어들게 된다. 이런 환경은 카드 게임에 비유되기도 한다. 게임에 참여하는 주체는 바닥에 깔린 카드의 종류를 알 수 없다. 다음 단계를 위한 결정을 내릴 때 주체는 바닥에 놓인 카드를 예측하기 위해 기억을 사용한다. 게임에 사용되는 전체 카드들 중에 자신이 손에 쥔 것들을 제외한 나머지 카드들을 기억해 내면서 불확실의 가능성을 낮추려고 애쓴다. 주체는 기억에 의존해 불확실성을 극복하며 기억의 내용이 그것의 성공 여부를 결정하게 된다. 오은경 시인의 세상 안에서 기억은 이와는 다르게 작동한다.

기억은 현재를 설명하지 않는다

어제와 같은 장소에 갔는데
당신이 없었기 때문에 당신이 없다는 것을
염두에 두지 않았던 내가
돌아갑니다

(……)

먹고 잠들고 일어나 먼저 창문을 여는 것은
당신의 습관인데 볕이 내리쬐는
나는 무엇을 위해 눈을 감고 있었던 걸까요?

낯선 풍경을 익숙하다고 느꼈던
나는 길을 잃습니다
—「매듭」에서

인용한 시의 연들은 시적 주체의 기억을 앞세우고 다음 문장들을 발화하는 형식을 취하고 있다. 그런데 기억의 내용은 화자의 행동과 인과를 이루고 있지는 않다. "당신이 없었기 때문에" "어제와 같은 장소에 갔"다가 돌아간다면 '당신'의 부재가 '나'의 발길을 돌리게 했다고 생각할 수 있지만, 그 앞에 선행된 "당신이 없다는 것을 염두에 두지 않았던 내가"라는 문장을 화자가 돌아가는 행위의 적절한 원인으로 수긍하긴 힘들다. "나는 무엇을 위해 눈을 감고 있었던 걸까요?"라는 질문 앞에 서술된 "먹고 잠들고 일어나 먼저 창문을 여는 것은 당신의 습관"이라는 기억 역시 시적 화자의 눈 감은 행위를 설명할 수 없다. "낯선 풍경을 익숙하다고 느꼈던" '나'의 기시감은 오히려 "길을 잃"게 만든다. 시인의 문장은 기억이 불확실한 세계를 재구성할 수 있다는 원리를 철저하게 탈구시킨다. "하늘이 매듭을 지어 구름을 만들"듯이 시인이 기억과 행위를 연결하는 "매듭"은 구름 속의 입자들처럼 금세 사라지고 만다. 시인이 우리에게 보여 주는 기억의 내용은 어딘가 결핍되어 있다. 그리고 그 결핍은 어디서 오는 것일까?

"희미해서 얼룩만 같았던"

기억은 특정 시공간의 감각과 함께 사건을 구성 요소로 삼는다. 시공간이 기억의 형식을 제공한다면 사건은 기억의 내용인 셈이다. 사건은 어떤 식으로든 주체와 대상의 관계를 발생시키며 양측은 기억의 내용을 구성하게 된다. 여러 편의 시에서 "유미"와 "지수"라는 인물도 반복적으로 등장하지만, 이번 시집에 실린 대부분의 작품들은 '나'와 이인칭인 '너', '당신'과의 관계를 다루고 있다. 이인칭은 시적 주체와의 관계에 있어 삼인칭보다는 주관적인 거리 안에 놓이게 되는데, 이에 비해 삼인칭은 이인칭의 경우보다 객관적인 정보를 담을 수밖에 없다. 그 또는 그녀라는 대명사로 지칭되든 이름을 부여받든 삼인칭으로 불리는 대상에게는 우선적으로 젠더에 관한 감각이 발생할 수밖에 없는 것도 그 예가 될 수 있다. 그에 비해 이인칭은 객관적인 정보를 담지 않고도 호명될 수 있는 거리에 위치한다. 가장 근본적인 것은 '나'와의 '관계' 안에서 의미가 발생한다는 점이다. '나'가 없이는 이인칭의 자리는 없다. 역도 마찬가지다. 이인칭은 '나'를 규정하고 '나'는 이인칭을 규정한다.

시집에는 발화자의 분절이 표시되지 않는, 연속된 문장으로 구성된 대화가 여러 번 등장한다. 수많은 '나'와 '너'의 경계 없는 대화에 기대어 오은경 시인의 '나'를 "이인칭 나"로 명명한 리뷰[3]는 시집 속에 등장하는 인물들 간의 "강한 결속"에 주목했다. 이 '결속감'을 통해 발화자를 구별하기 힘든 대화의 형식과 서로를 향한 보살핌, 그 실패로 인한 죄책감이라는 메시지를 설명해 낸다. 그런데 '대화'는 정말 대화였을까?

> 내가 들립니까?
> 나는 들었다는 사실만 기억할 뿐 당신에 대해 모릅니다.
> (……)
> 당신과 친해지고 싶었습니다
> (……)
> 당신은 늘 묵묵부답이었잖아요

헤어지자는 말 한마디 없었습니다
—「교통사고」에서

이 시 역시 '나'와 '당신'에 관한 문장들이다. 질문을 포함한 대화의 형식을 취하고 있지만, 문장들은 시적 화자인 '내'가 일방적으로 구사하는 독백에 가깝다. 문장들 안에서 이인칭 '당신'에 관한 구체적인 정보를 얻기란 불가능하다. 내레이터에 가까운 '나'의 목소리를 통해 '당신들'과 '당신' 사이의 폭력적 관계가 암시되고, 그것을 지켜보고 마주 선 '나'에게서 고통과 슬픔이 느껴지는 시다. "늘 묵묵부답"이었던 "당신"은 "희미해서 얼룩만 같았"고, "잘 들리지 않는 목소리로 네가 중얼거렸"던 "가야 한다고 가야만 한다고 반복해 말했"던 문장 역시 '나'가 아닌, '너' 자신을 향해 있다. '너'는 "먼저 가 버리"고 "우리는 동행할 수 없었"(「밤눈」)다. "언제부터 와 있었냐는 내 질문에는 답해 주지 않고 너는 빗속으로 향했다 한 발짝씩 멀어질 때마다 네가 줄어들었다 아니 사라져 갔다".(「지렁이 지키기」)

'나'는 항상 '너'에게 시차를 두고 도착한다. "네 뒤로 다가가 숨고 싶"었고 "닿을 듯 닿지 않는 거리에서 거짓말, 들리지 않을/ 이야기를 털어놓았"지만 "네가 돌아보지 않는다는 것 너의 옆모습만이/ 흔들린다는 것"(「하늘의 푸른빛」)을 알게 되면서 '나'는 "너와 너를 가린 뒷모습의 정체가 곧 나라는 사실을 이해할 수 있"게 된다.

우리가 대화라고 읽은 문장들은 어쩌면 개별적인 독백의 나열일 수도 있다. 불확실성을 상쇄해 줄 '나'의 기억은 이인칭 '너'와의 관계 안에서 확인받고 완성되어야 하지만, 시집 전체에서 이인칭은 텅 빈 기표에 가깝다. '너'의 존재는 '나'의 자리를 탄생시키는 근원이지만, '우리'의 기억 안에 '너'의 언어는 존재하지 않는다. 기억의 풍경 속에 '너'는 최소한의 내용으로 자리한다. '우리'의 서사는 절반의 기억으로 기록되면서 세계는 불확실해질 수밖에 없다. 시집을 가득 채우고 있는 불안한 세계는 이렇게 만들어지지 않았을까.

"어째서 너는 단 한 번도 나를 돌아보지 않았을까?"
불안한 세계 속의 화자에게 남겨진 건 지독한 외로움이다.

거리에는 아무도 없었습니다 ……
저는 가만히 멈춰 선 아이를 바라봤습니다 아이는 길을 잃어버린 것

같았고 혼자 남은 아이에 대해 누군가 묻는다면 제가 행방을 알려 줄 수 있을 것 같았습니다

창가에 다가갔습니다 이제는 제 이야기를 해도 되겠다고 생각했습니다 유리벽이 사이를 가로막았기 때문입니다

창가에 비친 저는 아이의 곁에 나란히 서 있는 것 같았습니다 당신의 어릴 때 모습 같아 등을 돌렸는데 당신은 언제 자리에서 일어났습니까?

제 방에는 의자 하나만 덩그러니 놓여 있었습니다 집에 오랜만에 들어오는 것 같았습니다 하루가 지났다는 것을 저는 알게 되었습니다

—「한 사람의 불확실」에서

시의 전반부에서 화자는 "어디든 앉아 당신의 지난 일들을 보고 들었"지만 비로소 자신의 이야기를 들려주려는 순간에 '당신'은 자리에 없고 "의자 하나만 덩그러니 놓여 있"다. 거리에 "혼자 남은 아이"는 "당신의 어릴 때 모습 같아" 보인다고 했지만, 방에 혼자 남은 시적 화자에 더욱 오버랩된다.

"한 번도 나를 돌아보지 않았"(「새로운 필름」)던 '너'를 강박에 가까울 정도로 반복해서 호명하는 것은 바로 이런 시적 화자의 외로움 때문이 아닐까. "나는 단 한 사람에게라도 도움을 받고 싶었"(「테루테루보즈」)고 "내가 누군가가 되었던 것처럼/ 너도 나를 이해해 줄 순 없었"(「서클」)는지 질문한다. 그리고 "나만 혼자인 게 싫어 바깥으로/ 나왔다". "조금만 버티면 결과가 달라질까?/ 마지막으로 한 번만 한 번만 더 마음을 추스르고 다잡을 수 있을까"(「보푸라기」)라는 간절한 고백을 내뱉는다.

'나'의 외로움은 '너'와의 어긋난 대화로 인해 증폭되지만, 그렇다고 '너'라는 대상이 주체를 외롭게 하는 원인은 아니다. '너'는 또 하나의 '나'처럼 어긋난 관계의 한쪽을 차지하는 외로운 존재에 지나지 않는다. '너'는 이렇게 기억된다. "너를 위해 기도했어 네가 누군지도 모르면서". "네가 얼마만큼 외로운지 우리는 알아야 했어"(「재차」). "너의 뒷모습처럼 구부러진 전봇대"(「앞마당」). "너는 나를 이해하지? 그래서지?/ 이야기를 듣고 나눌 상대가 필요했던 거잖아 그게 나였고/ 너였으니// 이불을 덮어 줄 사람이 부족했던 거구나/ 추위를 견디며/ 누군가를 미워하거나 원망할 자신이 더는 없었으니까".(「자각몽」)

관계의 나머지 한쪽에서 정상적으로 작동하지 못하는 '너'를 향해 시적 화자는 외롭고도 집요하게 파편적 기억들을 복원해 낸다. 하지만 주체의 일방적인 기억에 기대어 있는 불안한 세계는 꿈의 형상처럼 흐릿하다가도 지나치게 축약된 것 같기도 하다. 그렇게 오은경의 시는 기울어진 세계의 한쪽을 짊어진 채 지칠

줄 모르고 '너'를 계속해서 호명한다. 그래도 불안과 혼란의 영역에 머무르는 것이 처음보다는 견뎌 낼 만하지 않은가. 키츠의 말처럼 예술이란 불안하며 신비에 가득 차 있고 동시에 의혹에 찬 것이다. 세상 역시 다르지 않다. 오은경의 시집도 그렇게 읽어 보자. 불확실성 안에 머문 채로.

1 강보원, 「여기서부터 다시 시작합니다」, 오은경, 『한 사람의 불확실』(민음사, 2020).

2 John Keats, *The Complete Poetical Works and Letters of John Keats*, Hardpress Publishing, 2012, p. 277.

3 김보경, 「이인칭 나」, 《문학과사회》, 2020년 겨울, 260쪽.

케르베로스-여성의 시 하기
—『희망은 사랑을 한다』 | 김복희, 문학동네

김보경 문학평론가

> 우리가 시를 쓰는 여성이라는 것은 우리의 중력인데 이것이 은총인지 고난인지 가볍게 물어보곤 합니다. 답을 하기 위해서라기보다, 답을 하지 않기 위해서, 날아오르듯이 생각해서, 공중에서 그 질문을 보듯이 생각해 봅니다.[1]

김혜순 시인에게 보내는 편지글에서 김복희 시인은 '새-하기'라는 김혜순의 시학을 인용하며 스스로 창조한 '새 인간'(「새 인간」, 『내가 사랑하는 나의 새 인간』)이라는 시어가 김혜순의 시학으로부터 영향을 받은 것임을 넌지시 암시한다. 김혜순이 시집 『날개 환상통』에 실린 첫 시인 「새의 시집」에서 자신의 시를 "새하는 날의 기록"이라 말하기도 한 것처럼, 새-하기는 인간과 동물의 경계를 허물고 동물 되기를 통해 새로운 주체성을 만들어 가는 시 쓰기의 수행을 의미한다. '새하기'뿐만 아니라 '여성의 시 하기', '여성짐승아시아하기' 등을 통해 구축된 김혜순의 '-하기'의 시학은 남성/인간/서구 중심적인 틀에서 벗어나 여성/동물/아시아인이라는 타자로서의 시 쓰기 과정을 일컬으며, '-하기'라는 명명을 통해 그 능동적이고 수행적인 성격이 강조되어 왔다. 이에 김복희는 자신의 첫 시집에 김혜순의 새-하기에 대한 일종의 응답이자 자신의 창조물로서 '새 인간'을 내놓았다. 그리고 김복희는 김혜순이 고투했던 질문을 가볍게 되돌려 준다. 시를 쓰는 여성이라는 사실은 과연 은총일까 고난일까?

『희망은 사랑을 한다』에 실린 「꽃과 나무, 할머니의 노래」에는 '시를 쓰는 여성'으로서 겪을 수 있는 '고난'이 그려진다. 먼저 초반부에 화자는 "채식 하고 태양을 향해 아침에는 절도 하"는 "동양의 검은 머리 여자 시인"으로 인식되는 사람으로, 자신이 누군가에게 시인인 것이 알려지자 그로부터 "꽃과 나무/ 할머니가 불러 주는 따뜻한 자장가/ 그런 것을 좀 써 봐"라는 말을 듣는다. 이어 삽입된 내부 이야기에는 화자가 여행지로 추정되는 타지에서 경험한 한 사건이 서술된다. 이 사건은 어느 날 화자와 공동 주거 공간에서 함께 생활하는 "베트남 여자애"가 찾아와 공용 베란다에 일렁이는 그림자에 대해 알려 준 일로 시작된다. 화자는 무단으로 침입하려는 듯한 그림자의 위협에 맞서고자 집주인의 골프채를 들지만 그 그림자로부터 태연히 "너희들이 그걸 휘두르면 너희는 경찰에 가야 해 갈 수밖에 없어 가게 될 거야"는 말을 듣게 된다. 그런데 곧 그림자가 사라졌고 화자는 무단 침입자에 대해 진술하려 하지만, "진술을 해야 하는데 그림자가 망가진 현관 센서등과 꽃과 나무 사이로 사라졌다/ 할머니가 말했지 저기 묻힌 것 좀 봐라/ 무슨 말을 할 수 있겠니"라며 범인을 진술할 수 있는 증거는 사라지고 공포와 당혹감만이 남았다. 이 에피소드 이후 화자는 다음과 같이 말한다. "봐라, 나도 썼다 꽃과 나무 할머니의 노래/ 영어로 처음 쓴 시였다 나는 신을 만났어/ '시'라는 자리에 무엇을 넣어도 다 말이 되었다."

이 시는 문단 내 성폭력 문제가 불거진 2016년 이후 시를 쓰는 여성이 겪는 무례와 폭력, 그루밍 등의 경험이 시에서 적극적으로 다뤄지고 있는 흐름 안에 놓여 있다. 예술계 내부의 젠더 위계·분업 체제와 성폭력 문제는 시를 쓰는 여성들을 비롯하여 여성 예술가들에게 명백한 '고난'이 되어 왔다. 이때 김복희는 위 시에서 여성이 겪는 주거 침입의 위협이라는 상황(a)과 시인으로서 무례한 요구를 받는 상황(b)을 겹쳐 놓음으로써 여성 시인의 고난을 형상화한다. 전자(a)가 여성으로서 겪을 수 있는 일상적이고 물리적인 위협이라면, b, 즉 "꽃과 나무/ 할머니가 불러 주는 따뜻한 자장가"에 대한 요구는 "동양"의 "여자 시인"에게 부착되는 순종적이고 자연 친화적이고 평화로운 이미지와 긴밀하게 연결되어 있다. 그런데 화자는 "꽃과 나무 할머니의 노래"에 대해 쓰되 그것을 a와 같은 방식으로 쓰며 b의 요구에 저항한다. 여기서 자연과의 화해로운 동일시를 주된 문법으로 삼아 온 일반적인 서정시를 거부하는 것은 그러한 화해가 현실의 모순과 폭력에 대한 상상적인 봉합에 불과하기 때문만이 아니다. 이 시는 서정시의 특정한 경향이 자연을 여성화하거나 여성을 자연화하는 가치 규범과 연결되어 있다는 인식을 바탕으로 시에 대한 미학적인 규범의 젠더를 되물으며 이를 삶의 차원(a)으로 통과시키며 굴절시킨다. 그렇게 탄생한 시는 그 스스로 새로운 미학을 정립하며 "무엇을 넣어도 다 말이 되"는 시가 된다. 「공-독(void)」의 표현을 빌리자면 "시라고 하면 전부 시가 되는 세상이다", 이 말은 제대로 된 시가 없다는 체념이나 냉소와 관계가 없다. "물로 쓴 것이 저를 읽는 허락했다"라고 한 것처럼 차라리 시는 물과 같이 유동하는 물질성을 체현한 것이며 삶이 변화하듯 변화해 가는 운동체이다.

앞서 던져진 질문으로 다시 돌아와 보자. 시를 쓰는 여성이라는 사실은 과연 은총일까 고난일까? 김복희는 답을 구하려 하지 않고 훌쩍 날아 새가 되어 생각한다고 썼다. 시를 쓰는 여성이라는 사실은 분명 고난으로 경험되기도 하지만, 김복희에게 이는 은총과도 같은 것이어서 자신이 거뜬하게 날아오를 수 있도록 하는 힘이기도 하다. "무엇을 넣어도 다 말이 되"는 시처럼 『희망은 사랑을 한다』에는 무엇이든 되어 가는 변용의 힘이 강렬하게 발산된다. 귀신, 새 인간, 개 인간, 기계 인간 등의 비인간 형상들은 그러한 다종의 되기가 만들어 내는 새로운 주체들의 형상이다. 가령 「머리가 셋 달린 개」를 읽는다.

> 모르는 사이에 머리가 두 개 더 자라나서 감당하기 어려워하는 것 같다.
> (……)
> 내가 지키는 문 내가 주인은 아닌 문
> 몸
> 지옥의 내부
> 지옥이 무너지고 난 후
> 지옥에 깃들었던 문틈을 본다
> —「머리가 셋 달린 개」에서

이 시에서 화자는 지옥을 지키는 신화적 동물인 케르베로스로 변신한다. 케르베로스-여성은 지옥과 지상, 동물과 인간의 경계에 위치한다. 그런데 이 존재가 지키는 지옥은 그 자신의 "몸"이기도 하다. 동물과 구분되는 인간의 인간성이 몸을 초월하는 정신적인 가치에서 찾아져 왔듯 몸은 인간의 동물적이고 물질적인 존재성을 증명한다. 이 케르베로스-여성은 바로 그러한 형이하학적인 삶을 수호하는 비인간 존재로서 지옥/지상, 동물/인간의 위계적 분할을 가로지른다. 그리고 이때 시인은 몸의 문틈을 비집고 나오는 "종이"가 먹을거리이자 "시"이고 "피부"라고 쓴다.("가장 먼저 본 머리가 먹어, 그런다/ 그걸 시라고 피부라고 부르기도 한다") 즉 이 시에서 시 쓰기란 몸의 경계를 허물어 가는 변용 과정에 다름 아니다. 그렇게 시는 몸의 경계 바깥, 타자와 맞닿는 "피부"에서 솟아나는 것이다. 이 시 외에도 「상을 엎기」에서 제사상에 올릴 냉장고 안의 돼지 머리를 보고 돼지 머리의 말을 듣고 "돼지 머리의 계획"에 따라 "몸통의 역할을 맡은 것이다"라며 돼지 되기를 보여 주거나 「검은 비둘기」에서 태풍으로 인해 사라진 비둘기를 생각하다 죽은 비둘기를 보고 "비둘기가 나에게 옮아 왔다"라며 비둘기에 전염되는 장면을 통해 비둘기 되기를 보여 주는 것 또한 이러한 변용의 장면들로 읽힌다. 김혜순에 따르면 여성의 '시 하기'란 가부장제에 의해 구획되고 파편화된 몸을 탈영토화하고 타자와 만나며 변용되는 "우리 몸의 움직임 그 자체"[2]인 것처럼, 김복희는 새 인간, 돼지 인간, 비둘기 인간 등 케르베로스-여성 친족들을 만들어 내며 시 하기의 미학을 보여 준다.

이 케르베로스-여성 친족은 기계 인간과 같은 사이보그 존재들로도 나타난다. 먼저 "기계 인간이 되고 싶다고 기계 인간이 말한다/ 인간이 되고 싶다고 인간도 자주 말한다"(「섬집 아기들」)라는 구절에서 암시되듯 동물, 인간, 기계 인간 등과 같은 주체성의 형상은 자명한 본질로서 존재하는 것이 아니라 되기를 통해 수행적으로 존재하는 것이기에 그 경계 또한 고정된 것이 아니다. 「데츠로와 나」에서는 기계 인간의 주체성이 여성의 그것과 밀접한 관련이 있음을 보여 주며 인간과 비인간의 경계에서 인간이 되기보다 기계 인간이 되기를 택하며 '인간'에 미달하는 존재와 인간, 죽여도 되는 존재와 그렇지 않는 존재를 분할하는 권력을 해체한다. 「내 친구의 손가락」에서 손가락이 여섯 개인 친구가 "눈에 보이는 신체 기관 하나를 더 추가"하는 법령에 따라 생산된 안드로이드들의 사회를 상상하며 자신은 (손가락을 제거하는) "수술을 하고 싶지 않다"라고 웃으며 말하는 장면 또한 다빈치의 비트루비우스 인간과 같이 규범화된 인간의 모델을 SF적 상상력으로 경쾌하게 무너뜨리는 장면으로 읽힌다.

그리고 이러한 기계 인간은 「인조 노동자」에서 '인조 노동자'와 같이 가정에서 가사 노동을 전담하는 존재로 형상화되기도 하는데, 이들은 아렌트의 표현에 따르면 삶의 필연성에 속박된 동물적인 삶을 관리하고 떠맡은 존재들이다. 가령 「인조 노동자」에서 '너'는 "나와 함께 이 크고 낡은 집에 이사" 온 존재인데, 화자는 "너를 가족에게 인사시킨 적도 지나가는 말로 꺼낸 적도 없다/ 있나"라고 말하듯 이 '너'의 실체는 불분명하다. 다만 화자와 '너'가 집에서 걸레질을 하고 초코파이를 목이 메게 먹은 경험을 공유했다는 점이 선명하게 제시된다. 이때 화자는 "세상에 없는 너와/ 내 꿈에 있는 너와/ 내 꿈꾸는 드넓은 집에서 너의 역할을 계속 만들었다/ 방문객/ 축하객/ 내객/ 계속 앉아 있어선 안 되는 것/ 객식구"라며 이 '너'를 '객식구'와 같은 존재로 명명한다. 또한 「종모법」에는 종모법에 따라 어머니로부터 노비의 지위를 물려받은 화자가 그려지는데, 남은 음식을 받아먹고 가사 노동을 하는 "동물"과 같은 이 존재는 「인조 노동자」에서의 '너'의 역할과 유사하다. 인간의 공적이고 정치적인 삶의 층위가 아닌 비천하고 물질적인 삶에 주목함으로써 이루어지는 김복희 시의 '시 하기'는 종차별주의적이고 남성 중심적인 정치경제학에 저항하며 새로운 주체성의 형식들을 만들어 낸다.

흥미로운 점은 함께 주거를 공유하지만 가족이라 하기에는 모호한 위치의 존재들이나 비인간 존재들과의 결연은 혈연에 기반한 가족의 수직적 계보와 대비되는 수평적인 관계망을 만들어 낸다는 점이다. 우선 이들은 「산더미만큼 쌓인 사과」에서 "세상에 둘뿐인 고아처럼" 달리는 철수와 영희처럼 혈연의 무게중심으로부터 자유롭다.

그리고 「구름이 바라본 나와 내 친구들의 집」에는 그러한 친구들이 함께 모여 새로운 의미의 가족을 꾸리는 장면이 그려져 있다. 이 친구들은 서로를 "가끔 엄마나 아빠라고 부"르며 한집에서 "자고 빨래하고 설거지"하는 등 일상을 함께한다. "가족을 갖는 사람들은 가족 아니라면 누구에게도 사랑받기 힘든 사람들이다/ 그래서 우리는 가족이 되었지/ 벌이라고 생각하면서도 기꺼이 받겠다 그랬어". 이 시에서 가족은 혈연이 아닌 사랑으로 결속된 친구들과의 공동체를 의미한다. 그리고 이 친구들이 "무릎이 닳고 피가 탁해"진다는 데서 친구들의 병이나 죽음이 환기되고, 화자는 "운명을 따르는 사람처럼/ 나는 내 친구들이 죽으면/ 내 마음대로 장례를 치르고/ 다른 친구를 남기지 않고 죽겠지"라는 데서 암시되듯 이 공동체 안에서 서로는 서로의 병과 죽음을 함께 돌본다. 이는 「집회」에서 "아픈 사람들만" 오는 조용한 "치료 모임"을 계획하는 친구를 보며 "기다리면/ 그림자가 다 모일 거라는 말을 믿었다"라고 한 믿음에서 비롯하는 것이기도 하며, 「여름을 보호하기」에서 "약한 것은 보호해야지"라는 마음으로 "약한 세상에는 있을 수 없는 것들"을 보호하고자 하는 시선에서 비롯하는 것이기도 하다.

특히 김복희의 시에서 이루어지는 이러한 가족 만들기의 과정은 혈연 공동체를 만들어 내는 것이 아니라 인간 종이 아닌 다른 종과의 친족 만들기로도 나타난다.[3] 가령 「새 소식」은 이전 시집에서의 「새 인간」 연작에 해당하는데, 「새 소식」에는 집에 데려온 새 인간과 화자 사이에 "새 인간의 알"이 생겼다는 새로운 소식이 전해지는 사건이 발생한다. 해설을 쓴 김영임은 이 '알'을 "사랑과 증오에 대한 연민이 포함된, 함께 느껴온 감정과 관계의 결정체"로 읽을 수 있다고 쓴 바 있지만, 이 알은 좀 더 액면 그대로 읽힐 필요가 있다. 먼저 이들의 관계를 살펴보면, 화자는 새 인간을 사 오면서 "새 인간과의 사이에 아무것도 만들지 않을 것이고 새 인간의 의사를 존중"하기로 약속하고 "새 인간을 굶기지 않았고 볕을 쬘 수 있게 해 주었고 또 깨끗한 이부자리와 잠옷을 마련"해 준다. 이러한 공동생활에 있어서 화자는 "계약서를 작성하진 않았"는데 그 이유는 "새 인간과의 생활을 신고할 기관도 없"는, 이들은 법으로 인정받지 못하는 생활 동반자 관계에 해당하기 때문이다. 그런데 이들 사이에는 상호 계약의 내용과는 다른, 원치 않는 '알'이 생긴다. 이때 이 알이 언젠가 자신의 삶을 살겠다며 떠날 것이라 상상하는 대목이나 새 인간이 이 알 때문에 하루 종일 피곤해 할 것을 염려하는 데서 이 알은 화자와 새 인간 사이의 종 횡단적인 생식 과정을 암시한다.

> 새 인간의 알은 아주 무거운 것은 아니지만 분명 하루 종일 가지고 다닌다면 엄청나게 피곤해지고 말 무게다.
>
> 화장실로 들어가서 아무 기척도 없고 한참 나오지 않는 나를 기다리며, 기다리는 걸까 정말, 새 인간은 어떤 기분 어떤 마음일까 어느 날엔가 빛이 깊숙이 드는 한낮, 점심을 함께

먹고 낮잠을 자는데 불쑥 죽고 싶다는 말을 들었다 나는 계속 자는 것처럼 굴었다 그런 기분일까

— 「새 소식」에서

.

위와 같은 대목에서 확인되는 것은 원치 않는 임신을 하게 된 새 인간의 피로와 절망, 그리고 이에 대한 화자의 공감이다. 그리고 새 인간이 이 임신으로 "불쑥 죽고 싶다는 말"을 한 것을 듣게 된 후 화자가 "알을 들어 변기 가장자리에 내리"치며 알을 깨뜨리는 장면이 이어진다. 해설에서 이 장면은 새 인간과 화자 사이의 관계를 청산하려는 의지를 빗댄 것으로 해석된 바 있는데, 앞서의 맥락을 고려한다면 이는 차라리 원치 않는 임신을 한 새 인간이 임신 중지를 택하는 장면으로 읽는 것이 보다 적절해 보인다. 그리고 이 임신 중지로 인해 "새 인간의 숨소리가 고르게 들"리고 "최선을 다하자 방이 조금 더 넓어졌다"는 서술에서 알 수 있듯 이 선택은 서로 간의 돌봄과 계약을 충실히 이행하기 위한 선택으로, 서로 간의 친밀성의 영역을 보다 확장하는 계기가 된다.

요컨대 「새 소식」은 인간과 비인간 종의 공생을 그려 내면서 동시에 재생산 권리의 주체로서의 새 인간을 그려 낸다. 이러한 재현은 김복희의 시가 김혜순의 시학을 이으면서도 분화되는 지점으로 읽힌다는 점에서도 더욱 주목을 요한다. 예컨대 김혜순의 시학에 있어서 여성-하기가 탈영토화된 의미의 모성성이나 모녀 관계를 중심 개념으로 삼은 측면이 있다면 김복희의 시에서는 어머니를 중요한 표상으로 삼지 않으며 차라리 「새 소식」에서와 같이 재생산을 거부하는 동물-여성을 등장시키고 있기 때문이다. 주지하다시피 자신의 몸에 대한 여성의 자기 결정권은 국가에 의해 제한되어 왔으며 낙태죄 폐지 운동의 지난한 과정이 말해 주듯 이 권리는 천부적으로 주어지거나 자동적으로 보장되는 것이 아니라 정치적인 투쟁과 협상의 과정을 거쳐 얻어 내야 하는 것임이 드러났다. 새 인간의 몸은 이와 같이 몸에 대한 자기 결정권을 행사하는 여성의 몸이자 동물의 몸으로서 비인간 주체들의 몸을 둘러싼 정치를 체현하고 있는 것이다. 이처럼 김복희의 시는 '인간 이하'의 존재들과의 공생이 그저 평화롭고 낭만화된 모습으로 이루어지는 것이 아니라 정치적인 계약과 협상의 과정으로 나타난다는 점을 보여주며 한국 사회의 정치적이고 미학적인 상상력의 임계를 갱신해 나간다. 그렇게 『희망은 사랑을 한다』의 케르베로스-여성들은 신화를 찢고 나와 "시"한다.

1 김복희, 「김혜순에게 바치는 어느 시인의 편지: 사랑하고 시하고 새하는 우리들에게」, «Harper's BAZAAR Korea», 2019. 12.

2 김혜순, 『여성이 글을 쓴다는 것은』(문학동네, 2002), 151쪽.

3 이때 친족 만들기란 해러웨이의 명명을 따른 것으로, 해러웨이는 이를 박테리아나 곰팡이와 같이 한 생명이 유지되는 데 협력하는 수많은 생물 및 비생물 존재들을 포괄하며 이성애 규범적인 부계 가족을 해체하고 새로운 공생적 연결을 만들어 가는 과정으로 말한 바 있다. (도나 해러웨이, 김상민 옮김, 「인류세, 자본세, 대농장세, 툴루세」, «문화과학» 97, 2019.)

바깥의 서정으로

—『힌트 없음』 | 안미옥, 현대문학

장은영 문학평론가

언어의 바깥의 언어

새로운 대화의 시작을 상상해 본다. 만약 '나'라는 일인칭으로 말하는 주체가 자신을 벗어날 수 있다면, 자신의 앎과 믿음의 세계에서 빠져나올 수 있다면 어떤 규범이나 질서에 구애받지 않는 새로운 대화를 시작하게 될 수 있지 않을까? 안미옥의 두 번째 시집 『힌트 없음』을 보며 시가 그런 대화를 시작하게 만들 수 있다는 가능성을 찾아보고 싶었다. 이 시집에서 안미옥은 언어의 의미 너머, 언어의 바깥을 향해 온 힘으로 질주를 시작한다. 의미를 움켜쥔 언어의 주먹 안쪽이 아니라 그것을 감싼 언어의 배후를 얘기하기 위하여 시를 쓰는 일에 관한 이야기를 시작한다.

맨 처음 시 「조망」에서 시적 주체는 "안으로 들어가겠다고 생각할 때" "바깥이 생겼다"고 고백한다. 시를 쓰는 일이 자신의 마음이라고 짐작되는 어디쯤이 아니라 그 바깥을 사유하게 한다는 말로 들렸다. 문제는 마음의 외부가 그렇듯이 "바깥"은 시적 주체가 알 수 없는 영역이라는 점이다. 자신의 "생각"으로 도달할 수 있는 "안"과 달리 "바깥"은 의도나 의지와 무관한 예외적 국면이다. 그래서 불가항력적으로 "안"이 "바깥"으로 바뀌는 순간, 시적 주체는 내면을 상실한 자가 된다. 이 사태를 받아들이고 "나는 이제 꺼내 놓을 것들을/ 꺼내 놓는다"고 중얼거리는 시적 주체는 자신을 '나'라고 호명할 수 있는 믿음을 잃은 자이다. 자신의 내면 어딘가에서 "끓고 있는 것이 무엇인지 모르"는 자가, 안쪽이라고 생각한 그곳이 스스로는 알 수 없는 바깥이라는 걸 인정하는 자기 한계의 직면은 시를 쓰는 데서 비롯한다는 사실을 기억해 두자. 의미를 재생산하는 일상 언어와 달리 시를 쓰는 것은 앎을 통해 도달할 수 없는 자신의 한계 너머로 도약하는 행위라는 점에서 자신이 사라지는 일이기도 하다. 시적 주체가 종종 사라지거나 모호해져 버리는 안미옥의 시처럼 말이다. 시적 주체가 사라지고 나면 시는 그 누구의 것이라고 말할 수 없는 익명의 언어가 된다.

모리스 블랑쇼에게 시(문학)의 언어는 누구에게도 속하지 않는 언어였다. 그에 따르면 시의 언어란 작가와 독자로부터 독립된 언어로서 특정한 누군가의 사유나 세계를 재현하는 도구가 아니었다.(모리스 블랑쇼, 이달승 옮김, 『문학의 공간』, 그린비, 2010, 45쪽 참조) 의미와 담론을 재현하는 보편적 의미에서 벗어나 그 자체가 본질인 언어가 블랑쇼가 말한 시(문학)의 언어라고 할 때, 시를 쓰는 행위란 언어의 익명성에 노출되는 것에 다름 아니다. 쓰는 이는 이 익명성 속에서 자기를 상실하는 순간을 맞이한다. 시를 씀으로써 "말을 하다가도/ 말을 멈추게"(「공 던지는 사람들」) 되고, 언어를 통해 의미에 "도달한다는 것이/ 산산조각 나는 일이라는 것을 알게"(「애프터」)된다.

의미에 도달하는 것을 불가능하게 만드는 시적 언어와 함께 시적 주체의 사라짐이 환기하는 파토스를 바깥의 서정이라고 부르기로 한다. 언어 바깥의 언어인 시적 언어를 붙들기 위해 안미옥은 최소지만 최선의 문장으로 시적 도약을 시도한다. 그러나 언어의 바깥을 향한 도약은 수고롭고 고민스러운 일. "그렇게 고민이 시작되었고…… 시작되었고…… 시작되었고……"(「펭귄 섬에 있다」) 시작되었을 것이다. 새로운 언어로 대화를 시작하기 위해 자신의 앎과 믿음으로 구성된 세계를 깨고 바깥으로 질주하는 것은 마치 수 겹의 꿈에 빠진 사람이 깨어나고 또다시 깨어나는 일처럼 끝이 없어 보인다.

믿음을 깨기

새로운 대화의 시작으로서 시를 쓰는 행위가 의미와 담론으로 구성된 세계의 바깥을 향한 여정이라면 그 출발은 우리가 지닌 가장 확실한 믿음을 깨는 데서 시작하지 않을까? 『힌트 없음』은 우리 자신의 존재를 증명하거나 삶을 지탱하는 견고한 믿음이 되어 버린 일상의 양식들을 의문에 부친다. "거울에 비친 얼굴이 내 얼굴이라는"(「아주 오랫동안」) 사실이나 "사람이 사람을 낫게 한다는 말"처럼 익숙한 삶의 방식들. 익숙하기 때문에 믿고 있는 것인지, 믿고 있기 때문에 익숙한 것인지 알 수 없지만 "가장 중요한 것이라고 믿"(「모자이크」)으면서 "평생 같은 말을 반복"하고 "보던 것만 보고 생각하던 것만 생각"하게 만드는 그 믿음의 실체를 파헤치며 당신은 어쩔 텐가를 묻는다.

가령 「모자이크」에서 동물원에 간 '나'는 동물들이 항상 우리에 갇혀 있기 때문에 실제로는 자신이 그것들을 마주한 적이 없음을 생각한다. "실체 없는 것을 눈앞에 두고/ 무서워"했던 자신의 "오랜 버릇"을 알아차린 건 자기 자신을 의심하기 시작했기 때문이다. 의심에 빠진 화자는 "동물원"이 진짜 동물들의 세계가 아니라 동물의 이름을 가둔 곳에 불과하듯이 "삶의 전부"라고 믿었던 것들이 "이름"(언어)이 만들어 낸 의미의 세계에 불과하다는 사실에 이른다. 그리고 그런 삶이야말로 무서운 것이라고 쓴다.

안미옥에게 시를 쓰는 행위는 실체 없는 믿음에 대한 공포에 맞서 "오랫동안 지속하던 것을 의심하"(「모자이크」)는 일과 같다. 쓴다는 것은 삶에 관한 믿음과 자신에 대한 확신을 의심의 대상으로 삼는 계기가 되고, 쓰는 자로서 시인은 의미를 완성하기 위한 것이 아니라 의미에서 벗어나기 위해서, 자아에 도달하기 위해서가 아니라 자아라는 믿음을 깨뜨리기 위해서 쓰기를 멈추지 않는다. 쓰는 행위를 통해 언어가 지닌 의미가 무너지고 쓰는 행위가 지닌 또 다른 가능성을 보여 주는 시는 「가장 마지막 수업」이다.

오늘은 희망에 대해 써 보고
함께 읽어 봅시다

침묵

빈 종이에 채워지는
글자들

희망은
아주 컸다
금세 사라졌다 뾰족했다
무채색이고 맛이 느껴지지 않는 것이었다
절절 끓는 물이었다 굴절되는 빛을 닮았다 끔찍했다
아주 단 무엇이었다

(……)

옆에 앉은 사람이 작게 말했다
희망은 가장 마지막에 있다고

가장 마지막은 어디일까 알 수 없어서
돌아가려던 사람들의 뒤통수가 무거워졌다

희망은 세탁기 안에 있다
나는 혼잣말을 하고

그때 우린 훼손이란 단어를 자주 썼는데
자신이 경험한 훼손에 대해서만 이야기했다
남을 훼손시킨 이야긴 하지 않았다
—「가장 마지막 수업」에서

"희망"에 대해 써 보는 글쓰기 시간이라는 설정은 언어의 의미에 대해서만이 아니라 쓰는 행위까지도 시적 대상으로 삼고 있다. "희망"이 "글자"로 표현되고 낭독되기 시작되자 "희망"은 점점 모호해지다가 도무지 알 수 없거나 "끔찍"한 것이 되기도 하고 마침내 아무것도 아닌 것이 되어 버린다. "희망"을 의심한 적이 없는데도 말이다. "희망"에 대해 쓸수록 "희망"이 훼손되는 것만 같은 기분이 든 '나'는 문득 '우리'가 "훼손이란 단어를" 쓸 때 "자신이 경험한 훼손에 대해서만 이야기"했었던 기억을 떠올린다. "훼손"에 대한 기억이 일깨우는 건 '우리'가 언어를 사용하거나 언어의 의미를 사유할 때 자신의 경험을 넘어서지 못한다는 점이다. 언어는 언제나 훼손되지 않은 온전한 의미를 내재하고 있는 것처럼 보이지만 사실 언어는 언제나 불완전한 상태로 말해질 뿐이다. 다행히도 그런 언어의 불완전성이 자신의 앎을 벗어나지 못하는 '우리' 스스로의 한계를 드러나게 만드는 것이다. 불완전한 언어 덕분에 '우리'는 "훼손"을 말하는 데 실패했듯이 "희망"을 말하는 데에도 실패할 수밖에 없다. 그리고 실패했으므로 시를 쓰는 '우리'의 "마지막 수업"은 연기될 수밖에 없다.

"그럴듯하게 들리는 것은/ 담지 않는다"는 이 시의 마지막 구절을 보면 안미옥에게 시를 쓰는 행위는 선명한 의미보다는 의미의 충돌과 어긋남에서 오는 혼돈을 향하는 일인 것 같다. 시를 쓰면서 쓰는 이는 점차 언어의 의미를 상실하고 언어의 바깥이 조금씩 드러나는 것을 경험한다. "글자" 안에 담을 수 없는 잉여로서의 언어인 "침묵" 혹은 "다문 입안에서/ 끓고 있던 것"(「모빌」)처럼 언어로 환원할 수 없는 소리들이 먼저 말을 걸어온다.

시인이 깨뜨리고자 한 믿음을 달리 말하면 일종의 테두리 같은 것이 아니었을까. 안미옥은 산문 「후추」에서 자신이 좋다고 생각했던 문장이 "나의 테두리가 되어 나를 가두고 다른 것을 보지 못하게 한 것이 아닐까"를 우려하며, 자신으로 하여금 "말에 갇히"거나 "옳다고 믿는 것에 함몰되지 않"도록 해 주는 것은 '쓰는 일'이라고 털어놓는다. 그 우려처럼 사물을 구분 짓거나 정의하고 생각을 규정하는 테두리만이 아니라 "자기 자신의 테두리"에 이르기까지 우리가 믿음처럼 여기는 테두리는 스스로를 가두는 "벽"과 다르지 않다.(「점묘화」)

그런데 벽돌을 쌓아 올리듯 자기 삶의 서사를 견고하게 만들어 가는 것이 우리가 현실이라고 말하는 이 세계에서의 의미이자 삶의 목표라면, 쓰는 행위는 테두리에 갇힌 삶의 서사를 의심함으로써 삶의 의미와 목표를 중단시키는 방해물로 작동한다.

> 너는 몸통에서 잘라 낸 나뭇가지를 완전한 나무라고 불렀다
> 맥락을 지울수록 목소리는 분명해진다
> 분명한 건 위태롭다
> (……)
> 그렇게 다시 시작되는 처음이 있잖아 그건 전혀 다른 것인데
> 알면서도 같다고 말해
> 같아 똑같아 반복돼 끝나지 않아
> 시간이 눈을 가리고 귀를 막았다고 생각했지만
> 그 안에 있겠다고 했다
> 말하고 말하고 또 말했다
> 소금이 짠맛을 잃을 때까지
> 뚝 뚝 손끝에서 물이 떨어진다
> 폴라로이드 사진을 햇볕에 꺼내 놓았다
> —「조경사//폴라로이드//」에서

"잘라 낸 나뭇가지를 완전한 나무라고" 부르는 '너'에 관한 이야기를 들려주는 이 시에서 네 삶의 서사란 "몸통에서 잘라 낸 나뭇가지"처럼 혹은 한 장의 사진처럼 테두리에 맞게 잘라 낸 단면에 불과하다. 그런데도 '너'는 그것이 완전한 삶을 보여 준다고 믿는다. 나뭇가지를 잘라 내듯 네 삶에 연결된 수많은 "맥락"들을 지움으로써 단수의 서사로 만들어 버린 '너'는 그것이 '너'를 말해

주는 분명한 근거라는 확신에 차 있다. 네가 만든 "나뭇가지"는 보고 싶은 것만 보고 믿고 싶은 것만 믿기 위해 만든 하나의 테두리에 불과한데도 그 테두리는 너무도 선명하고 확실한 '너'의 세계가 된 모양이다. '너'에겐 테두리를 만드는 일이 '너' 자신과 '너'의 세계를 완전한 것으로 만드는 거라고 믿고 있지만 '나'에게는 테두리에 갇힌 삶처럼 "분명한 건 위태롭"게 보인다.

"힌트 없음"이라는 제목이 역설하는 건 우리가 던지는 모든 질문에는 하나의 정답이 없다는 것이다. 시인의 말처럼 분명하고 확실한 건 깨지기 쉽듯이 확실한 정답은 수많은 가능성을 배제한 덕분에 오류에 빠지기 쉽다. 구하고자 하는 바가 자기 자신에 대한 믿음이건 삶의 목표이건 간에.

그렇다면 확실하고 분명한 세계에 속하기를 원하는 '너'를 우려하며 응시하는 시적 주체는 어떻게 자신을 증명할 수 있을까? 시적 주체는 아직 완성되지 않은 폴라로이드 사진처럼 테두리가 나타나기 전 흐릿하고 불분명하게 뒤섞인 상태이다. 그것은 '나'와 내가 아닌 것의 경계조차 분간할 수 없는 혼돈과 무질서라고 말할 수 있고 또 달리 말하면 완성되기를 지연하며 끊임없이 무언가가 되고 있는 중이라고도 말할 수 있다. "뜨거운 유리에 숨을 불어넣으면/ 병이 되고 컵이"(「변천사」) 되듯이 "힘껏 내가 아닌 것이 되어" 보는 미완의 주체가 바로 '너'를 보는 '나'다.

'나'는 언제나 '너'의 바깥이다. 삶을 지탱하는 앎과 신념에 관한 확신이 깨지고 시간의 질서마저도 무너지며 테두리들이 흐물흐물해지는 바깥은 장소라기보다 경험이다. 쓰는 자가 자신의 한계에 직면하는 깨어남/깨어짐과 같은 바깥의 경험을 안미옥은 '미래'라고 말로 쓰기도 한다.

먼저 가 있을게

멀리 가서 보여 줄게
거기엔 뭐가 있는지 앞으로 뭐가 필요한지
너희에게 이야기해 줄게

다 같이 모여 앉아 듣는 곳에서
그 말을 듣고

노트에 필기했다
우린 전부 여기에 있는데 왜 시만 먼저 가?

여긴 어딘데
—「미래의 시」에서

시는 '우리'에게 "먼저 가 있"겠다는 약속을 남기고 떠나고, '우리'는 시의 "말을 듣고" "노트에 필기"를 할 뿐이다. 이 시에서 시를 받아 적는 '우리'의 모습은 블랑쇼가 말한 시의 매개자로서 시인의 모습과 겹쳐져 보인다. 쓰는 자인 시인은 끊이지 않는 시의 말을 '들은' 자요, 그것을 듣고서 그 요구를 따르며 거기서 자신을 잃어버린 자라고 한 그의 말처럼(『문학의 공간』, 38쪽 참조) '우리'가 쓴 것은 '우리'가 아닌 시가 들려준 것이다. 그렇기 때문에 시를 쓰는 것은 복수의 존재인 '우리'가 될 수 있고, '우리'는 시를 찾기 위해 '지금 여기'의 바깥인 미래를 상상한다. 물론 안미옥에게 미래란 시간의 질서에 따라 예정된 시간이 아니다. 미래는 미결정적이고 불확실한 영역이다. "미래의 시"란 시가 이미 일어난 적이 없는 사건이나 경험되지 못한 사태임을 말해주는 동시에 시가 '여기' 없음을 드러낸다. 시로서 시의 부재를 말하는 것이다.

시가 '여기' 부재하기 때문에 시를 쓴다는 것은 도약이 필요한 일이기도 하다. 안미옥이 보여주듯이 시를 쓰는 것은 자기 자신으로부터, 현실의 질서로부터, 언어에 기입된 의미와 담론으로부터 그리고 현재로부터 솟구쳐 오르는 도약의 연속이어야 한다. 희망이 무엇인지 설명되는 순간 희망에 대한 정의나 의미에 저항하며 희망을 낯선 것으로 만들어 버렸던 것처럼(「가장 마지막 수업」) 여기에 부재하는 희망은 '우리'가 또 다른 희망으로 도약하도록 이끌 것이다. 시라는 도약의 언어가 있다면 우리의 대화도 새롭게 시작될 수 있지 않을까.

덧붙임: "얼음 깨고 있음"(「펭귄 섬에 있다」)이라는 말은 그냥 지나칠 말이 아니다. 펭귄이 얼음을 깨듯 제가 설 땅을 깨는 것은 언어의 익명성 속으로 자신이 사라지는 것을 무릅쓴 도약의 준비 과정이다. 얼음을 깨는 건 '시를 쓴다는 것이 무엇인가요?'라는 질문에 대한 최대한의 힌트일 수도 있다.

봄날 『길 하나 건너면 벼랑 끝』
이수희 『동생이 생기는 기분』
김사과 『바깥은 불타는 늪 정신병원에 갇힘』
이주현 『삐삐언니는 조울의 사막을 건넜어』
정지돈 『영화와 시』

리뷰 에세이

벼랑 끝에서 나로 되돌아오기

—『길 하나 건너면 벼랑 끝』 | 봄날, 반비

신새벽 출판편집자

『길 하나 건너면 벼랑 끝』은 봄날이라는 필명을 쓰는 한 사람이 성매매를 했던 20년과 성매매로부터 벗어난 이야기를 쓴 책이다. 2019년 11월 출간되었고 이 글을 쓰는 2021년 1월 나는 4쇄를 사서 읽었다.

'성매매라는 착취와 폭력에서 살아남은 한 여성의 용감한 기록'이라는 부제는 단어 하나하나가 이 책의 맥락을 드러내고 있다. 먼저 성매매는 착취이자 폭력이다. 그리고 책의 저자는 성폭력 생존자로서 자신의 경험을 용감하게 기록했다. 성매매는 곧 성폭력이라는 명제는 '성매매는 성적 타락'이라는 가부장제적 사고를 비판하면서 '개인은 노동으로서 성매매를 선택할 수 있다'는 성노동론에 반대하는 것으로, 여성주의 논쟁사 위에 있는 하나의 입장이다. 이러한 주장과 그 실천적 함의는 독자의 판단을 요구한다. 한편 성폭력에서 살아남은 생존자라는 개념, 용기 있게 쓴 기록은 독자에게 연대를 요청한다. 피해 내용에 시선을 고정하는 '피해자'라는 말 대신 '생존자'라고 쓰는 까닭은 그 사람이 피해 이후 계속해서 살아가기 위해 벌이는 싸움을 지지하기 위해서다. 고통스러운 경험을 솔직하게 이야기하는 일은 세상 그 무슨 일보다 용기를 필요로 한다.

이 책은 경청하는 독자들의 섬과 '그냥 건전한 알바를 하지 그랬냐'라는 악플의 바다 위에 있다. 그럼 서평은 어떻게 써야 할까? 나는 이 책을 읽으면서 성매매의 현실을 이해하는 일도, 생존자의 이야기를 경청하는 일도 어렵다는 걸 알게 되었다. 한 사람의 이야기를 듣기까지는 얼마나 시간이 걸릴까? 나에게는 『길 하나 건너면 벼랑 끝』을 읽고 서평을 쓰기까지 걸린 시간만큼이다.

긴 터널을 지나면 성매매 구역

"어떻게 성매매를 하게 되었나요?" 책의 1부 '긴 터널'은 성매매 여성으로서의 자신을 드러내기로 한 봄날이 이 질문에 답하면서 시작한다. 으레 던지는 질문이지만, 대답하기란 간단하지 않다. “사람들은 자기 나름대로 결론을 내린 채 그 결론에 맞는 답을 기대한다. 대부분 나의 이야기를 들으면서 폭력이 더 큰 폭력으로 이어지는 현상을 생각하지 않는다. …… 사람들은 내가 어떤 문제를 겪었는지 알려고 하지 않았고, 나의 목소리를 들어 주지 않았다.”

이 책을 읽지 않았다면 나는 “왜 필명을 쓴 건가요?”라고 저자에게 그냥 물었을 것 같다. 다른 책을 읽을 때 그러듯이 저자의 사진을 검색해 보고, 어디에서 일하고 활동했는지 알아보려고. 하지만 서평을 쓰려고 검색해 보니 이름과 얼굴을 걸고 성매매 경험을 이야기하는 책은 한국에 『페이드 포』 한 권뿐이다. 집필에 10년이 걸린 이 책은 2013년 아일랜드에서 출간되었다. 한국어판으로 번역된 것이 불과 2019년이다. 레이철 모런은 “나는 가면을 쓰지 않기로 결정했다.”[1]라고 말한다. 봄날은 출간 후 인터뷰에서 “저도 레이철 모런처럼 얼굴 내놓고 멋있게 활동하고 싶은데 한국 사회가 참 어려워요.”(《시사인》 644호)라고 말했다.

‘긴 터널’은 봄날의 유년 시절로 거슬러 올라간다. 초등학교에 들어가기 전부터 아버지가 그를 때린다. 가난하기 때문에 집에서 중학교 중퇴를 종용받고 공장에서 일하는 그를 통근버스 기사가 강간한다. 강도 높은 노동을 하다가 공장 동료의 권유로 가라오케에서 일하기 시작한다. 공장 월급이 15만 원일 때 가라오케에서 받은 하루 팁이 9만 원이었다. 월급이 밀리면서 한 달 월급을 선불로 주겠다는 다른 도시의 가라오케로 옮기고, 손님인 룸살롱 사장의 제안으로 룸살롱에 가게 된다. 업소가 바뀜에 따라 낯선 도시로, 섬으로, 유리방으로, 보도방으로, 티켓다방으로 옮겨 다니며 생계를 잇는 20년이 이어진다. 그가 집으로 돌아가게 된 건 그동안 쌓인 빚을 갚아 준 남자와 가정을 이루어서가 아니라, 그 남자의 가정폭력에서 탈출했을 때다.

오래 봄날을 괴롭게 하는 것은 제 발로 업소에 들어갔다는 기억, 친구의 제안을 받아들인 20년 전의 순간이다. 1부에서 분명하게 드러나는 사실은 두 번째 가라오케에서 준 ‘선불금’과 업주의 지시로 옷, 신발, 화장품, 미용실 등에 쓴 비용이 모두 빚으로 계산된 순간이 굴레의 시작이라는 점이다. 이 빚을 그가 처음 알게 된 시점은 두 번째 가라오케에서 룸살롱으로 옮긴 지 6개월 만에 업주가 “돈도 안 벌고 왜 이래?”라며 700만 원의 영수증을 내밀었을 때다. 한 여성의 몸에 붙은 빚은 그가 노동으로 갚아야 할 원금이자, ‘소개쟁이’를 통해 성매매 업소의 업주들 사이에서 거래되는 자금이며, 성매매를 벗어나지 못하게 그를 물고 늘어지는 부채다. 여기에 업소 관리자와 성 구매자 양쪽이 가하는 폭력과 심리적 지배, 시키는 대로 하지 않으면 가족들에게 알리겠다거나 사창가에 팔아넘기겠다는 협박이 더해져 ‘나’를 막다른 곳으로 몰아간다.

왜 벼랑 끝일까? 이 책에는 성 구매자들이 떠들어 대는 '업소 후기'의 성적 묘사를 제외한 모든 이야기가 있다. 책에서 구체적으로 그려지는 것은 다른 산업 현장에서도 유사하게 반복되는 노동 문제이기도 하다. 부당한 계약 조건, 고용주의 거짓말, '가족 같은 분위기', 일상적으로 폭언이 오가는 현장, 과로로 쌓이는 스트레스와 경쟁으로 인한 동료들 간의 분열 등은 인간의 존엄을 훼손하며 점차 판단력을 상실하게 하는 가혹한 업무 환경이다. 이 점에서 책은 한국의 노동 실태를 탐사하는 책들과 나란히 놓인다. 하지만 성매매의 특수성이 더 강하다. '아가씨'는 목욕탕과 미용실, 의복과 화장품 구입처를 모두 업소로부터 지정받고, 성매매 집결지를 이르는 '유리방'에 가서는 음료수, 속옷, 거처이자 업무처인 자기 방에 둘 가구까지 전용 상인에게 주문해야 한다. 집결지 여성이 성병 검사를 받으러 가는 보건소는 업주에게 '인사를 받는다'고 짐작되며, 제주도 룸살롱에서 일할 때는 업소에서 탈출한 여성이 공항 직원에게 붙잡혀 온다. 하나의 지역 경제가 성매매 업소를 중심으로 민에서 관까지 연결되어 있는 폐쇄적인 환경이 자세하게 묘사된다. 탈성매매를 지원하는 활동가들이 "집결지 내의 통치"가 집결지 아웃리치 활동(outreach, 지원이 필요한 곳으로 직접 찾아가는 일)에서의 어려움이라고 이야기하는 그대로다.

> 유나: 특정한 제국 같은 느낌? 분명 그 안에 명확한 권력관계들이 있고, 위에 있는 사람들이 뭔가 장치들을 쓰면서 그 안에서 행동을 규제하는데, 그 위가 누군지 모르는 거예요.
>
> 터울: 그 위가 국가도 아닌 어떤 느낌인 거죠?
>
> 유나: 네, 국가도 아니에요. 그런데 알 수 없는데 계속 그 힘이 발휘되고, 접근이 차단되고, 사실 미아리는 여전히 그런 것 같고요. 영등포도 사실은 마찬가지인 거죠.[2]

성 구매자는 누구나 들락거릴 수 있지만 판매자는 경제적·심리적·신체적 자유를 저당 잡히는 것이 성매매의 구조적 특수성이다. 성매매 경제에 관한 중요한 연구서인 『레이디 크레딧』의 서문에서 쓰는 표현처럼 한국 성매매 산업 규모는 연간 "8조 7000억 혹은 13조, 때로는 30조" 원에 달하는데, 성매매의 범위가 어디까지인지가 모호하고 불법으로 규정된 성매매가 제대로 조사되지 않는다는 점을 감안해도 8조 7000억 원이 최소 자리에 온다. 30조 원은 한국형사정책연구원에서 2015년 기준 "조직범죄단체의 불법적 지하경제 운영실태"를 파악하여 추산한 수치다. 단속된 성매매 시장의 규모에 성매매 단속률 추정치인 5퍼센트를 대입한 숫자로, 커피 시장과 비교하면 네 배 규모에 해당한다.[3] 『레이디 크레딧』은 이렇게 거대한 규모의 성매매가 여성의 몸과 시간을 자본으로 삼아 돌아가는 '부채 관계'의 산업이라는 점에서 "성매매 문제는 여성 개인을 '탈성매매 여성'으로 만들어 냄으로써 해결할 수 있는 것이 아니다."[4]라고 지적한다. 봄날이 성매매를 하게 된 이유인 빈곤과 가정폭력을 포함해, 일자리 없는 여성들을 경제적 합리성으로 포섭하고 부채로 엮인 관계 속의 주체로 붙드는 것이 오늘날 금융화된 성매매이기 때문이다. 빚을 지고 갚는 게 경제주체의 기본 활동이라는 금융의 대전제가 여성의 상품화와 결합한 체제에서, 성매매가 폭력이라는 봄날의 주장은 '가난해서 팔려 갔으면 불쌍하다, 하지만 명품 휘감고 다니는 여자도 많다'라는 식의 적대를 만나게 된다.

고통을 겪었고, 도망쳤고, 살아간다

『길 하나 건너면 벼랑 끝』은 성매매의 거대한 규모와 정치경제를 숙고하게 하는 한편에 봄날의 생존기를 놓는다. 나는 개인의 탈출이 체제의 변화를 의미하지 않는다는 김주희의 지적이 탈성매매 기록을 격하한다고 생각하지 않는다. 세계에 대한 분석과 그 안에 속한 한 사람의 이야기는 같은 자리에서 읽어야 한다.

목차를 보면 2부 '나를 다시 찾아가는 시간'은 1부보다 소제목이 많다. 쪽수로는 사실 전체의 4분의 1가량인데, 앞의 '긴 터널'보다 짧은 호흡으로 끊어서 같은 위상으로 만든 편집이 돋보인다. 피해 생존자의 일상 회복이 최우선이며 또 어렵다는 것을 인식하고 있는 이러한 편집은 『김지은입니다』에서 안희정의 권력형 성폭력에 대한 미투 고발 이후의 시간을 책의 4~6장에 걸쳐 보여 주는 것과 포개진다. 폭력의 경험을 안고 사는 고통 위에, 가해자가 아닌 자신에게 책임들을 묻는 고통이 더해지는 가운데 '나'는 말한다.

> 어느 날 폭행을 당했고, 살기 위해 도망쳤고, 살아 내려 노력할 뿐이다. 그게 다다.[5]

이러한 이야기를 경청하기 힘든 건 고통은 기억으로 반복되고, 그때마다 회복을 향한 노력이 원점으로 돌아오는 것만 같기 때문이다. 트라우마 경험자가 잊을 만하면 같은 이야기로 돌아갈 때의 당혹, 답답함, 허망함. 봄날은 자신이 왜 과거의 고통으로 돌아가는지, 어떻게 돌아가야 하는지를 계속해서 생각하면서 자기 자신을 받아들인다. 여성인권지원센터의 도움을 받고 자신도 다른 여성들을 도우며 중심을 찾아가는 과정에서 드러나는 솔직함과 의연함이 이 책을 심리상담 기록이자 봄날이라는 사람의 자전으로 세운다. 그는 무엇보다 성매매 경험 당사자 네트워크에 참여하면서 해석의 혼란 속에서 갈피를 잡게 되었다고 쓴다.

> 처음 자조모임 회원들과 자신이 겪었던 경험을 이야기할 때도 나는 다른 사람들보다

내가 겪은 일들이 더 힘들었고 아프고 괴로웠다고만 강조했다. 나 자신을 이해하지 못해서인지 다른 사람을 이해하기도 어려웠다. 상처받지 않으려고 나를 지키는 일에만 몰두했다. 그러나 내 경험을 풀어내는 과정에서 자조모임은 나의 외모, 빚, 얼굴, 나이가 아닌 있는 그대로의 나를 바라봐 주었고 환대해 주었다. (……) 더 이상 나의 경험이 부끄럽지 않았다. 모든 잘못을 나에게서 찾던 습관도 점차 사라졌다.(393~394쪽)

여기까지가 봄날이 자신의 성매매 경험을 폭력으로 재해석하게 된 과정이다. "내가 겪은 성폭력, 성추행, 데이트 폭력은 성매매로 이어지는 과정에 큰 작용을 했다."(404쪽) 이러한 재해석과 함께 그는 성매매 당사자로서 미투 집회에 나서고, 지난 20년 이 도시에서 저 도시로 옮겨 다닌 궤적을 다시 밟는 여행을 떠난다. 그리고 집회와 여행을 거쳐 그는 이제 시작점에 선 자신을 발견한다. 길 하나 건너서 만난 벼랑 끝으로부터 나의 삶으로 돌아오기까지의 여정.

마지막에 이르면 책은 무척 광활해져서 나는 고통의 이야기를 따라가는 독자 입장과, 자기 자신의 문제를 직면하는 일에 성공한 작가를 비평하는 서평자 입장 사이 어디에 설지 망설이게 된다. 이 책을 남 얘기로 밀어 놓거나 너무 내 얘기라고 일반화하지 않는 길은 봄날과 김지은이 그랬듯 나 자신이 할 수 있는 일을 알아 가는 것이라는 생각이 든다. 이 책을 기획 편집했고 『레이디 크레딧』에 대해 "한국의 자본주의를 이해하는 데에 성매매 문제, 그리고 페미니즘적 시각이 얼마나 핵심이 되는지를 잘 보여 주는 책"[6]이라고 평한 편집자에게 동의하면서, 나는 금융자본주의와 여성의 노동에 관한 일반 이론서를 출간하는 꿈을 꾼다. 꿈의 의미는 더 많은 사람들이 읽어 보아야 할 『길 하나 건너면 벼랑 끝』의 마지막 문장이 뜻하는 그대로다.

1 레이철 모런, 안서진 옮김, 『페이드 포: 성매매를 지나온 나의 여정』(안홍사, 2019), 저자의 말 중에서.

2 「반성매매인권행동 이룸의 현장: 활동가 고진달래님, 유나님 인터뷰」, «친구사이» 제92호(2018년 2월호). https://chingusai.net/xe/index.php?mid=newsletter&category=525461&document_srl=525588

3 이하늬, 「커피 산업 4배 넘는 성착취 산업, 실태조사는 없다」, «경향신문» 2020년 4월 5일 자.

4 김주희, 『레이디 크레딧: 성매매, 금융의 얼굴을 하다』(현실문화, 2020), 387쪽.

5 김지은, 『김지은입니다: 안희정 성폭력 고발 554일간의 기록』(봄알람, 2020), 266쪽.

6 편집자 Y의 코멘트, 「기묘했던 한 해를 함께해 준 책들」, «반비 책타래» 2020년 12월 29일 자 메일 중에서.

‘동생’이라는 ‘kybun’

—『동생이 생기는 기분』 | 이수희, 민음사

정용준 소설가

‘동생이 생기는 기분’. 제목을 보고 내 동생 생각이 났다. 동생이 생기는 기분이라, 내가 그것을 기억하고 있나? 동생이 태어났을 때 다섯 살이었으니까 기억날 리 없다. 그런데 희미한 느낌 몇 장면은 생각이 난다. 엄마의 배가 커지는 것을 지켜봤다. 이제 곧 동생이 태어난다는 말을 수도 없이 들었다. ‘좋겠네.’ ‘좋지?’ 뭐라고 대답했을까? 고개를 끄덕이긴 했겠지만 진짜 마음은 무엇이었을지 모르겠다. 기대든 설렘이든 혹은 두려움이든 아무튼 동생을 기다리는 시간 동안 내 작은 몸과 마음은 스펀지에 물이 스며들듯 무거워졌다. 어렴풋이 기억나는 장면 하나. 하얀 포대기에 싸여 엄마 품에 안겨 있는 작은 아이. 그 주위를 빙글빙글 맴돌던 어색한 내 모습. 동생이 생겨서 어때?라는 엄마의 질문에 나는 못된 표정을 지으며 이렇게 답했다고 한다.

“흥. 상대도 안 되겠네.”

어쩌면 난 동생을 경쟁자로 생각했었던 것 같다. 엄마를 놓고 싸워야 하는 악당 같은 것으로 여겼는지도. 하지만 막상 만났더니 그는 경쟁자도 악당도 아니었다. 아니, 인간도 아니었다. 너무나 작은 새싹이나 꽃씨 같았다. 당황했다. 이렇게 작을 줄 몰랐고, 이토록 아름다울 줄 몰랐다. 보고 싶지 않아도 계속 보게 됐고, 무시하고 싶었지만 그 옆을 떠나지 않았다. 사랑하고 싶지 않았으나 사랑하지 않을 수 없었다. 동생이 생기는 기분이란 혹시 이런 것일까?

책. 정말 좋았다. 그림도 내용도 다 좋았다. 어릴 때 수진은 귀엽고 사랑스러웠고 다 큰 수진은 심플하고 시원했다. 수진을 보는 언니의 표정을 생각하면 기시감이

들곤 했는데 내가 동생과 함께 있을 때 짓곤 했던 바로 그 표정이었다. 때문에 깊게 공감하면서도 읽으면 읽을수록 쓸쓸함과 안타까움이 마음 한구석에 차곡차곡 쌓여 갔다. 가끔 묘한 기분이 들곤 했는데 그게 무엇인지 헤아리려고 책을 놓고 우두커니 허공을 봤다. 잊었거나 잃었던 기억, 혹은 마음의 상태나 모양 같은 것을 떠올리려 애를 썼다. 그때의 난 어땠나? 그때의 동생은 어땠을까? 그때 내가 그렇게 했을 때 동생은 어떻게 반응했지? 그때 동생이 그렇게 했을 때 나는 어떻게 반응했지? 왜 그랬나. 왜 그렇게 하지 못했나. 그래서 그때의 내 기분은 어땠나. 동생의 기분은…… 어땠을까?

열심히 생각해도 떠오르거나 알게 된 것은 없었다. 하지만 이상하지. 생각의 끝에서 나는 항상 미안한 마음이 들었다.

수진이 스스로 목을 가눈 순간을 담은 에피소드. 자꾸 생각난다. 스스로 자신의 목을 가눌 수 없는 무력한 인간이 수도 없이 시도하고 또 시도한 끝에 우뚝 목을 가누는 것. 원하는 곳을 향해 고개를 돌리고 그 상태를 원하는 만큼 유지할 수 있는 힘이 생기는 것. 가만히 생각해 봤다. 정말 대단하고 놀라운 일이 아닌가! 나도 그랬을 텐데, 수진처럼 나 역시 용감하고 포기를 모르는 말릴 수 없는 도전쟁이였을 텐데, 지금 나는 왜 이 모양인가. 느닷없는 반성으로 시무룩해지기도 했다. 스스로를 대견해하는 수진의 얼굴과 표정. 그 당당함이 너무 자랑스러워 부풀어 올랐을 언니의 마음. 얼마나 놀랍고 아름다웠길래 시간이 이렇게 많이 지났어도 동생의 눈동자와 얼굴, 별 같은 반짝반짝한 표정까지 묘사할 수 있었을까. 언니는 생각한다.

> '모든 것이 목을 가누었을 때처럼 어렵지 않을까? 그런 동생에게 칭찬과 격려를 마지막으로 한 게 언제였는지 떠오르지 않았다. 목을 가누는 순간의 감동은 아직도 생생하게 기억하면서 지금까지 수많은 또 다른 목 가누기를 해 왔을 동생에게는 인색했다.'

그렇구나. 정말 그렇구나. 공감했다. 감동도 없고 리액션도 없이 동생의 크고 작은 성과에 '그래? 잘됐네.' 하고 건조하게 반응했다. 사실 약간 감동한 적도 많았고 작은 액션을 보여 줄 수도 있었는데(혼자 있을 때 작게 액션을 취하기도 했는데) 이상하게 동생이 보는 앞에서는 그게 잘되지 않는다. 동생뿐만 아니라 나 스스로에게도 그런 것 같다. 살다 보면 좋은 일도 있고 소소하지만 성취감을 맛보는 순간도 있다. 그때마다 흠, 하고 만다. 혼자 주먹을 불끈 움켜쥐지도 못하고 손을 번쩍 들지도 못하고 그냥 허, 하고 웃고 만다. 이 글을 쓰다 말고 메모장을 열어 다짐하는 한 문장을 적었다.

'종종 감동하고 가끔 리액션을 크게 하는 사람이 되자. 동생에게 잘하자.'

'라떼는 말이야.' 에피소드도 좋았다. 언니는 어릴 때 아빠의 진로 반대로 많이 힘들었다고 했다. 걱정하는 것. 염려하는 것. 나는 실패했어도, 나는 낙심했어도, 내 자식은 같은 것을 겪게 하지 말아야지. 늘 최악의 상황을 예견하고 상상하느라 진이 빠진 보호자. 뭔가 새로운 것을 시도하려고 하면, 비범한 선택을 하면, 모험의 세계로 발을 들이려고 하면, 큰일이라도 날 것처럼 그 앞을 막아서는 보호자. 논리도 없고 설득할 자신도 없으면서 무조건 막아서며 큰 소리를 내는 보호자. 소중한 존재가 우는 것을 견디지 못하는 소심한 보호자. 사랑에 빠져 허둥지둥 어쩔 줄 몰라 하는 겁쟁이들. 그것이 사랑이라는 것을 안다. 그러나 사랑이라고 해서 다 좋은 것이 아니라는 것도 안다. 그런데 언니도 수진에게 아빠가 자신에게 했던 것처럼 말했다고 했다. 라떼는 말이야…… 그리고 이어지는 통찰의 문장. 나는 밑줄을 긋고 감탄하며 웃고 말았다.

콩 심은 데 콩 나고 아빠 심은 데 내가 난 걸까?

그리고 이어지는 반성.

그때 동생에게 응원을 심어 주지 못한 것이 미안하다.

잠시 책을 내려놓고 응원을 심어 준다는 것이 무엇인지 생각해 봤다. '말'을 심을 수 있는 나무나 씨앗 같은 것으로 표현하다니, 좋았다. 나는 동생의 마음에 그동안 어떤 말을 심었던 걸까. 말을 심는다는 것은 일반적으로 널리 사용하는 트라우마나 상처 같은 것과는 다른 것 같다. 잊지 않고 잊히지 않는 흔적이나 흉터와도 다른 것 같다. 그것은 자라고 커 가고 마침내 무엇이 되는 생물과도 같다. 응원을 심어 주는 것. 다정함과 사랑과 친절과 때로는 눈물을 심어 주는 것. 소중한 사람, 특히 가족에게는 더더욱 중요한 것 같다. 동생은 내게 많은 말들을 심어 줬다. 허접한 글을 쓸 때마다 '괜찮네.'라고 해 줬고 작가가 되어 책을 냈을 땐 '느낌이 좋다.', '부자가 될 거야.', '좋아하는 사람이 있을 거야.', 이런 말도 많이 심어 줬다. 나는 뭐라고 했을까. 내 말의 어떤 말이 동생의 마음속에 남아 살아 있을까? 나는 감히 그 말이 무엇인지 물어보지 못하겠다.

책은 독특하게 구성되어 있었다. 어린 동생과의 과거 에피소드는 그림책이고 다 자란 동생과의 현재 에피소드는 에세이다. 단순히 양식만 달라지는 것이 아니라 그림과 에세이의 온도 차가 극명했다. 그 차이가 좋았다. 어린 동생과는 한집에서 알콩달콩 사랑스럽게 지내지만 지금 동생과는 데면데면하다. 대화를 하더라도 눈을 마주치지 않고 핸드폰만 바라보며 '응.', '어.', '아니.' 같은 단답으로만 말을 주고받는다. 어렸을 땐 이것저것 뭐든지 함께 했는데 지금 공유하고 있는 건 집 안의 와이파이뿐이라고 했다.

작가는 제목을 '동생이 생기는 기분'이라고 지어 놓고 책을 써 가면서 동생에게 반성하는 기분이 들었다고 했다. 그 마음 뭔지 알 것 같았다. 책을 읽어 가는 내내 나 역시 그랬으니까. 어릴 때 동생은, 그리고 우리는, 아름답고 행복했지만 지금의 동생은, 그리고 우리는, 건조하고 심심하다. 그리고 어째서인지 그렇게 변해 버린 책임이 나에게 있는 것 같다. 그래서 미안하고 자꾸 반성하는 마음이 든다. 작가의 마음도 그렇지 않았을까? 소중하다는 마음은 있지만 소중한 존재에게 어떻게 대해야 하는지 그 방법은 몰랐겠지. 사랑하지만 사랑의 행위는 알지 못했겠지. 지금 생각해 보면 함께 놀이할 때, 대화를 나눌 때, 이런저런 많은 일들을 함께 경험했을 때, 동생은 늘 내 말을 잘 들어 줬다. 그래서 우리는 많은 일들을 함께 할 수 있었고 순조로웠고 좋은 추억도 많이 만들었다고 생각한다. 그런데 혹시 동생이 약하고 순해서 그랬던 거 아닐까. 동생이 그것을 좋아하는지 원하는지 묻거나 살피지 않았던 것이 미안하고 후회가 된다.

그래서 그렇구나. '동생이 생기는 기분'이 '동생에게 반성하는 기분'으로 이렇게 바뀌는 것이구나.

하지만. 그럼에도 불구하고. 동생을 생각할 때 드는 기분은 좋다. 동생만이 주는 기분이 분명히 있다. 이 글을 쓰는 동안 계속 '기분'이라는 단어와 개념에 대해 생각해 봤다. 묘하고 신비로운 표현이다. 기분의 사전적 의미는 다음과 같다.

저절로 생겨나 한동안 지속되는 마음 혹은 감정.

저절로라니, 너무 애매하다. 은밀하다. 확실한 것은 생겨난 마음과 감정은 내가 만든 것이 아니라는 것. 누군가가 혹은 무엇인가가 내게 넣어 준 것이 기분이다. 그것은 한동안 내 안에서 혹은 내 주위를 에워싸고 지속된다. '기분'은 '든다'라고 표현한다. 그러니까 기분은 들어오는 것이다. 바람과 물과 햇빛이 투명한 창과 열린 문과 건조한 마음으로 슬금슬금 들어오는 것처럼, 기분은 그렇게 들어온다. 들어와 감정이 되고 마음이 된다. 내 것이지만 내 힘으로만 만든 것은 아닌 기분. 동생은 기분을 준다. 그 기분은 형과 누나와 언니와 오빠에게 들어온다. 그리고 산다.

몇 년 전 동생이 스위스의 소도시 장크트갈렌에 살았을 때 만나러 간 적이 있었다. 번역원 일로 빈에 갔는데 동생이 있는 곳과 그리 멀지 않았다. 국경 두 개를 넘어야 했지만 거리는 가까워 기차로 한나절이면 갈 수 있었다. 무궁화호 타고 서울에서 목포 가는 것과 비슷했다. 동생은 몇 년간 이 나라 저 나라에 살며 한국을 떠난 상태였고 나는 긴 세월 동안 동생이 매우 그리웠다. 꼭 참석해야 하는 주요 일정만 소화하고 동생을 만나러 기차를 탔다. 동생 가족은 지은 지 100년도 넘은 목조 주택에서 살고 있었다. 언덕 밑의 작은 동네는 고요하고 아름다웠다. 일주일 머무는 동안 동생 남편과는 맥주를 마시면서 축구 이야기를 했고 귀여운 조카와는 숨바꼭질을 했다. 동생과는 늦은 오후부터 초저녁까지 주로 산책을 했는데 그 기분을 아직도 잊을 수 없다. 좋았다,라고 하기엔 쓸쓸했고 슬펐다,라고 하기엔 따뜻했다. 무료했고, 심심했으며 조금은 어색했다. 옆에 있는데도 그리웠고 대화를 나누는 동안에도 계속 대화하고 싶었다. 그 기분을 뭐라고 해야 할까. 동생은 저 멀리 보이는 커다란 건물을 손으로 가리키며 읽어 보라고 했다. kybun park. 파크는 알겠는데 처음 단어가 생소했다.

카이분? 키분?

기분.

기분?

응. 한국말. 그 기분.

그건 fc 장크트갈렌의 홈구장이었는데 신발 회사 'kybun'의 ceo가 지었다고 했다. 그는 한국을 좋아했고 특히 '기분'이라는 단어를 좋아한다고 했다. 그래서 그 단어로 회사를 만들고 축구장도 만들었다고. 그 후 가끔 kybun을 생각해 본다. 낯선 단어를 봤을 때의 기분. 산책할 때 동생이 내게 준 기분. 커다란 운동장 같은, 처음 만나 몇 번을 읽어 봐도 어색하기 짝이 없는 이상한 글자 같은, 화분 같은, 열쇠 같은, 도화지에 함께 그린 그림 같은, 그런 기분.

『동생이 생기는 기분』을 읽고 동생과, 기분과, 동생의 기분과, 내 기분과, 우리의 기분을 생각해 볼 수 있었다. 동생이 생기는 기분은 잊었지만 동생이 있는 기분과 동생과 함께 있는 기분은 잊지 않았다. 나중에 기회가 된다면 수진이가 지은 『언니가 생기는 기분』을 읽어 보고 싶다. 언니가 생긴다는 게 말이 되나? 그런데 어쩐지 말이 되는 것 같다. 생기는 것은 물리적인 시간이 아닌 감각과 느낌의 시간과 연관되어 있을 테니.

마지막 킬링 포인트 한 장면.

꼭꼭 약속해.

쪽(뽀뽀)

.

.

그리고 지키지 않았다.

제로(0)를 걷다가 실패하기
—『바깥은 불타는 늪 정신병원에 갇힘』
| 김사과, 알마

김홍 소설가

세계는 오랫동안 유럽이었고, 마침내 세계는 미국이다.
결정적인 두 번의 '빰(Baam)!'이 있었다.

폭격과 투하는 다르다. 2차 세계대전 동안 유럽 대륙 곳곳을 터뜨린 폭격은 유라시아 대륙 반대편 히로시마와 나가사키에서 벌어진 일과는 분명한 차이를 보인다. 폭격은 점이다. 하나의 폭탄이 한 개의 지점에 깊은 웅덩이를 남긴다. 원자폭탄의 투하는 면적이면서 부피임과 동시에 엄청난 질량을 동반한다. 그것이 만들어 낸 버섯구름은 물리학의 작용이라기보다 차라리 마법처럼 느껴진다. 특정한 버섯에서 우리가 기대하는 향정신성 효과를 생각할 때, 그것은 실제로 이성적 이해를 벗어난 어떤 것이었을 수 있다. 나는 원자폭탄의 후폭풍 사진을 볼 때마다 버섯과 동시에 거대한 뇌를 떠올리곤 한다. 중추신경에 연결된 거대한 뇌는 세계적이고, 무참하다. 맨해튼 프로젝트. 그게 첫 번째 '빰!'의 이름이었고, 세계는 그때부터 미국이 됐다.

> "미국 생활이 나에게 선사한 피해망상: 2차 세계대전은 아직 끝나지 않았다."
> —「아메리칸드림의 분열증과 망상증」에서

나는 위 진술을 부연하고 싶어진다. 2차 세계대전과 함께 진정한 의미의 세계는 시작된 것이다. 세계가 미국이란 점에서 말이다.

두 번째 '빰!'이 맨해튼에서 발생한 건, 어쩌면 이름에서 비롯된 업보가 아닐까? 쌍둥이 타워가 차례로 '빰!' 당할 때 사람들이 생각한 것은 미국의 붕괴, 미국의 오욕, 미국의 참수였는지 모른다. 하지만 그것은 곧 착각으로 드러났다. 미국은 훨씬 강해졌고,

무참하고 사소한 폭력은 늘어만 갔다. 더불어 NSA의 감시망은 거미줄처럼 촘촘해졌다. 김사과는 묻고, 재빨리 답한다. "스노든의 행위는 영웅적이었나? 그렇다. 동시에 철저히 무력했다. 그의 말은 아무것도 바꾸어 놓지 못했다." 랩톱에 달린 웹캠에 아무리 많은 포스트잇을 붙여 놓은들 그들의 눈에서는 벗어날 수 없는 것이다. 인터넷-세계로 확장된 무한한 지성-은 괴물의 촉수인가? 하지만 우리는 진짜 괴물의 모습을 반세기 전에 목격했다. 그것은 거대한 뇌 뭉텅이의 모습을 하고 있었다. 무너진 쌍둥이 빌딩의 자리에 들어선 것은 '원 월드' 트레이드 센터다. 이는 사뭇 노골적이기까지 하다. 하나의 세계에는 하나의 뇌밖에 필요하지 않을 것이기 때문에.

세계가 유럽인 것과 미국이 된 세계의 차이는 무엇인가? 그것은 거리의 문제다. 유럽이 세계였을 무렵 비유럽적인 것은 유럽의 타자였고, 유럽과 타자의 거리감은 극복 가능한 숙제처럼 여겨졌을 것이다. 김사과는 "전 생애에 걸쳐 유럽을 경외한 러시아 남자 코제브"가 "과거 유럽의 흔적을 간직하고 있는 일본적 삶을 통해 유럽의 미래를 재건하고자" 한 것을 두고 그를 "우아한 정신병자"라고 칭한다. 하지만 미국이 된 세계는? 그것에는 거리감이 없다. 온 세계가 빈틈없이 미국이므로. 사거리의 한가운데에 서서 신호가 바뀔 때마다 빵빵거리는 차들을 지나쳐 보낸다면 그사이에 셀 수 없이 많은 미국이 당신을 스쳐 갈 것이다. 좌우뿐이랴. 삼각측량 되어 위로, 아래로, 어쩌면 지구 밖 위성의 영역에까지 당신은 미국적으로 측정된다. 도망갈 곳은 없다.

피할 수 없어도 피해라. 힘닿는 데까지. 이것은 나의 오랜 신조다. 김사과의 방향은 달랐다. 그는 피할 수 없는 제로(0)의 영역으로 들어간다. 0은 김사과가 천착해 온 숫자이자 존재론이다. 두 번째 '뻼!'이 있던 자리는 0의 땅: 그라운드 제로라는 이름으로 불렸다. 이런 연결은 너무 직관적이고 투명해서 흥미를 불러일으킬 만하진 않다. 그래서인지 이 책에서 '그라운드 제로'라는 명칭을 굳이 콕 집어 언급하는 대목은 없다. 그럼에도 맨해튼의 산책자들은 필연적으로 원 월드 트레이드 센터와 연관된 궤적을 갖게 되기 마련이다. 중심에서 반경…… 몇백 미터. 반경…… 몇 킬로미터. 반경……. 반경……. 반경……. 그 중심의 이름은 미국(=세계)이고, 반격의 여지는 없다.

세계가 유럽에서 미국으로 전환되며 달라진 것은 셈법이다. 노동이 가치를 만들어 상품이 되는 정식이 파괴된 것이다. 2008년의 금융 위기가 초래된 원인은 매우 간단한 말로 정리할 수 있다. 그건 바로 '서브프라임 모기지론' 때문인데, 인터넷 검색창을 통해 '비우량주택담보대출'이라는 해석을 금세 얻을 수 있다. 조금 더 관심이 있는 사람이라면 할리우드 영화 「빅 쇼트」를 봄으로써 이 사태의 전말을 파악할 수 있다. 미국은 세계이고 할리우드는 세계의 영화 공장으로 세계를 해석하는 단일한 틀을 제공하는 국영(국제 운영) 출판사라고 할 수 있어서, 세계에 관해 궁금한 게 있으면 미국 영화를 찾아보면 된다. 「빅 쇼트」의 주요 등장인물로 분하는 크리스천 베일은 약간 어리숙하고 엉뚱한 표정으로 모니터를 보다가, 칠판에 무언가를 적다가, 서브프라임 모기지론이 어떻게 파생에 파생에 파생을 거쳐 미국(=세계) 경제를 무너뜨릴지 예측해 낸다. 그것을 간단하게 지면으로 옮기면 다음과 같다.

빠밤!

결국엔 '뻠, 뻠!'에 이은 '빠밤!'인 것이다. 우리는 노동가치이론을 잃었고, 파생 상품의 금융 공학은 마술적 리얼리즘의 영역에 가까워서 그것을 이해하기 위해선 또 다른 마술이 필요할 지경이다. 따라서 이제 세계를 파악하는 가장 합리적인 방식은 '빠밤!' 이외엔 존재하지 않는다.(비슷한 것으로 '따란!' 같은 것이 있다.) 두꺼운 책을 읽는 것으로 세계를 해석하는 것은 지나치게 나이브한 방식이다. 두꺼운 책의 목록: 『성경(Holy bible)』, 『자본론』, 『미국의 민주주의』 같은 것들. 하지만 안타깝게도 이들은 지난 세기를 위한 지도에 불과하다. 이제 우리가 읽어야 할 것은 무엇인가? 마크 피셔 정도면 안전한 걸까? 더 나은 대안이 있다면 내게 말해 주기 바란다.

세계(=미국)는 이제 무엇이 되었는가? 이 불가해한 문제에 도전하는 김사과의 전략은 의외로 고전적이다. 도시라는 형식을 파악하는 대단히 유효하고 고전적인 수단인 산책이 바로 그것이다. 격변기에 등장하는 산책의 귀재들은 많다. 가까운 예로 구보 씨라든가…… 구보 씨의 세계는 미국보단 유럽에 가까웠으므로 그의 선배라 할 만한 사람인 벤야민이라든가…… 보드리야르는 세계가 된 미국의 시기에 『아메리카』를 썼으므로 그 역시 산책의 선배라 할 만하지만…… 그는 걷기보다 차를 타고 다니지 않았을까? 보드리야르 선배의 미국 기행에 대해 정확히 아는 사람이 있다면 알려 주기 바란다. 하여튼 김사과는 걷기로 했다.

다른 곳도 아닌 맨해튼(=미국=세계)을 산책하는 담대한 기획은 쇼핑과 도서관 투어와 식도락으로 구성돼 있는데…… 곧 난관에 봉착하고 만다. 아킬레스건염이 그의 발목을 잡기 때문이다. '발목을 잡다'. 어쩌다 보니 이것은 관습적 표현이 아니라 무척이나 정직한 진술이 되어 버렸다. 산책자의 발목 부상은 피아니스트의 건초염에 비할 수 있을 것이다. 어쩌면 그의 도전이 지나치게 담대했는지도 모른다. 걸어서 맨해튼(=세계=미국)을 낱낱이 파악하겠다는 기획은 그 자체가 파생에 파생을 거듭하게 된다. 고전적 의미의 산책은 난관에 봉착하고, 퉁퉁 부은 발목을 이끌고 미친 듯이 걷는 것에도 한계가 있다. 결국 산책은 우버X에 일임하고, 쇼핑은 아마존 프라임에, 식도락은 우버이츠를 통해 전달된다. 이를 통해 얻은 것은 미국(=세계)에 대한 정직한 인상인 듯하다.

> "그렇다. 뉴요커들은 실제 음식이 아니라 음식을 둘러싼 관념을 먹는다. 커피라는 관념을 마시고, 빵으로서의 관념을 뜯어 먹고, 파스타라는 관념을 포크에 돌돌 감으며, 마침내 장보기라는 미친 게임에 참여하게 된다. 잠깐의 흥분이 식고 난 뒤 남는 것은 놀라운 가격이 찍힌 영수증과 정체불명의 식재료들…… (고백건대 뉴욕의 슈퍼마켓에서 장을 보는 것보다 더 초현실적인 활동을 경험한 적이 없다.)"
>
> —「그랜드센트럴마켓에서 훔치기」에서

작가는 뉴욕의 모든 것을 가장 뉴욕적인 방식으로, 분열적으로 체험하고 「밀레니얼을 위한 레퀴엠」을 적어 놓았다. 어떤 종류의 세대론에도 부정적인 나로서는 그들을 위한 노래가 따로 필요한지 약간의 의문이 있다. '뻠 뻠 빠밤!'을 지나는 동안 축적된 미국의 미국적인 라이프 스타일은 크게 변하지 않았다. 그가 말하는 밀레니얼들은 다음과 같은 특성을 가진다. 그들은 "관념과 현실을 구분할 줄 모른다. 그들은 관념을 살아간다. 그리고 그것이 그들의 현실이다". 하지만 언제라고 그러지 않았겠는가. 세계가 스마트폰 위의 작은 액정으로 축소되고, FANG(페이스북, 아마존, 넷플릭스, 구글) 시대의 확장성이 무한해진다고 한들 작가가 말한 대로 미국은 '한결같은 장소'이기 때문이다. 원본 없는 땅 미국의 밀레니얼들은 지난 세대의 전범을 따라 엉뚱한 곳을 폭격하고, 데킬라에 알약을 삼키고, 통신판매 전단지를 대신하는 온라인 쇼핑 서비스를 애용할 것이다. 이 반복은 우리를 지겹게 만들겠지만, 미국이 곧 세계이므로 세계가 그렇게 나아갈 것을 막지 못할 것이다.

다만, 무언가가 달라진다면 그것은 밀레니얼이어서가 아니라 전 세계를 휩쓸고 있는 팬데믹 때문이 아닐까 생각한다. 팬데믹의 세계는 근래에 겪은 어떤 세계와도 다르게 미국만의 세계가 아니었다. 진정한 의미에서 글로벌한 현상이라 할 만하다. 다만 김사과는 팬데믹이 휩쓸기 전 미국을 빠져나왔고, 이 글의 주제와는 맞지 않는 이야기이므로 접어 두도록 하겠다.

*

통영의 호텔이든, 안면도의 펜션이든, 내가 어떤 숙박업소를 찾게 되면 먼저 하는 일이 있다. 탁상을 열어 킹제임스 성경이 있는지 확인하는 것이다. 아직은 성경을 구비한 한국 숙박업소를 만나지 못했다. 이곳은 여전히 진정한 의미에서 '세계적'이 되기에는 미흡한 구석이 있는 것이다. 미국 영화를 보면 싸구려 모텔에도 성경 한 권씩은 있게 마련인데. 정말로 그런가? 사실이겠지? 영화에선 그랬는데. 미국의 모텔에 묵어 본 일이 있는 사람이 있다면 내게 알려 주기 바란다. 내가 배운 미국(=세계)은 할리우드의 그것이므로 다른 어디에 물어볼 만한 곳이 없다. 그런데 김사과는 "어느 좌절한 겨울밤, 호텔 방 서랍에서 불교 경전을 발견"한다. 김사과는 맨해튼에서 외할머니표 된장으로 만든 된장찌개를 끓여 먹는다. 한식에 대한 열망으로 플러싱을 찾기도 한다. 하지만 그가 호텔 방 서랍에서 불교 경전을 꺼내는 것만큼이나 비(非)세계(=미국)적인 장면은 또 없을 것이다. 거기서 발견되는 것은 우리를 둘러싼 세계에 대한 진실이다.

> "그 책에서는 우리의 세계를 불타는 집에 비유하였습니다. 활활 타오르는 하나의 집. 앙상하게 타들어 간 채로 신기하게도 버티고 서서 새빨간 불길을 뿜는 집. 절대로 꺼지지 않는 불길 속 겨우 형체를 유지하고 있는 이상한 집 한 채."
>
> —「바깥은 불타는 늪」에서

김사과는 불교에 귀의하는 대신 랭보의 책을 펴 들지만, 나는 이 책을 계속 읽어 나갔다. 우리의 세계는 불타고 있다. 그것은 비유를 넘어 현실적으로도 옳은 말이다. 하지만 김사과는 우리의 집 '바깥에서' 불타고 있는 늪을 본다. 그는 어디에 있는가? 0의 보호 안에 몸을 숨기고 있는가? 원본 없는 세계에는 불길조차 미치지 못하는가? 글쎄. "미국이라는 웃음, 환각, 환영, 좌절, 고통, 끝없는, 이 광활한 고통" 속에서 우리를 보호하는 방식은 모두가 공평하게 미쳐 있는 미국이라는 광기에 우리 스스로를 참여시키는 것뿐인지도 모른다.

조울병이라는 특수한 사막
—『삐삐언니는 조울의 사막을 건넜어』
| 이주현, 한겨레출판

김세희 소설가

따뜻한 색감의 노란색 종이에 쓰인 프롤로그 '다정한 사랑의 힘'을 읽으며 생각했다. 아, 좋다……. 이건 좋은 책이란 걸 알 수 있었다. 이후 본문을 읽으면서 몇 번이나 더 생각했다. 정말 좋은 책이구나. 왜 그렇게 느꼈는지, 어떤 점이 특히나 좋았는지 써 보려 한다.

제목 그대로, 이 책은 조울이라는 사막을 건넌 저자 '삐삐언니'가 자신의 체험을 기록한 글이다. 프롤로그에서 저자는 말한다. 조증과 울증이 주기적으로 덮쳐 온다는 점 때문에 조울병을 바다에 빗대는 경우가 많지만, 가만히 생각해 보면 '사막'에 더 가깝다고. "모든 것을 태워 버릴 듯 지글거리는 사막의 태양. 밤이면 영하로 내려가는 극단적 추위. 다양한 생명체의 활극이 펼쳐지는 바다와 달리, 사막의 극한 환경은 생명을 품을 만한 곳이 못 된다."

『삐삐언니는 조울의 사막을 건넜어』는 조울에 관한 책이지만, 그보다 조울 체험에 관한 책이다. 책은 저자가 정신과 폐쇄 병동에서 침대에 묶인 채 눈을 뜬 시점부터 시작된다. 20대 후반 처음으로 중증 조울병이 발발한 때였다. 조증의 상태에서 저자는 두 번이나 폐쇄 병동에 입원했으나 자신이 정신 질환을 앓고 있다는 사실을 '추호도' 인정하지 않았다. 그러나 병원에서 몇 달을 지내는 동안 조증이 잦아들면서 자신이 조울병임을 인식하게 된다.

나는 조울병을 앓고 있지는 않지만 앓게 될 수도 있는 사람으로서 이 책을 읽었다. 내가 불안과 스트레스에 취약한 사람이라는 걸 청소년기부터 자각하고 있었다. 아니다. 정확히 말하면 청소년기에는 그저 불안하고 고통스럽기만 했었고, 이십 대 중반이 넘어서야 내가 심리적으로 취약한 사람이구나, 그래서 청소년기에도 그랬던 거구나 생각할 수 있었다.

저자는 조울병에 대한 정확한 이해를 돕고자 조증과 울증을 앓을 때 어떤 상태에 놓이는지 상세히 묘사했는데, 우울한 상태에 대해서는 어느 정도 알고 있던 바였으나 조증은 낯설었다.

> "시를 읽으면 의미가 와락 덤벼들 듯 통째로 이해됐고 구절과 구절 사이 시인이 숨겨 놓았을 감정이 세세히 떠올랐다. 속도가 너무 빨라 불안하면서도 황홀했다. 내 안의 블랙홀이 주변의 모든 것을 집어삼키면서 거대한 에너지가 발생해 눈부시게 빛나는 느낌, 스스로 퀘이사가 된 듯했다."(25쪽)

> "조증은 자신에 대한 몰입이자 스스로에 대한 황홀인 동시에 타인과 관계 맺음에 대한 몰입, 감정 투사의 남발이다."(50쪽)

'조증'이라는 표현을 농담처럼 쓰곤 했는데, 그럴 일이 절대로 아니었다. 절대로……. 조증의 폐해가 얼마나 큰지, 그 기간이 지나간 이후 당사자가 얼마나 큰 공포와 난감함을 느낄지도 짐작해 볼 수 있었다. 조울병 환자는 청소년기에 우울증을 겪는 경우가 많고 대체로 이삼십 대에 경조증을 경험한다고 하니 나는 전형적인 케이스에 속하는 사람은 아니란 걸 알게 됐지만, 우울증은 사랑하는 이의 죽음, 이혼, 해고 같은 스트레스가 심한 '생활 사건'이 계기가 되는 경우가 많다고 한다(결코 안심할 수 없다는 뜻이다).

나는 또한 이 책을 읽으면서 몇 년 전 일어났던 힘든 일을 생각했다. 그런 경험이 없었다면 책이 이만큼 와닿지 않았을지도 모른다는 생각이 들었다. 역설적이지만 그 시기를 보내면서 나는 주변에 얼마나 고마운 사람이 많은지 절실히 느꼈다. 주변 사람들에게, 그들의 존재 자체에 감사했다.

신뢰하는 친구들, 동료들에게 내 상황을 이야기했을 때, 그들은 각자 자신의 이야기를 들려주었다. 그 이야기들을 들으며 많이 놀랐다. 이 사람에게 이런 일이 있었구나. 이런 시간들을 지나왔구나. 나름대로 가까이 지내며 내밀한 이야기를 주고받는 사이라고 여겼음에도 내가 모르고 있던 일이 많았다.

'누군가를 안다고 생각하겠지만 당신은 실제로 아무것도 모른다. 언제나 놀라게 된다. 당신은 아무것도 모른다.' 내가 좋아하는 제임스 설터의 소설 속 문장들이다. 정말이지 언제나 놀라게 된다. 사람들은 자신의 경험, 자신이 통과한 시간에 대해 말해 주었고, 그를 바탕으로 현실적인 조언을 해 주었다. 그것은 내게 큰 도움이 되었다.

이 책을 읽는 마음도 그랬다. 처음엔 조울병에 집중하며 읽었지만, 어느 순간

나보다 먼저 인생을 경험한 삐삐언니가 자신이 이런 시간을 지나왔고, 이렇게 추스르며 넘어왔다고 들려주는 이야기를 듣는 마음이었다. 저자의 유년 시절과 학창 시절의 모습에서 나와 비슷한 면모를 많이 발견했기 때문에 좀 더 절실한 마음으로 그녀의 이야기를 들었다. 나는 그녀의 태도를 배우고 흡수하고 싶었다. 사막을 건너며 그녀가 갖게 된 자세는 질병을 포함해 느닷없이 들이닥치는 인생의 다른 어려움 앞에서도 통할 태도처럼 보였다.

> "조울병은 물론 생물학적인 질병이지만 불안과 스트레스를 도닥일 수 있는 마음의 운용법도 중요하다. 만약 내가 개화와 낙화, 차오르는 것과 기울어 가는 것에 동등한 아름다움을 부여한다면 조울병과 좀 더 사이가 좋아지지 않을까. 꽃 떨어지는 소리에 귀 기울일 여유를 가진다면, 낙화를 순리로 받아들인다면 조울병도 담담하게 맞을 수 있지 않을까." (252쪽)

> "우선 '내 탓'을 하지 않게 됐다. 사회적으로 무기력하다고 느낄 때도 나라는 존재에 대한 의심을 거뒀고, 내가 겪는 심리적 곤경을 다른 사람과의 보편성 차원에서 보게 됐다. 조울병 환자이기 때문이 아니라 인간이란 존재가 모두 취약하기 때문에 아픈 것이고, 그러면서도 방어적 본능, 강인함을 갖고 있어 견딜 수 있다는 것이었다. 힘들 때도 좀 더 인내심을 가질 수 있었다." (173쪽)

이 책에서 삐삐언니는 혼자가 아니다. 삐삐언니의 곁에는 여러 사람이 있다. 힘든 시기 그녀를 붙들어 주고 병을 함께 겪으며 '자란' 가족들. 고통은 나눌 수 없지만 삼십 년 터울을 가로질러 서로의 '곁'이 되어 주는 난치병을 앓는 조카. 든든한 여자 친구들과 직장 동료들. 책의 마지막에는 13년 동안 만나고 있는 주치의 선생님과의 짧은 대담도 실려 있다. 그리고 '글쓰기' 역시 그녀가 사막을 건너는 길에 동행해 준, 길을 건널 수 있도록 도와준 소중한 도구였다.

이 책에는 삐삐언니가 인상 깊게 읽은 다른 책들에 관한 이야기도 나오는데, 김서령 작가의 책 『외로운 사람끼리 배추적을 먹었다』를 읽고 한 말이 마음에 깊이 와닿았다. "날로 먹으면 달달한 배추를 밀가루를 묻혀 구우면 밍밍해지는데, 김서령은 삶의 아픔에 속이 썩어 본 사람만이 배추적의 그 싱거운 맛의 깊이를 알 수 있다고 했다."

삐삐언니는 김서령 작가의 다음 문장을 인용했다. "아픔에 대한 내성이 부족하다는 뜻의 생 속의 반대말은 썩은 속이었다. 속이 썩어야 세상에 관대해질 수 있었다. 산다는 건 결국 속이 썩는 것이고 얼마간 세상을 살고 난 후엔 절로

속이 썩어 내성이 생기면서 의젓해지는 법이라고 배추적을 먹는 사람들은 의심 없이 믿었던 것 같다." (117쪽에서 재인용)

조금 다른 이야기가 될 수도 있지만, 책을 읽는 내내 자꾸 떠올랐던 장면이 있다. 작게 분할된 사각형으로 가득 찬 줌 화면이었다. 12월 초 한 대학의 문예창작학과에서 특강을 했다. 내 소설집에 실린 단편을 읽고 학생들이 소설 속 상황에 대해 토론을 하는 수업이었다. 대면 수업으로 진행될 예정이었지만 코로나 상황이 나빠지면서 결국 비대면으로 바뀌었다. 한 시간 강의를 하고, 한 시간은 질의응답을 진행하고, 나머지 시간 동안 학생들끼리 조를 나눠 토론을 한다고 했다.

비대면 수업이었지만 나는 학교에 나갔다. 집에서 줌으로 참여해도 되지만 일반적인 수업이 아닌 데다 사정을 잘 모르는 외부인 강사라 설명과 도움이 필요할 것 같았다.

특강에 참여하는 학생들은 대부분 1학년이었다. 그런데 학교에 가서 들으니 팬데믹 상황 때문에 1학년 학생들은 아직 한 번도 학교에 나온 적이 없고, 서로 만난 적도 없다고 했다. 두 학기가 지났지만 동기들의 얼굴도 모르는 상황이었다. 교수님도 화면으로나마 학생들의 얼굴을 보는 건 이번이 처음이라고 했다.

교수님은 화면을 보고 출석을 불렀다. 그리고 나를 소개한 다음 강의실에서 나갔다. 나는 빈 강의실에 설치된 노트북 앞에 앉았다. 긴장한 채 작품을 쓰게 된 동기와 모티프 등을 설명하고 글쓰기에 관한 이야기를 했다. 독자와의 만남 자리에서 이야기할 때와는 확실히 다른 느낌이었다. 사람들이 앞에 있을 때는, 비록 혼자 말을 하고 있더라도 나의 이야기가 얼마나 그들에게 가닿고 있는지 분명히 느낄 수 있다. 그러나 화면으로는 알 수가 없었다. 통하는 느낌 없이, 그러나 통하고 있다는 간절한 믿음을 갖고 이야기를 했다.

질의응답 시간에, 서로 얼굴을 보는 것도 처음이니 목소리를 들을 겸 한 명씩 전부 질문을 했으면 좋겠다고 말했다. 나 역시 궁금했다. 20대 초반이라는 나이에 확신을 갖고 이 길을 선택한 사람들은 어떤 이들일까? 이들은 지금 어떤 고민을 하고 있을까?

목소리에서 에너지가 느껴지기도 했지만, 우울함을 호소하는 학생들도 여럿 있었다. 나는 우리 사이에 그야말로 벽이 놓인 듯한, 가로막힌 듯한 답답함을 느끼면서도 뭐라도 말해 주고 싶었다. 특강을 하러 가는 길에는 내가 뭘 말해 줄 수 있을까 걱정했지만, 해 줄 수 있는 이야기들이 생각보다 많았다. 그 자리에 있어 봤고, 그 특수한 곤경을 잘 알기 때문이다.

『삐삐언니는 조울의 사막을 건넜어』를 읽으면서, 아마 삐삐언니도 그런 마음에서 이 책을 썼을 거라는 생각이 들었다. 조울병이라는 특수한 사막을 지금 건너고 있는 사람들, 막 사막의 입구에 들어선 사람들, 앞으로 건너게 될 사람들을 위해서. 이 책에는 "조직 안에서 조울병 환자는 일에 대해 어떤 감각을 가지는 게 옳을까?" "새로운 일에 도전하고 유능함을 인정받기보다는 스트레스를 덜 받는 직무를 선택하는 게 좋을까?" "조울병이 발병하면 이 사실을 상사 등 업무에서 직접적인 영향을 받는 사람들에게 알리고 양해를 구해야 할까?" 같은 고민에 대한 삐삐언니의 조언이 나온다. 특수한 사막을 건넌 사람만이 해 줄 수 있는 조언들이다.

책을 다 읽은 다음, 저자가 출연했던 팟캐스트 「책읽아웃」 방송을 찾아 들었다. 이 책의 프롤로그에는 "조울병을 비롯해 다른 정신 질환을 앓고 있는 이들과 세상을 연결하는 징검다리를 놓고 싶었다."라는 문장이 나온다. 나는 이 문장을 읽을 때 자신의 책이 징검다리가 되길 바란다는 뜻인 줄 알았다. 그런데 팟캐스트를 들으며 저자가 징검다리를 이루는 하나의 징검돌이라는 뜻으로 이 표현을 썼다는 걸 깨달았고 그 순간 어쩐지 울컥했다. 누군가 하나의 돌을 놓고, 시간이 흘러 다음 사람이 또 하나의 돌을 놓고, 그렇게 돌 여러 개가 나란히 놓이는 장면이 머릿속에 떠올랐다. 징검돌이 하나씩 하나씩 모여서 언젠가는 사람들이 건너다닐 수 있는 다리가 되는 것이다.

그날 특강을 마치고, 나는 한 시간가량 걸리는 길을 걸어서 집에 돌아왔다. 오늘 강의가 학생들에게 얼마나 가닿았을지 짐작하기 어려웠다. 최선을 다했으니 마음이 전해지리라고 생각하면서도 직접 만나지 못한 아쉬움이 남았다. 모든 게 불분명했지만 한 가지는 분명히 알 수 있었다. 내 안에 뭔가 말해 주고 싶은 마음이 있다는 걸 분명히 느꼈다. 걱정이 되는구나. 도움이 될 만한 말을 해 주고 싶어 하는구나. 이 길에 들어서는 나보다 어린 사람들과 내가 연결되어 있다는 감각을 느꼈고, 이 길을 걷고 걸어서 언젠가 좀 더 나은 조언을 해 줄 수 있으면 좋겠다는 생각을 했다. 우리가 징검돌이 되기 위해 살아가는 건 아니지만, 내 삶이 누군가에게는 징검돌이 될 수 있다는 감각. 나는 이 책 덕분에 그 감각에 대해 알게 되었다.

오직 이름만으로 사랑하기
—『영화와 시』 | 정지돈, 시간의흐름

서이제 소설가

극장 앞, 길거리에서 우연히 서이제를 만났다. 그는 만나기만 하면 헛소리를 하거나 우스갯소리를 하며 상대가 웃어 주길 바랐고, 상대가 웃지 않아도 '안 웃겨? 안 웃기면 말고' 식의 태도를 취하는, 그러니까 나로서는 한발 멀어지고 싶은 부류의 인간이었지만, 이상하게도 한발 멀어지지 않았고, 오히려 우연히 만날 때마다 우리는 한발 가까워져 있었다. 어머, 또 만났네요. 요즘 어떻게 지내세요. 그는 내게 안부를 물었고, 나는 가방 속에서 『영화와 시』를 꺼내며 그동안 이 에세이를 읽으며 지냈다고 말했다. 허허, 빛은 어디에서나 오고[1], 정지돈도 어디에서나 오네요. 허허, 이제 정지돈은 가방 속에서도 오네요. 그는 하나도 웃기지 않은 말을 하며 혼자 웃었고, 나는 그를 따라 웃어야 할지 말지 고민하다가, 그만 웃으라는 의미에서 그에게 책을 건넸다. 그는 맨 앞 장과 마지막 장을 펼쳐 본 후, 어머, 어머, 하고 호들갑을 떨며 말했다. 도대체 이 책은 어떤 책이기에, "아무래도 영화를 더 이상 좋아하지 않는 것 같다."로 시작해 "웩."으로 끝나는 건가요. 그는 호기심 가득한 얼굴로 내게 물었고, 나는 이에 대해 말하려고 했으나 막상 말을 하려고 하니 말을 하기 어려웠다. 음, 정지돈은 "처음 영화와 시에 대한 글을 쓰기로 했을 때는 영화와 시가 가진 불가분의 관계에 대한 시적이고 이미지로 가득한 에세이를 쓸 생각이었다."[2]라고 했어요. 그러므로 이 에세이는 그런 에세이가 아니라는 얘기예요. 마치, 우리 인생이 우리 생각처럼 안 되듯. 나는 최선을 다해 말했으나, 그는 내 설명이 불충분하다는 듯이 고개를 갸우뚱했다. 하지만 이 책에서도 나오듯, "언어는 아무리 완벽해도 50퍼센트 부족하며 수사는 100센트 오류"였고, "언어가 100센트 진실일 때는 오로지 언어가 언어 그 자신으로 작동할 때뿐"이며 "이것은 자아가 존재하지 않을 때만 가능한 것."이었기 때문에 이 책에 대해 '진실로' 말하려면, 나는 자아를 잃어야만 했다. 그런데 내가 그렇게까지 해야 하나. 나는 그렇게까지 하고 싶지 않았다. 음, 더 이상 말하기 힘들어요. 왜요. 그냥 그렇다면 그런 줄 알아요. 왜요. 나는 자꾸 내게 질문하는 그가 꼴도 보기 싫었지만 꼴도 보기 싫다는 말을 하지 않았고, 꼴도 보기 싫다는 말을 할 수 없다면 이대로 그를 집에 돌려보내고 싶었다. 이만 집에 가세요. 왜 갑자기? 왜 갑자기 반말? 하마터면 나는 그와 싸울 뻔했지만 그러지 않았다. 이제 나는 사는 게 귀찮았고, 싸우는 것도 귀찮았다. 그렇다고 싸우고 싶은 마음이 들지 않았던 건 아니었지만, 어쨌든 사람이 살면 얼마나 산다고 자꾸 싸우면서 사나, 그런 생각이 들기도 했고, 그럼에도 여전히 열심히 싸우는 사람들(예를 들어, 『내가 싸우듯이』(2016)를 집필한 정지돈 등등)을 보며 그래, 저 사람이 나 대신 싸워 주겠지, 그런 생각이 들었기 때문에 나는 싸우지 않았다. 그래서 나는 마음을 가다듬고 다시 말했다. 어쨌든, 그러니까, 이 책에서 정지돈은 「피너츠」에 나온 샐리 브라운의 명언을 인용해서 이렇게 말합니다. "누군가를 싫어하는 이유를 물어보는 건 괜찮지만, 누군가를 좋아하는 이유를 물어보는 건 안 돼. 왜냐면 그게 더 어려우니까."라고요. 나는 이 책이 좋고, 그러므로 말하기 어려워요. "내가 좋아하는 걸 말하는 걸 어려워하는 건 정말 그게 더 어려워서는 아니"고요. 그는 내 말을 진지하게 경청한 후, 고개를 끄덕였다. 되게 정지돈처럼 말씀하시네요. 하마터면 정지돈인 줄! 나는 고개를 저었다. 저는 정지돈이 아닙니다. 저는 정지돈의 글을 말로 전했을 뿐이죠. 나는 그렇게 말했지만, 그렇게 말하고 나니 갑자기 정지돈이 된 기분이었다. 그래, 생각해 보니 어쩐지 목소리도 내 목소리가 아니었던 것 같았다고. 나는 누구인가. 나는 나를 의심하기 시작했다. 아니야, 정신 차려. 나는 정지돈이 아니야. 나는 나의 성대와 혀와 입을 통해 정지돈의 글을 발화했을 뿐이야. 그러므로 마치 더빙 영화처럼, 내 신체와 목소리는 어긋났는데, 그건 정지돈이 바라는 일이었다. 그는 "모든 영화가 더빙이었으면 좋겠다"라며, "신체와 목소리가 어긋나면 좋겠고 입 모양-언어와 소리-언어가 달랐으면 좋겠고 가능한 다른 모든 것들이 섞였으면 좋겠다."라고 했으니까. 그렇다면 나는 내 신체에 정지돈의 목소리를 담아, 『영화와 시』에 대해 말할 수도 있지 않을까. 나는 생각했고, 그게 좋은 생각인지 아닌지는 잘 모르겠지만, 아무도 나를 말리지 않았으므로 어디 한번 그렇게 해 보는 것도 좋지 않을까.

서이제는 내게 책을 빌려 달라고 했고, 나는 거절을 못 하는 타입이라서 어쩔 수 없이 그에게 책을 빌려줬다. 책을 돌려받으려면 그에게 내 연락처를 알려줘야 했는데, 나는 그게 싫어서 그냥 책을 포기하기로 했다. 다음에 또 우리가 우연히 만나게 된다면 그때 돌려주세요. 다음에 또 만났는데 책을 집에 놓고 왔으면 어떡하죠? 다음에 또 못 만나게 되면요? 이봐요, 이제 씨. 그런 것까지 생각하기에 저는 이제 너무 지쳤어요. 영화 상영 시간도 다 되었고요. 그럼 부디 안녕히. 나는 그를 집으로 돌려보낸 후, 극장 안으로 들어갔다. 그에게 시달린 탓인지는 몰라도, 나는 이미 지쳐 있었다. 영화는 물론이고, 인생까지 포기해 버리고 싶을 정도의 피로감이 몰려왔는데, 그렇다고 집으로 돌아갈 힘이 남아 있는 것도 아니었기 때문에 그냥 객석에 앉았다. 그리고 극장 불이 꺼지는 순간, "영화를 보면 잠이 든다는 사실을 인정하는 데 시간이 꽤 걸렸다"라며 "사실상 내가 보면서 잠들지 않은 영화는 거의 없다고 할 수 있다"라고 했던 정지돈의 말이 떠오르며, 스르륵 눈이 감겼다. 그때 극장 어디에선가 희미하게 사람들의 목소리가 들려왔다. "그 영화 보긴 했어?" 하고 누군가 물으면, "봤어. 일부만…… 또는 꿈속에서" 하고 누군가 답했다.

극장에서, 꿈속에서

내가 에세이를 다시 읽으려고 첫 페이지를 펼쳤을 때, 정지돈은 이미 분열하고 있었다. "아무래도 영화를 더 이상 좋아하지 않는 것 같다."라고 했지만 "그렇다고 하기엔 너무 많은 영화를 보는 거 아니야?"라고 의문을 던지며 분열했고, "나는 평균 하루 한 편의 영화를 본다."라고 하면서 "나는 영화를 보지만 영화를 보지 않는다."라는 말로 또다시 분열했고, "내게 영화는 소비재다."라고 했지만 "그렇다고만 하기엔 어폐가 있다. 영화를 진지하게 보고 생각한 기간이 너무 길기 때문이다."라며 분열에 분열을 거듭하고 있었기 때문에, 그걸 읽는 나도 분열하게 되었다. 나는 나로, 다른 나로, 또 다른 나로, 내가 아닌 나로, 그렇지만 내가 아닌 나는 아닌 나로. "글을 쓰는 나는 쓰기 싫은 나와 쓰고 싶은 나로 나뉜다. 나는 이러한 분열에 대한 생각을 멈출 수 없고 이게 단지 나의 문제라고 생각하지 않는다. '나'에 관한 거지만 '당신'에 관한 것이기도 하"다는 그의 말처럼, 분열은 내 문제이기도 했다. 그래서 나는 그와 아메바와 히드라에 대해 이야기를 나누고 싶었고, 가능하다면 이중 분열과 다분열에 대해서도 진지한 이야기를 나누고 싶었지만, 결국에는 서로 분열하느라 바빠 그런 이야기까지 나눌 수 없었다. 정지돈은 "에세이를 쓰는 일은 분열을 더 극적으로 만든다. 등단하기 전까지만 해도 생각했다. 에세이 따위는 쓰지 않을 것이다. 작품 이외에는 어떤 글도 쓰지 않을 것이다. 작품 이외에는 어떤 글도 쓰지 않을 것이며 모든 인터뷰와 북토크를 거절할 것이다."라고 썼지만, 등단 이후 에세이를 쓰고 인터뷰를 하고 북토크를 했다. 그는 극적으로 분열 중이었다.

영화가 끝남과 동시에 나는 잠에서 깨어났다. 나는 내가 영화를 본 건지, 꿈을 꾼 건지 알 수 없었는데, 하품을 하고 생각해 보니, 영화를 본 거나 꿈을 꾼 거나 그게 그거라는 생각이 들었다. 안녕하세요. 그때 갑자기 옆자리에 앉은 사람이 내게 인사했고, 그 사람은 아피찻퐁 위라세타쿤 감독이었다. 그런데 그가 내 옆자리에서 영화를 봤을 리가. 잠이 덜 깨서 그런가 보다 하며, 나는 눈을 비볐다. 네, 안녕하세요. 그런데 당신은 누구시죠? 처음 뵙겠습니다. 저는 정지돈입니다. 엥? 나는 그게 무슨 헛소리인가 싶었지만, 역시 내가 잠이 덜 깨서 그런가 보다 했다. 아, 아직 꿈이군요. 아니요, 꿈이 아닙니다. 당신은 영화를 보는 내내 잤어요. "오래전부터 영화는 꿈을 모방해 왔습니다. 사람들은 이미 최고의 영화를 소유하고 있습니다." 나는 지금 내게 말하는 사람이 아피찻퐁인지 정지돈인지 헷갈렸지만, 잠이 덜 깨서 그런가 보다 했다. 아, 아주 푹 잤어요. 호텔인 줄 알았죠. 내가 말하자, 그는 "영화를 보다 잠들기 위해 존재하는 호텔"은 "사이의 경험을 위해 존재"한다고 말했다. "빛과 어둠, 의식과 무의식, 픽션과 팩트, 일종의 지평선 또는 수평선. 다시 말해 우리의 몸은 탈것입니다. 현실을 감당하지 못할 때 우리는 잠이 듭니다." 당신은 현실을 감당하기 힘들었군요. 그의 말처럼, 이게 현실이라면 나는 정말로 현실을 감당하기 힘들었다. 자기가 정지돈이라고 주장하는 아피찻퐁이라니, 게다가 아까 서이제도 그렇고. 온통 나를 힘들게 만드는 것들뿐이잖아! 나는 절망했고, 이대로 다시 잠들고 싶었다. 그때 앞자리에 앉은 사람이 슬며시 일어나 극장 문을 향해 걸어갔고, 나는 그 모습을 지켜보다가 하품을 했다. 또 하품을 했다. 내가 계속 하품을 하자, 정지돈이, 아니, 아피찻퐁이, 아니, 아피찻퐁같이 생긴 정지돈이, 아니, 옆자리에 앉은 그가 내게 말했다. 저기 지금 걸어가는 사람은 안드레이 타르콥스키 감독입니다. 아아, 하. 나는 탄식했다. 저런 분이 어떻게 이렇게 누추한 곳에. 아아, 하. 나는 하품을 했다. 도대체 저분은 언제 극장을 나가려고 저러고 있는 걸까요. 저분은 지금 고독한 롱테이크 중입니다. "망할 롱테이크!"

나는 도망치듯 극장을 빠져나왔다. 기분이 좋지 않았다. 그래, 상황이 이 지경인데 기분이 좋을 리가 없었다. 날은 아직 밝았고, 나는 고개를 들어 하늘을 바라보았다. 문득 정지돈의 짧은 시가 떠올랐다. "내 기분을 나아지게 하는 것은" "날씨뿐". 그 시는 원래 두 페이지짜리 시였는데, 오한기 작가가 시에서 빼야 하는 문장에 줄을 그은 결과, 두 줄짜리 시가 되었다. 책에 따르면, 정지돈은 "희망이 거의 사라졌을 때도 꾸준히 시를 썼"다고 했다. 대학을 졸업한 이후, 그는 "문학 말고 아무것도 기댈 게 없었다."라고 했으며, "위대한 작품을 쓰는 것만이 살아 있는 유일한 목적이었고 조금이라도 마음에 드는 시를 썼을 땐 세상을 다 가진 것 같았다."라고 했으나 소설가가 되었다. 어쨌든 그는 시에 대해 이야기하기 위해 프랭크 오하라의 말을 인용했는데, 프랭크 오하라는 자신의 시에 대해 이야기하기 위해 사회학자 폴 구만을 말을 인용했다. "순간들을 기념하는 시". 프랭크 오하라는 뉴욕에서 회사 생활을 하며 런치타임을 이용해 시를 쓴 시인이었고, "그는 자신의 시가 영원이나 상징 속에 있는 게 아니라 '리얼타임'이길 원했다". 그런 생각을 하고 있을 때, 저 멀리, 하늘 위로 천천히 흘러가는 구름 한 점이 보였다. 바람이 부드럽게 내 뺨을 스쳤다. 나는 날씨를 생생하게 느낄 수 있었다. 오, 역시 내 기분을 나아지게 하는 건 날씨뿐! 정지돈의 시는 '지금 이 순간'을 기념하기 위한 시일까. 이것은 리얼타임일까. 그의 말에 따르면, "시는 시를 읽는 지금 이 순간 삶과 함께 일어나는 일"이었다. 지금 이 순간. 구름은 흐르고 있었고, 나는 여전히 그것을 바라보고 있었다. 천천히, 고요히, 흐르는 구름. 눈을 뗄 수 없을 만큼, 지루하지 않은 롱테이크였다. 그때 마침, 아까 봤던 안드레이 타르콥스키가 이제야 극장 문을 나서고 있었다. 그의 아버지 아르세니 타르콥스키는 시인이었다. 안드레이 타르콥스키는 "영화 전반에 걸쳐 아버지의 시를 인용했다". 그렇다면 나도 정지돈의 시를 인용해서 좋은 영화를 만들 수 있지 않을까. 내가 그런 생각을 하고 있을 때, 어느새 그가 내게 다가와 말을 걸었다. 좋은 영화를 만들고자 하는군요. "당신이 좋은 영화를 만들고 싶다면 세상을 부숴야 합니다. 왜냐하면 세상이 나쁘기 때문입니다." 나는 고개를 갸우뚱하며 그에게 되물었다. 그건 자장커가 했던 말이 아닌가요? 당신은 자장커인가요? 그는 아니라고 버럭 화를 냈다. 세상에, 제가 어딜 봐서 자장커죠? 저는 타르콥스키를 인용한 적 있지만 자장커도 인용할 수 있는 정지돈입니다. 나는 화가 났다. 어째서 다들 자기가 정지돈이라고 주장하는 거야! 아피찻퐁은 자기가 정지돈이라고 하던데요! 그 사람은 가짜입니다. 제가 진짜입니다.

어쩌면 그날, 극장에서 영원히 잠든 게 아닐까. 그날 이후, 나는 꿈과 현실을 구분할 수 없게 되었는데 구분할 수 없었던 건 그뿐만이 아니었다. 가짜와 진짜. 의식과 무의식, 픽션과 팩트, 그러니까 아피찻퐁이 말했던, 아니, 정지돈이, 아니, 그 둘 중 하나가, 아니, 그 둘이 동시에 말했던 일종의 지평선 또는 수평선. 모든 것은 분열되었고 뒤섞여 버렸다. 나 또한 내가 맞는지 구분할 수 없게 되었다. 나는 내가 맞는지 확인하려고 거리로 나갔다. 흐르는 구름을 보고, 바람을 맞으며, 날씨를 생생하게 느끼고 싶었다. 그러나 이제 하늘에는 구름 한 점 없었고, 바람도 불지 않았다. 나는 계속 거리를 걸었다. 걸으면서 생각했다. 내가 이렇게 된 건, 모두 『영화와 시』 때문일까. 그렇다면 지금쯤 서이제는 어떻게 되었을까. 그러고 보니 꽤 오랫동안 그를 만나지 못했잖아. 막상 만나지 못하게 되니 그를 기다리는 꼴이 되어 버리고 말았다. 그래, 그는 만나기만 하면 헛소리를 하거나 우스갯소리를 했지만, 그래도 "시네필은 아니었고 시네필이 되고 싶은 마음도 없는 좋은 사람"이었지. 다시 그를 만나면, 『영화와 시』에 대한 무한한 대화를 나누고 싶었다. 온갖 논리를 동원하여 글을 분석하고 평가하는 것이 아니라, 그저 "즐기고 공감하고 감동받는" 방식으로 향유하기. 영화와 시에 대해서도 마찬가지로. 정지돈은 "영화와 시에 관한 지금까지의 모든 것에서 벗어나서 (또는 그것을 포함해서) 다시 영화와 시를 좋아하는 것, 다시 건강하게 경외하는 방법을 찾"을 것이라고 했다. "오직 이름만으로 사랑에 빠지기. 이것이야말로 궁극의 애정이자 무언가를 진정으로 사랑하는 방법"이라고 말이다. "지적인 즐거움 이외에는 아무것도 존재하지 않는 깊이란 존재할까. 내게 필요한 건 순수한 긍정과 기쁨"이라는 그의 말을 떠올리며, 나는 나와 함께 순수한 긍정과 기쁨을 나눌 사람을 기다렸다. 그리고 그때, 길 건너편에 정지돈이 서 있는 게 보였다. 그것도 무려, 코듀로이 바지[3]를 입고서. 그는 내게 손을 흔들며 이렇게 외쳤다.

어머, 지돈 씨!

어째서? 어째서 정지돈은 나를 보며 자기 이름을 부르는 걸까. 짧은 찰나, 내 앞으로 자동차 한 대가 지나갔고, 자동차 유리창을 통해 내 얼굴이 보였다. 이런, 믿을 수 없어! 다시, 내 앞으로 자동차 한 대가 지나갔고, 자동차 유리창을 통해 내 얼굴이 보였다. 맙소사, 내가 정지돈이잖아! "도플갱어는 나와 똑같이 생긴 다른 존재가 아니라 분열된 나다. 의식-나와 무의식-나." 설마 나는 나를 만나게 된 걸까. 그렇다면 누가 의식의 나이고, 누가 무의식의 나인 걸까. 신호등 불이 바뀌자, 그는 내게 다가왔고 나는 그에게서 한발 물러났다. 도대체 누구세요? 정지돈이세요? 아니요. 저는 서이제입니다. 그동안 잘 지내셨나요. 그는 가방 속에서 책을 꺼내며, 덕분에 잘 읽었다고 했다. 책을 돌려주는 것으로 보아, 그는 서이제가 맞는 것 같았으나, 나는 좀처럼 이 상황을 받아들이기가 어려웠다. 그런데 왜, 도대체 왜, 정지돈 형상을 하고 있는 거예요? 음, 책을 읽다가 분열해 버려서요. 설명하자면 복잡한데, 그러니까 뭐 대충, 저는 지금 정지돈 신체 위에 더빙 중인 겁니다. 아직 영화가 상영 중이거든요. 이제 곧 끝날 겁니다. 엥? 도대체 뭘 했다고 이게 영화라는 거죠? 아무런 서사도 없는데? 아무것도 진행되지 않았는데? "가장 영화적이지 않은 것은 서사가 없거나 픽션이 없는 게 아니라 움직이지 않는 것"입니다. 이건 계속 분열하고 인용하면서 움직이는 영화예요. 마치, 구름처럼. 그때 갑자기 종 치는 소리가 들렸다. 어라, 지금은 새해인가요? 보신각에서 종을 치고 있나요? 아니요. 인생 종 치는 소리입니다. 그동안 사느라 수고 많으셨어요. 잠시만요! 인생 종 치기 전에 꼭 물어봐야 할 게 있어요! 당신이 정지돈의 신체 위에 더빙 중이라면, 저는, 저는, 그럼 누구인가요? 그를 붙잡고 애원하는 나는 자아를 완전히 잃어버린 것만 같았다. 웩.

END.[4]

1 정지돈의 단편소설 「빛은 어디에서나 온다」.

2 『영화와 시』에서. 이후 별도의 표시가 없는 부분은 모두 같은 책에서 수정 없이 인용했다.

3 『영화와 시』, 116쪽. "나는 코듀로이 바지를 좋아한다."

4 정지돈은 이 책에서 자신이 가장 좋아하는 작가 스텐 에길 달을 인용한다. "시적으로 쓰지 마라." 또는 인용하지 않고 말한다. "이 에세이는 가십이자 자서전이 될 것이다. 다시 말해 흐름이나 주제와 상관없는 개인적인 이야기를 늘어놓더라도 어쩔 수 없다." 이 리뷰도 마찬가지다. 이 리뷰가 이렇게 끝나더라도 어쩔 수 없다. 나는 그가 에세이에 쓴 말을 인용하거나, 그가 인용한 말들을 다시 인용하는 방식으로 이 글을 썼다. 그러므로 이 리뷰는 순수한 긍정과 기쁨이 될 것이다.

박서련론

최진영론

작가론

그녀의 바깥일[1]

—박서련론

이지은 문학평론가

누가 자매를 싸우게 만드나

그들이 길을 가다가 예수께서 어떤 마을에 들어가셨다. 마르타라고 하는 여자가 예수를 집으로 모셔 들였다. 이 여자에게 마리아라고 하는 동생이 있었는데, 마리아는 주님의 발 곁에 앉아서 말씀을 듣고 있었다. 그러나 마르타는 여러 가지 접대하는 일로 분주하였다. 그래서 마르타가 예수께 와서 말하였다. "주님, 내 동생이 나 혼자 일하게 두는 것을 아무렇지 않게 생각하십니까? 가서 거들어 주라고 내 동생에게 말씀해 주십시오." 그러나 주님께서는 마르타에게 대답하셨다. "마르타야, 마르타야, 너는 많은 일로 염려하며 들떠 있다. 그러나 주님의 일은 많지 않거나 하나뿐이다. 마리아는 좋은 몫을 택하였다. 그러니 아무도 그것을 그에게서 빼앗지 못할 것이다."

— 누가복음, 11장 38~42절

마르타와 마리아 자매의 이야기다. 언니 마르타가 손님 대접으로 분주해하는 동안 동생 마리아는 예수의 발치에 앉아 말씀을 듣는다. 이에 마르타는 예수께 요청한다. 동생에게 언니를 도우라 말해 달라고. 그러나 예수는 말씀 듣기를 택한 마리아를 옹호한다. 예수는 마리아의 몫을 지켜 주고자 하는 것이겠지만, 마르타의 입장에서 보면 여간 서운한 일이 아니다. 그럼 손님 대접일랑 그만두고 마르타도 곁에 앉으라고 하든지. 대접은 대접대로 받고, 좋은 사람도 하겠다는 것인가? 그러나 이러한 불만은 너무 불경하다. 혹은 너무 초-현실적이다. 기원전(Before Christ)부터 손님 대접과 부엌일은 여자의 일이었으니 예수의 야속함을 따지는 일은 선택지에 존재하지 않는다. 마르타의 원망은 손님이 아니라 마리아에게 돌아가고, 자매는 불화한다.

콩쥐팥쥐든 신데렐라든 동서양을 막론하고 집안일은 여성을 박해하는 주요 수단인데, 흥미롭게도(혹은 당연하게도) 가해자는 항상 또 다른 여성이다. 가정 비극 서사의 반복되는 구조는 집안일이 '학대'가 될 수 있을 만큼 고된 것이자 오직 여성의 몫으로만 전제되어 있음을 보여 준다. 그러니까 콩쥐가 물을 긷다 허리 디스크가 걸리고 신데렐라가 아궁이 청소를 하다 만성 호흡기 질환에 시달리게 된 데에는 못된 엄마와 언니의 탓도 있지만 애초 그 모든 일이 여자들의 몫이기 때문이다. 사악한 여자들이 어리석은 가부장으로부터 가족 내 권력을 할당받고, 다른 여자에게 자기 몫의 고난을 전가하면서 일신의 안락함을 추구하는 선악 대결의 서사는 유구한 역사 속에서 반복되어 왔다. 가부장제 권력 구도 하에서 여성들 사이의 갈등과 생존 경쟁이 바로 '여적여' 프레임의 원형이다.

문자 이전의 설화부터 디지털 시대의 영상 콘텐츠까지 지긋지긋하게 이어지는 '여적여' 서사의 반복을 피하면서 자매의 불화를 끝내는 방법은 무엇인가? 착한 동생이 설거지를 좀 더 하면 되나? 이것이 해결책이 될 수 없음을 우리는 경험적으로 알고 있다. 독박 집안일은 사람의 심성을 나쁜 쪽으로 이끌거니와 누군가가 '독박'을 쓰는 시스템은 근본적으로 콩쥐팥쥐의 세계와 다를 바가 없다. 언니를 위해 요리를 하고 빨래를 한다고 해서 언니가 집안일로부터 해방되는 것이 아니지 않은가. 그러니까 가정의 평화를 위해서 자고로 여자는…… 바깥일을 해야 한다. 마르타와 마리아가 평화롭게 지내기 위해서는 '손님 대접=여성의 일'이라는 가부장제 규범을 해체해야 한다. 예수의 말씀에 이의를 제기해야 하고, 성경을 재해석해야 하며, 식민주의·성차별·계급적 불평등의 삼중고를 겪고 있는 여직공의 해방을 쟁취해야 한다. 그리고 필요하다면 사적 복수에도 나서야 한다. 이것이 바로 소설가 박서련이 분투해 온 바깥일이다.

내돈내산 모단 껄 라이프를 쟁취하라: 『체공녀 강주룡』

박서련은 현재까지 『체공녀 강주룡』(한겨레출판, 2018), 『마르타의 일』(한겨레출판, 2019), 『더 셜리 클럽』(민음사, 2020) 등 세 편의 장편소설을 출간했고, '등단작'[2] 「미키마우스 클럽」(《실천문학》, 2015년 가을)을 비롯하여 잡지, 앤솔러지, 온라인 문학 플랫폼 '던전' 등에 단편소설을 발표했다. 지난 3년간 한 해 한 권의 장편소설을 출간한 왕성한 활동이 눈길을 끄는데, 특히 이들 소설이 주로 '남성 서사'로 인식되어 온 독립운동, 계급 운동, 혁명, 사적 복수 등을 여성 서사로 완성하고 있다는 점에서 매우 문제적이다.

한겨레문학상을 수상한 『체공녀 강주룡』은 평원 고무 공장 직공이던 실존 인물 강주룡의 삶을 재구성한 것이다. 당시 신문 기사에 따르면, 강주룡은 강계 출생으로 간도에서 남편과 함께 백광운 휘하의 독립군에 가담한 바 있고, 여기서 남편을 잃은 후엔 우여곡절 끝에 평양에 정착하여 고무 공장 직공이 되었다. 1931년 5월 29일 강주룡은 동맹휴업을 하던 중 공장 점거를 시도했으나 실패했고, 시위대가 해산되자 을밀대에 올라가 농성을 이어 갔다. 강주룡은 그러나 바로 다음 날 경찰에 의해 체포, 적색 노동조합 사건으로 투옥된다. 같은 해 6월 신병이 위중하여 보석으로 풀려나지만, 건강은 돌이킬 수 없을 만큼 악화되어 1932년 8월 13일 짧은 생을 마감한다.[3] 강주룡의 시위와 단식투쟁 소식을 전하던 기사들은 그녀의 이름 앞에 '체공녀(滯空女)', '옥상녀'라는 수식을 붙였다. 『체공녀 강주룡』은 식민지 여성 운동가에 관한 빈약한 자료에 작가의 상상력을 덧붙여 완성된 소설이라 할 수 있다.

그런데 『체공녀 강주룡』을 무명의 여성 운동가의 존재를 '알리는' 서사로 읽는 것, 다시 말해 기존의 역사(his-story)에 강주룡의 삶을 기입하는 방식으로 읽는 것은 소설이 내포하고 있는 문제의식을 축소할 우려가 있다. 남성 엘리트 중심의 역사 기술이 누락한 여성 운동가의 존재를 복원하는 것도 중요한 의미가 있지만, 역사가 구성되는 방식을 그대로 두고 단지 주변적 자리를 할당받는 여성사는 '공헌사'에 머물 위험이 있다. 공헌사는 여성의 문제의식과 삶의 변화는 부차적인 것으로 치부하고, 기존의 남성 중심적인 기준에서 여성의 삶을 평가하여 기록한다. 이렇게 되면 여성 운동가들이 자신의 활동 속에서 어떻게 스스로 의식의 변화를 획득해 갔는지, 운동 과정에서 보통의 여성들에게 어떤 도움과 영향을 받았는지 무시되기 쉽다.[4] 따라서 사실과 허구, 역사적 사건과 현재의 문제의식이 결합된 『체공녀 강주룡』은 평범한 식민지 여성 강주룡에게 독립과 노동자 해방이 무엇이었는지, 그녀는 동료 직공들과 어떠한 관계를 맺으며 운동가로 성장해 나갔는지, 나아가 비-남성이자 비-엘리트인 그녀가 노동운동의 현장에 있었음으로 하여 혁명과 해방은 어떠한 의미를 획득할 수 있었는지를 적극적으로 읽어 내야 한다. 현재 독자의 시점에서 말하자면, 기존 역사가 누락한 혁명의 주체와 의미를 궁구하여 오늘날의 참조점으로 삼는 것이다.

그러고 보면 소설에는 강주룡이 독립군에 가담하고, 노동운동에 투신하는 계기들이 매우 분명하게 제시되어 있다. 그런데 이는 '혁명'이라는 거대한 단어에 어울릴 법한 보편적 당위나 숭고한 이념과는 거리가 멀다. "솔직한 말로 주룡은 나라가 무엇이고 독립은 또 무엇인지 알지 못했다. 나를 지켜 주지도 돌보아 주지도 못한 나라가 독립은 해서 무슨 소용인가"(38쪽) 회의했을 뿐이다. 사랑하는 남편 최전빈이 독립군이 되기 위해 떠난다고 할 때에도 그녀는 "서방을 이해해서가 아니라 걱정하는 마음에서"(38쪽) 그를 따라 나섰다. 최전빈은 "나라를 잃으면 나라만이 아니고 말도 잃고 얼도 잃는"(39쪽) 것이라 하지만, 강주룡은 "왜나라 다케시면 어떻고 청나라 왕서방이면 또 어떻냐고, 나한테는 아무 의미도 없다고, 당신이 당신인 것만 중하다고"(39쪽) 생각한다. 강주룡이 독립군에 투신하게 된 것은 단지 그녀가 사랑하는 남편을 지키고, 그와 함께 삶을 꾸려 나가기 위해서였다.

최전빈은 강주룡에게 "당신이 좋아서 당신이 독립된 국가에 살기를 바"(36쪽)란다고 했지만, 운동 과정에서 '당신'을 저버림으로써 이 소망을 허울로 만들고 만다. 독립군 조직 내부에서 강주룡은 동지가 아니라 '아녀자' 취급을 받았고, 부엌일을 전담하게 되었으며, 급기야 호모소셜한 집단에서 성희롱의 대상이 되기도 했다. 최전빈의 말대로 당신이 좋아서 독립 국가를 원하는 것이라면, 당신을 동지로 인정하지 않는 독립운동이란 대체 가능한 것인가? 그러나 최전빈은 형님들과의 결속을 운운하며 강주룡에게 떠나라고 한다. 강주룡은 남편에게 실망하여 홧김에 독립군 조직을 떠나고 말지만, 기실 그녀에게 있어 남편에 대한 실망은 사소한 것이 아니라 운동의 당위 자체를 회의하게 하는 아주 중요한 문제이다. 애초 독립운동이 남편을 지키기 위한 것이자 남편과 함께 행복을 누리기 위한 것이었으니 말이다. 최전빈이 공동의 삶의 가치를 저버리고 구체적인 생활이 결여된 독립을 추구할 때, 강주룡에게 독립은 그야말로 유명무실한 것이 되고 만다.

남편이 죽은 후 강주룡은 시댁과 친정을 피해 평양으로 와 고무 공장 직공이 되고, 여기에서 노동운동을 접하게 된다. 이때에도 강주룡이 노동조합에 가입하게 된 계기는 친구 삼이를 도와주기 위해서였다. 고무 공장 직공으로 시모와 남편을 부양하고 있는 삼이는 출산을 하고도 3일 만에 갓난아기를 안고 출근해야 했다. 그런 삼이가 유급 출산휴가를 주장하는 노조에 가입한 것은 당연한 일이다. 그러나 이를 알게 된 삼이의 남편은 이혼하겠다며 을러대었고, 삼이는 어쩔 수 없이 탈퇴를 결심하게 된다. 이에 강주룡은 삼이의 곤란함을 덜어 주고자 삼이의 탈퇴와 자신의 가입을 맞바꾼다. 물론 강주룡이 돕고 싶었던 삼이의 곤경은 가입한 지 달포 만에 탈퇴하는 삼이의 '체면'에 있었던 것만은 아닐 것이다. 삼이는 가족의 생계를 부양하는 실질적인 가장인데도 불구하고, 이혼을 당할까, 아이를 빼앗길까 전전긍긍하면서 최소한의 노동자의 권리도 주장하지 못하고 있었다. 강주룡이 노동운동에 '일생을 걸 결심'을 하게 된 것은 노동자로도 생계 부양자로도 대접받지 못하는 여직공의 삶의 고통에 공감했기 때문일 것이다. 강주룡은 남편과 함께하기 위해 독립군이 되었듯, 공장 동무들과 더불어 살아가기 위해 노동운동에 투신했다.

덧붙여 강주룡에게 '모던 걸'에 대한 강한 욕망이 있었던 것도 간과해서는 안 된다. 강주룡은 홀로 평양에 정착하면서 처음으로 "일은 고되지만 제 손으로 번 돈을 제 뜻대로 쓰는 재미"(130쪽)를 맛본다. "다시 시집갈 마음도 없고, 부양할 가족이 없으니 …… 제 한 몸 재미나게 살"(132쪽)아 보겠다는 것이다. 강주룡은 양장을 멋지게 차려입고 쓰디쓴 커피를 홀짝이는 '모던 걸' 놀이에 푹 빠져 있었지만, "내가 번 돈, 날 위해 쓰"(132쪽)며 '모던 걸'이 되는 것도 쉽지가 않았다. 여공 봉급으로는 양장 한 벌 맞추기도 어려웠고, 무엇보다 "모단 껄은 학생 아니면 기생이다."(139쪽)라는 당대 인식에서 강주룡의 욕망은 그녀를 얕잡아 보게 만드는 구실이 되었다. 익히 알려져 있듯, 근대화와 함께 봉건적 성규범에 저항하며 등장한 신여성들은 선망의 대상이자 노골적인 혐오와 폭력의 대상이었다. 여성들이 자신의 욕망을 인식하고 표출하는 것 자체에 위협을 느낀 이들은 신여성을 성애화하고 조롱의 대상으로 삼음으로써 체제 속에서 자신들의 우위를 유지하려고 했다. 작업반장은 본래 여자 직공들에게 함부로 손찌검을 해대는 막돼먹은 인간인데, 여공들이 모던 걸 사진을 보고 있자 당당하게 언어 성폭력까지 저지른다. 그렇다면 강주룡이 '모던 걸 라이프'를 누리기 위해서는 두 가지가 필요하다. 하나는 노동에 대한 충분한 급여를 받는 것, 다른 하나는 기생이든 모던 걸이든 귀한 사람대접을 받는 것.

> 근로하는 고무 직공은 모단 껄 못 하란 법이 있습데? 내 일 막 시작하였을 적에 우리 반장이 내 머리채 잡구 뚜드려 패면서 그랬습네다. 모단 껄은 학생 아니면 기생이라고. 모단 껄 할라면 저하구 자유연애 한번 하자구 드런 소리까지 하였습네다.
>
> 내 배운 것이라군 예서 배워 준 교육밖에 없는 무지랭이지마는 교육 배워 놓으니 알겠습데다. 여직공은 하찮구 모단 껄은 귀한 것이 아이라는 것. 다 같은, 사람이라는 것. 고무공이 모단 껄을 꿈을 꾸든 말든, 관리자가 그따우로 날 대해서는 아니 되얐다는 것.(180쪽)

근현대 역사를 통과하며 한국은 독립과 민주주의를 이루었지만, 사회 구성원 모두가 자유와 평등을 누리는 사회를 이룩하지는 못했다. 멀리 갈 것 없이 시민혁명이라고 자부해 마지않았던 '촛불혁명'과 그 혁명의 뜻을 계승하겠다는 정부마저도 누군가의 기본권에 대해서는 '나중'으로 미루지 않았던가. 몇 번의 혁명이 반복되어도 항상 누군가의 몫은 대의를 위해 희생되어야 할 작은 것으로 치부되었다. 이는 독립을 위해서라면 아내의 수모쯤은 감내해야 한다고 여겼던 최전빈의 태도와 다르지 않다. 반면, 강주룡의 삶을 돌이켜 보면, 그녀는 남편과의 평온한 삶, 동무들과의 즐거운 일상을 위해 해방을 갈구했다. 강주룡은 작은 것을 위해 큰 것을 추구하기 때문에 결코 큰 것을 위해 작은 것을 희생시키지 않는다. 강주룡은 '모던 걸 라이프'를 누리기 위해 계급 운동에 투신했으므로, 그녀에게 계급 해방과 성차별 철폐는 어느 것은 크고 어느 것은 작은 문제가 아니다. 둘 중 하나라도 이루어지지 않으면 운동의 목적이 달성되지 않는다. '나중'은 도래하지 않는다는 것을 깨달은 우리에게 강주룡은 결코 과거의 인물이 아니다.

이기는 여자의 생활 계획표: 『마르타의 일』

한편, 『마르타의 일』은 동생 경아(=리아)의 원수를 갚기 위해 언니 수아(='나')가 사적 복수에 나서는 이야기다. 경아는 어릴 때부터 예쁜 얼굴로 주위의 관심을 받곤 했는데, 해외 봉사 활동 사진이 인터넷에 떠돌기 시작하면서 '봉사녀'라는 별명의 SNS 셀렙이 되었다. 각종 기업챌린지, 봉사 활동 등이 스펙이 되는 시대고 보니, 유명인이 된 경아는 특혜 논란과 성희롱 댓글에 시달리게 되었다. 어딜 가든 주목받는 경아에게 묘한 긴장을 느껴 온 수아는 동생의 삶에 크게 관심을 두지 않았는데, 어느 날 동생이 자살 시도를 했다는 경찰의 전화를 받게 된다. 수아는 경아의 타살을 주장하는 익명의 남자와 함께 경아의 죽음을 파헤치고, 추적 결과 죽기 직전 경아가 임신 상태였다는 것, 이를 두려워한 경아의 애인이 그녀를 자살로 위장하여 죽음에 이르게 했다는 것을 알게 된다. 그리고 마침내 수아는 익명의 남자를 이용하여 살인범을 단죄한다.

여기서 놓치지 말아야 할 점은 소설이 던지는 문제의식이 데이트 강간과 살인이라는 특정 범죄 케이스에 국한된 것이 아니라, 선행으로 치하되는 여성이 성희롱의 대상이 되고 애인으로부터 살해되는 여성 혐오 메커니즘의 전반에 걸쳐 있다는 것이다. 먼저, 소설은 '-녀'라는 접미사로 파생된 단어가 회자되는 방식을 보여 준다. 칭찬의 의미로 붙여졌을 '봉사'라는 말조차 '-녀'라는 젠더 표식의 접사와 결합하는 순간 여성 비하 및 성애화로 쉽게 미끄러진다. "솔직히 임리아가 한 번 준 거 아니냐, 봉사녀라서 그런 봉사도 잘하냐."(168쪽) 이는 경아를 둘러싼 두 남자의 태도와도 상동적이다. 경아의 애인 차해경은 약물을 사용하여 데이트 강간을 할 만큼 여성을 성적 도구로밖에 여기지 않았다. 반면, 수아에게 차해경의 범죄를 제보한 익명의 남자(윤명환)는 경아를 "세상의 어떤 결함을 가진 인간이든 받아 줄 수 있는 사람. …… 예수의 지친 발을 머리카락으로 씻겨 줄 마리아와도 같은"(186~187쪽) 성녀로 여긴다. 경아의 욕망을 제멋대로 삭제하는 이와 같은 인식 또한 타자화의 일종일 뿐 아니라, 그는 도청, 위치 추적 등 불법적인 방법까지 동원해 경아의 '순결성'을 감시한 스토커이기도 하다. 경아가 사람들에게 회자되던 방식이나 두 남자가 경아를 대하는 방식은 모두 남성적 시선에 의한 '성녀/창녀' 구분을 전제하며, 이 구분 틀에서는 양쪽 모두가 여성에게 대상화의 폭력을 자행한다. 따라서 수아가 수행한 복수는 일차적으로 죽은 동생의 원한을 갚아 주는 것이자, '성녀/창녀 이분법'이라는 여성 혐오 프레임의 원형에 맞서는 것이기도 하다.

더하여 『마르타의 일』의 가장 특징적인 부분은 복수에 임하는 수아의 자세에 있다. 수아는 임용고시를 준비하는 고시생인데, 그녀는 복수를 시험 준비, 아르바이트와 같은 일과 중 하나로 여긴다.

> 기상 시간은 다시 5시. 운동 한 시간 반. 운동하는 동안 소화할 수 있는 리스닝이나 인강 파일 준비해 놓기. 아침 먹고 7시 반까지 독서실 입실. 12시까지 공부. 점심 먹고 7시까지 다시 공부. 스터디 구할 때 8시에서 10시 사이 매일 가능한 그룹 있는지 알아보고 어렵다면 루틴 재조정. 경아 주변 조사는 10시부터 한 시간씩. 그 외 시간에는 경아 생각 금지. 잠들기 직전에 본 내용이 기억에 오래 남으니까 잠들기 전 30분은 무조건 그날 한 공부 복기. 주 5일 반복. 주말에는 오전 휴식. 오후 일과는 평일과 동일. (61쪽)

소설의 시간은 수아가 1차 시험을 치른 이후부터 2차 시험을 무사히 통과하여 최종 합격을 통보받기까지인데, 복수는 정확히 이 기간에 이루어진다. 복수도 최종 합격도 놓치지 않으려는 수아는 줄곧 시간을 효율적으로 운용해야 한다는 강박에 시달린다. 동생의 죽음 이후에도 루틴을 지키며 시험과 복수 둘 모두에 성공하고자 하는 수아의 태도는 "여성 혐오, 성적 대상화, 남성주의적 권력 구조에 당당히 맞서는 여성들의 윤리이며 알리바이이며 전략"[5]이라고 평가된 바 있다. 그런데 여기엔 가장 중요한 것이 빠진 듯하다. 수아의 복수가 동생 경아의 죽음에 대한 보복이자 성녀와 창녀를 구별하는 오래된 여성 혐오 프레임에 대한 도전이라면, 수아에겐 복수 또한 취업과 동등한 생존을 위한 활동이다. 똑똑한 수아는 생존이라는 시험을 통과하기 위해 복수와 취업 두 과목에 시간을 안배하고 있는 것이다.

따라서 이 '생존 시험'의 결과에는 가해자 차해경의 죽음만이 아니라 수아의 시험 합격까지 포함된다. 더불어 수아는 줄곧 자신에게 호감을 보여 온 매니저 언니에게 마음을 열고, 둘은 연인 사이로 진전되어 간다. 자신이 원하는 사람과 자유롭게 사랑할 수 있는 것이 이 세계를 살아가기 위한 아주 기본적인 권리라는 점을 상기한다면, 수아의 복수는 바로 이 당연한 권리를 쟁취하기 위한 투쟁이기도 한 셈이다. 여기에서 다시 한번 확인되는바, 박서련의 소설에서 혁명과 복수는 가장 기본적이고 구체적인 행복을 위해 도모되고, 바로 그렇기 때문에 일상의 행복에서 배제된 비-남성, 비-이성애자, 비-정규직, 비-OO들이 바깥일에 나서게 된다.

그러나 소설의 마지막엔 수아의 복수가 불완전한 것임이 암시된다. 차해경이 죽던 날 현장에 두고 온 수아의 운동화 한 짝이 누군가에 의해 다시 돌아온 것이다. 수아는 자신의 행위를 후회하지는 않지만, 그렇다고 해서 죄책감과 불안으로부터 자유로워질 수도 없다고 한다. 이는 사적 복수에 성공한 수아에게 부과된 최소한의 윤리로 읽히기도 한다. 그러나 복수가 취업과 등가적일 만큼 생존의 조건이었다면, 수아의 불안은 생존의 조건이 완전하지 않음, 다시 말해 복수가 미완성되었음을 의미하는 것으로 읽어야 하지 않을까. 사실 차해경이라는 성폭력 및 살인의 가해자는 처단되었지만, 그 반대편에서 '성녀'로서 여성을 대상화하는 익명의 남자에 대한 단죄는 이루어지지 않았다. 수아는 익명의 남자가 "만만치 않게 미친놈"이라는 것을 알고 있었고, 단지 "경아에 대한 익명의 마음이 최대한 훼손되지 않도록 하면서 일이 끝날 때까지 이용"(187쪽)했다. 수아는 그를 이용하는 데는 성공했지만, 그의 행위가 범죄임을 인식시키고 그에 합당한 죄를 묻는 데까지는 나아가지 못했던 것이다.

수아의 복수가 가시적인 범죄자('차해경')를 처단하는 데에 그치고 만 것, 그러니까 '성녀'로 떠받들면서 여성의 욕망을 삭제하고 억압하는, 정확히 성적 도구화의 반대편에 있는 또 다른 '익명'의 폭력과 공조한 것은 수아의 복수를 미완의 것, 좀 더 엄밀하게 말하자면 범죄자 개인에 대한 응징에 그친 것으로 만든다. 경아를 '사랑한' 두 남자 차해준과 익명의 남자의 태도가 정확히 거울상의 폭력이었던 것, '성녀/창녀'라는 구분이 서로가 서로를 구성해 내는 것이라는 점을 상기할 때, 한쪽만 단죄한다는 것은 성립하지 않는다. 이러한 한계는 수아가 경아를 위해서라면 '마르타의 일'을 자처하겠다는 소설의 결말에서도 드러난다. 소설은 마리아를 향한 예수의 지지를 남자 제자들과 동등한 몫을 지켜 주고자 했던 예수의 뜻으로 새롭게 해석한다. 그러나 다른 한편으로 이러한 해석 역시 '마리아-마르타'의 경쟁을 '마리아-남자 제자들'로 옮겨 간 것에 지나지 않는다. '말씀 듣는 자리'를 두고 벌어지는 경쟁 구도 자체를 허물기 위해서는 누구나 '말하는 자', 그러니까 예수의 자리에 갈 수 있어야 하는 것이다. 물론 이 불경한 상상력은 수아가 인지하기도 전에 이미 소설 속에 기입되어 있다. '마르타의 일'을 새롭게 해석하는 것이 곧 다시 쓰는 일/말하는 일의 시작이기 때문이다.[6]

동명이인의 적/연대자들: 「미키 마우스 클럽」과 『더 셜리 클럽』

요컨대, 박서련의 소설에서 혁명과 복수는 아주 일상적인 행복에 대한 욕망에서 시작되며, 그 욕망은 때로 이해타산적이고 개인주의적이다. 강주룡이 남편을 위해 독립운동에 가담하고 삼이를 위해 계급 운동에 투신했지만, 이는 막연한 이타성이나 거대한 인류애와는 거리가 멀다. 자신이 사랑하는 사람을 지키고, 그들과 함께 살아가며 행복을 누리기 위한 것이었다. 또, 수아가 경아의 복수에 나설 때, 그것 또한 막연한 불의에 대한 저항이 아니라 동생의 죽음에 대한 복수였으며, 자신이 살아남기 위한 방편이었다. 다만 박서련 소설의 인물들이 일신의 안락함에 매몰되지 않을 수 있었던 것은 그들이 아주 영리했기 때문이다. 그들은 이 세계에 발붙이고 사는 한 행복을 혼자서 이룰 수 없다는 것을 알고 있다. 따라서 그들에게는 자신을 위한 일과 사랑하는 이를 위한 일이 분리되지 않는다. "내 동지, 내 동무, 나 자신을 위하여 죽고자 싸울 것입니다."(『체공녀 강주룡』, 181쪽) 박서련의 소설은 지극히 개인의 삶을 다루고 있지만, 그 개별 삶은 사회적 구조와 긴밀히 연동되어 있다. 이는 혁명에 대하여 한국 사회가 오랫동안 외면했던 개인과 사회의 관계에 대한 문제 제기이기도 하다.

그런 점에서 박서련의 소설에 동명이인의 세계가 반복적으로 등장하는 것을 적극적으로 해석해 볼 필요가 있겠다. 「미키마우스 클럽」은 청소년의 연예계 입문 통로였던 미국의 TV 프로그램에서 제목을 따온 것으로, '사랑받는 여자 아이돌'이 되기 위해서는 "순진"하고 "아무것도 모르는 애"(304쪽)가 되어야 함을 보여 준다. 스타는 타인과 변별되는 개성과 끼가 있어야 한다고들 하지만, 그 개성이라는 것이 실은 성별 이분법에 입각한 전형적인 성 역할을 수행하는 한에서만 인정되는 것이다. 특히 여자 아이돌의 경우 순결하고 순진한 '여성성'의 판타지를 충족시켜 주어야 한다. 소설에서 '나'의 딸 니나는 걸그룹의 최고 인기 멤버이지만, 미성년의 나이에 임신을 했다. '나'는 딸을, 아니 정확히 자신이 매니지먼트 하는 '스타 아이돌'을 보호하기 위해 이 사실을 감추려 하고, 니나의 비밀을 알게 된 여기자는 이를 폭로하려 한다. 이때 여태껏 순진하기만 하던 니나는 "천사 같은 얼굴로 눈물을 글썽"(304쪽)이며 TV에 나타나 대중이 듣고 싶어 하는 거짓말을 한다. 니나는 '진짜 아무것도 모르던 애'에서 아무것도 모르는 척 연기할 줄 아는 '진짜 스타'가 됨으로써 이 싸움에서 살아남는다.

흥미롭게도 소설은 이성애적 성 규범을 착실히 이행하고 연기하는 세계, 성애화된 여성성을 (재)생산하고 소비하는 세계를 '미키마우스 클럽'으로, 그 연기자들을 '마우스 케티어'(미키마우스 클럽의 출연자)에 비유한다. 출연자들을 '마우스 케티어'라는 동일한 이름으로 부르는 것은 그들이 각자의 개성을 가졌다 한들 프로그램의 룰에 종속된 '동명이인'과 같은 존재라고 말하는 것일 테다. 문제적인 지점은 이 세계의 여자들 또한 서로에게 적대적이라는 것이다. '나'는 미혼모로서 니나를 낳기 전에 몇 번이나 자살 기도를 했고, 심지어 니나를 살해하려는 마음도 품었다. 다행히 '나'가 겁이 많은 덕에 누구도 죽지는 않았지만, 이는 '나'가 어린 니나를 사랑해서가 아니라 "낡고 비만하여 볼품없는 내 몸을, 스스로 걱정했덧 탓이다".(299쪽) 또, 여기자는 니나의 비밀을 폭로하려고 하는데, 미성년자 여자 아이돌의 임신이 '특종'이 될 수 있다는 것은 우리 사회가 여성(청소년)의 섹슈얼리티를 매우 강하게 억압하면서도 동시에 성애화하여 소비하고 있기 때문이다. 소설의 세 여자들—'나', 니나, 여기자—은 외모, 미혼모, 순결 등 여성을 낙인찍는 폭력에 고통을 받으면서도 그 체제 내에서 살아남으려 서로 적대적인 관계가 된다.

여기에 근작 『더 셜리 클럽』을 이어 보는 일은 박서련 소설 세계의 하나의 매듭을 발견하는 일일지도 모르겠다. 『더 셜리 클럽』은 설희(=셜리)가 호주 워킹 홀리데이 여행에서 '셜리'라는 동명이인으로 이루어진 클럽을 만나, 이들로부터 대가 없는 환대와 도움을 얻는 다소 동화적인 이야기다. 이 소설에서 셜리들이 보여 주는 아름다운 연대는 「미키마우스 클럽」의 적대적 관계와 매우 대조적이다. 『더 셜리 클럽』에서 그리는 호주 사회가 차별과 불평등으로부터 완전히 자유로운 세계는 아니지만, 적어도 셜리 클럽의 회원들은 서로에게 매우 호의적이다. 그것은 이들의 관계를 규정하는 법칙이 인종·계급·젠더 등과 같은 억압적 힘이 아니라, '재미(Fun), 음식(Food), 친구(Friend)'라는 사소한 행복 추구에 있기 때문이다. 우정으로서 관계 맺는 셜리들은 세계가 정해 놓은 억압적인 '여성성'의 판타지를 충족하기 위해 자신을 옭아맬 필요도 없고, 그것을 위해 서로 경쟁할 필요도 없다.

오해를 방지하기 위해 부연하자면, 박서련의 소설 세계가 「미키마우스 클럽」의 적대의 세계에서 『더 셜리 클럽』의 연대의 세계로 이행해 갔다고, 그 사이에 혁명과 복수가 있었다고 말끔하게 정리하고 싶지 않다. 우리의 현실은 온갖 미디어가 앞다투어 여성의 섹슈얼리티를 소비하는 '미키마우스 클럽'의 세계이자, 동시에 누구든 한 번쯤은 대가 없는 호의를 받아/줘 본 적 있는 '더 셜리 클럽'의 세계이다. 중요한 것은 우리는 모두 다르지만, 이 세계에서 함께 살아가고 있는 한 공동의 고통과 책임을 지니고 있는 '동명이인'의 모습을 하고 있다는 것이다.[7] 박서련의 인물들은 꽤나 똑똑하기 때문에 자기 행복을 위한 셈에 능하다. 그들은 이곳이 혼자만 행복할 수 없는 세계임을, 이미 우리는 거대한 '동명이인의 클럽'에 가입되어 있음을 곧바로 알아차린다. 그렇다면 우리는 마우스 케티어와 셜리 중 어떤 이름을 가지는 게 좋을까. 이것이 바로 박서련이 '바깥일'을 통해 우리에게 새롭게 내놓은 선택지다. 자매는 싸울 필요가 없다.

1 이 글에서 다루는 텍스트는 다음과 같다. 「미키마우스 클럽」(«실천문학», 2015년 가을); 『체공녀 강주룡』(한겨레출판, 2018); 『마르타의 일』(한겨레출판, 2019); 『더 셜리 클럽』(민음사, 2020). 이하 작품명과 쪽수만 표기.

2 잘 알려져 있듯 박서련은 출판사/문단 시스템의 대안적 문학 플랫폼인 '던전'의 공동 운영자이다. 등단 제도를 통한 문단 시스템 내부에서의 문학 활동과 새로운 지면 창출을 위한 시도를 아우르고 있는 셈이다. 이에 '등단(작)'이라는 간략한 요약이 자칫 문단 시스템에 대한 작가의 문제의식을 누락하는 것으로 읽힐까 조심스럽다. 구태여 이와 같은 부연이 필요한 것은 현재 등단 제도가 문학장에 진입하는 주된/유력(有力)한 창구이기 때문일 것이다. 등단 제도가 문학장에 진입하는 여러 가능한 방법 중의 하나이며, 특권이 아니라 나름의 특성에 의해 선호될 수 있을 때 이러한 각주는 불필요해질 것이다.

3 강주룡에 관해서는 다음의 기사 참조. 「평양 을밀대에 체공녀 돌현」, «동아일보»(1931년 5월

30일); 「을밀대의 옥상녀 강주룡 사망」, 《동아일보》(1932년 8월 17일).

4 정현백, 「'여성사 쓰기'에 대한 (재)성찰」, 《역사교육》(102), 역사교육연구회, 2007, 169쪽.

5 김영삼, 「이토록 매력적인 '언니'의 복수와 비겁한 예수의 남자들」, 《오늘의 문예비평》(2020년 봄), 266쪽.

6 지면의 한계로 다루지 못했지만, '다시 쓰기'라는 문제의식 하에서 박서련의 단편 「당신 엄마가 당신보다 잘하는 게임」(《자음과모음》, 2020년 가을)을 겹쳐 읽어 보는 것도 좋겠다. 이 소설은 비속어로 통용되는 '에미'라는 말을 아주 유머러스한 방식으로 재전유한다.

7 광장에 넘쳤던 구호, "내가 OOO이다"를 생각해 보자. 우리는 '동명이인'을 자처함으로써 연대자/연루자가 된다.

시간을 달리는 소녀
—최진영 소설에 나타나는 미성년 여성 성장담을 중심으로

오은교 문학평론가

1 들어가며: 시민으로서의 어린이

누구나 유년을 거치지만, 아무나 유년의 감각을 기억하고 사는 것은 아니다. '성장'을 '발전'으로, '자립'을 인간의 '표준'으로, 생을 그러한 성숙한 인간됨의 과정으로 이해하는 인식론 하에서라면 어린이로서의 시간은 완숙한 삶을 위한 예비 단계일 수밖에 없다. 더군다나 나이에 따른 입사 절차 전반이 규범적인 사회에서라면, 시간은 단계적으로 더욱 빠르게 극복할수록 유리하다. 시민 계층의 성장과 함께 시작된 근대의 교양소설 모델은 보통 이러한 '단절'의 논리를 따르고 있다.[1] 유년 시절을 때 묻지 않는 순수 시대로 정립하며 스스로의 기억과 공모하며 비루한 어른의 삶을 견딘다는 염치없는 어른의 서사를 얼마나 많이 보아 왔던가. 반면 성장을 직선적이고 발전론적 시간관으로 파악하지 않는다면 어린이 시기의 삶은 그 자체로서 이미 온전하다. 단지 삶의 시야와 감각이 지금과는 달랐을 뿐이다. 우리가 유년을 미숙한 성년으로 칭한다면, 반대로 어른이란 퇴화된 어린이라고 말할 수도 있을 것이다. 어린이 인물을 앞세우고, 어린이들의 구체적 감정을 전면화하는 최진영의 소설을 읽는 과정은 이 퇴화된 감각 기관들이 잠깐이나마 다시 깨어나는 과정을 경험하는 일이기도 하다.

10대 여성들을 조직적 성범죄에 연루시켜 인격을 유린하고, 고교생을 저항하기 어려운 하도급 노동자로 주체화시켜 산재 현장으로 내몰고, 부모가 자녀를 지속적으로 학대하여 사망에 이르게 하는 일련의 사건들을 차례로 경험하며 미성년자의 시민성을 고민하게 만드는 시기에 최진영의 작품을 읽는 일은 더욱 각별하게 느껴진다. 그러나 작가는 이 미성년자들의 삶을 짓누르는 더러운 세상의 메커니즘을 폭로하고 고발하는 일에 자신의 에너지를 쏟지 않는다. 가부장적인 사회 체계의 작동법은 세세하게 묘사할 가치가 없다는 듯 원경으로 한층 물러나 있다. 그는 어떠한 사건이 일어날 때 인물 바깥의 객관적 질서를 설명하기를 멈추고, 오직 어린이 마음의 격랑을 묘사하는 일에 집중한다.

폭력적인 부친과 매 맞는 모친을 떠난 어린이가 어떤 방식으로 새롭게 가족을 구성해 나가는지(『당신 옆을 스쳐간 그 소녀의 이름은』), 자살 유족 청소년들이 어떤 색깔의 안경으로 일상을 감각하는지(『나는 왜 죽지 않았는가』, 『비상문』, 「피스」), 가족에게 버림받은 남매와 출산 기계이자 공짜 노비로 취급당하는 자매들이 어떻게 서로를 돌보며 살아가는지(「팽이」, 『끝나지 않는 노래』), 아포칼립스 세계에서 착취의 표적이 된 아이들이 어쩌다 살육을 저지르고 사랑을 개발하는지(『해가 지는 곳으로』), 친족 성폭력 피해를 입고 고향을 떠나온 10대 여성이 왜 가장 가까운 친구들과 멀어지기로 결심하게 되는지(『이제야 언니에게』), 부모의 경제력에 따라 각기 다른 학교로 진학하게 된 동네 친구들의 일요일 풍경이 어떤 식으로 변화하는지(「일요일」) 등 최진영 소설의 장기는 특정한 순간에 놓여 있는 인물의 행위와 생각과 감정들을 순차적이고 세세하게 묘사하는 데에 있다. 그렇게 어린이와 청소년은 감동과 깨달음을 경유하여 계몽을 촉구시키는 약자가 아니라 정당한 한 사람의 몫의 시민 주체가 된다.

그의 소설 속 어린이는 단지 '보호'와 '구제'의 대상이거나 위협적이지 않은 귀여운 존재가 처음부터 아니었다. 무자비한 폭력을 휘두르는 아버지의 집을 나와 '진짜 엄마'를 찾겠다며 떠돌던 미등록 여아는 경찰의 손에 이끌려 보호 시설로 갈 위기에 처하자 다시 자신이 애써 일궈 온 관계들로부터 떠나기로 결심한다. "내게 중요한 건 안전이 아니다. 언제나 그랬다"[2] 이 소녀가 원하는 건 무탈한 평화가 아니라 강력한 애정이다. 소녀는 자신이 어떻게 행동해야 타인에게 받아들여질지 거의 본능적으로 안다. 순진한 다방 마담의 아들을 꾀어 레지 언니들의 사랑을 받고, 말 못하는 아이로 가장하여 외로운 독거노인의 보살핌을 얻고, 필요하다면 어린이다움을 연기하며 구걸을 한다. '진짜 엄마'를 찾겠다는 단순하고 철없는 욕망에 사로잡힌 듯 보이지만, 이 소녀는 확실히 정치 감각이 있다.

그의 소설을 채우는 것은 티 없이 맑은 시야로 세상을 정화하는 어린이나 그런 아이로부터 도덕을 배워 반성하는 어른이라는 '유형'들이 아닌 어린이의 시야로 묘사되는 세목의 질서와 이를 자기만의 방식대로 수용하며 통치성을 익히는 '자율'의 감각들이다. 어린이들이 주로 쓸 법한 어휘들로 어른이 상상할 수 있는 지옥의 지도를 짓는다는 점에서 그의 소설 세계 전반은 참혹하지만, 시선의 연령대를 낮춤으로써 딸려 오는 인식의 다양성이 그의 작품을 윤기 나게 한다. 어린이가 잡아먹히고 여성들이 윤간당하는 재난 상황에서 립스틱을 주워 서로에게 향기와 색깔을 입혀 주고 크리스마스카드를 나눠 가지며 세속의 지옥을 잠시나마 수련회 캠프 상황으로 만드는 잡다한 놀이들, 음흉한 인심을 베풀며 접근해 오는 친척 아저씨의 호의를 거절하기 위해 친구와 싫다고 말하는 연습을 하다 친구가 너무 좋아 차마 연습이 성립되지 않는 바람에 웃음이 터지는 어느 오후의 물기들, 단짝과 보물 창고를 건립해 비밀을 공유하고 의식을 치르며 온 우주를 자신들의 언어와 기분으로 물들이는 마법들, 좋아하는 나무를 지정해 놓고 인격을 부여해 고민을 털어놓으며 내면을 개발하는 마음의 안쪽 모퉁이들, 친구가 교실 밖으로 호출하면 잽싸게 교복 치마를 둘둘 말아 올려 입는 손짓의 기대감 같은 것들이 그의 소설들에서 반짝이며 벅적거린다.

2 소녀 정치학- 순애보와 배제의 동역학

소녀라는 인구 집단의 특이성과 미성년 자율 생태계를 주요한 미학적 연원으로 삼는 최진영 소설은 어린이를 화자로 세울 때가 아닌 경우에도 빈번이 학창 시절로 돌아가는 편인데 이유는 단 하나, 모든 관계의 원형과도 같은 '그 여자애' 때문이다.

소녀들 사이에 일어나는 갈등의 특수성에 대한 대대적 현장 연구를 실시했던 레이철 시먼스는 상냥함과 배려심이 강제되는 소녀들의 갈등 문화는 가시적인 소년들의 공격 문화와는 완전히 다른 방식으로 전개된다고 말한다.

> 소녀들은 친밀감을 거리낌 없이 나눈다. 소년들은 어머니와 떨어져서 감정의 억제라는 남성적 태도를 보여야 하지만, 딸들은 어머니의 양육적인 행동을 익히도록 격려된다. 소녀들은 아동기에 서로 돌보고 보살피는 연습을 한다. (……) 사실 소녀들의 공격의 특징은 대부분 관계에 대한 소녀들의 깊은 지식과 가까운 친구들에게 쏟는 열정과 관련이 있다. 가장 고통스러운 공격은 대체로 가까운 우정 안에서 일어나며, 비밀과 한때 교환한 약점을 악용하여 더욱 과격해진다./더구나 관계 자체가 종종 소녀들의 무기가 된다. 공격하지 않도록 사회화되고 "완벽한 관계"를 맺는 착한 여자로 키워지므로, 소녀들은 갈등이 있을 때 타협하는 방법을 모른다. 그 결과 사소한 다툼 때문에 관계 자체가 의문에 빠진다.[3]

소녀들의 무기는 언어나 주먹이 아니라 눈빛과 몸짓을 통한 우회적 공격과 귓속말과 소문을 통해 전달되는 은밀한 배제 정책들이다. 여성의 사회적 자본 자체가 '관계성'에 달려 있기 때문에 고립이 가장 큰 징벌이 되고, 협상 대신 관계 자체를 버리는 방법이 문제 해결을 위한 유일한 대책으로 간주된다. 마치 드넓은 운동장 한쪽에서 치러지는 더없이 잔인한 스포츠인 피구처럼, 여학생들 간의 관계 게임의 가장 중요한 기술은 치고 박고 싸워 이기거나 골을 먼저 넣는 것이 아닌 날아오는 공을 잘 피하는 데에 있다. 정말이지 소녀 시절을 거쳐 왔던 이들은 누구나 안다. 우리를 진심으로 꼼짝할 수 없게 만들었던 것은 불공평한 사회 체제나 어른들의 호된 꾸지람만이 아니었다는 것을, 소녀들은 단짝 친구가 잠시간 내비친 싸늘한 눈빛이나 냉정한 침묵에 하늘이 무너지고 땅이 꺼지는 추락을 경험하며 성장한다는 것을 말이다.

「후5」는 10대 여성이 여성 동성 사회 내에서 어떤 환희와 지옥을 맛보며 성장하는 지를 선명하게 보여 주는 작품이다. 학년이 바뀌어 친하게 지내던 친구와 반이 갈라진 '나'는 "같이 앉자고 말할 사람이 없"[4]다는 사실이 불안한 근심 많은 아이다. 등교 첫날 '나'는 성적이 비슷하여 평소 신경이 쓰였던 지현에게 "갑자기 친한 척"을 해 옆자리에 앉히는데 성공하지만, 지현이 다른 친구들 무리로 가 버릴까 봐 전전긍긍이다. 점심시간이 되어 지현의 친구들이 우르르 몰려오고, "나는 잠이 오는 척 책상에 엎드"리지만, 지현이 함께 밥을 먹으러 가자며 '나'를 챙겨 준다. '나'는 그렇게 지현의 무리와 급식실과 매점과 화장실과 분식집으로의 여정에 동행하게 되고, 여자애들 무리에 안착했다는 사실에 조용히 가슴이 부풀어 오른다.

> 종종 그런 나를 상상하곤 했었다. 무리 속에 어울려 어색하지 않게 웃고 떠드는 나를. 남들에게는 흔한 일인데 나는 그런 그림 속에 들어가 본 적이 없지. 그런데 나는 오늘 정말 그랬어. 창가 아이들의 뒷모습을 보며 그들의 이름을 하나하나 외웠다. 나민정, 오수경, 김유진, 김석미.

이후 '나'는 이 경이로운 일들이 자연스럽게 일어날 수 있도록 해 준 지현에게 점차 집착하게 된다. 지현이 말도 없이 혼자 화장실에 가면 불안하고, 지현이 다른 친구들에게 더 신경을 쓰면 비참하다. '나'는 지현이 공부를 소홀히 하면 울며 다그치기도 하는데, 성적이 떨어지면 지현은 기숙사를 떠나야 하고, 지현이 기숙사를 떠나면 '나'는 다시 혼자가 되어야 하기 때문이다.

> 나는 아침마다 지현을 깨우러 301호에 갔다. 매일 레모나를 챙겨줬다. 자판기에서 내가 마실 커피를 뽑을 때는 지현의 커피도 같이 뽑았다. 숙제했느냐고 물어봤다. 지현이 덜 한 숙제를 같이 하기도 했다. 지현이 찾으면 바로 줄 수 있게끔 각종 필기구로 필통을 채워 놨다. 휴지와 생리대와 진통제도 책가방 앞주머니에 넣고 다녔다. 지현이 잘 때 선생님이 시험에 관해 중요한 얘기를 하면 적어 뒀다가 지현에게 알려줬다.

여자 친구들 간의 친밀성은 미시적 돌봄의 양상을 띠며 형성되고, 이때 사용되는 기술은 과민한 눈치 보기와 수동공격성이다. '나'는 지현이가 치약을 다 쓰는 타이밍까지도 알아맞힐 정도인데, 지현은 정작 '나'가 이기적이라고 말한다. "너는 정말 네 생각만 한다" 지현만을 생각하는 방식으로만 자기 자신일 수 있는 '나'는 폭발한다. "나보다 너를 더 걱정했다고, 그런 날들뿐이었다고, 그런데 네가 어떻게 그렇게 말할 수 있느냐고" 애정 관계의 기울기를 조정할 다른 기술을 개발하지 못한 채 점차 무거워지는 자기감정의 하중을 못 견딜 지경에 이른 '나'는 돌발적으로 화를 내며 지현 전체를 차단해 버리고, 가장 애틋한 애정 표현은 곧장 절교 선언이 되어 버린다.

여성 청소년들은 이타적이기만 한 것이 아니다. 여성들에게 권장되는 미덕이 상냥함과 친절함일 때 여성 동성 사회 내부에선 숙청과 따돌림이 은밀히 자행되는 방식으로 권력 관계가 조율되고 이는 비가시화되기 쉽다. '분위기'를 파악할 줄 아는 능력이 여성의 재능으로 간주되고, 여성의 악덕이 '무법적'이거나 '난폭'하기보다 '교활'하고 '간사'한 것으로 묘사되는 것은 그 까닭이다. 소녀의 밑지는 버릇과 눈치 보기는 그 수동성으로 말미암아 또 다른 타인에 대한 배제의 분위기를 공모하는 요인이 되기도 한다.

여성 커뮤니티 내부의 '분위기'에 대한 성찰은 「유진」에서 잘 나타난다. '나'는 고교 시절 무영과 비밀을 나누는 친밀한 사이였지만, 몸이 아파 입원한 무영에게 낙태 수술을 받았을 것이라는 추측과 악의적이고 과장된 소문들이 더해진 후 덩달아 친구를 슬금슬금 기피하게 된다.

> 나는 안다고. 내게 다정하고 상냥한 친구들이 언제든 적으로 돌변할 수도 있다는 걸. 그건 충격이나 배신이라고 말할 수도 없을 만큼 흔한 일이라고. 나는 사람 안 믿는다고. 분위기를 믿는다고.[5]

우정의 원리가 '배제'라는 걸 깨달은 소녀는 무영에 대한 죄책감과 자신 또한 소문의 주인공이 될 수 있을 것이라는 불안감으로 인해 친구를 사귀지도 못하고 주변의 분위기를 살피는 데에만 급급한 채 내내 겉돌다 아르바이트를 시작하는데, 그곳에서 매니저 이유진 언니를 만나게 된다. 유복한 건물주의 딸이지만, 어쩐지 오빠가 사장인 레스토랑의 매니저로 일하며 지하 단칸방에 사는 유진 언니는 여러모로 '분위기'를 어긋 내는 사람이다. "댄스곡을 틀어놓고 막춤을 추는 야유회에서 혼자 진지하게 발레를 하는 사람"처럼, 유진 언니는 작은 규모의 생활을 정성스럽고 우아하게 관리하며 살아간다. '나'는 유진 언니의 유능함과 자존감을 동경하지만, 그의 조촐한 살림은 막 성인이 되어 하고 싶은 일이 너무 많은 여대생들에겐 흉허물로 비춰진다. 회식 차 유진 언니의 집으로 간 한 친구가 묻는다. "근데 언니, 언니는 왜 이런 데서 살아요?" 이후 자족적인 삶을 즐기는 유진 언니를 깎아내리는 비난 여론이 선동되고 '나'는 과거와 동일한 행동 패턴을 반복한다. 또다시 주변 분위기에 편승해 유진 언니가 보여 준 소박하지만 충만한 세계를 버리듯이 떠나 버리는 것이다.

지현, 무영, 유진을 비롯하여 「후1」의 노마, 「돌담」의 장미 등 최진영 소설에서 언제나 외상처럼 남아 있는 '그 여자'들은 인간관계의 원형으로 보존된다. 여성들 간의 친밀함을 다루고 있다는 점에서 그의 소설은 자주 퀴어해지기도 하지만, 그의 세계에서 사랑은 성애 분화의 수행성을 탐구하기 위해 실천되는 무대로 제시되기보다는 애착의 강렬함을 나타내는 척도로 기능하는 데에 그치는 편이다. 사랑이 언제나 협상 불가능한 지점으로 격상된 순애보의 형상인 것은 지적했듯 배려와 양보가 강요되는 여성이 익힌 관계의 기술이 '무조건'의 형식인 이유와 멀지 않을 것이다. 중요한 것은 오직 관계의 보존, 애착의 가능성과 그곳에 투여되는 에너지의 강도, 사랑의 전능함과 사랑의 수치심. 중간치는 용납될 수 없다. 빚쟁이들에게 쫓기던 애인이 사망하자 여자는 연인과 영원히 이별하지 않기 위해 시체를 뜯어먹기에 이른다(『구의 증명』). 하지만 성장이란 내 마음에 대한 보답의 필연성이 좌절되는 과정이기도 하다. 유아기적 애착은 예정된 경로를 밟으며 파멸로 향하고, 거대한 배타적 애착의 파토스 끝에는 분노와 수모가 범벅된 뜨거운 자기혐오가 잿더미처럼 남는다.

3 소녀의 성장-'나'를 키운 여자들과 보은의 타임라인

여성 청소년들의 '버림받음'과 '거절당함' '폭력 피해' 등의 경험을 질료 삼아 윤리적 디스토피아를 구축하는 그의 작업 중 어린 세대의 미숙하지만 절대적인 사랑의 역능을 지렛대 삼아 인간성의 회복을 타진하는 경우 어린이는 타락한 어른의 세계와 대비되는 신성불가침한 영역으로 타자화되는 경향이 없지 않다. 『해가 지는 곳으로』 세계관 속 자녀 세대인 도리와 지나의 절대적인 사랑과 청각장애인인 미소와 가정폭력 피해 아동인 건지에 대한 돌봄의 힘은 가부장적 세계 체제와 대비되며 부모 세대의 인물인 해민을 각성시키는 계기가 된다.

한편 초기의 설화적 특성에서 조금 멀어지고 있는 근작들에서 보이는 미성년 여성들의 성장담은 훨씬 구체적인만큼 감정적 물화가 덜한 편인데, 이들이 상처를 입었다고 해서 곧장 죽음 충동이나 무한한 사랑의 주이상스에 추동되지 않는다는 점에서 그렇다. 성인이 된 여성이 자신의 유년을 회고하는 서사적 패턴이나 부모가 아닌 관계의 성인과 아이를 함께 놓아 두 여성간의 시차적 인식을 견주는 일련의 작품들은 새로운 시대의 여성 어른의 상을 제시한다. 고통은 끝이 있다는 것, 자기 비난으로 향하는 여성적 버릇을 멈출 필요가 있다는 것, 최근 등장하기 시작한 최진영 소설 속 여성 어른들은 성과주의적 주체에게 독려되는 당위적 자존감과는 다른 자기 배려의 기술을 체득하였으며 이들의 존재는 여성 청소년들에게 스스로를 징벌할 것을 자극하는 세계 기율과는 다른 이미지를 형성한다. 「겨울 방학」과 『이제야 언니에게』 등 느슨한 인척 관계에 있는 싱글 여성이 '정상 가족'의 돌봄 공백을 메우며 여아를 책임지는 주체로 등장하는 것은 부모를 넘어선 돌봄의 책임이 확장되는 통로를 가리키며 이는 성장의 수행성을 부각시키는 설정으로 전면화된다. 이제 질문은 '진짜 엄마는 누구인가'에서 '나는 누가될 것인가'로 전환된다.

브랜드 아파트에 사는 「겨울 방학」의 초등생 이나는 방도 하나뿐이고 신발장도 없고 수건도 얇은 고모네 집에 머물며 계급적 차이를 체감하는 동시에 자신이 보아 왔던 어른과는 상이한 삶을 사는 고모의 생활을 열람함으로써 물적 조건과 자기 정체성을 다르게 잇는 법을 배운다. 지역의 유지인 친족에게 성폭력 피해를 입은 『이제야 언니에게』의 이제야는 피해 사실을 숨기기에 급급한 가족과 피해자의 행실을 비난하는 이웃 공동체를 떠나 엄마의 친구인 이모네 집에 머물며 고통의 원인이 자신에게 있지 않다는 이해에 어렵사리 도달한다. 자립을 최우선 목표로 삼고 살아온 듯한 두 소설 속 이모와 고모 또한 '여성의 독립'과 '일신주의' 간의 차이를 다시 골몰하게 된다. 물론 깨달음은 늦기 마련이라 보은은 거의 언제나 불가능하다. 「유진」 속 이유진을 떠나 온 최유진은 「겨울 방학」 속 이유진을 닮은 최이나의 고모가 되고, 최이나는 최유진을 이해하는 나이에 뒤늦게 도달한다. 칼을 지니고 다니며 남을 죽이거나 자신을 죽일 것이라는 투지에 사로잡혀 있던 이제야는 이모를 닮은 늙은 이제야의 존재를 무수히 상상한다. 고마움과 미안함은 끝내 당사자에게 전해지지 못하지만, 그 마음은 다른 곳을 찾아가며 온기와 연대의 연쇄를 만들어 낸다.

두 세대 여성들 간의 시각 차이를 작은 환상 장치를 이용하여 한 인물 안으로 포개 넣은 근작 「내가 되는 꿈」은 당사자에겐 닿진 못했지만 결코 소멸되지 않는 보은의 마음이 그 누구보다 스스로를 먼저 구원한다는 사실을 보여 주는 작품이다. 졸업, 부모의 별거, 이사 등의 이슈로 시작되는 이 소설은 전형적인 소녀의 입사 성장담이지만, 대단한 일탈을 경험한 후 일상으로 돌아와 성장을 '완료'했다고 주장하는 일반적인 교양소설과는 거리가 멀다.

매일같이 추락하는 꿈을 꾸는 열네 살의 '나' 이태희의 삶은 지금 위기로 가득하다. 손꼽으며 태어나길 기다린 엄마 배 속의 동생은 사산되고 엄마는 우울증을 앓는다. 단짝 친구 배순지가 손바닥을 맞을 때 응원하기 위해 미소를 지었을 뿐인데 비웃었다는 오해를 입어 서로 말도 안 하는 사이가 된다. 담임은 여학생들에게 성추행과 매질을 일삼는다. 사람을 잘못 믿어 집을 날려 먹은 부모는 '나'를 멀리 사는 외할머니네에 맡겨 두고 별거를 시작한다. 낯선 고장에서 새로운 학교에 입학한다. 남자 친구와 싸운 이모가 한 방을 쓰는 '나'에게 하소연을 하며 술주정을 부린다. 친구 관계는 틀어지고, 가정은 화목하지 않고, 어른들은 성숙하지 못한 이 지극히 평범토록 불행한 세계에서 '나'는 미래로부터 온 한 통의 편지를 받는다.

편지는 "일 년 뒤의 나에게 편지를 보내준다는 카페에서"[6] 마흔 살의 이태희가 보낸 것이 시간을 거슬러 과거에 떨어진 것으로, 그 내용에 따르면 마흔 살의 이태희는 "자기를 너무 사랑해서 나를 사랑하는" 애인과 "정말 너무"한 회사가 내면화시키는 "똥 같은 모욕감" 때문에 매일 비상계단에서 우는 어른이다. 마흔 살의 이태희를 모를 수밖에 없는 열네 살의 이태희는 이해하기 어려운 내용들이 적혀 있는 그 불시착한 편지를 교재 삼아 자신의 삶에 산적한 문제들을 푼다. 단어와 의미를 뜻풀이해 보며 친구와 화해하고 담임에게 복수하고 이모의 고민과 엄마의 슬픔을 이해하게 된다.

'나'에게 아무것도 제대로 알려 주지 않는 이 소설 속 무정한 어른들은 사악한 악마들이 아니다. 소설은 나쁜 어른이 잔인한 말로 아이에게 비가역적인 상처를 주는 장면으로 클라이막스의 능선을 넘어가지 않는다. 마치 그런 말만 안한다면 아이는 상처받지 않는다는 듯 굴지 않는 것이다. 성장은 누가 내게 상처 줄 때가 아니라 타인이 상처받는 일을 목격할 때 발생하는 사건이 아니던가. 타인의 상처를 알아볼 수 있는 능력이 주는 상처. 그러니까 겨우 딸의 '생리' 발언 하나에 깜짝 놀라 허둥대며 난데없이 돈 3만 원을 들이미는 아빠가 아니라 홀로 육남매를 건사했지만 아들에게 무시당하고 손주 양육까지 도맡은 할머니와 선을 봐서 결혼하는 대신 자유연애를 하고 전문대학이라도 가고 싶어 하는 이모, 그리고 아이를 유산하고 홀로 타지에서 회사 생활을 하며 각종 자격증을 준비하는 엄마 등 '나'는 '나'를 책임지는 사람들이 각자의 삶에서 감당하고 있는 상처를 볼 줄 알게 되며 비로소 자란다. 이모의 블라우스를 입어 보고 화장품을 찍어 바르며 성인 여성을 흉내 내던 '나'가 난처한 이모를 구해 주기 위해 엄마가 보고 싶어 우는 아이를 연기하며 울 때, "내 핑계 대지 마"라며 엄마에게 쏘아붙이던 '나'가 "엄마가 내 핑계를 대고 잘 지내면 좋겠다"고 생각할 때, 가까이 보아 잘 감지되지 않았던 성장의 더께가 덜컥 전해진다.

이 소설은 시간의 왜곡을 도입한 일종의 타임슬립물이지만, 그 목적은 후회스러운 과거의 행동을 '바로잡으려는 것'에 있지 않다. "네가 거기서 잘 버티고 있다고 상상하면 나는 조금 용기가 난다." 겁이 많고 무기력한 어깨를 들썩이고 있을지라도 이태희가 단지 거기에 존재했고, 존재할 것이라는 사실이 지금의 이태희들을 격려한다. 허구 장치만이 잠시 허락한 이 자기 응원의 릴레이 속에서 이태희는 지금과는 다른 이태희가 되겠다는 꿈을 꿀 수 있다. "나는 나밖에 될 수밖에 없다"는 이 "정직하고도 허무한" 형벌을 성장이라는 궤도 위로 올려놓을 때, 오늘의 작은 실천 조각이 삶의 침로를 바꿀 수 있다는 걸 희미하게나마 예감할 때, 진절머리가 나는 실존의 굴레는 겨우 견딜 만한 것이 된다. 마흔 살의 이태희도 예순 살의 이태희에게 응원을 받고 있을까. 열네 살의 이태희가 넘어지고 깨어지고 울면서도 마흔 살의 이태희를 만나러 달려야 하는 것이 삶이라는 것, 미래의 이태희를 이룩할 지금 이태희의 하루하루를 건너뛸 수는 없다는 것, '내가 되는 꿈'이라는 가설된 현실의 시간을 달리며 소녀는 자란다.

4 나가며: 구체성의 세계

어린이의 세계를 마주하는 일은 '의존'이 무엇인지를 이해하는 일이다. 세상을 증오하는 인간을 키운 것조차 '불신'이 아니라 '의존'의 능력이었다는 것을 최진영이 그리는 어린이들이 알려 준다. 그의 소설 속에서 언제나 줄줄이 나열되는 감각적 구체성은 그 흔적들이다. 기억해 보라고, 우리가 얼마나 삶에 정성을 다했었는지를, 우리가 어떻게 타인에 대한 믿음을 끝없이 회복해 왔었는지를.

1 Wilhelm Dilthey, *Poetry and Experience*. Princeton University Press, 1985. 335-336쪽 참조.

2 최진영, 『당신 옆을 스쳐간 그 소녀의 이름은』(한겨레출판. 2010). 221쪽.

3 레이첼 시먼스, 정연희 옮김, 『소녀들의 심리학』(양철북. 2011). 42-43쪽.

4 최진영, 「후5」, «문장웹진», 2019년 11월.

5 최진영, 「유진」, «문학동네», 2020년 봄. 264쪽. 이후 쪽수 표기 생략.

6 최진영, 「내가되는 꿈」, «현대문학», 2020년 5월.

비평 무크지

크릿터 3호: 위대한 유산들–여성문학의 계보

발행일 2021년 3월 12일
발행인 박근섭, 박상준
발행처 (주)민음사
디자인 박연미·정재욱

출판등록 1966. 5. 19. 제16-409호
주소 서울시 강남구 도산대로1길 62(신사동) 강남출판문화센터 5층(06027)
대표전화 02-515-2000
홈페이지 www.minumsa.com

ISBN 978-89-374-6905-3 04810
978-89-374-6900-8(세트)